KB156420

공룡과 춤을

공룡과 춤을(개역개정판)

초판 1쇄 펴낸 날 / 2017년 6월 28일

지은이 • 로버트 J. 소여 | 옮긴이 • 김상훈 | 펴낸이 • 임형욱 | 책임기획 • 김상훈 |
디자인 • 예민 | 영업 • 이다윗 |
펴낸곳 • 행복한책읽기 | 주소 • 서울시 종로구 명륜4길 5-2, 403호
전화 • 02-2277-9216,7 | 팩스 • 02-2277-8283 | E-mail • happysf@naver.com
인쇄 제본 • 동양인쇄주식회사 | 배본처 • 뱅크북(031-977-5953)
등록 • 2001년 2월 5일 제300-2014-27호 | ISBN 978-89-89571-76-6 03840   값 • 15,000원

END OF AN ERA (1994) by Robert J. Sawyer

※이 책은 '행복한책읽기 SF독자펀드' 에 참여하신 독자님들의 도움으로 제작되었습니다. '행복한책
읽기 SF독자펀드' 에 참여하신 분들입니다(가나다, 알파벳순):
고난주 권 금빛하늘 김명호 김보민 김준한 김지선 김지은 김효정 나나나 노혜경 루루형아 바보새 박
기효 박상준 박처헌 분도 빨간반지 세이앤드 소년H 손윤정 신용관 신재경 신해수 안태호 알렉세이
에이 우성만 유종덕 유준우 이경빈 이범희 이석규 이윤진 이정석 이정용 이주호 이주희 이터널솔로
이현상 임성희 임정진 장동성 전형진 정보라 정성원 정의준 정태원 조옥주 조은실 주지원 첫눈내린밤
쿠 표도기 홍석찬 황인성 황초아 ANKUN curok darinim dancouga Frey futurean hia hl3edw limph
mabeop scifi water_knife zamvirus

*이 책은 2009년 오멜라스에서 출간되었던『멸종』의 개정판입니다.

공룡과 춤을

END OF AN ERA (1994)

로버트 J. 소여 지음 | 김상훈 옮김

행복한책읽기

내 처남이자 절친한 친구인
데이비드 리빙스턴 클링크에게 바친다.
감사와 존경을 담아서

END OF AN ERA (1994)

by

Robert J. Sawyer

감사의 말씀

오랫동안 아낌없는 격려를 해 주신 캐롤린 클링크, 테드 블리니, 데이비드 리빙스턴 클링크, 존 로버트 콜럼보, 테렌스 M. 그린, 앤드류 웨이너에게 심심한 감사를 드린다. 이 책이 빛을 볼 수 있었던 것은 바로 이분들의 격려와 더불어 다음 분들의 협력이 있었기 때문이다. 캐나다 자연 박물관 척추동물 화석 부문의 큐레이터였던 데일 A. 러셀 박사. 운석 충돌에 의한 공룡 멸종설의 아버지이자 노벨상 수상자인 루이스 W. 알바레스 박사. 지금은 고인이 된 알바레스 박사는 1983년 9월에 로렌스 버클리 연구소를 방문한 필자에게 기꺼이 오후 시간을 내 주셨다. 로저 맥브라이드 앨런, 수전 앨리슨, 케빈 J. 앤더슨, 닉 어스틴. 아스베드 C. 베도로시언, 제리 복서, 리처드 커티스, 피터 헥, 하워드 밀러, 에리얼 리치 박사, 토론토 바카 과학소설 서점의 존 로즈. 로빈 로우랜드, 그리고 앨런 B. 소여. 스미소니언 미국 역사 박물관의 마이클 K. 브레트-서먼, 왕립 티렐 고생물학 박물관의 필 커리. 이 두 고생물학자는 이 책의 초판뿐만 아니라 내가 쓴 공룡에 관한 책들을 호의적으로 받아주셨다.

그리고 이 개정판을 낼 때 도움을 준 나의 에이전트 랠프 비시낸자와, 데이빗 G. 하트웰, 제임스 민츠, 모셰 페더, 토어북스의 톰 도허티에게 특별히 감사드린다.

아래 표의 물결선들은 지구 역사상 대규모 멸종이 있었던 시대를 나타낸 것이며, 단위는 1억 년이다. 겹선으로 표시한 부분은 공룡들이 완전히 멸종한 중생대 백악기 말로서, 시간적으로는 지금으로부터 약 6500만 년 전, 지질학상으로는 본문에서 거듭 언급되는 K-T(백악기-제3기) 경계기에 해당한다.

0	신생대	제3기	
0.65			
1	중생대	백악기	
		주라기	
2		트라이아스기	
	고생대	페름기	
3		석탄기	
4		데본기	
		실루리아기	
		오르도비스기	
5		캄브리아기	
6		선캄브리아기	

프롤로그
분기分岐

아버지는 임종을 앞두고 있었다. 토론토 웰슬리 병원의 암병동에서, 직장과 항문을 암에 침식당하고 있다. 사람들이 곧잘 농담거리로 삼는 신체 부분을.

아버지의 그런 모습을 보아야 하다니 불공평하다. 돌아가신 뒤에는 도대체 어떤 모습을 기억하란 말인가? 내가 어렸을 때의 모습을 기억해야 할까——변덕스러운 거구의 사내. 무등을 태워 줬으며, 제대로 공을 던지지도 못하는 나와 캐치볼을 하면서 놀아줬고, 밤이 되면 내게 이불을 덮어주며 사포처럼 꺼끌꺼끌한 뺨을 맞대고 잘 자라는 키스를 해 줬다. 지금 같은 모습을 한 그를 기억하고 싶지는 않다. 늙어서 오그라든 몸, 미라처럼 말라붙은 몸에 흐리멍덩한 눈, 정맥이 튀어나온 얼굴, 양팔에 튜브를 꽂고, 코에도 튜브를 꽂고, 침으로 베개를 적시고 있는 모습을.

"아버지……."

"브랜든." 아버지는 두 번 기침을 했다. 더 심한 기침을 할 때도 있지만, 기침 횟수는 언제나 짝수이다. 이 기침은 약삭빠른 권투선수가 원투 펀치를 넣는 것처럼 짝을 이루어 아버지의 몸을 고문한다. "브랜든." 아버지는 되풀이해 말했다. 마치 방금 한 기침 탓에 이미 내 이름을 불렀다는 사실을 망각한 듯이. 나는 아버지의 입에서 언제나 똑같은 대사가 나오기를 기다렸다. "오래간만이구나."

우리는 마치 짜기라도 한 듯이 작은 연극을 계속한다. 내게 주어진 대사도 언제나 똑같다. "미안해요." 하지만 나의 목소리도 같은 역할을 너무 오래 계속해 온 배우처럼 아무 감정이나 의미가 깃들어 있지 않았다. "최근엔 좀 바빠서."

아버지는 또 TV를 보고 있었던 듯하다. 병실 벽 높이 부착된 40센티미터의 소니는 아버지에게는 일종의 타임머신이나 마찬가지였다. 흘러간 옛 드라마 전문 방송국인 버펄로의 29번 채널 덕택에 과거를 들여다볼 수 있기 때문이다. 이따금 컬러와 스테레오 녹음으로 변환시킨 〈내 사랑 루시〉가 방영되면 무려 60년 전으로 돌아갈 수도 있다. 오늘 오후에는 단지 20년만 되돌아가서 〈로잔 Roseanne〉을 보고 있었지만 말이다.

화면에서는 주인공인 로지와 댄이 부엌에서 딸 베키가 가장 최근에 말려든 골치거리에 관해 의논하고 있었다. 비디오 녹화된 오래된 프로그램을 고화질 TV로 보았을 때 특유의 거친 화질이다. 나는 침대 옆 탁자에서 리모트콘트롤러를 집어올린 다음 TV를 겨냥하고 스위치를 눌렀다. 찰칵. 그러자 코너 가족과 그들이 사는 단출하고 깔끔한 세계가 수축하며 화면 한복판의 흰 점으로 수렴한다. 그러나 그 점은 금방 사라지지는 않는다 —— 필요 이상으로 오래 꾸물거리는 옛 생활의 희미한 잔재.

"기분이 어떠세요?" 나는 물었다.

"마찬가지야." 언제나 마찬가지다. 나는 크리스털 유리 꽃병 옆에 리모트콘트롤러를 내려놓는다. 예전에 문안을 왔을 때 내가 가져온 꽃들은 이미 시들어 있었다. 그때만 해도 선명했던 꽃잎들은 이제 마른 피 같은 색깔로 변했고, 꽃병 속의 물은 연하게 탄 홍차처럼 탁하다. 나는 줄기를 통채로 잡고 꽃들을 뽑아냈다. 점묘화 같은 바닥 타일 위에 물을 뚝뚝 흘리며 쓰레기통을 가서 죽은 꽃들을 버린다. "새 꽃을 못 갖고 와서 죄송합니다."

침대로 돌아와서 아버지 곁에 놓인 의자에 앉는다. 크롬 도금이 된 뼈대에 토사물 같은 냄새를 풍기는 비닐 쿠션을 올려놓은 물건이다. 아버지는 늙어 보였다. 내가 지금까지 본 그 어떤 노인보다 더 늙어 보인다. 70대 초까지만 해도 풍성했던 머리카락은 완전히 사라지고 지금은 완전한 대머리였다. 화학요법의 대가이다.

"왜 테스를 한 번도 안 데려오지?" 아버지가 물었다.

나는 창밖을 내다보았다. 2월의 토론토는 빛바랜 사진을 연상시키는 잿빛의 도시이다. 마지막까지 구질구질하게 남아있는 눈은 지난 번에 온 첫 봄비에 거의 녹아서 도로 가장자리에 퇴적암처럼 들러붙어 있다. 눈이 왔을 때 뿌린 소금 탓에 웰슬리 가(街)에는 여기저기 허연 줄들이 생겨 있다. 이미 오후 세 시이고, 길거리의 교차점마다 두터운 모피 코트와 망사 스타킹을 신은 매춘부들이 서 있었다. "테스하고 나는 더 이상 부부가 아닙니다." 나는 그의 기억을 환기했다.

"난 언제나 테스가 좋았는데."

저도요. "아버지, 잠시 토론토를 떠나 있을 겁니다."

그는 아무 말도 하지 않았다.

"언제 돌아올지는 확실히 모르겠군요."

"어디로 가는데?"

"앨버타 주의 레드디어 강 계곡으로 갑니다."

"정말 멀군."

"예, 여기서는 멀죠."

"또 발굴하러 가는 거냐?"

"이번에는 발굴이 아니라 정말로 공룡 사냥을 하러 갑니다. 2주쯤 걸릴지도 모르겠군요."

길고 긴 침묵이 흐른 뒤에 그는 나직하게 말했다. "그래."

"아버지를 혼자 두고 가는 건 내키지 않지만……"

또다시 침묵.

"가지 말라고 하면 안 갈게요."

그는 조그만 사과 같은 머리통을 돌려 나를 보았다. 방금 내가 거짓말을 했다는 사실을 알고 있는 것이다. 뭐라고 하든 내가 갈 것이라는 사실을. 죽어가는 아버지를 내버려두고 자기 볼일을 보러 가다니, 정말 불효막심한 자식이다.

"이제 슬슬 가봐야 합니다." 잠시 뒤에 이렇게 말하고 아버지의 깡마른 어깨를 감싼 얇은 잠옷에 손을 얹었다. 처음에는 여름 하늘처럼 파란 색깔이었지만 하도 세탁을 자주 한 탓에 이제는 할머니들이 머리를 감을 때 쓰는 푸르스름한 린스 색깔로 변해 버렸다.

"편지 보낼 수 있어? 엽서라도?"

"그건 무립니다 아버지. 거기 가면 전 세계와 격리되어 버리니까요. 죄송합니다."

나는 트렌치코트를 집어들고 병실 문을 향해 갔다. 그러면서 뒤를 돌아다보고 말을—어떤 말이든—하고 싶은 욕구에 저항했다.

"기다려."

나는 뒤를 돌아다보았다. 그는 아무 말도 하지 않다가, 영원처럼 느껴진 몇 초기 지난 뒤에 가까이 오라고 손짓했다. 나는 그의 손짓에 끌려 점점 더 다가가다가 급기야는 그의 헐떡이는 숨이 코를 간질일 정도로 바싹 상체를 수그렸다. "이 모든 고통을 그치게 해줄 것을 가져다 줘. 네 실험실에 있는 약품 같은 걸 말야. 조금만 가져다 주면 돼."

박물관의 비교 해부학 연구실에는 야생동물을 죽일 때 쓰는 극약이 있다. 설치류에게 고통 없는 죽음을 내려주는 투명한 약액, 더 큰 포유류를 위한 호박색 약액, 그리고 도마뱀과 뱀 따위를 위한 뜬금없는 복숭아색의 약액 따위이다. 나는 아버지를 빤히 쳐다보았다.

"제발 부탁이야 브랜든." 그가 말한다. 그는 결코 나를 브랜디라고 부르지 않는다. 브랜든은 그가 제일 좋아하던 잉글랜드 출신의 숙부 이름이지만, 나는 한 번도 만나본 적이 없다. 그리고 그 누구도 그를 브랜디라고는 부르지 않았다고 한다. "제발 나를 도와줘."

나는 비틀거리며 병동에서 나와 가까스로 내 차를 찾아냈다. 퍼뜩 정신이 들었을 때는 테스와 내가 살던 집—그리고 지금도 그녀가 살고 있는 집—으로 거지반 와 있었다. 나는 차를 돌려 내 집으로 가서 억수가 되도록 술을 퍼마셨다. 아무런 고통도 느끼지 않고.

카운트다운

19

코프 교수의 오류는 앞으로도 계속 정정할 필요가 있겠지만 이것들은 그가 종종 저지르는 실수와 마찬가지로 너무나도 다면적이라서 도대체 어디서부터 손을 대야 할지를 알 수가 없다. 그리고 그런 한심한 일에 귀중한 시간을 허비하기에는 인생은 너무 짧다.

—오스니엘 찰스 마쉬(1831-1899) · 고생물학자

나는 [마쉬의] 오류를 정정할 것이고, 그에게서도 응당 같은 대접을 받기를 기대한다. 이것은 상대방이 정상적이거나 제대로 된 성격을 가진 사람이라면 결코 개인적인 감정을 자극하는 요구가 아니지만, 유감스럽게도 마쉬는 그런 사람이 아니다.

그의 주장에는 너무나도 오류가 많고 당사자 또한 너무나도 불완전한 탓에 툭하면 흥분하거나 고민에 빠지기가 일쑤이다. 아무래도 병원에 입원하는 편이 낫지 않나 하는 생각이 든다.

—에드워드 드링커 코프(1840-1897) · 고생물학자

내 이웃인 프레드는 조지아 만에 별장을 하나 가지고 있다. 어느 주말에 프레드는 자기 집에 아내와 아이들과 얼룩무늬 고양이를 남겨두고 혼자서 별장에 간 적이 있었다. 그 멍청한 얼룩무늬는 내가 사는 연립주택 바로 앞을 지나가던 차 앞으로 달려나가다가 치였다. 물론 즉사였다.

프레드는 그 고양이를 아주 귀여워하고 있었기 때문에 그의 아내는 그가 이 얘기를 들으면 틀림없이 크게 동요할 것이라고 생각했다. 그러나 일요일 아침에 귀가한 프레드는 이미 고양이가 죽었다는 사실을 알고 있었다. 내가 나중에 뒤뜰 울타리 너머로 본인에게 직접 들은 얘기에 의하면, 프레드는 200킬로미터 떨어진 별장에서 자기 고양이를 보았다고 한다. 고양이는 프레드에게 작별 인사를 하기 위해 마지막으로 그 앞에 모습을 드러냈던 것이다.

이 이야기를 들은 뒤로는 언제나 프레드를 조금 다른 눈으로 보게 되었다. 왜냐하면 그는 기상천외한 경험을 했고, 일반인의 삶에서 기상천외한 일 따위는 일어나지 않기 때문이다. 적어도 나같은 사람에게는 말이다.

지금까지는 그렇게 생각하고 있었다.

나는 고생물학자다. 공룡 연구가다. 보는 사람에 따라서는 매력적인 직업으로 여겨질 수도 있겠지만, 그런 일을 하며 받는 **보수**는 결코 매력적이지 않다. 오, 매년 두 번쯤은 신문에 이름이 오르거나, CBC의 〈뉴스월드〉에 5초쯤 출연해서 새로운 전시나 새로운 발견 따위에 관해 언급하기는 한다. 그러나 자극적인 부분은 그 정도였다. 적어도 이번 프로젝트에 관여하기 전까지는 그랬다.

시간 여행.

이 두 단어를 타이프하니 멍청이가 된 듯한 느낌이다. 이 글을 읽는 사람이라면 누구라도 내가 불쌍한 프레드를 보는 눈으로 나를 보지는 않을지 염려된다.

물론 지금은 거의 모든 사람이 신문 기사나 TV에서 방영한 준비 작업의 영상 따위를 통해 이번 실험에 관해 알고 있다. 그렇다. 시간 여행은 실제로 가능하다. 칭-메이 황이 이미 여러 번 시연해 보였듯이 말이다. 그녀는 2005년에 시간 여행의 기본 원리를 발견했고, 그로부터 불과 8년 뒤인 2013년에 실제로 작동하는 타임머신을 만드는 데 성공한다는 믿기 힘든, 정말로 믿기 힘든 위업을 이룩했다. 어떻게 그렇게도 빨리 그럴 수 있었는지를 내게 묻지는 말아달라. 전혀 모르니까 말이다. 사실 칭-메이 자신도 이 현상에 관해 잘 모르는 것이 아닌가 하는 생각이 들 때조차 있었다.

그러나 타임머신은 실제로 작동한다.

적어도 첫 번째 시간 역행(逆行)은 성공했다. 자동 탐사기는 공기 표본(현재보다 조금 더 산소가 많고, 오염 물질은 전혀 없고, 다행히 유해한 세균도 없었다)과 네 시간 분량의 영상을 가지고 돌아왔다. 영상에는 다량의 식물이 찍혀 있었고, 한 번은 거북이 한 마리도 등장했다.

그리고 지금 우리는 인간을 과거로 보내려 하고 있다. 만약 이번 실험이 성공한다면 내년에는 기상학자에서 곤충학자를 망라하는 대규모 과학 탐험대가 파견될 예정이었다.

그러나 이번 시도에서는 단 두 사람만이 과거로 돌아가게 된다. 그중 한 사람은 나였다. 브랜든 새커리, 마흔네 살. 조금 배가 나왔고, 머리가 허옇게 셌고, 빌어먹을 공무원 자격으로 박물관에서 큐레이터로 일하고 있다. 아, 나는 과학자이기도 하다. 무려 미국에 있는 대학에서 박사학위를 땄다. 사실 시간을 뛰어넘는 이런 임무에 나같은 과학자가 투입되는 것은 이치에 맞는 일일지도 모르겠다. 그러나 나는 모험가가 아니다. 나는 보통 사내이고, 굳이 이런 일에 지원하지 않아도 해결해야 할 문제를 잔뜩 안고 있다. 병든 아버지에, 이혼에, 다음 지질시대가 시작될 쯤에는 **아마** 완전히 상환할 수 있을지도 모르는 주택 융자금에, 꽃가루 알레르기 따위를 말이다. 실로 일상적이지 않은가.

그러나 이번 일은 일상과는 거리가 멀었다.

우리는 실에 대롱대롱 매달려 있었다.

아, 물론 진짜 실이 아니라 두께 3센티미터의 강철 케이블이긴 하지만, 그렇다고 해서 안심이 되는 것은 아니었다.

그리고 이 빌어먹을 흔들림이 멈췄으면 정말 좋겠다.

우리 타임머신은 터보 엔진을 장착한 시코르스키 스카이 크레인에 매달려 공중으로 올라갔고, 지금은 황량한 아름다움을 자랑하는 앨버타 주 황무지의 1천미터 상공에서 대롱대롱 흔들리고 있었다. 헬리콥터 엔진의 굉음 탓에 귀가 쾅쾅 울렸다.

부탁이니 이 소음도 빨리 멈춰 줬으면 좋겠다.

제발 부탁이니 클릭스도 좀 그만해 줬으면 좋겠다.

개자식 노릇을 그만해 뒀으면 좋겠다는 뜻이다.

그는 딱히 무슨 일을 하고 있는 것은 아니었다. 단지 반원형 선실 반대편에 있는 완충의자에 드러누워 있을 뿐이다. 그러나 그는 태연자약했다. 괘씸할 정도로 태연자약했다. 문제의 완충의자는 푹신한 검은 비닐로 덮인 하이테크 안락의자라고 할만한 물건이었고, 회전식 대좌에 고정되어 있었다. 여기 앉으면 두 다리를 들어올린 자세가 되고, 등골은 일정한 각도를 유지하며, 뒤통수는 둥그런 머리 받침에 의해 지탱된다. 흠, 클릭스는 발목을 교차시키고 깍지낀 양손으로 뒤통수를 괴고 있다. 분통이 터질 정도로 침착한 모습이었다. 그가 단지 나를 놀리기 위해 그러고 있다는 사실을 알고 있다.

한편 나는, 비행기를 무서워하는 가련한 승객처럼 완충의자의 팔걸이를 꽉 쥐고 있다.

〈역행〉까지는 아직 2분 남았다.

성공할 것이다.

그러나 실패할지도 모른다.

2분 뒤에 우리는 죽어 있을지도 모른다.

그런데 저 녀석은 지금 다리를 꼬고 앉아 있다.

"클릭스." 나는 말했다.

그는 내 쪽을 보았다. 우리는 나이는 거의 같았지만 많은 점에서 정반대였다. 이건 뭐래도 좋은 일이기는 하지만 나는 백인이고 그는 흑인이다 —— 클릭스는 자메이카에서 태어나 어렸을 때 부모와 함께 캐나다로 이주했다. (그런 기후를 가진 곳에서 어떻게 캐나다 같은 곳으로 올 생각을 했는지 종종 놀라움을 느끼곤 한다.) 그는 수염을 깨끗하게 깎았고 머리도 아직 검지만, 나는 북슬북슬하게 턱수염을 길렀고 머리카락은 반이 빠졌다. 그나마 남은 머리카락조차도 반은 셌고 반만 원래 색깔인 갈색을 유지하고 있다. 그는 나보다 더 키가 크고 어깨도 넓은 데다가, 나 못지않게 책상 앞에서 오래 앉아야 하는 직업을 가졌으면서도 어떤 이유에선가 중년

비만증에 걸리지 않았다.

그러나 무엇보다도 대조적인 것은 우리의 기질이었다. 클릭스는 정말로 쿨하고 느긋한 성격이기 때문에 서 있을 때조차도 왠지 해변에서 한 손에 과즙 칵테일을 들고 드러누워 있는 듯한 인상을 주곤 한다.

나로 말할 것 같으면 아무래도 위궤양에 걸릴 것 같다.

하여튼…… 그는 묻는 듯한 표정으로 나를 바라보았다. "응?"

뭐라고 말하고 싶어서 그를 불렀는지 생각이 잘 나지 않았다. 잠시 후 나도 모르게 이런 말이 튀어나왔다. "어깨 벨트도 매야지."

"뭣 때문에?" 그는 예의 너무 매끄러운 목소리로 대꾸했다. "황 효과를 증대시켰을 때 정체(停滯) 지연이 프로그램대로 작동만 해 준다면, 설령 물구나무를 서고 있다 해도 아무 문제도 없어. 만약 제대로 작동하지 않는다면……" 그는 어깨를 으쓱했다. "흠, 이 벨트들은 우리 몸을 삶은 달걀처럼 썰어버릴 걸."

평소 때와 하등 다르지 않은 반응이다. 나는 한숨을 쉬고 내 몸을 고정한 안전벨트들을 더 단단히 조였다. 두껍고 튼튼한 나일론 띠를 만지니 마음이 든든하다. 클릭스가 슬며시 웃는 광경이 눈에 들어왔다. 아주 작은 미소였지만, 짐짓 선심을 쓰는 듯한 그 미소를 내가 눈치채리라는 사실을 알고 있다.

무전기 스피커에서 헬리콥터가 내는 굉음 못지않게 시끄러운 잡음이 딱딱 울려퍼졌다. 그러고는, "브랜디, 마일즈, 둘 다 준비됐나요?" 칭-메이 황 본인의 꼼꼼한 목소리였다. 자로 잰 듯이 침착하고 단조로운 어조로, 마치 컴퓨터 신호처럼 정확하게 자음을 발음한다.

"준비는 진작에 끝났고, 마냥 기다리는 중이야." 클릭스가 쾌활하게 말했다.

"빨리 끝내버립시다." 내가 말했다.

"브랜디, 괜찮아요?" 칭-메이가 물었다.

"난 괜찮습니다." 나는 어디 토할 양동이가 있으면 좋겠다고 생각하며 거짓말을 했다. 앞뒤로 계속 흔들리는 통에 속이 메슥거렸다. "부탁이니 빨리 실행해 주지 않겠습니까?"

"알았어요." 그녀가 대꾸했다. "〈역행〉까지 앞으로 60초. 행운을 빌어요 ── 그리고 하나님의 가호가 있기를." 한순간이나마 하나님 어쩌고 한 것은 TV 방송국의 카메라들을 의식해서 한 소리일 것이다. 칭-메이는 무신론자였다. 그녀가 믿는 것은 실험상의 데이터와 실험 결과뿐이다.

나는 심호흡을 하고 작은 방 안을 둘러보았다. 〈**국왕 폐하의 캐나다제 타임머신 찰스 헤이질리어스 스턴버그**〉*. 실로 멋진 이름이 아닌가? 이런 영예를 누릴 자격이 있는 고생물학자의 목록에는 십여 명의 이름이 올라와 있었지만, 결국 승리한 사람은 찰리 그 친구였다. 앨버타 주에서 행해진 화석 발굴의 선구자였을뿐만 아니라, 시간 여행에 관한 과학소설을 써서 1917년에 발표하기까지 했던 것이다. 홍보 담당자들이 정말 좋아할 얘기가 아닌가.

칭-메이의 목소리가 무전기 스피커에서 들려왔다. "**오십오. 오십사. 오십삼.**"

---

* Charles Hazelius Sternberg(1850-1943) 미국의 화석 수집가, 아마추어 고생물학자

여하튼 우리의 타임머신을 정말로 국왕 폐하의 어쩌고 하는 식으로 부르는 사람은 아무도 없었고, 실제로는 〈스턴버거〉라는 명칭이 거의 보편적으로 사용되었다. 왜냐하면 우리가 탄 타임머신은 대다수의 사람들 눈에는 커다란 햄버거처럼 보이기 때문이다. 그러나 내 눈에는 예의 황당무계한 TV 드라마 〈로스트 인 스페이스〉에 등장하는 우주선 주피터 2호를 뚱뚱하게 만든 것처럼 보인다. 우주의 로빈슨 가족이 타고 다니는 우주선과 마찬가지로 〈스턴버거〉는 기본적으로 상하 덱으로 나누어진 원반이다. 지붕에는 주피터 2호처럼 돔까지 달려 있었다. 그 돔에는 기상관측 및 천문 관측용 장비들이 빼곡히 차 있다. 한 사람쯤은 비집고 들어갈 수 있는 공간도 있다.

"사십팔. 사십칠. 사십육."

그러나 〈스턴버거〉호는 주피터 2호에 비하면 훨씬 작고, 직경이 5미터밖에는 되지 않는다. 게다가 아래쪽 덱은 사람을 위해 설계된 것이 아니었다. 아래쪽 덱의 높이는 단지 150센티미터에 불과하고, 물탱크와 지프 한 대가 들어가는 격납고의 아래 부분이 대부분의 공간을 점령하고 있다.

"사십일. 사십. 삼십구."

상부 덱은 반원형의 두 칸으로 양분되어 있다. 한쪽은 거주 구획이며, 만곡한 외벽 안쪽을 따라 콩팥 모양을 한 작업대와, 무전기와, 지질학과 생물학 장비로 가득 찬 소형 실험 유닛이 놓여 있다. 타임머신의 직경과 동일한 거주 구획의 편평한 내벽에는 세 개의 문이 나 있다. 1번 문—코미디언인 몬티 홀이 했던 쇼를 기억하는 사람이 아직 있는지?—을 열면 지붕 위의 계기 돔으로 비스듬하게 이어진 짧은 사닥다리와 외부 출입문으로 내려가기 위한 길이 1미터반의 경사로가 나온다. 2번 문을 열면 지프가 주차된 격납고가 나오고, 이 차고는 상하부 덱의 공간을 모두 차지하고 있다. 3번 문은 좁은 세면실로 이어진다.

"삼십사, 삼십삼, 삼십이."

중앙벽에 늘어선 문들 사이의 공간에는 낡은 마이크로웨이브 오븐을 올려놓은 작은 조리대, 음식이 든 커다란 냉장고, 어딘가의 고등학교 건물이 해체되었을 때 떨이로 사온 세 개의 비품 로커, 위에 구급 키트를 올려놓은 조그만 약품용 냉장고가 늘어서 있다. 우리가 누워있는 완충의자의 회전식 대좌는 바닥에 볼트로 고정되어 있다.

타임머신.

진짜 타임머신이다.

이 물건이 정확히 나를 어디로 데려다줄지를 알면 얼마나 좋을까.

"이십구. 이십팔. 이십칠."

황 효과의 오차는 1퍼센트의 반이다. 사소한 오차라고 생각할지도 모르지만, 우리가 서기 2013년에서 6천5백만 년 전의 과거로 돌아간다는 점을 감안하면 0.5퍼센트의 오차만 생겨도 목표 시점보다 33만 년 후의 신생대에 떨어질 가능성도 있다. 신생대 바로 전의 지질시대에 해당하는 중생대 말기에 일어난 전 세계 규모의 공룡 멸종의 원인을 알아내기에는 너무 늦은 시기이다.

"이십사. 이십삼. 이십이."

내 심리요법사 말에 따르면 나는 내가 옳고 클릭스가 그르다는 사실을 증명하기 위해 과도할 정도의 노력을 경주하고 있다고 한다. 의료 사회화 제도의 존재에 감사해야 하는 걸까. 정부가 내 심리요법 치료비를 내 주지 않았더라면 슈로더 박사의 분석에 몇 달 동안이나 끈질기게 저항할 염두를 내지는 못했을 테니까 말이다. 게다가 이것은 단순히 나와 클릭스 사이의 문제가 아니었다. 우리가 목표 시점에 제대로 도달한다면, 이번 여행은 오래 전부터 있어 왔던 과학적 수수께끼를 해결해 줄 수 있기 때문이다. 나와 클릭스를 위시한 몇백 명의 과학자들이 『네이처』나 『사이언스』, 『척추동물 고생물학 저널』지상을 통해 몇십 년에 걸쳐 논쟁해 온 수수께끼를 말이다.

"십구. 십팔. 십칠."

앨버타 주정부는 유네스코의 세계 문화 유적지인 공룡 공원에서 우리가 출발하기를 희망했지만, 그곳에서 발견된 화석들은 공룡이 멸종한 시대에서 천만 년 전의 것들이었다. 그래서 우리는 레드디어 강 상류로 거슬러올라가서 백악기의 가장 끄트머리에 해당하는 마스트리히트기에 형성된 지층을 찾아냈다. 그러나 칭-메이는 주 정부를 만족시키기 위해서 공룡 공원 안에 있는 티렐 연구소에 관제탑을 설치해 놓았다.

"십삼. 십이. 십일."

지구 중심에서 이 레드디어 강이 흐르는 지표면까지의 거리는 과거 6천5백만 년에 걸쳐 몇백 미터는 변했을 가능성이 있었다. 불행히도 이 프로젝트에 참가한 지형학자들은 이 기간 동안 지표면이 상승했는지 하강했는지에 관해 통일된 견해를 내놓지 못했다. 따라서 우리 타임머신이 땅속에 도착할 가능성—그럴 경우 물론 우리는 죽고, 물질이 다른 물질 안으로 억지로 들어갈 경우에 발생하는 엄청난 대폭발이 일어날 것이 뻔했다—을 회피하기 위해서 〈스턴버거〉호는 시코르스키 헬리콥터에 매달려 황무지의 1킬로미터 상공까지 올라와 있는 것이다. 칭-메이가 황 효과 발생 장치의 스위치를 넣기 직전에 타임머신을 매단 줄은 잘려나가게 된다. 〈스턴버거〉호의 내부는 정체 상태—이것은 시간이 정지된 상태를 의미하며, 칭-메이는 이런 상태를 세계 최초로 만들어내는 데 성공함으로써 2007년 노벨 물리학상을 받았다—로 돌입하고, 이 상태는 우리가 중생대에 도착한 뒤에도 10분 동안 지속된다. 타임머신이 지면에 격돌했을 때의 충격에 의해 날아오를 대량의 토사 따위가 완전히 가라앉기에 충분한 시간이다.

하여튼 이론상으로는 그렇다.

"칠. 육. 오."

마지막 몇 초 동안 이상한 생각을 했다. 만약 내가 정말로 죽는다면, 내 유언장이 여전히 상속인으로 지명하고 있는 테스가 내 유산을 받게 된다. 그렇다고 해서 물려줄 것이 많이 있는 것은 아니지만 말이다. 기껏해야 고물 포드 한 대에 미시소거 시내에 있는 집 한 채뿐이다. 그러나 내 전처가 그것을 모두 물려받는다고 생각하니 기분이 이상했다. 아마 클릭스도 나도 모두 죽는다면 상관 없겠지만, 나 혼자서 그런 재난을 당할 가능성에 관해서는 별로 생각하고 싶지 않았다. 왜냐하면 테스는 지금 클릭스와 사귀고 있기 때문이다. 도대체 언제부터 그랬던 걸까? 결국 내 재산은 클릭스 차지가 된다는 얘기가 된다. 그런 일만은 정말 피하고 싶었다.

"이, 일, 제로!"

케이블이 잘려나가자 위가 뒤집어지는 듯한 느낌이 ──

카운트다운
18

과거를 내다보고, 미래를 되돌아본다. 침묵이 흐를 때까지.

—마거릿 로렌스(1926-1987)·캐나다의 소설가

　일단 돈을 낸 다음에는 모든 걸 운에 맡긴다는 말이 있다. 우리는 추락시에 발생할 가능성이 있는 모든 긴급사태를 상정한 대응책을 일일이 준비해 놓았다. 수면에 낙하했을 경우, 거꾸로 떨어졌을 경우, 문을 열지 못하거나 어떤 이유로 인해 정체 상태가 너무 빨리 해제되고, 그 결과 충격에 의한 손상을 입었을 경우의 대응책 따위이다. 그러나 최악의 사태는 역시 밤에 착지하는 경우이다. 아침이 될 때까지 마냥 기다리는 수밖에 없기 때문이다.

　내가 앉아있는 완충의자는 지금 〈스턴버거〉호의 만곡한 외벽을 마주보고 있다. 강화유리 창문이 외벽을 두르고 있는 덕택에 180

도의 경치를 파노라마처럼 둘러볼 수 있다. 창밖은 껌껌했다. 그러나 아직 한밤중은 아니다, 단지 내 눈이 어둠에 익숙해지는 데 시간이 좀 걸려서 그렇게 보일 뿐이고, 실제로는 황혼 녘에 가깝다. 클릭스도 같은 생각을 했던 것임이 틀림없었다. 휘파람으로 왕년의 TV드라마 〈환상특급Twilight Zone〉의 시그널송을 불기 시작했기 때문이다.

"조금 있으면 동이 틀 거야." 나는 철컥하는 소리와 함께 안전벨트의 알루미늄제 버클을 풀며 말했다. 무선 콘솔 앞으로 달려가서 창문 한복판을 통해 밖을 내다본다.

"잔에 반쯤 물이 찼다고 해야 하나." 클릭스는 이렇게 대답하며 의자에서 일어섰다.

"뭐?" 나는 남이 이런 식으로 내 속을 떠보는 것을 싫어했다. 애매모호한 표현으로 내가 얼마나 상황을 잘 파악하고 있는지를 알려는 술수이다.

클릭스가 다가오더니 내 곁에 섰다. 우리는 함께 어둠 속을 들여다보았다. "자넨 낙천주의자로군, 브랜디. 내가 보기엔 방금 해가 진 것 같은데."

나는 왼편을 가리켰다. "시코르스키 헬기가 우리를 떨어뜨렸을 때 창문 저 부분은 동쪽을 향하고 있었어."

클릭스는 고개를 가로저었다. "그건 아무 증거도 되지 않아. 낙하하면서 회전했을지도 모르고, 바닥에 부딪치면서 튕겼을 수도 있잖아."

"그걸 확인하려면 한 가지 방법밖에는 없지." 나는 거주 구획 뒤쪽에 있는 수직벽으로 되돌아가서, 지프 차고로 이어지는 2번문에 달린 조그만 창문을 잠깐 들여다보았다. 밖으로 통하는 차고문은 강화유리 패널로 만들어져 있었기 때문에 완전히 투명했다. 따라서 지프 너머의 바깥 풍경을 볼 수 있어야 했지만 나를 맞은 것은 역시 칠흑 같은 어둠이었다. 그럼 어쩔 수 없다. 나는 세 개 있는 비품 로커 중 가운데 것을 뒤져서 나침반을 찾아냈다. 수없이 현지 조사를 하면서 애용하던 것이라서 상처투성이다. 나는 그것을 들고 클릭스가 있는 곳으로 돌아왔다.

"그것도 쓸모없어." 그는 나침반의 바늘을 보려고 하지도 않았다. "그건 남북을 가리킬 뿐이잖아. 어느 쪽이 어느 쪽인지 알 도리가 없어."

나는 무심결에 "뭐?"라고 말할 뻔하다가 클릭스가 무슨 얘기를 하고 있는지를 퍼뜩 깨달았다. 지구 자장(磁場)의 극성은 주기적으로 뒤바뀐다. 우리가 목표로 삼은 것은 29R, 즉 제29역전기를 3분의1쯤 거슬러올라간 시기였다. 50만 년에 달하는 이 시기는 백악기와 제3기 사이의 K-T 경계기*에 걸쳐 있었으며, 자기 북극은 지구의 남극 가까이에 위치해 있었다. 우리가 제대로 목표를 찾아왔다면 자침(磁針)의 빨갛게 칠해진 쪽은 남쪽을 향하고 있을 것이다. 그러나 황 효과의 오차는 상당히 크기 때문에 우리는 역전기 뒤에 온 제29통상기(29N)에 도착했거나, 그보다 더 뒤에 온 제30통상기가 시작될 무렵에 도착했을 가능성도 있었다. 만약 우리가

---

* K-T Boundary. 중생대 백악기와 신생대 제3기 지층이 경계를 이루는 곳. K는 중생대 백악기를 뜻하는 'Cretaceous'의 전통적인 머리글자이며, T는 신생대 제3기 'Tertiary'에 기인한다.

이 두 시기 중 하나에 착륙했다면 자침 빨간 쪽은 남쪽 대신 북쪽을 가리킬 것이다. 클릭스는 지금이 정확히 어떤 시기인가를 알려면 태양을 바라보는 수밖에 없다는 사실을 알고 있었다. 해는 당연히 동쪽에서 뜨고 서쪽에서 지기 때문이다. 우리들 오른쪽에 보이는 지평선이 더 밝아지는지 어두워지는지를 알아낼 때까지는 지금이 새벽인지 황혼 녘인지를 확인할 방법은 없다.

그렇지만 — 하! **클릭스도 모르는 방법이** 있었다. 나는 나침반을 잡은 손을 최대한 안정시키고 자세히 들여다보았다. 바늘은 몇 번 떨리다가 정지했다. "그래봤자 어느쪽이 북쪽인지는 알 수 없을걸." 클릭스가 말했다.

"아니, 알 수 있어." 나는 말했다. "바늘 끄트머리가 아래로 기울어진 쪽은 지구 자장의 만곡한 선을 따라서 여기서 가장 가까운 자극(磁極)을 가리키게 돼. 대륙이동설을 계산에 넣더라도, 북극 쪽이 여전히 더 가까울 거야."

클릭스는 감명을 받은 듯 끙 하는 소리를 냈다. "그럼 어느 쪽이 아래로 기울어졌는데?"

"빨갛게 칠해지지 않은 쪽. 따라서 양극이 역전되었다는 건 확실해. 좋은 소식은 우리가 제29 역전기에 도착했다는 점이겠지. 그리고 바로 저쪽이야말로," 나는 뒤돌아보며 편평한 뒤쪽 벽을 가리켰다. "진북이야. 남극이 아니라 북극 쪽."

"그리고 나쁜 소식은," 클릭스가 말했다. "지금은 역시 해질 녘이라는 점이겠군."

그러나 이런 사실도 나의 고양된 기분을 꺾지는 못했다. 나는 계속해서 강화유리 너머를 관찰했다. 창문 중앙부는 남쪽을 향하고 있다. 처음에는 정확히 무엇을 보고 있는지 알 수가 없었지만, 동공이 천천히 열리기 시작하면서 감이 잡히기 시작했다.

우리가 있는 곳은 편평한 지면 위가 아니었다. 아무래도 작은 언덕 비슷한 흙무더기 위에 올라탄 듯했다. 이곳은 크레이터 벽이다. 그렇다. 〈스턴버거〉는 정체 상태를 유지하면서 수직으로 추락했고, 아주 부드러운 물질과 격돌했던 것이다. 아마 진흙이나 푸석푸석한 땅인 듯했다. 부딪쳤을 때의 충격으로 타임머신 크기의 여섯 배쯤 되는 직경 30미터의 크레이터가 생겨난 것이다. 그러나 부딪쳤을 때의 충격이 상당히 강했던 탓에 〈스턴버거〉는 크레이터 바닥에서 튕겨나와 도넛 모양을 한 크레이터의 동쪽 벽 위에 올라탔음이 틀림없다.

아아, 정말로 흥분된다. 과거. 우리는 **과거**로 와 있는 것이다. 머리가 어지럽고 현기증을 느낄 지경이다. 공중에 둥둥 떠 있다는 기분이라고 해도 과언이 아니다. 방망이질치는 심장 고동이 워밍업을 시작한 드러머의 원투 리듬처럼 점점 빨라졌다.

이렇게 어두운데 밖으로 나간다는 것은 어리석은 짓이다. 우리의 소란스러운 도착 소리를 듣고 어떤 생물들이 모여들었을지 알 게 뭔가? 그러나 실제로 공룡을 목격하든가, 아니면 중생대에 속하는 것이 틀림없는 생명체를 보기까지는 대멸종이 일어나기 전의 지구에 도착했는지 확인할 방법은 없었다. 클릭스와 나는 크레이터 벽을 마주한 창문에서 떨어져나와 오른쪽으로 갔다.

남쪽으로는 호수가 보였다. 분홍빛 하늘 아래에서 거대한 피웅덩이처럼 펼쳐진 호수의 잔잔한 수면 가장자리에 자란 수총, 갈대, 수련, 개구리밥 따위가 눈에 들어온다. 똑바로 앞쪽으로는 장밋빛

서쪽 지평선을 향해 광대하고 건조한 대지가 이어지고 있었다. 갈색 지면은 육각형 타일로 이루어진 모자이크처럼 갈라져 있었고, 각 타일의 가장자리가 낙엽처럼 말려올라가 있는 것을 알 수 있었다. 진흙 평원 일대에는 볼품없게 말라빠진 낙우송(落羽松)들이 점재하고 있다. 고통받는 영혼처럼 하늘을 향해 몸을 뒤틀고 있다고나 할까.

우리는 뒤쪽 벽을 향해 함께 걸어갔다. 클릭스는 외부용 출입문과 사닥다리로 이어지는 1번문에 달린 창문을 들여다보았다. 그러면 주(主) 해치에 박혀있는 강화유리를 통해 밖을 내다볼 수 있기 때문이다. 나는 2번문의 창문을 통해 다시 밖을 바라보았다. 아까 보았을 때보다 되려 더 어두워져 있었지만, 눈이 어둠에 익숙해진 덕에 처음보다 더 잘 보였다. 정북 방향에 우뚝 치솟은 벽처럼 보이는 것은 폭이 넓은 이파리가 달린 낙엽수들로 이루어진 숲이다. 낙엽수 위쪽 가지들은 25미터 높이에서 얽히고설킨 두터운 천개(天蓋)가 되어 하늘을 가리고 있었다. 이 낙엽수들 사이에 간간히 낙우송과 유칼리나무를 닮은 상록수들이 섞여 있었다. 낙우송들 중 어떤 것은 잎이 무성한 깃대처럼 천개를 뚫고 25미터쯤 더 높이 솟아 있었다.

루이지아나의 오지를 연상시키는 이 풍경은 확실히 중생대 말기처럼 보였지만, 나는 우리가 공룡이 완전히 멸종해 버린 신생대 초기에 도착한 것이 아닌가 하는 두려움을 여전히 불식할 수가 없었다. 정확히 어느 시대에 도착했든 간에 우리는 최대한 탐사를 해야 했다. 그러나 백악기에서 제3기로 이행하면서 체중이 20킬로그램을 넘는 동물들은 모조리 멸종해 버렸기 때문에 팔레오세 초기는 따분하기 그지없는 시대였다. **황 효과와 그 0.5퍼센트의 오차가 이토록 괘씸하게 여겨진 적은 일찍이 없었다!**

"저길 봐!" 클릭스가 외쳤다. 그는 만곡한 외벽 쪽으로 돌아가서 미니 실험실 너머로 서쪽을 바라보고 있던 참이었다. 나는 서둘러 클릭스 곁으로 가서 카키색 소매로 감싸인 그의 팔이 가리키고 있는 방향을 보았다. 금이 간 진흙 평원이 하늘과 맞닿는 부분을 응시한다. 커다란 물체가 붉은 석양 빛을 배경으로 지평선상을 이동하고 있었다.

20킬로그램을 넘는 동물…… 여기는 중생대이다. 틀림없다! 나는 비품 로커 쪽으로 후다닥 달려가서 쌍안경을 두 개 꺼냈고, 서둘러 창가로 와서 클릭스에게 그중 하나를 건넸다. 가죽 케이스를 황급히 열고 렌즈 뚜껑을 포커칩처럼 공중에 날리면서 접안부를 두 눈에 갖다댔다. 공룡이다. 그렇다. 저건 누가 뭐래도 공룡이다! 두 다리로 서서 걷고 있다. 혹시 오리주둥이 공룡일까? 아니, 그보다 훨씬 더 자극적인 생물이다. 토쿄를 짓밟은 고질라처럼 뒷다리로 걸어다니는 육식 수각아목(獸脚亞目)이다.

"티라노사우루스야." 나는 클릭스 쪽을 보며 경건한 어조로 말했다.

"정말 추하고 볼품 없구먼. 안 그래?"

나는 악문 이 사이로 내뱉었다. "아름답잖아."

사실이었다. 어둠침침한 탓인지 암적색으로 보인다. 마치 피부를 벗겨낸, 피에 젖은 근육 표본을 직접 보는 듯한 느낌이다. 두꺼운 목 위에는 혹투성이의 거대한 목이 얹혀 있었다. 통 모양을 한 동체에, 조그맣고 거의 섬세한 느낌을 주는 앞다리가 달려 있다.

영원히 계속되는 듯한 두터운 꼬리, 근육이 불거진 튼튼한 두 다리, 그리고 새처럼 발톱 세 개가 달린 발이 보인다. 완벽하게 설계된 살육기계다.

물론 우리는 이런 광경을 비디오로 찍고 있었다. 각자가 디지털 녹화기에 연결된 소니의 마이크로카메라를 착용하고 있다. 이 방식의 유일한 결점은 미래로 돌아갈 때까지 그 영상을 재생할 방법이 없다는 점이었다.

느닷없이 두 마리째의 티라노사우루스가 시야에 들어왔다. 처음 것보다 조금 크다. 심장이 철렁하는 느낌을 받았다. 싸우려는 것일까? 저렇게 큰 덩치를 유지하려면 다량의 먹이가 필요하므로 영역 동물일 가능성도 높았다. 말없는 화석 쪼가리들을 짜맞춰서 추측하는 대신에 이런 전투를 두 눈으로 직접 보고 싶다고 지금까지 얼마나 갈망했던가. 세상에 그만한 스펙터클이 어디 있을까! 나는 깃털처럼 공중에 둥둥 뜬 기분이었다.

두 포식수는 한순간 서로를 마주보았다──찰스 나이트*의 그림을 실물로 보는 듯한 엄청난 광경이다. 각각 체중이 몇 톤씩 나가는 두 마리의 육식수가 목숨을 걸고 싸울 준비를 하고 있다. 작은 쪽이 거대한 아가리를 벌리자 이렇게 먼 곳에서도 마치 종이를 찢어낸 것처럼 삐뚤빼뚤하고 날카로운 이빨의 윤곽이 눈에 들어왔다.

그러나 그들은 싸우지 않았다. 그러는 대신 동시에 황혼으로부

---

* Charles Robert Knight(1874-1953) 미국의 화가. 공룡을 위시한 고생대의 동물의 상상화로 유명하다.

터 고개를 돌렸다. 세 번째 티라노사우루스가 다가왔다. 처음 두 마리보다 덩치가 더 크다. 그러자마자 네 마리째와 다섯 마리째가 그 뒤를 따라왔다. 공룡들 모두가 수그린 자세로 앞뒤로 몸을 까닥거리며 걸었다. 길고 두터운 꼬리로 거대한 머리의 균형을 잡고 있다.

이 포악한 공룡들 근처에 있던 두 개의 검은 언덕이 움직이는 것을 보고 나는 그것들이 엎드려 있던 두 마리의 티라노사우루스라는 사실을 깨달았다. 이것들은 뒷다리를 뻗으며 두 개의 발가락이 달린 조그만 앞발을 땅에 박더니 강력한 허벅지의 힘을 이용해서 미끄러지지도 않고 동체를 일으키기 시작했다. 두 마리는 두 다리로 천천히 일어섰다. 한 마리가 고개를 뒤로 젖히더니 낮은 포효를 발했다. 이토록 멀리 떨어진 〈스턴버거〉호의 금속제 벽 안에서도 들릴 정도였다. 무려 일곱 마리나 되는 강대한 공룡들이 무리를 지어 함께 돌아다니다니? 이 거대한 포식수들이 힘을 합쳐서 싸워야 될 정도로 강한 먹이감이 무엇인지는 도무지 상상이 되지 않았다.

주위는 아까보다 더 어두워져 있었다. 백악기 말기에는 20여 속(屬)의 공룡밖에는 남아있지 않았으므로, 이렇게 어두워도 어떤 종인지를 알아보는 것은 쉬웠다. 누가 보아도 티라노사우루스다. 여기가 앨버타라는 사실을 감안하면 아마 가장 강대한 티라노사우루스 렉스일런지도 모르지만, 성숙한 암컷들로 보기에는 몸집이 너무 작았다. 아마 대다수는 아직 어리고, 저렇게 크기가 가지각색인 것은 부화한 시기에 차이가 있기 때문인지도 모르겠다. 가장 큰 놈은 성숙한 수컷일 수도 있지만 말이다. 정말이지 놀랄만한——

그때 느닷없이 공룡들이 움직이기 시작했다.

우리들을 향해서.

일곱 마리 중에서 가장 큰 놈이 단호한 동작으로 우리의 타임머신을 향해 걸어오기 시작했고, 그 뒤를 다른 여섯 마리가 일렬 종대로 따르기 시작했다. 공룡들은 보조를 맞춰 행진하고 있었다. 일곱 개의 거대한 왼발이 땅을 쿵하고 밟고, 일곱 개의 동체가 남쪽으로 기울어지더니, 일곱 개의 오른 발이 앞으로 내밀어지면서 일곱 개의 둥그런 머리가 북쪽으로 기운다. 왼쪽, 오른쪽, 남쪽, 북쪽. 공룡들은 마치 대열을 짠 병사들처럼 움직였다. 이들이 소철과 양치류를 짓밟자, 풀숲에 숨어 있던 조그만 동물들—너무 어두워서 정확하게 정체를 알 수는 없었다—이 황급히 여기저기로 도망치는 것이 보였다.

공룡이 질서정연하게 행진하다니 도저히 수긍할 수가 없었다. 물론 화석 조사 결과 일부 공룡들 사이에서 복잡한 사회적 위계질서가 존재했을지도 모른다는 가능성이 제기된 적은 있었지만, 군대처럼 보조를 맞춰 행진하다니 기괴하다는 생각밖에는 들지 않는다 ── 악몽이 행진하는 듯한 느낌.

〈스턴버거〉호의 외벽이 얼마나 튼튼할까 하는 의문이 뇌리를 스쳐갔다. 정체 상태에 머물러 있을 때는 절대로 파괴할 수 없지만, 이렇게 그냥 한 자리에 머물러 있을 때는 속이 빈 깡통이나 다름없다. 티라노사우루스의 이빨은 강철도 관통할 수 있는 것이다.

접근해 오는 일곱 마리의 포식수를 쌍안경으로 관찰하고 있던 나는 이들의 피처럼 붉은 몸 색깔이 석양으로 인한 착각이 아니라는 사실을 깨달았다. 이들의 몸 색깔은 정말로 짙은 적갈색이었던 것이다. 피부는 옥수수알처럼 빽빽하게 들어찬 둥그런 구슬 모양 돌기의 집합이었다. 거대한 턱 아래에는 목둘레살로 짐작되는 느슨한 피부가 매달려 있었고, 걸을 때마다 앞뒤로 흔들렸다. 두 개의 발톱이 달린, 오그라들어 쓸모가 없어 보이는 조그만 앞발은 동체를 때리는 닭다리를 연상케 했다.

거대한 파충류들은 30미터 거리까지 다가온 후 대형을 풀기 시작했다. 선두의 티라노사우루스는 우리 오른쪽을 향해 움직였다. 두 번째는 우리 왼쪽으로 오고, 세 번째는 오른쪽으로 오는 식으로 교대로 대열을 갈랐다. 예외는 마지막 놈이었다. 원래 있던 자리에 서서 꼬리를 앞뒤로 움직이고 있다.

대열 앞쪽에 있었던 공룡들은 우리 뒤로 돌아가려고 했지만 우리가 자리잡고 있는 크레이터 벽에 부딪치더니 어리둥절하는 눈치였다. 그중 한 마리가 가파른 벽을 기어올라 오려고 했지만 조그만 두 앞발로 붙잡을 곳을 찾는 것은 무리였다. 티라노사우루스—이제는 밤의 어둠을 배경으로 움직이는 검은 그림자로밖에는 안 보이는—들은 우리 쪽을 빤히 바라보았다. 자기들이 활보하던 영역을 침범한 이 납작한 금속 원반의 정체를 어떻게든 이해해 보려고 하는 눈치였다.

몇 분쯤 지났을까, 사면을 기어오르려고 악전고투하던 티라노사우루스가 25미터쯤 뒤로 물러났다. 낮게 으르렁거리는가 했더니 양발을 피스톤처럼 위아래로 움직이며 앞으로 달려나오기 시작했다. 골이 난 공룡은 체중 2톤에 달하는 관성의 도움을 받고 크레이터의 벽을 박차며 우리가 있는 곳까지 올라오기 시작했다. 핏빛을 한 거대한 고깃덩어리가 내 얼굴 바로 앞에 격돌한 순간 〈스턴버거〉호는 흔들하며 뒤로 움직였다. 공룡과 부딪친 부분의 강화유리가 일그러지며 조금 불투명해졌다. 혹투성이의 거대한 머리통에 달린 턱이 캐스터네츠처럼 딱딱거리며 타임머신의 외각을 물어뜯으려고 했다. 길이가 무려 15센티미터에 달하는 톱니 모양의 이빨들이 치과 드릴 같은 소리를 내며 강화유리를 긁어댄다. 이미 갈아치울 시기가 된 듯한 이빨 몇 개가 잇몸에서 쑥 뽑혀나오며 공중을 갈랐다. 이윽고 어디에도 발판을 확보하지 못한 티라노사우루스는 뒤로 미끌어지기 시작했고, 부스러진 크레이터 벽을 비틀거리며 내려가서 동료들과 합류했다.

잠시 후 공룡들은 아까 왔을 때와 마찬가지로 일렬종대를 짓고 밤의 어둠 속으로 되돌아갔다. 그들의 모습이 시야에서 사라진 뒤에도 쿵쿵거리는 발소리는 오랫동안 계속되었다. 머리 위에서는 산업혁명 이후의 지구에서는 결코 볼 수가 없었던 맑고 새까만 하늘을 수놓은 은하수가 다이아몬드의 강처럼 반짝했다.

카운트다운

17

완고한 사내는 의견 따위는 갖고 있지 않다.

의견이 그 사내를 붙들고 있기 때문이다.

—알렉산더 포프(1688-1744) · 영국 시인

흠, 이제 어떻게 해야 할까? 기상한 지 네 시간밖에는 되지 않기 때문에 지금 잠자리에 드는 것은 무리였다. 어차피 흥분한 탓에 졸리지도 않았다. 발걸음도 너무 가벼워서 거의 현기증을 느낄 지경이다. 티라노사우루스들이 떠나자 주위가 어두컴컴해졌기 때문에 클릭스는 천장의 형광등을 켰다. 그러나 얼마 되지 않아 나는 전등을 꺼도 되겠느냐고 그에게 물었다.

"이렇게 빨리 주무시려고?" 그가 물었다.

"그냥 별을 보고 싶어서 그래."

그는 끙하는 소리를 냈지만 자기 손으로 불을 꺼 주었다. 어둠에 눈이 다시 적응할 때까지는 조금 시간이 걸렸지만, 곧 밤하늘의 광휘가 되돌아왔다. 남서쪽 하늘에 다른 별들보다 훨씬 더 밝은 별이 하나 보였다. 뭔지 짐작이 갔기 때문에 서둘러 배율 7배짜리 쌍안경을 꺼내서 접안경을 두 눈에 갖다댔다. 그렇다. 갈릴레오 위성들이다. 왼쪽에 세 개, 오른쪽에 한 개가 보인다. 갈릴레오 위성이라고? 엄밀하게 말하자면 목성의 가장 큰 달 네 개를 처음 본 인물은 이제 나다. 그러니까 이제는 새커리 위성이라고 불러야 할지도 모르겠다.

밤하늘의 다른 별들은 모두 뒤죽박죽 섞여 있어서 뭐가 뭔지 알 수가 없었다. 너무나도 먼 과거로 돌아온 탓에 완만하게 움직이는 별들조차도 완전히 배치가 바뀌었다. 낯익은 별자리는 단 하나도 찾아볼 수 없었다. 해가 어느 쪽으로 졌고 목성이 어디 있는지를 알고 있기 때문에, 황도의 위치를 추정할 수는 있었다. 나는 목성의 형제 행성들을 찾아 보았다.

금성은 눈에 보인다면 밤하늘에 군림하고 있어야 했다. 화성도 불그스름한 빛 덕택에 뚜렷하게 보일 것이다. 사실 지평선에서 30도쯤 위에 색깔이 있는 광점이 보이기는 했지만, 붉다기보다는 초록색에 더 가까웠다. 또 다른 광점이 그보다 더 높은 곳에서 빛나고 있다——혹시 토성인가? 나는 다시 쌍안경을 집어올려 얼굴에 갖다댔다. 고리를 볼 수는 없었지만 그것만으로는 아무 증거도 되지 않는다. 고리가 수평일 경우에는 허블 우주망원경을 써도 보이지 않기 때문이다.

쌍안경을 내리고 밤하늘을 그냥 만끽했다. 그리고 최근 버릇대로 어느새 클릭스와 테스 생각을 하고 있었다.

최근 들어서 클릭스와 나는 별로 말을 나누지 않는 소원한 사이가 되었다. 클릭스에게 하고 싶은 질문이 없었던 것은 아니다. 나는 테스가 어떻게 지내고 있는지, 또 두 사람 사이의 관계가 어떻게 되고 있는지 궁금했고, 함께 살 예정이 있는지, 또 두 사람은 얼마나 자주——흐음, 이런 식으로 알고 싶은 일들은 무척이나 많았지만, 애당초 내가 관여할 성질의 것이 아니다. 그래도 자꾸 궁금해지는 것은 나도 어쩔 수 없었다.

빌어먹을. 클릭스와 나는 친구 사이였다. 그것도 매우 친한 친구였다. 내가 토론토 대학의 학부생이었을 당시 그는 번스틴 교수의 조교 노릇을 하고 있었다. 우리는 의기투합했고, 내가 버클리의 대학원에 진학한 뒤에도 서로 연락을 끊지 않았다. 몇 년 뒤에 나는 테스와 결혼했다. 장인 장모의 소원을 들어주기 위해 성대한 결혼식을 올렸을 때, 클릭스에게 신랑 들러리가 되어 달라고 부탁한 것은 자연스러운 귀결이었다.

들러리가 된 건 결국 나였지만 말야.

울분을 삭히지 못해서 이렇게 답답한 것인지, 아니면 이 비좁은 깡통 안에 너무 오래 갇혀 있던 탓에 정말로 공기가 부족해진 것인지는 알 수 없었다. 어느 쪽이 사실이든 간에 너무 답답했다. "환기창을 여는 편이 낫지 않을까." 나는 말했다.

클릭스는 알았다는 듯이 끙 소리를 냈고, 우리는 각자 빨간 개폐용 휠을 돌려 만곡한 외곽 위쪽을 빙 두르고 있는 환기창들을 열었다. 기압이 균등해지면서 귀가 뚫렸다. 선실 내부로 짜증날 정도로 많은 꽃가루들이 흘러들어온다. 〈역행〉에 들어가기 전에 미리 항히스타민제를 먹어두어서 다행이다.

밤은 곤충들이 내는 기괴한 소리로 가득 차 있었다. 직직직, 찍찍찍, 틱틱틱하는 소리와, 나직하게 붕붕 울리는 소리. 환기창에는 벌레들이 들어오지 않도록 금속제 방충망이 끼워져 있었지만, 내일이 되면 구름처럼 떼지어 몰려올 것이 뻔한 선사 시대의 해충들과 대면해야 한다는 생각을 하니 소름이 쫙 끼친다.

"달이 올라오고 있어." 클릭스가 말했다. 나는 고개를 돌려 창밖을 내다보았다. 보름달의 4분의3 정도의 크기까지 부풀어오른 호박색 달의 얽은 얼굴은 남쪽 호수의 잔잔한 수면 위에도 떠 있었다.

"하느님 맙소사, 저걸 좀 봐." 클릭스가 외쳤다. 나는 한 박자 뒤에야 달 표면의 어디가 이상한지를 깨달았다. 얼굴을 돌린 탓에 현대에서는 달의 뒷면에 해당하는 면을 상당 부분까지 뚜렷하게 볼수가 있었다. 〈모스크바의 바다〉임이 틀림없는 평지의 일부가 동쪽 언저리에 보인다. 현대의 지구에서는 칭동(秤動)*에 의해 뒷면을 조금 볼 수 있지만, 달 뒤쪽으로 한참 들어간 동경 140도 부근에서 시작되고 있는 〈모스크바의 바다〉를 보는 것은 불가능했다. 처음에는 달과 지구의 조석력이 아직 동기(同期)되지 않은 탓인가 생각했지만, 이내 그 가설을 포기했다. 그러기에는 공전 궤도가 지구에 너무 가깝다. 현재 보이는 것이 중생대의 달이 지구를 향해 보이는 면일 가능성이 더 높다. 중생대에서 현대까지 오면서 달은 도대체 어떤 이유에서 얼굴을 돌리게 된 것인지 궁금했다.

* libration. 겉보기의 움직임 또는 공전에 의해 실제로 생기는 달의 진동

"작아 보이는데." 클릭스가 말했다.

나는 곰곰이 생각에 잠겼다. 실제로 달은 평소보다 더 작아 보였다. 이상한 얘기다. 궤도를 따라 공전하는 물체는 세월이 흐를수록 그 중심으로부터 천천히 멀어져가는 경향이 있으므로, 지금처럼 과거로 오면 달은 지구에 더 가까울 것이라고 예상하고 있었기 때문이다. 그러나 눈으로 보는 달의 크기는 근지점(近地點)에서 원지점(遠地點)으로 이동하면서 30퍼센트쯤 작아졌다 커졌다 하는 것이 보통이다. 대다수 사람들은 모르고 지나치지만 말이다. 인간의 눈은 그런 변화에 워낙 둔감하기로 악명이 높다. 그러나 저기 떠 있는 달이 작아 보이는 것은 사실이었다.

쌍안경을 다시 들여다보니 이 달이 실제로 태곳적의 젊은 달 Luna이라는 다른 증거를 찾아낼 수 있었다. 〈조르다노 브루노〉가 있어야 할 곳을 찾아보았던 것이다. 보통 이 크레이터는 보름달 언저리에 위치해 있지만, 달이 고개를 돌렸다면 원반 가장자리에서 훨씬 더 안으로 들어온 곳에 있어야 한다. 내가 예상했던대로 크레이터 중심에서 밖을 향해 뻗어나가는 길이 500킬로미터에 달하는 방사형 광조(光條)들은 어디에서도 눈에 띄지 않았다. 하늘을 올려다보던 다섯 명의 영국인 수도사들이 실제로 그 크레이터를 만들어낸 운석의 충돌을 목격했던 것은 서기 1178년의 일이다.

클릭스에게 문제의 크레이터가 안 보인다는 얘기를 하려고 했지만, 운석 충돌 얘기만 나오면 우리는 그런 충돌이 K-T 경계기에 일어난 멸종의 원인인지 아닌지에 대해서 격론을 벌이기 때문에 별로 내키지 않았다. 클릭스는 그 가설을 지지했다. 그런 고로 일반 대중의 눈으로 보면 클릭스는 주류 이론의 옹호자라는 얘기가 된다. 사실 1980년대의 신문기사와 공영방송의 특집 프로그램들은 하나같이 공룡을 멸종시킨 범인은 바로 운석 충돌임을 지적했기 때문이다. 나는 그 논쟁을 되풀이할 기분이 아니었다. 맥주 몇 병을 마신 뒤에는 클릭스와 논쟁을 하고 싶은 기분이 들 수도 있겠지만, 유감스럽게도 우리가 가져온 식량에 맥주는 포함되어 있지 않았다. 그러나 다음 순간 결국 옛날부터 되풀이해왔던 논쟁을 다시 촉발한 일이 일어났다. 천천히, 조용히, 아무렇지도 않게, **두 번째** 달이 첫 번째 달 뒤를 이어 떠오르기 시작했던 것이다. 더 작았다. 시각적으로는 첫 번째 달 직경의 3분의1 정도밖에는 되어 보이지 않는다. 구체였고, 첫 번째 달과 마찬가지로 역시 철월(凸月)이었다. 마치 흰 젤리빈 과자 같다.

"클릭스?" 나는 말했다.

"보고 있어."

쌍안경을 들어올려 조그만 구체를 관찰했지만, 표면적이 너무 작아서 세부를 알아볼 수는 없었다. "트릭(Trick)이야." 나도 모르게 이런 말이 나와서 놀랐다. "저건 〈트릭〉이라고 불러야 마땅하지 않을까."

"찰스 트릭 커렐리 말이로군." 클릭스가 무슨 뜻인지 알겠다는 듯이 대꾸했다. C. T. 커렐리는 20세기 초반의 고고학자이며 내가 일하고 있는 왕립 온타리오 박물관의 설립자이기도 했다. 이따금 나는 일반인을 상대로 한 글을 쓰곤 하는데, 우리 박물관에서 회원에게 발송하는 잡지인 『로우턴다Rotunda』지상에 그의 전기를 발표한 적이 있다. 클릭스는 내가 고른 이름에 이의를 제기하지 않았고 나는 이 작은 기적에 감사했다.

우리는 한동안 두 개의 달을 바라보고 있었다. 트릭은 루나를 따라잡고 있는 것처럼 보였다. 바꿔 말해서 트릭 쪽이 훨씬 더 낮은 궤도를 돈다는 뜻이다. 조석력(潮汐力)에 사로잡힌 루나가 언제나 같은 면을 지구에 보이고 있다는 사실을 감안하면, 아마 트릭 또한 마찬가지라는 얘기가 된다. 저렇게 지구에 가까우면 중력에 의한 응력(應力)도 상당할 텐데……

아하!

"주기적 멸종론은 이제 물 건너갔군." 나는 흥분된 어조로 말했다.

버클리의 알바레스 연구 그룹이 『사이언스』지에 운석 충돌에 의한 공룡 멸종 가설을 발표한 것은 1980년의 일이다. 비슷한 시기에, 공룡이 멸종된 지 3천만 년 뒤인 시신세(始新世)에서 점신세(漸新世)에 걸쳐 일어난 동물 멸종에 관한 흥미로운 가설이 제기되었다. 이 가설에 의하면 이런 후대의 멸종은 태곳적에 존재하던 제2의 달의 붕괴가 촉발한 지구적 규모의 한랭화에 기인한다고 한다. 이 달의 잔해는 지구 주위를 돌다가 지구의 적도 위에서 일시적인 고리를 형성하면서 햇볕을 막았고, 그 결과 지구 기온은 백만 년 가깝게 낮은 상태를 유지했다는 설명이다. 알바레스 이론 쪽은 공룡이 관련되어 있는 데다가 칼 세이건이 그것을 '핵겨울'에 결부시킨 뒤에는 통속 과학의 전도사들의 지지를 받았기 때문에 대중의 인기를 얻었고, 지구에 있었던 고리에 관한 논쟁은 어느새 여기 파묻혀 버렸다.

클릭스를 포함한 다른 과학자들은 알바레스 가설에서 한 걸음 더 나아가서, 미지의 암흑성이 소행성대나 오르트 성운을 주기적으로 교란한 결과 일어난 주기적인 운석 충돌에 의한 폭발이야말로 백악기-제3기 및 시신세-점신세 멸종을 포함한 정기적인 멸종의 원인이라고 주장했다. 나는 이런 주장에 찬동할 수가 없었다. 2천6백만 년의 멸종 주기를 확립하려면 오르도비스기(期)의 멸종까지 포함시켜야 하지만, 이 멸종이 지구의 판 구조가 곤드와나 초대륙(超大陸)을 남극 쪽으로 이동시키면서 야기한 빙하기에 의한 것이라는 점은 누가 보아도 명백했기 때문이다.

물론 클릭스는 나의 그런 견해에 관해 잘 알고 있었다. 그래서 나는 두 번째 달을 손가락으로 가리켰을 뿐이었다. "트릭은 제3기 시신세에서 점신세에 걸친 멸종에 관한 유일한 설명을 제공해 주고 있어." 나는 말했다. "달의 붕괴에 주기적인 부분은 하나도 없었던 거야."

클릭스는 기특하게도 내 말에 이의를 제기하지 않았다. 그 대신 이렇게 대꾸하기는 했지만 말이다. "왜 그 멸종에 그걸 결부시켜? 여기서 곧 일어날 공룡 대멸종의 원인으로 봐야 하는 거 아냐?"

"텍타이트 때문이야." 텍타이트는 지구 각지에서 발견되는 월석(月石)을 닮은 유리질 광물이다. "미국 남동부의 텍타이트 산지의 지질학적 연대는 시신세-점신세 경계기의 그것과 일치해. 텍타이트는 트릭의 잔해가 지구에 충돌했을 때 생겨났던 것이 틀림없어."

클릭스는 1분쯤 침묵했지만, 어둠 속에서도 그가 이를 가는 소리를 들을 수 있었다──깊은 생각에 잠겼을 때의 버릇이다. 문제를 곱씹는다고나 할까. 이윽고 그는 입을 열었다. "수면제 알약이 있어."

"응?" 클릭스가 화제를 바꾼 것을 보니 아마 내가 논쟁에서 이긴 듯했지만, 뜬금없이 왜 이런 얘기를 하는지 알 수 없었다.

"약을 먹으면 잠이 올 거라는 얘기야. 이렇게 밤을 새면 아침에는 지쳐서 아무것도 할 수 없잖아."

나는 결코 수면제를 먹지 않는다. 내가 중독적인 성격을 가지고 있다는 사실을 알고 있기 때문이다 —— 이것은 슈로더 박사의 작은 통찰 중 하나다. 그런 고로 약물에 손을 대는 것은 논외였다. 빌어먹을, 피자를 먹고 싶은 유혹에 저항하는 것만 해도 내게는 큰 일인 것이다. 슈로더는 더블 치즈 앤드 페퍼로니는 약물 의존과는 무관하다고 장담했지만 말이다. 그러나 클릭스가 한 말은 타당하게 들렸다. 어두운 선실 안에서 그가 돌아다니는 소리가 들린다. 그가 약품 보관용 냉장고를 열자 노란 전구에 불이 들어오며 냉장고 내부를 밝혔다. 클릭스는 수면제가 든 약병을 찾아냈고, 앞을 볼 수 있도록 일부러 냉장고 문을 열어둔 채로 싱크대로 가더니 두 개의 종이컵에 물을 받았다. 우리가 이곳에 체류하는 87시간 동안 충분히 쓰고도 남을 물이 발 아래의 물탱크에 저장되어 있었다. 87시간은 이렇게 먼 과거로 왔을 때 황 효과가 우리를 잡아둘 수 있는 최대 시간이다.

"자, 여기 있어." 그는 종이컵과 은빛 캡슐을 내게 건넸다. 나는 가슴 호주머니에 캡슐을 넣었다. 클릭스가 발로 냉장고 문을 닫자 선실 안은 다시 껌껌해졌지만, 이내 그는 천장의 형광등을 켰다. 눈이 부셨던 탓에 두 사람 모두 눈을 찡그렸다. 그가 자기 완충의자 옆에 달린 크랭크를 돌리자 래칫 톱니바퀴가 돌며 의자는 편평한 침대 모양으로 바뀌었다.

나는 창가에서 떨어져나왔다. 별들로 이루어진 숲속에서 천천히 루나를 쫓아가는 트럭이 자아내는 기이한 장관에 등을 돌리고, 나 자신의 의자를 취침용 자세로 바꿨다.

그런 다음 잠옷으로 갈아입었다. 그러면서도 창밖에 보이는 두 개의 달 쪽으로 자꾸 시선이 가는 것은 어쩔 수 없었다. 설령 트럭의 존재가 주기적 멸종 가설의 오류를 증명했다고 해도, 나는 클릭스가 운석 충돌에 의한 공룡 멸종 모델에 계속 집착하리라는 점을 확신하고 있었다.

고생물학자는 좌절하기 쉬운 직업이다. 내 이웃인 프레드—죽은 고양이 주인—는 어느날 내게 이렇게 말한 적이 있다. 어이, 이제 공룡들이 뭣 때문에 멸종했는지 알아냈으니까, 자네도 이젠 할 일이 없어졌겠군. 일반 대중의 인식은 기껏해야 이 정도인 듯하다. 그러나 운석 충돌 이론이 대중매체에서 2차대전 이래 발표된 그 어떤 과학 이론보다 더 많은 각광을 받게 된 이유는, 공룡에 관해 무지한 천문학자와 물리학자들, 그리고 고생물학계에서 주목을 받기를 원했던 극소수의 경박한 작자들이 열심히 홍보를 했기 때문이다.

그러나 운석 이론은 가설에 불과한 데다가 가설로서도 그리 훌륭한 편이라고는 할 수 없었다. 물론 중생대가 끝나갈 무렵 너비 10킬로미터에 달하는 운석이 떨어졌다는 주장에 이의를 제기하는 사람은 이제 거의 없다. 그러나 중생대는 1억6천만 년이나 계속되었고, 그 동안에는 초대형 운석이 적어도 **일곱 개**는 더 떨어졌다는

---

* Robert Bakker(1945-) 미국의 저명한 고생물학자. 공룡 온혈동물설로 유명하다.

것이 정설이다. 이것들 모두가 공룡 말살자로 알려진 예의 운석 만큼이나 상세한 연구의 대상이 되었지만 (그중 하나는 퀘벡 주에 있는 너비 100킬로미터에 달하는 매니쿼건 크레이터를 만들었다), 각 충돌 시기의 화석들을 연구해 보아도 운석에 의한 교란을 전혀 찾아볼 수가 없는 것을 어떻게 설명하란 말인가.

이것은 밥 베이커*가 개구리 문제라고 부르는 것이다. 기후 변화에 취약하기로 악명이 높은 개구리들은 공룡 시대를 멀쩡하게 살아남았다. 그러나 그보다 더 높은 저항력을 가지고 있었던 대형 동물들은 모조리 멸종했다. 운석 충돌 가지고서는 우리가 화석 연구을 통해 추정하는 선별적 멸종을 제대로 설명할 수가 없다는 뜻이다.

물론 멕시코 유카탄 반도의 북부 해안에서 발견된, 반은 땅 위에 있고 반은 바다에 잠겨 있는 치크슈르브 크레이터의 존재를 부정할 생각은 없다. 1990년대 초에 행해진 일련의 테스트를 통해 이 운석공의 생성 시기가 K-T 경계기에 근접해 있다는 사실이 밝혀졌기 때문이다. 그러나 중생대에 생긴 것으로 확인되었거나 추정되는 크레이터가 그토록 많이 발견되는 와중에도 운석 충돌 멸종설을 끈질기게 옹호하는 사람들이 있다는 사실에 나는 놀라움을 느낀다. 치크슈르브와 매니쿼건 크레이터 (후자는 오늘 아침에 잠에서 깨었을 때만 해도 내가 있었던 현대 시점에서 무려 2억1천4백만 년 전에 생겨났다) 말고도 1억7천5백만 년 전에 생성된 러시아의 푸체즈-카툰키 운석공, 1억4천5백만 년 된 남아프리카의 모로쿵 운석공, 바렌츠 해(海)의 1억4천4백만 년 된 묄니르 운석공, 오스트레일리아의 1억2천8백만 년 된 투쿠누카 운석공, 캐나다 서스

캐처원 주의 1억1천7백만 년 된 카스웰 운석공, 아이오와 주에 있는 7천4백만 년 된 맨슨 운석공 따위가 존재하는 것이다. 쉽게 말해서, 거대 운석의 폭발이 생태계에 괴멸적인 영향을 끼치는 것이 사실이라면 공룡이 서식하던 시대에도 여러 번의 대규모 멸종이 일어났어야 하지 않는가. 그게 사실이라면 그 거대한 도마뱀들이 그토록 오래 살아남을 수 있었다는 사실은 실로 경이롭다고 해야 하지 않겠는가.

그러나 오늘날에 와서도 사람들은 공룡을 멸종시킨 운석에 관한 질문을 내게 하곤 한다. 나는 척추동물 고생물학회가 회원들을 대상으로 알바레스 이론에 관한 설문조사를 할 때마다 이따금 이 문제에 관해 언급하곤 한다. 그런 설문이 처음으로 행해진 1985년에 운석 때문에 공룡이 멸종했다고 믿는 사람은 전체 회원의 4퍼센트에 불과했다. 1991년에 스미소니언 박물관의 마이크 브레트-서먼이 독자적으로 행한 조사에서는 운석 충돌과 멸종의 상관관계를 믿지 않는 고생물학자와 믿는 고생물학자의 비율은 4대1이었다. 20여 년 동안 이 비율은 등락을 거듭했지만, 가장 최근에 열렸던 척추동물 고생물학회 회합에서 이 설을 지지한다고 손을 든 사람은 20퍼센트 정도였다.

실은 대다수의 고생물학자들은 한 가지가 아니라 두 가지의 쟁점으로 이 문제를 보고 있다. 처음 쟁점은 K-T 경계기 지층에서 볼 수 있는 흥미로운 현상, 즉 그 지층에는 이리듐이 풍부한 점토층이 존재한다는 사실이다. 다른 쟁점은 멸종 원인이다. 지층은 멸종과 관계가 있을지도 모르고, 없을 수도 있다.

클릭스는 운석 충돌이 공룡을 멸종시켰다는 가설을 지지했다.

그리고 나는 그 가설에 격렬하게 반대하는 진영에 속해 있었다. 치크슈르브 운석이 이리듐 층의 원천이 되었다는 주장조차도 받아들이지 않고, 오피서나 드레이크와 마찬가지로 화산 작용의 산물로 보는 식이다. 이리듐은 지구 표면에서는 거의 찾아볼 수 없지만 어떤 종류의 운석에는 대량으로 함유되어 있다는 주장까지 부정할 생각은 없다. 그러나 지구의 이리듐 함유율이 태양계에 있는 대다수의 바위 덩어리들과 엇비슷하다는 점을 간과하면 안 된다. 차이가 있다면 지구의 이리듐은 표면이 아닌 깊은 맨틀층에 분류(分溜)되어 있다는 점이라고나 할까. 그리고 백악기 말기에 화산 활동이 활발했다는 증거는 많다. 이를테면 인도의 데칸 트랩은 적어도 100만 입방킬로미터에 달하는 엄청난 규모를 가진 현무암층이고, 이것은 바로 K-T 경계기에 생겨난 것이다. 게다가 화산성 물질에 포함된 비소나 안티몬의 비율은 경계기 점토층의 그것과 동일하다. 운석성 물질에서 보통 발견되는 같은 물질들에 비해 족히 천 배는 높은 수치이다.

게다가 지구상에서 발견된 가장 큰 크레이터들(노바스코샤에 남아 있는 거대한 크레이터의 흔적을 포함해서)을 발굴해도 이리듐 퇴적물을 전혀 찾아볼 수가 없다. 이따금 운석을 대체할 범인으로 간주되는 혜성에 이르러서는 한층 더 가능성이 낮아진다. 혜성의 구성 물질 중에 이리듐이 포함되었다는 증거는 전무하기 때문이다.

클릭스와 나는 이런 쟁점들에 관해 직접 만나거나 인쇄물 따위를 통해 수없이 논쟁을 벌였다. 클릭스가 일하는 앨버타의 왕립 티렐 박물관의 방문 교수였던 시절에도 곧잘 토론을 벌였고, 지방 케이블 TV 채널의 전화 토론을 통해서도 논쟁한 적이 있다. 클릭스는 운석 충돌이 공룡들을 멸종시켰다는 자기 주장을 결코 굽히려 하지 않았다. 방송국에 전화를 건 시청자들과의 통화 내용으로 판단하건대, 자기만의 독자적인 멸종 이론을 갖고 있지 않는 이상 이들은 거의 예외없이 클릭스 편이었다. 도대체 왜 이런 것을 가지고 토론을 벌이느냐는 식이다. 이 문제는 이미 몇 년 전에 해결된 것이 아니었나? 운석이 공룡을 멸종시켰다는 사실은 **누구나** 알고 있는 사실이 아닌가?

흐음, 우리는 바로 그 시대로 와 있다.

그리고 어떤 식으로든 그 문제의 해답을 찾게 될 것이다.

나는 오랫동안 이 일기를 써 왔고, 내 인생에서 가장 자극적인 밤인 지금도 그것을 쓰고 있다. 오늘만 일기쓰기를 건너뛸 생각은 추호도 없었다. 언젠가는 이런 기록을 바탕으로 이번 여행에 관한 책을 한 권 쓰게 될지도 모르겠다. (물론 개인적인 내용은 빼고 말이다.) 그래서 이번 탐험의 배경에 관해 평소보다 더 자세한 설명을 덧붙일 작정이었다.

나는 어둠 속에서 토시바제 팜탑의 키보드를 한 시간쯤 두드렸다. 클릭스에게 방해가 되지 않도록 클릭음을 끄고 스크린의 휘도를 낮추고 말이다. 일기를 모두 쓴 다음에는 물도 없이 은색 수면제 캡슐을 삼켰다.

조금 있으면 아침이다. 우리는 중생대를 향해 걸어나갈 것이다.

경계층

경계층

여행을 갈 때 나는 언제나 일기장을 가지고 간다.

기차 안에서는 뭔가 자극적인 읽을거리가 필요하기 때문이다.

—오스카 와일드(1854-1900)·아일랜드의 극작가

클릭스는 언제나 토론토로 휴가를 온다. 70대의 노부모가 여전히 그곳에 살고 있기 때문이었지만, 누이동생과 클릭스가 맹목적으로 사랑을 쏟는 두 명의 조카가 도시 동쪽에 위치한 피커링에 살고 있기 때문이기도 했다. 또 나와 테스를 만나서—적어도 나는 그렇게 생각하고 싶었다—함께 지내는 일을 좋아하기 때문이기도 했다. 밤이 되면 자고 가라는 우리의 권유를 언제나 거절하고 온타리오 호수를 내려다보는 누이동생의 고급 콘도에 묵는 쪽을 선호하긴 했지만.

그러나 클릭스가 대도시인 토론토를 자주 찾는 가장 큰 이유는 최근 들어서는 뉴욕 못지않게 세련된 문화 생활과 맛있는 음식을 즐기기 위해서였다. 클릭스는 고급문화를 선호했고, 그가 사는 앨버타 주 드럼헬러에는 그런 것이 없기 때문이다. 오늘 밤 우리는 앤드류 로이드 웨버의 최신 뮤지컬인 〈로빈슨 크루소〉를 보러 갈 예정이었다. 평론가들의 말에 의하면 〈오페라의 유령〉 이래 최고 걸작이라고 한다. 그런 유명한 작품을 공연하는 가장 초라한 순회 공연단조차도 서부의 대평원 주(州)들 한복판에 자리잡은 소도시까지 오지는 않는다.

개연 시각은 오후 8시였기 때문에, 우리는 극장가 중심부에 새로 개업한 인기 레스토랑 〈에드의 이갤러터리언〉에서 느긋하게 저녁을 먹기로 했다.

"난 이런 메뉴가 정말 싫어." 나는 스테이크, 닭고기, 해산물, 샐러드, 스프 따위가 나열된 삼면 메뉴를 훑어보며 말했다. "고를 게 너무 많잖아. 도대체 뭐를 주문해야 하는지 감이 안 잡히니."

내 곁에 앉아 있던 테스는 '이런 결점들에도 불구하고 나는 이이를 사랑했기 때문에 결혼했어요' 라는 식의 한숨을 쉬었다. 결혼 생활이 길어질수록 숙달되는 듯했다. "외식할 때마다 그러면서. 무슨 일생일대의 선택도 아니잖아." 그녀는 장난스럽게 내 배를 쿡 찔렀다. "그냥 지방분이 적은 걸로 골라."

좋은 충고였다. 내 체중은 추수감사절 무렵에 늘어나기 시작하다가 날씨가 좋아지는 3월까지 계속 증가한다. 여름이 되면 언제나 과도하게 늘어난 여분의 체중을 줄이는 데 성공하기는 하지만 말이다. 게다가 야외로 나가 실지 조사 따위를 하는 경우에는 8월 말까지는 그럭저럭 마른 체형으로 돌아오는 것도 가능하지만, 지금 이 순간만은 평소보다 7킬로는 살이 찐 상태였다. 나는 식탁 너머로 과학자라기보다는 운동선수처럼 보이는 클릭스를 흘끗 보고는 다시 테스에게 주의를 돌렸다. "당신은 뭘 먹을 건데?"

"작은 필레 스테이크." 그녀가 말했다.

"흐으음, 나는 뭘 먹어야 하나……"

메뉴판을 보던 클릭스가 고개를 들었다. "흠, 뭘 먹을지 고뇌하는데 방해하기가 좀 그렇지만, 실은 뉴스가 하나 있어."

가십이라면 자다가도 벌떡 일어나는 테스는 예의 그 반짝이는 미소를 떠올렸다. "정말? 뭔데?"

"1년 동안 토론토에 와서 살기로 했어. 토론토 대학에서 안식년을 보내기로 했거든."

웨이터가 우리가 주문한 술을 아직 가져오지 않아서 다행이었다. 진 토닉을 고급스러운 레이스 식탁보에 뿜었을지도 모르니까 말이다. "어디서 뭐를 한다고?" 나는 되물었다.

"지질학부에서 싱하고 함께 일하려고 해. 많지는 않지만 연구 보조금을 받았다더군. 어디서라고 했더라? NASA를 대체한, 새롭고 더 작은 조직 말야. 하여튼 간에, 위성 사진을 연구하기 위한 기금이야. 그 기술을 응용해서, 우주에서 화석을 함유한 암석을 찾아낼 수 있는지를 알아보려고. 언젠가는 실행에 옮겨질 유인 화성 탐사에 대비하기 위해서지."

"그럴만한 자금을 끌어모을 수 있을 때나 가능한 얘기겠지. 하지만, 맙소사──그럼 거기서는 자네를 승무원 후보로 고려하고 있는 건지도 몰라. 고생물학자 하나를 끼워넣으려고 검토중이라는 얘기를 들었거든."

클릭스는 대수롭지 않다는 듯이 손사래를 쳤다. "그런 억측을 하기엔 아직 일러. 게다가 자네도 그치들이 뭐라고 하는지 잘 알잖아. 우리 캐나다인들이 열등 컴플렉스에 시달리는 이유는 우주비행사들을 일상적으로 해고해야 하는 나라이기 때문이라나."

나는 선망을 감추기 위해 웃음을 터뜨렸다. "운이 좋은 친구로군."

클릭스는 미소 지었다. "응. 어쨌든 지금부터는 오랫동안 얼굴을 보고 지낼 수 있게 됐어." 그는 내 아내를 돌아보았다. "테스, 슬슬 브랜디를 차 버릴 때가 온 거야."

"하하." 나는 말했다.

나비 넥타이를 맨 웨이터가 우리가 주문한 술을 가지고 돌아왔다. 나는 아까 말한대로 진 토닉이었고, 클릭스는 수입 화이트와인, 테스는 라임 조각을 넣은 광천수였다.

"이제 주문을 하시겠습니까?" 웨이터가 국적 불명의 유럽식 악센트로 물었다. 에드가 운영하는 이런저런 레스토랑에서 일하는 웨이터들에게는 필수 조건인 듯하다.

"당신이 먼저 주문해." 내가 말했다. "내 차례가 올 때까지는 생각해 놓을게."

"마담?"

"시저 샐러드 작은 거하고, 베이컨으로 싼 작은 필레 스테이크를 부탁해요. 레어로."

"알겠습니다. 손님?"

"우선," 클릭스가 말했다. "프렌치 어니언수프를 가져다 줘 — 치즈도 잘 익혀서 말야." 그는 테스를 보았다. "그거하고 램찹(새끼 양구이)."

가슴이 철렁했다. 내가 아내를 '램찹'이라는 애칭으로 부른다는 사실을 알고 있기라도 한 걸까. 다른 사람들 앞에서는 절대 쓰지 않으려고 하지만, 이따금 나도 모르게 튀어나왔는지도 모르겠다.

"손님에겐 뭘 가져다드릴까요?" 웨이터가 말했다.

"흐으으으음."

"작작해 둬, 브랜디." 테스가 말했다.

"응." 나는 말했다. "램찹이 괜찮아 보이는군. 나도 저 친구와 같은 걸 먹겠네."

"안녕히 가세요 새커리 박사님."

"잘 가 마리아. 폭우라니까 젖지 않도록 조심하고."

또 다시 번개가 번득이면서 방 안에 온갖 불길한 그림자가 난무했다. 밖에서 폭풍우가 몰아닥치지 않더라도 왕립 온타리오 박물관의 척추동물 고생물학 사무실은 실로 무시무시한 장소다 ─ 특히 대부분의 전등이 꺼진 밤에는 말이다. 어디를 보아도 뼈투성이다. 이쪽을 보면 길이가 15센티미터에 달하는 날카로운 이빨이 달린 스밀로돈[劍齒虎]의 검은 두개골, 저쪽을 보면 금속 대좌에 고정된, 당장이라도 새로운 먹이감을 덮칠 듯한 기색을 한 오르니토미무스*의 만곡한 갈색 발톱이 눈에 들어오는 식이다. 탁자 위에 길게 엎드려 있는 것은 선신세(鮮新世) 크로코다일 악어의 관절이 달린 노란 골격이다. 이런 것들 말고도 상어 이빨이 든 상자, 몇천

개의 뼈조각이 든 정리함, 당장이라도 부화할 것처럼 생생하게 화석화된 공룡 알 무더기, 그리고 최근에 발굴해 온 화석들—정체가 무엇인지는 오직 신만이 아는—을 감싼 든 석고 재킷 따위가 널려 있다.

밖에서 꽝하고 울려퍼지는 천둥 소리는 마치 몇억 년에 걸친 세월을 넘어 들려오는 공룡의 포효처럼 들렸다.

나는 이 시간대를 가장 좋아했다. 전화도 더 이상 울리지 않고, 대학원생이나 목록 작성에 종사하는 자원봉사자들도 모두 집에 갔다. 긴장을 풀고 밀린 사무 따위를 처리할 수 있는 시간은 이때 말고는 없었다.

일이 모두 끝나자 나는 잠긴 서랍에서 오래된 도시바제 팜탑을 꺼내서 일기를 쓰기 시작했다. (심한 천둥과 번개가 칠 때는 보통 컴퓨터를 쓰지 않지만, 이 튼튼한 도시바는 배터리로 작동하니까 괜찮다.) 매크로를 실행해서 일기 파일 끄트머리로 점프해서 오늘 날짜—2013년 2월 16일—를 입력한 다음 숫자를 볼드체로 바꿨고, 콜론을 치고 두 스페이스를 띄었다. 오늘분의 일기를 쓰려고 했을 때 전날에 입력한 문장 끝부분이 시선을 끌었다. **하염없이 눈물을 쏟았다**라고 쓰여 있다.

엉?

몇 쪽 뒤까지 스크롤해 보았다.

심장이 멋대로 두근거리기 시작했다.

---

* ornithomimid. 백악기 후기에 북아메리카 및 동아시아에 서식한 타조를 닮은 소형 공룡. 스트루티오미무스.

도대체 이건 뭐지?

이 문장은 어디서 끼어든 거야?

살아있는 공룡? 시간을 거슬러올라가는 여행? 공격을 받아……? 이건 누군가의 농담일까? 내 일기를 가지고 장난한 작자를 찾아낸다면 죽여 버리겠다. 나는 너무나도 꼭지가 돌아버린 탓에 변덕스러운 뇌우(雷雨)가 시작했을 때와 마찬가지로 돌연히 멈췄다는 사실조차도 거의 깨닫지 못했다.

문서 꼭대기로 점프해 보았다. 내가 새로운 일기 파일을 만든 것은 6주쯤 전의 일이지만, 이 파일은 겨우 닷새 전에 시작되었다. 그럼에도 불구하고 낯선 글이 몇십 쪽이나 기록되어 있었다. 나는 처음 부분부터 읽기 시작했다.

내 이웃인 프레드는 조지아 만에 별장을 하나 가지고 있다. 어느 주말에 프레드는 자기 집에 아내와 아이들과 얼룩무늬 고양이를 남겨두고 혼자서 별장에 간 일이 있었다. 그 멍청한 얼룩무늬는 내가 사는 연립주택 바로 앞을 지나가던 차 앞으로 달려나가다가 치였다. 물론 즉사였다.

나는 이런 글을 쓴 적이 없다. 내 일기는 어디로 갔을까? 이런 물건이 어떻게 해서 여기 끼어든 걸까? 도대체 무슨 일이 일어나고 있는 걸까?

그리고 테스와 클릭스가 어쩌고 하는 이 문장은 또 뭔가? 오 하느님, 오 하느님, 오 하느님……

카운트다운

16

어떤 인물을 진정으로 이해하고 싶다면, 그의 머릿속에 들어가 보는 수밖에 없다.

루돌프 L. 슈로더(1944-   )·캐나다의 임상심리학자

　〈스턴버거〉의 거주 구획의 만곡한 외벽을 두르고 있는 강화유리 창문을 통해 들어오는 중생대(中生代)의 햇살이 내 눈꺼풀을 자극하고, 안쪽의 편평한 벽에 뚜렷한 그림자를 떨어뜨렸다. 눈을 뜨자 여전히 이상하게 머리가 가볍고 둥둥 떠 있는 듯한 기분을 느꼈다. 반원형 방안을 둘러보았지만 클릭스의 모습은 어디에도 없었다. 괘씸하게도 그 녀석은 나를 여기 내버려 두고 혼자서 밖으로 나간 것이다. 나는 재빨리 잠옷을 벗은 다음 어제처럼 엉덩이와 무릎에 호주머니가 달린 카키색 바지를 입었다. 셔츠와 웃옷을 허겁지겁 걸치고 장화를 신는다. 1번문을 열고 외부 해치로 이어지는

조그만 경사로를 급히 뛰어내려가다가 낮은 천장에 머리를 부딪치고 화들짝 놀랐다. 혹이 난 머리를 문지르며 파란색 외부 패널문을 열고 크레이터의 벽을 내려다보았다. 갈색 대지 위에 클릭스의 12사이즈 신발이 미끄러진 자국이 뚜렷하게 남아 있었다. 발자국 오른편에는 어젯밤 우리를 정찰하러 왔던 티라노사우루스들이 남긴, 발가락 세 개가 달린 거대한 발자국이 남아 있었다. 뒷발에 비하면 정말로 작은 앞발의 두 발톱이 남긴 자국도 볼 수 있었다.

나는 심호흡을 하고 앞으로 걸어나갔다. 속담에도 있듯이 첫 걸음이 가장 중요하다. 〈스턴버거〉의 외각은 크레이터의 벽 밖까지 튀어나와 있었기 때문에 나의 부츠창이 부슬거리고 축축한 땅을 밟은 것은 족히 1미터는 아래로 뛰어내린 뒤의 일이었다. 그러나 충격은 놀랄 정도로 적었기 때문에 쉽게 사면을 미끄러져 내려갈 수 있었다. 등 뒤에 흙먼지를 일으키며 편평한 진흙땅에 도달했다. 크레이터 바닥에서 나는 엉덩방아를 찧었다. 백악기 세계에서의 첫 걸음 치고는 상당히 볼품이 없었다.

후텁지근하고 사방이 온통 식물 천지였다. 낙우송(落羽松) 우듬지 위로 방금 떠오른 태양은 내가 일찍이 경험한 그 어떤 태양보다도 밝게 불타오르고 있었다. 공룡이나 다른 척추동물이 있는가 하고 주위를 샅샅이 둘러보았지만 어디에도 그런 것은 보이지 않았다.

물론 클릭스 조던을 제외하면 말이다. 그는 크레이터의 벽 뒤에서 달려나왔다. 껑충껑충 뛰어오는 것이 마치 원시인 같다.

"이걸 좀 봐, 브랜디!" 클릭스는 무릎이 가슴에 닿을 정도로 몸을 웅크리더니 껑충 뛰어올랐다. 작업 부츠의 창이 거무스름한 지면에서 1미터 높이에 이를 정도로 높이 도약했다. 그는 미친 토끼처럼 공중으로 껑충 껑충 뛰어올랐다.

"도대체 뭘 하고 있는 거야?" 나는 클릭스의 어린애 같은 태도에 짜증을 내면서도 그의 날렵한 움직임을 보고 부러움을 조금 느꼈다. 나라면 절대로 저렇게 높이까지 점프하지는 못했을 것이다.

"자네도 해 봐."

"뭐?"

"해 보라고. 뛰어올라. 점프해!"

"도대체 왜 이러는 거야 클릭스?"

"그냥 해 보라니까."

하라는대로 하는 쪽이 차라리 덜 귀찮을 것 같았기 때문에 잠에서 깬 직후라서 아직 뻣뻣한 다리를 구부리고 껑충 뛰어올랐다. 나의 몸은 위로, 위로, 난생 처음일 정도로 높이 올라갔고, 그런 다음에는 일찍이 경험한 적이 없을 정도로 천천히, 느리게 지면으로 내려와서 둔탁한 소리를 내며 착지했다. "아니 도대체 이건 ──?"

"중력이야!" 클릭스가 의기양양하게 말했다. "여기서는 중력이 약해 ── 훨씬 약하다고." 그는 이마의 땀을 닦았다. "내가 보기에 내 체중은 원래의 반밖에는 안 되는 것 같아."

"난 여기 도착한 이래 머리가 가볍고 어지러운 느낌이었는데 ──"

"나도 그랬어."

"하지만 단지 과거로 되돌아와서 흥분한 탓이라고 ──"

"단지 그뿐이 아니었던 거야 친구." 클릭스가 말했다. "중력이 약해. 얼어죽을 중력 자체가 약했던 거야. 맙소사, 마치 수퍼맨이라도 된 듯한 기분이로구먼!" 그는 또다시 껑충 도약했다. 아까보다 더 높이.

나도 그를 따라하기 시작했다. 여전히 클릭스 쪽이 나보다 더 높이 점프할 수 있었지만 그리 큰 차이는 없었다. 우리는 놀이터에서 뛰어다니는 어린애들처럼 웃고 있었다. 기분이 고양한 데다가 솟구치는 아드레날린이 우리의 능력을 한층 더 강화했다. 현지 조사를 하다 보면 다리가 튼튼해지기 마련이지만, 나는 내 몸이 특별히 강건하다고 느낀 적은 없었다. 그러나 이제는 마치 무슨 마법의 약을 먹은 덕에 활기가 흘러넘치는 기분이다. **아아, 살아있다는 이 기분!**

클릭스는 크레이터 벽 주위를 돌기 시작했다. 나도 그 뒤를 쫓아갔다. 도넛 모양의 검고 부슬부슬한 흙벽 앞은 어느 정도 응달이져 있었지만, 반대편으로 다가가자 강렬한 햇살이 내리쬐었다. 우리가 열심히 껑충거리며 직경 30미터의 크레이터를 한 바퀴 돌아서 〈스턴버거〉가 내려앉은 벽으로 되돌아오기까지는 몇 분이 걸렸다.

"정말 놀랄 노자로군." 나는 헐떡이며 말했다. 머리가 핑핑 도는 느낌이다. "도대체 이걸 어떻게 설명해야 하지?"

"낸들 어떻게 알겠나?" 클릭스는 말라붙은 진흙땅 위에 털썩 앉았다. 설령 중력이 평소의 반밖에는 안 되더라도 그렇게 광대처럼 마구 껑충거리고 다녔으니 피곤하지 않을 리가 없다. 나도 10미터쯤 떨어진 곳에 쭈그리고 앉아서 땀에 젖은 이마를 닦았다. 후끈한 열기 탓에 숨이 턱 막혔다. "하지만 이걸로 적어도 한 가지는 설명할 수 있겠군." 클릭스가 말했다. "공룡의 거대한 체구 말야.

AMNH(미국 자연사 박물관)의 매튜가 1세기 전에 그 문제를 제시했지. 현재 지구상에서 서식할 수 있는 가장 큰 육상 동물이 코끼리라면, 공룡들은 도대체 어떻게 그렇게 거대화할 수 있는가, 하는 문제. 흠음, 이젠 그 해답을 알아냈어. 공룡은 더 약한 중력하에서 진화했던 거야. 그러니 몸집이 거대한 것도 당연하지!"

나는 그 즉시 클릭스의 지적이 옳다는 사실을 깨닫고 말했다. "공룡 뼈 속에 혈관 조직이 많이 남아 있다는 사실도 그걸로 설명할 수 있겠군." 공룡의 뼈는 놀랄 정도로 다공성(多孔性)이며, 뼈가 광충작용*을 통해 쉽게 화석화하는 이유도 부분적으로는 그 때문이다. "중력이 이렇게 낮으면 체중을 떠받치기 위해서 뼈의 밀도를 그리 높일 필요도 없을 테고."

"뼈에 구멍이 그렇게 많은 건 공룡이 온혈동물일지도 모른다는 증거라고 생각했었는데." 클릭스가 말했다. 순수하게 호기심을 느끼고 있는 듯했다. 사실 그는 지질학자이지 생물학자가 아니다. "칼슘 공급을 위한 하버스 관(管) 따위를 발견했다 어쨌다 하는 얘기가 있었잖아."

"아, 아마 그것과도 상관 관계가 있을지도 모르지. 하지만 난 그 거대한 브론토사우르스가 온혈 동물이었다는 아이디어를 결코 받아들일 수가 없었어. 설령 그 뼈의 단면을 보면 스위스 치즈처럼 구멍이 뻥뻥 뚫려 있다고 해도 말야. 자네도 이런 공룡들이 시속 3킬로미터 이상의 속도로 걸으려고 한다면 다리가 부러져 버릴 거

---

* permineralization. 鑛充作用. 생물체의 비어 있는 구멍에 광물질이 침투해서 원래 조직을 대체하는 현상.

라는 연구 따위에 관해 읽은 적이 있지. 그건 물론 표준 중력을 전제로 한 계산이었어. 게다가, 이상한 뼈 구조 얘기가 나왔으니까 말인데——난 시조새나 익룡이 하늘을 날았다는 사실을 도저히 믿을 수가 없었어. 표준 중력하에서 날기에는 골격이 너무 약했거든. 하지만 이런 중력하에서는 충분히 그럴 수 있지."

"흐으음. 이걸로 많은 걸 설명할 수 있겠군. 그렇지? 여기 있는 동안 공룡의 체열생산에 관해 자세히 조사해 볼 필요가 있겠군. 그러고 보니 공룡 온혈동물설의 근거 중 하나로 백악기 당시의 북극권에서 화석이 발견되었다는 사실이 거론되곤 했지. 몇 달이나 밤이 계속되는 곳에서도 생존했다는 얘기가 되니까 말야."

"그래. 공룡이 온혈동물일 수밖에 없었던 건, 그런 긴 밤을 피할 수 있을 정도로 멀리까지 이주하는 것은 불가능하기 때문이다, 이런 논리였어."

"흥." 클릭스는 부츠를 벗고 흔들어 어느새 신발 안에 들어간 작은 돌들을 털어냈다. "이런 중력이라면 나라도 여기서 북극권까지 걸어갈 수 있을 거야."

"그렇겠지. 그래도 난 왜 중력이 더 약한지를 알고 싶어. 중력 상수(常數)는 시간이 흐를수록 증대하는 건지도 모르겠군."

"그건 별로 상수스럽지 않잖아?"

"흐음, 난 물리학에 관해선 별로 아는 게 없어서." 나는 클릭스의 잘난 체하는 농담을 무시하고 말했다. "그렇지만 아인슈타인은 자기 방정식을 짜맞추기 위해서 어딘가에서 적당히 G(중력)의 값을 끌어내잖아? 우리는 지난 1세기 동안 그 값을 계측해 왔지만, 정확하게 계측하기 시작한 건 불과 몇십 년 전의 일이야. 시간 경과에 따라 중력이 증대하는 경향은 아직 수치상으로는 나타나지 않은 건지도 모르고."

"그럴지도 모르지만, 내가 보기에는——" 갑자기 클릭스는 입을 다물고 고개를 홱 돌렸다. "저게 뭐지?" 그가 말했다.

"뭐?"

"쉿!"

클릭스는 낙엽수 숲 쪽을 가리켰다. 해는 이제 나무의 우듬지보다 훨씬 더 위에 떠 있었다. 뭔가 인간만한 것이 버스럭거리며 나무 잎사귀를 헤치는 소리가 들렸다. 시야 가장자리에 에메랄드 빛의 물체가 언뜻 보였다. 가슴이 쿵쾅거리며 입 안이 바싹 탔다. 공룡일까?

우리가 가져온 무기는 별 볼일 없었다. 빌어먹을, 예산 자체가 적으니 어쩌겠는가. 호신용으로 최신 자동소총을 가져가라고 제안한 사람이 있었지만, 그걸 협찬해 준 기업은 없었다. 동물 죽이는 일이 좋은 선전이 될 리 없기 때문에 생각해 보면 당연하다. 우리에게는 기껏해야 두 자루의 엘리펀트건밖에는 없었다. 대형 동물 수렵용의 대구경 탄환을 두 발씩밖에는 장전할 수 없는 구식 소총이다.

클릭스는 아침에 나왔을 때 자기 총을 함께 가지고 나왔다. 지금은 10여 미터 떨어진 크레이터 벽에 기대어져 있다. 그는 천천히 그쪽으로 걸어가서 조심스레 총을 집어든 다음 나더러 따라오라는 시늉을 했다. 40초쯤 뒤에 벽처럼 빽빽하게 자란 나무들 사이에 도달했다. 클릭스는 양손으로 잎사귀를 밀치며 숲속으로 들어갔다. 나도 바싹 뒤에 붙어 따라갔다.

다시 버스럭거리는 소리가 들려왔다. 나는 숨을 죽이고 온 신경을 집중해서 귀를 기울이며 동물의 징후를 찾아 밀생한 식물 사이를 둘러보았다. 아무것도 없다. 나뭇가지나 잎사귀들도 전혀 움직이는 기색이 없다. 마치 어떤 예감에 얼어붙기라도 한 듯이. 심장이 두근거리며 몇 초가 그렇게 흘러갔다. 그게 무엇이든 간에 근처에 있는 것만은 확실했다. 내 왼쪽이나 내 앞쪽에.

느닷없이 밀생한 수풀이 두 개로 갈라지더니 두 발로 걷는 초록색 공룡에 눈 앞으로 튀어나왔다. 머리가 내 어깨까지밖에는 안 오는 작은 공룡이었다.

그 날씬한 수각룡(獸脚龍)은 채찍처럼 가느다란 꼬리를 지면과 평행하게 쭉 뻗어 수평으로 누운 동체의 균형을 잡고 있었다. 이리저리 바쁘게 움직이는 목 끝에는 보르조이 사냥개와 비슷한 모양과 크기를 가진 머리가 달려 있었다. 길고 뾰족하다. 전방을 향하고 있는 두 개의 노란 당구공 같은 거대한 눈은 시야가 겹치는 덕에 포식수가 필요로 하는 거리 감각을 얻을 수 있다. 공룡이 입을 열자 빽빽하게 들어찬 작고 날카로운 이빨이 보였다. 뒤쪽 가장자리가 스테이크 자르는 칼처럼 깔쭉깔쭉하다. 몸통 앞에 매달린 길고 가느다란 두 팔 끝에는 낫처럼 날카로운 발톱이 달린 세 개의 손가락이 달려 있다. 뭔가를 기대하는 듯한 동작으로 손가락을 쥐었을 때, 세 번째 손가락이 다른 두 손가락과 마주보고 있는 것이 눈에 들어왔다. 고개를 상하좌우로 끄덕이면서, 마치 사람이 가래를 뱉으려고 할 때 내는 것 같은 끈적한 소리를 낸다.

나는 순식간에 이 생물의 정체를 알아차렸다. 트로오돈troodon이다. 가장 지능이 높기로 이름난 공룡이며, 사냥감을 찢어발길 수 있는 날카로운 발톱과 면도날 같은 이빨뿐만 아니라 사냥꾼 특유의 예민한 감각기관을 보유하고, 아마 교활함까지 겸비한 생물이다. 가장 상태가 양호한 트로오돈의 골격은 공룡이 멸종한 시대로부터 약 500만 년 전의 것이지만, 백악기에 근접한 시대의 지층에서도 화석화한 트로오돈의 이빨이 발견된 사례가 있다. 지금 내 눈앞에 있는 것들은 트로오돈 치고는 좀 컸지만, 특유의 두개골 모양은 잘못 볼래야 잘못 볼 수가 없었다.

클릭스는 이미 엘리펀트건을 들어올리고 목제 개머리판을 어깨에 갖다대고 있었다. 상대방이 공격하지 않는 이상 쏠 생각은 없는 듯했지만, 가늠자로 트로오돈을 똑바로 겨냥하며 손가락을 방아쇠에 걸치고 있다. 클릭스가 느닷없이 앞으로 꼬꾸라졌다. 총이 발사되었지만 트로오돈에게는 맞지 않았다. 벽력 같은 총성에 금빛 새의 무리와 흰 털로 덮인 익룡 몇 마리가 일제히 하늘을 향해 날아올랐다. 두 번째 트로오돈이 클릭스의 등을 걷어차며 길쭉한 발톱으로 그가 입은 긴팔 셔츠의 카키색 천을 찢어발겼던 것이다. 수풀 속에서 트로오돈 두 마리가 더 나타났다. 두 마리 모두 맨발로 뜨거운 아스팔트 위에 선 소년처럼 좌우의 발을 교대로 깡총깡총 들어올리며 균형을 잡고 있었다. 클릭스는 땅바닥에서 몸을 굴리며 필사적으로 총에 손을 뻗치려고 했다. 세 개의 발톱이 달린 발이 그의 가슴을 짓밟아 누르며 그를 꼼짝도 못하게 했다. 공룡은 쉭쉭 하는 끈적한 소리를 발했다. 파충류의 타액이 클릭스 위로 비처럼 쏟아졌다.

나는 클릭스 왼편으로 달려가서 강철코를 덧댄 부츠로 트로오돈의 노란 배 한복판을 힘껏 걷어찼다. 근육으로 덮인 강인한 복부가 옴폭 들어가거나 하는 일은 없었지만, 놀랍게도 내게 걸어채인 공룡의 몸 전체가 공중으로 올라갔다. 이 공룡의 체중은 아마 30킬로가 채 되지 않는 데다가 약한 중력 덕택에 내 힘이 세진 탓이리라. 몸이 자유로워진 클릭스는 다시 지면을 기어가며 총을 잡으려고 했다.

내게 걸어 챈 트로오돈은 놀랄 정도로 민첩하게 내게 달려들었다. 나는 앞으로 양팔을 뻗쳐 상대방의 가느다란 목을 움켜잡으려고 했다. 트로오돈은 번개처럼 초록색 앞발을 움직여 낫 모양의 날카로운 발톱이 달린 손으로 내 팔목을 잡았다. 나는 림보 댄서처럼 한껏 등을 젖힘으로써 유연한 목 끝에 달린 날카로운 이빨을 피하려고 했다. 이 공룡의 몸은 자기보다 두 배는 더 무거운 데다가 두 배의 중력에 익숙한 생물과 격투하도록 만들어져 있지는 않았다. 나는 15초 동안이나 그렇게 버티고 서 있었다.

트로오돈은 여전히 내 좌우 손목을 움켜잡은 자세로 낮게 몸을 웅크리며 강력한 뒷다리를 구부렸고, 비옥한 땅을 박차며 도약했다. 나는 그 힘에 못이겨 뒤로 넘어졌다. 돌이 등을 파고든다. 흥분한 파충류는 쓰러진 내 몸을 찍어 누르고 활처럼 고개를 젖히더니 입술이 없는 입을 한껏 벌리고 노란 칼날 같은 이빨을 드러냈고—

꽝!

엘리펀트건을 되찾은 클릭스가 방아쇠를 당겼다. 총탄은 나를 공격하고 있던 공룡의 어깨를 맞혔고, 그놈의 목과 머리통을 바람개비처럼 하늘로 날려보냈다. 뒤에 남은 몸통의 절단된 동맥에서 두 줄기의 피가 분수처럼 솟구쳤다. 균형을 잃은 몸통은 앞으로 고꾸라졌고, 나는 터진 공룡 흉강(胸腔)의 축축하고 끈적끈적한 내용물을 얼굴에 정통으로 뒤집어썼다. 나는 욕지기를 느끼며 몸을 굴렸다. 공룡 피로 뒤덮인 얼굴에 흙이 잔뜩 들러붙었다.

클릭스가 춤추듯이 움직이는 다른 트로오돈을 총으로 겨냥했을 때, 남은 두 마리가 반대편에서 그를 덮쳤다. 한 마리는 왼쪽 다리로 균형을 잡으면서 오른쪽 발의 날카로운 발톱으로 그를 내리쳤다. 구부러진 발가락이 총신을 움켜잡는다. 트로오돈은 길고 곧게 뻗은 꼬리를 지렛대 삼아 클릭스의 손에서 총을 비틀어 떼어냈고, 고의적인 동작으로 그것을 덤불 속에 던져넣었다. 그러고는 동료와 함께 동시에 클릭스에게 달겨들어 또다시 그를 꼼짝 못하게 지면에 못박았다.

내게서 5미터 떨어진 곳에 있던 남은 한 마리의 트로오돈은 날씬한 다리를 잔뜩 구부리고 낮게 몸을 웅크리고 있었다. 내가 무릎으로 몸을 일으킨 순간 공룡은 나를 덮쳤다. 충격이 워낙 강해서 숨이 턱 막혔다. 공룡은 우뚝 선 채로 내 머리 위에서 긴 두 팔을 마치 삼각 괄호처럼 구부렸다. 두 팔을 뻗치더니 초승달 모양을 한 발톱으로 내 측두부를 움켜잡는다. 내가 조금이라도 움직인다면 강하고 날카로운 발톱으로 내 얼굴을 갈가리 찢고, 눈알을 뽑아낼 기색이었다. 나는 난생 처음으로 죽음이 임박했다는 느낌에 사로잡혔다. 패닉이 줄어들어 작아진 스웨터처럼 나를 감싸고, 가슴을 압박하고, 숨통을 죄어왔다. 단말마의 외침을 발하기 위해 일그러진 내 뺨 위에 말라붙은 피가 갈라졌다.

그러나 죽음은 찾아오지 않았다.

트로오돈에게 어떤 일이 일어나고 있었다. 얼굴이 경련하면서 주둥이 끝이 꿈틀거리더니, 바싹 붙은 공룡의 두 콧구멍에서 희미한 인광을 발하는 새파란 젤리가 밀려나오는 것을 보고 나는 경악했다. 나는 공포에 얼어붙은 채로 그 광경을 빤히 바라보았다. 이 공룡은 21세기에서 온 내 몸의 기묘한 생화학적 구조에 알레르기를 가진 것이 틀림없다. 이 괴물이 재채기를 하면 날카로운 발톱이 달린 손은 발작적으로 내 얼굴을 짜부라뜨릴 것이 틀림없다.

그러나 재채기를 하는 대신 튀어나온 두 눈 주위에서도 젤리가 조금씩 분비되며 공룡 얼굴의 윤곽을 따라 천천히 움직이기 시작했다. 끈적한 점액은 파충류의 긴 주둥이를 반쯤 내려온 지점에서 둥글게 뭉치기 시작했다. 전안와창(前眼窩窓), 즉 공룡 두개골의 양 측면에 뻥 뚫린 두 구멍 위쪽이다. 트로오돈은 나를 내려다 보고 있었기 때문에 모든 젤리는 주둥이 끝을 향해 흐르고 있었다. 그런 식으로 천천히 모여든 젤리는 이윽고 한 개의 끈적끈적한 덩어리가 되었다.

공룡의 머리에서 스며 나오는 젤리의 양은 점점 더 늘어났고, 긴 주둥이 끝에서 마침내 야구공 크기만한 덩어리가 되었다. 부들부들 떨리면서 점점 아래로 늘어지더니, 끔찍하게도 공룡의 코 바로 아래에 있는 내 얼굴로 철썩 떨어졌다. 부드럽고, 따뜻하고, 축축한 감촉.

젤리 덩어리가 얼굴에 부딪치기 직전에 눈을 질끈 감았지만 무수히 많은 지렁이처럼 내 턱수염 사이로 스며들며 뺨을 누르고 눈꺼풀을 무겁게 압박하는 젤리의 감촉을 느낄 수 있었다. 젤리 덩어리는 마치 내 이목구비를 탐색하듯이 출렁거리며 맥동하고 있었다. 그러더니 느닷없이 내 콧구멍 쪽으로 올라오기 시작했고, 다음 순간에는 코의 연골 **속**으로 들어왔다. 마치 지독한 코감기에 걸린 것처럼 코가 꽉 막혔다. 내 비강(鼻腔)을 통과한 젤리는 물컹거리며 내 머리 속으로까지 침입했다. 관자놀이가 눌리는 듯한 느낌이 오면서 만곡한 귓구멍 속에서도 찌르는 듯한 아픔을 느꼈다. 젤리가 내 고막을 뒤덮으면서 숲의 소음이 멀어지다가 마침내 스러졌다. 이제 들리는 것이라고는 방망이질치는 내 심장의 고동뿐이었다.

갑자기 오른쪽 눈에서 새파란 빛이 폭발하더니 다음 순간에는 왼쪽 눈에서도 똑같은 현상이 일어났다. 인광을 발하는 젤리가 질끈 감은 눈의 눈꺼풀 사이로 침입해서 내 눈알 주위로 미끄러지듯이 스며들고 있는 것이다. 숨을 참고 있기 때문에 폐가 불타는 듯했지만, 입을 여는 게 두려워서 필사적으로 참았다.

그러자 천만다행하게도 조금이나마 한숨 돌릴 수 있는 기회가 주어졌——적어도 그때는 그렇게 생각했다. 내 머리통을 잡아 누르고 있던 트로오돈의 낫 같은 발톱이 떨어져나갔던 것이다. 나는 그 발톱이 다시 내 얼굴을 내리쳐 갈가리 찢는 것을 기다렸다. 5초. 10초. 용기를 내서 한쪽 눈을 가늘게 떴다가, 화들짝 놀라며 두 눈을 크게 떴다. 공룡은 1미터쯤 되는 보폭으로 얌전하게 떠나가고 있었다. 그러다가 멈춰서더니, 똑바로 뻗은 꼬리로 수평한 호(弧)를 그리며 뒤를 돌아다보았다. 고양이를 닮은 커다란 눈이 나를 쳐다보았지만, 그 흐릿한 응시에서는 악의도, 광포함도, 교활한 느낌도 찾아볼 수가 없었다. 트로오돈은 몇초 간격으로 새를 닮은 다리를 뒤척이며 몸의 균형을 잡고 있었다. 나는 손을 들어올려 얼굴에서 새파란 젤리를 닦아내려고 했지만, 아까 말라붙은 공룡 피를 제외하면 아무 것도 묻어있지 않았다. 아까 클릭스가 그 공룡의 머리를 날려버렸을 때 뒤집어쓴 것이다.

내 허파는 열받은 복어처럼 격하게 상하로 움직이며 공기를 빨아들이고 있었다. 여전히 공황 상태에 빠진 나는 당장이라도 과호흡 상태에 빠질 듯한 두려움을 느꼈다. 필사적으로 호흡을 가다듬으려고 노력했다. 나의 유일한 희망은 최대한 빨리 이곳에서 벗어나서 이런 미치광이 같은 상황으로부터 도망칠 수 있는 안식처를 찾는 것이었기 때문에, 나는 일어서려고 했다. 그러나 오른발이 전혀 말을 듣지를 않았다. 근육이 마지 골화(骨化)한 힘줄처럼 딱딱하게 굳어 있다. 그러자 왼쪽 무릎이 구부러지며 발목이 돌아갔다. 발작이라도 일으킨 듯한 느낌이었다. 턱이 딱 닫히며 혀를 씹었고, 두 눈의 초점이 흐려졌다가 맞았다가 했다. 그러더니 왼쪽 동공이 확산했다. 백악기의 햇살이 뜨거운 창처럼 각막을 꿰뚫었다. 심장이 터질 듯이 방망이질쳤다. 느닷없이, 엉뚱하게도, 성기가 발기했다. 그러더니 그 못지않게 느닷없이 온몸의 힘이 풀렸다.

한순간 클릭스의 모습을 흘낏 보았지만 시야가 자꾸 흐려지는 데다가 눈이 향하는 방향을 제어할 수가 없었다. 그를 누르고 있던 두 마리의 트로오돈 역시 뒤로 물러나 있었고, 그는 지금 땅 위에 엎드린 채로 몸부림치고 있었다.

그러는 동안에도 내 발목은 좌우로 돌아갔고, 한쪽 다리는 계속 공중에 작은 원을 그리고 있었다. **경첩처럼 단순한 공룡 발목과는 천양지차로군.** 이런 와중에 내가 이런 생각을 떠올릴 리가 없다는 생각이 들었지만, 그 이상 의아해하기 전에 나는 내 두뇌의 통제력을 잃었다. 나의 두뇌는 온갖 감정과 인상과 감각을 경험하기 시작했다. 엄청난 초월적 환희가 찾아왔다. 내가 상상할 수 있었던 그 어떤 성적 쾌감보다도 강렬한 것이었다. 마치 뇌의 쾌락중추에 배터리를 직결한 실험동물이라도 된 듯한 느낌이다. 잠시 뒤에는 영혼이 불타오르는 듯한 지독한 고통이 몰려오며 쾌락을 대체했다. 그런 다음에는 죽음조차도 위안으로 느껴질 정도로 지독한 우울증이 몰려왔다. 그 다음에는 머리가 핑핑 돌면서 어린애처럼 킥킥거리며 웃는 소리가 입에서 새어나왔다. 다시 고통이 몰려왔지만, 아까와는 다른 종류의 고통이었다——결코 되찾을 수 없는 그 무엇인가에 대한 동경. 분노. 사랑. 그리고 나와 다른 모든 사람들을 향한 증오, 또는 아무런 대상도 없는 증오가 몰려왔다. 온갖 감정이 만화경처럼 소용돌이치고, 끊임없이 변화한다.

그런 다음에는 기억이 찾아왔다. 인생의 여러 페이지가 바람에 날려 펄럭펄럭 넘어가는 것처럼. 초등학교에서 골목대장에게 위협당하던 기억. 아스팔트 위로 나를 밀어뜨려서 무릎이 까지고 수업에서 토론 과제로 쓰려고 아버지한테서 빌려온 도감의 커버가 찢어지는 광경. 어색한 첫 키스. 마른 입술을 갖다댔다가 그녀의 혀가 입 안으로 들어왔을 때 느낀 놀라움과 기쁨. 사랑니를 뽑았을 때, 치과의사가 그것을 하나씩 비틀어 잇몸에서 뽑아내는 순간 들려온, 도저히 잊을 수 없는 뿌직 하는 소리. 처음으로 학회지에 게재한 논문에서 내 이름을 보았을 때 느낀 흥분. 다음 호에서 그 논문을 혹평한 부샤르 박사의 편지를 읽고 우울증에 빠진 기억. 어머니가 죽었을 때 끈질기게 나를 괴롭힌 상실감. 어머니에게 얘기하고 싶은 일도, 해 주고 싶은 일도 그토록 많이 남아 있었는데. 테스와 내가 처음으로 사랑을 나눴을 때 느꼈던 경이로움. 마치 하나의 생물처럼 일심동체가 되어 호흡도 생각도 하나가 되었던 두 사람.

그리고 오랫동안 잊고 있었던 기억들. 어렸을 적에 머스코카 호수로 캠핑을 하러 갔던 일. 내가 벌에 쏘인 것은 예나 지금이나 그때가 처음이었다. 네 살이었을 때 눈이 안 보이는 사람을 도와 함께 길을 건넜던 일——부모님은 내가 혼자서 그 길을 건너는 것을 결코 허락하지 않았다. 풋볼 시합 구경을 갔다가 수퍼사이즈 펩시콜라를 엎질러서 아버지한테 실컷 야단을 맞았던 일. 굴욕적인 기억, 환희, 승리, 패배, 이런 것들 모두가 뒤죽박죽이 되어 나타났다가 사라지는 일을 거듭한다.

그런 다음——

내 것이 아닌 이미지들. 내 것이 아닌 기억들. 오감을 넘어서는 감각들. 기괴하고 괴상한 색깔을 한 풍경. 이름이 없는 색깔. 밝은 열기. 검은 냉기. 소란스러운 파랑. 나직하게 속삭이는 노랑. 너무 가까운 지평선으로 이어지는 긴 모래사장. 소금기가 전혀 없고 얕다는 사실을 왠지 알고 있는 차가운 바다. 모래톱으로 몰려오는 파도 소리를 귀가 아니라 전신의 진동으로 감지한다. 내 몸의 아래쪽 표면으로 달디단 녹을 맛본다. 모래 속의 상이한 전위(電位)들이 탁구대 위에서 탁구공이 튀는 듯한 소리를 낸다. 북쪽은 바로 **저쪽**이라 사실을 쉽게 감지할 수 있다.

그것 말고도——

무수히 많은 존재들이 나를 부르고, 거기 화답했을 때의 기쁨, 바람보다 훨씬 더 희박한 무엇인가에 실려 오는 상냥한 인사의 말. 일찍이 느낀 적이 없던 소속감. 나보다 훨씬 더 위대한 존재, 공동체, 게슈탈트의 일부라는 느낌. 언제까지나, 언제까지나, 영원히 살아갈 거라는 확신. 나는 나의 개인성이, 정체성이 흘러나가며 차가운 태양 아래에서 증발해 버리는 듯한 느낌을 맛보았다. 내게는 이름도, 얼굴도 없다. 나는 그들이었고 그들은 나였다. 우리는 하나였다.

쾅! 다시 과거로 되돌아간다. 요크뷰 초등학교. 코헨 선생님의 수업. 나는 그녀의 사자갈기 같은 금발에 매료되었지만, 당시에는 나 자신이 왜 그러는지를 이해하지 못했다. 오늘 학교에서 뭘 배웠더라? 사실, 숫자, 도표——이런 것들을 기계적으로 암기했다. 나이를 먹을수록 생각해 내는 것이 힘들어지기는 하지만 결코 완전히 잊어버리는 법이 없는 지식들. A. E. I. O. U. 그리고 때로는 Y. I는 E 앞에 오지만, C일 경우에는 그 반대다. 명사는 사람, 장소, 물건을 부를 때 쓰는 말. 동사는 동작을 나타내는 말. 황소 속의 폭탄 (A bomb in a bull.) 어보미너불. 어보미너블(지긋지긋한)! 아이 런. 유 런. 히 런즈. 위 런. 유 런. 데이 런. 시 스팟 런! A는 애플의 A. B는 볼의 B. 형용사는 명사를 수식하고, 부사는 동사를 수식하며, 광고는 진실을 수정한다. 분리 부정사는 쓰면 안 돼. **꺼져, 꺼져, 단명한 촛불! 인생은 그림자에 지나지 않는다**…… 클리셰는 역병처럼 피해갈 것. 강조하고 싶은 단어들은 문장 끝으로 가져갈 것. **하늘에 계신, 우리 아버지, 이름이 거룩히 여김을 받으시오며**…… 문장 앞쪽의 분사구(分司句)는 문법상의 주어에 관해 언급해야 한다. 알파, 베타, 감마——아니, 이건 아니다. A, B, C……

그러고는, 마침내 끝났다. 뇌에 대한 통제력이 되돌아오기 시작했다. 마치 저렸던 손발의 감각이 천천히, 조금씩 돌아오는 것처럼. 눈을 떴다. 나는 큰대자로 누워 있었고, 얼굴 위에서는 검은 구름 같은 조그만 벌레떼가 윙윙거리며 날아다니고 있었다. 고개를 들려고 하다가 실패했다. 격투를 벌이느라고 피로했다고는 해도, 이렇게 낮은 중력하에서는 온당히 그럴 수 있어야 한다. 나는 목의 근육을 다시 움츠렸다. 이번에는 가까스로 고개를 들어올릴 수 있었지만, 그러기 위해서는 평소에 비해 더 많은 노력이 필요했다. 마치……마치 머리통이 조금 더 무거워진 듯한 느낌이다.

클릭스도 싸움을 끝냈다. 이미 앉은 자세가 되어 구부린 무릎 위에 올려놓은 두 팔로 머리를 받치고 있다. 나도 상체를 일으켜 앉았다. 그러나 다음 순간 입 안에 미지근한 젖은 솜 같은 것의 감촉을 느꼈다. 곧 내 입 안은 구역질날 정도로 달콤한 젤리로 가득 찼다. 고개를 숙이고 입을 크게 벌리자 입술 사이에서 그것이 흘러나왔다. 클릭스도 파란 젤리를 토하고 있는 듯했다.

내가 토한 물체는 눈 앞의 지면에서 둥글게 뭉쳤다. 어떤 이유에선가 갈색 흙은 그 표면에 묻지 않았다. 콱콱 밟아서 땅에 묻어버리고, 어떻게든 이 얼어죽을 물건을 파괴하고 싶다는 충동을 느꼈지만, 내가 행동에 나서기 전에 트로오돈 한 마리가 다가왔다. 공룡은 날씬한 몸을 수그렸다. 곧게 뻗은 꼬리가 자동차 안테나처럼 하늘을 향한다. 젤리 덩어리 옆의 지면에 머리를 대고 거대한 눈을 감는다. 젤리는 새파란 아메바처럼 부들부들 맥동하면서 공룡 코끝으로 다가갔고, 파충류의 질긴 피부 안으로 스며들어 다시 그 머리 속으로 들어갔다. 클릭스 곁에서도 다른 트로오돈이 같은 식으로 젤리를 받아들이고 있었다.

생각만 해도 혐오감이 치밀어오르기 때문에 지금까지는 입에 올리지 않았지만, 그 파란 물체는 의심의 여지가 없는 **생물**이었다.

머리로는 그것이 내 몸에서 빠져나갔다는 사실을 이해하고 있었지만, 내 몸은 그 사실을 확인하고 싶어한다는 사실 또한 의심의 여지가 없었다. 나는 허리를 푹 꺾었다. 복근이 수축한 순간, 전신이 마구 경련하며 불타는 듯한 감촉과 함께 식도를 역류해 온 구토물이—미래에서 먹은 마지막 식사의 잔재가—백악기의 비옥한 대지 위로 쏟아져내렸다.

구역질이 멈추자 나는 소매로 얼굴을 닦고 트로오돈들을 마주 보았다. 젤리 생물을 흡수한 두 마리는 이제 몸을 일으키고 어깨를 움츠리고 있었다. 한 마리가 만곡한 목을 뒤로 젖히더니 가느다란 울음소리를 냈다. 다른 한 마리는 몇 번 발을 굴렀다. 아버지가 아직 건강했을 당시, 저녁을 먹은 다음 편하게 소화할 수 있는 자세로 낡은 카디건을 입은 상체를 뻗는 광경이 언뜻 머리에 떠올랐다. 세 번째 토로오든은 총총걸음으로 다른 두 마리 곁에 다가와 섰다.

나는 클릭스를 쳐다보며 묻는 듯이 눈썹을 추켜올렸다.

"난 괜찮아." 그가 말했다. "자넨 어때?"

나는 고개를 끄덕였다. 우리는 세 마리의 교활한 사냥꾼들과 얼굴/주둥이를 맞대고 우뚝 섰다. 머리 위로 펼쳐진 초록색 지붕 여기저기에서 햇살이 비치며 눈 앞의 극적인 광경을 회화처럼 선명하게 부각시켰다. 두 사람 모두 전신이 거의 다리로만 이루어져 있는 이런 생물들로부터 도망치는 것이 불가능하다는 사실을 잘 알고 있었다. "천천히 뒤로 물러나보기로 하지." 클릭스가 아무렇지도 않은 듯이 말했다. 조용한 어조로 말하면 공룡들도 자극받지 않으리라고 생각한 듯하다. "아마 엘리펀트건을 찾아낼 수 있을 거야."

그는 내 대답을 기다리지 않고 슬쩍 한 걸음 뒷걸음질쳤고, 다시 한 걸음 물러났다. 나도 혼자서 여기 남을 생각은 추호도 없었기 때문에 클릭스 흉내를 냈다. 트로오돈은 우리가 떠나도 개의치 않는 듯했다. 왼발과 오른발로 교대로 중심을 옮기며 단지 그 자리에 서 있기만 했기 때문이다.

8, 9미터쯤 후퇴했을 때 중간에 있던 놈이 아가리를 벌렸다. 턱이 위아래로 움직이더니 공룡 목에서 귀에 거슬리는 소리가 흘러나왔다. 당장이라도 도망치고 싶다는 욕구에도 불구하고, 나는 이 광경에 매료된 나머지 무의식중에 모르게 멈춰섰다. 공룡은 낮게 으르렁대는 듯한 소리를 내더니 무더운 여름날에 하늘을 나는 매처럼 날카로운 울음소리를 잇달아 발했다. 경탄할 만한 성역(聲域)이다. 토로오든은 곧 뾰족한 주둥이의 길쭉한 뺨을 부풀리더니 프프 하는 파열음을 냈다. 교미시에 내는 구애의 울음소리일까? 공룡의 목 아래에 매달린 루비처럼 새빨간 처진 살이 프프거릴 때마다 부풀어오르는 걸 보니 그럴지도 모르겠다.

클릭스는 내가 우물거리고 있다는 사실을 깨달았다. "어이, 브랜디." 여전히 위협적이지 않은 온화한 어조였지만, 그래도 **멍청이 짓을 하지 말고**라는 메시지를 전달할 수 있을 정도로는 곤두선 어조였다. "빨리 여길 떠나자고."

"**쫌 기다려(Wait up).**"

이것은 내가 어렸을 때 쓰던 표현이다. 어른이 이런 표현을 쓸 때는 누군가가 귀가할 때까지 안 자고 기다리는 일 따위를 의미하지만, 어린애, 나처럼 특히 살짝 통통한 어린애였을 경우에는 자기보다 더 빨리 달려가는 친구들더러 조금 기다려 달라고 푸념할 때

쓰곤 하는 표현이다. 문제는 방금 이렇게 말한 사람이 내가 아니고, 클릭스도 아니라는 점이었다. 목쉰 듯한, 마치 태어났을 때부터 귀가 먹은 사람이 낸 듯한 이 커다란 목소리는, 가운데 서 있는 트로오돈의 육식성 아가리에서 나왔던 것이다.

불가능하다. 우연이다. 내가 잘못 들은 것이다. 어이, 정신을 차리라고.

그러나 클릭스도 뒷걸음질을 멈추고 아연실색한 표정으로 입을 벌리고 있었다. "브랜디······?"

내가 트로오돈에 관해 아는 모든 지식이 봇물 터진 것처럼 한꺼번에 몰려왔다. 1856년에 몬태나 주의 주디스 강 퇴적층에서 발견된 이빨 화석을 근거로 레이디에 의해 처음으로 그 존재가 발표되었다. 1987년에 필립 커리는 트로오돈이 스테노니코사우루스와 동일한 공룡임을 증명했다. 1932년에 발표한 논문에서 이 스테노니코사우루스를 처음으로 자세히 묘사한 사람은 다름아닌 우리 타임머신 이름의 유래가 된 스턴버그였다. 어린 시절, 캐나다 자연박물관의 데일 러셀이 만약 공룡이 멸종하지 않았다면 스테노니코사우루스/트로오돈은 지성을 가지고 인간을 닮은 '공룡인류 dinosauroid'로 진화해서 만물의 영장이 되었을 거라는 가설을 내놓아서 매스미디어에서 크게 화제가 되었던 것을 기억하고 있다. 러셀은 자신이 제창한 공룡인의 실물대 조각상을 만들기까지 했다. 두 다리로 직립 보행하는, 꼬리가 없는 동물이고, 커다란 자몽만한 두개골을 가지고 있으며, 양손에는 외과의처럼 긴 손가락이 세 개 달려있고, 배에는 엉뚱하게도 배꼽까지 달려 있었다. 그 조각상 사진은 『타임』지와 『옴니』지에도 실렸다.

트로오돈은 백악기가 끝나갈 무렵에는 우리가 상상했던 것 이상으로 진화해 있었을까? 일부의 엘리트 공룡들은 언어 능력을 갖고 있었단 말인가? 혹시 문명화되기 직전의 단계까지 갔다가, 모종의 대재앙에 의해 지구상에서 사라져 버렸던 것일까? 뼛속까지 공룡 애호가인 나로서는 매우 매력적인 가설이었다. 정말 그랬으면 좋겠지만, 최고로 진화한 공룡들조차도—물론 과거에 간주되는 것만큼 구제 불능일 정도로 우둔한 것은 아니지만—지능면에서는 땃쥐나 새와 별 차이가 나지 않는다는 사실을 나는 잘 알고 있었다.

새! 그렇다! 단순히 흉내를 낸 것에 불과하다. 앵무새처럼 말이다. 구관조도 사람 목소리를 흉내낸다. 우리는 새가 공룡과 밀접한 관련을 갖고 있다는 사실을 알고 있다. 물론 깃털 달린 친구들과 트로오돈 사이의 공통된 조상을 찾으려면 지금 우리가 와 있는 백악기로부터 무려 1억년 이상 전인 주라기 중기에 살던 코엘루로사우루스류까지 거슬러 올라가야 하지만 말이다. 그러나 트로오돈이 놀랄 정도로 새를 닮은 것도 사실이었다. 입체 시각을 가능케 하는 날카로운 시각, 민첩한 움직임, 발가락이 세 개 달린 발 따위를 보면 말이다. 그렇다. 물론 내 생각이 옳다. 내가 클릭스에게 "쫌 기다려"라고 말하는 것을 듣고 그 소리를 흉내낸 것에 불과하다.

다만.

다만 나는 클릭스에게 '쫌 기다려' 라든지 기타 비슷한 말을 한 기억이 없었다. 그리고 클릭스도 그와 조금이라도 비슷한 말을 내게 한 적이 없었다.

틀림없이 내가 잘못 들은 것이다. **틀림없이.**

"쫌 기다려. 멈춰. 멈춰. 쫌 기다려."

아, 염병할……

클릭스는 나보다 빨리 제정신으로 돌아왔다. "뭐라고?" 그는 경악한 어조로 말했다.

"그래에. 멈춰. 가지 마. 쫌 기다려. 멈춰. 그래. 멈춰."

공룡한테 무슨 말을 해야 할까? "넌 누구야?" 클릭스가 물었다.

"동무. 우리들 동무. 너희들 동무. 개미를 먹으면 너희들 진짜로 우리 동무. 동무. 우리 모두 어깨동무."

"염병할. 기가 턱 막히는군." 클릭스가 말했다.

나도 기가 막혔다. 공룡은 조지 칼린*이 내놓은 'TV에서는 절대로 입에 담을 수 없는 일곱 단어'를 늘어놓기 시작했다. 토로오돈의 말은 여전히 알아듣기가 힘들었다. 사실 각 단어를 짧은 간격을 두고 발음하지 않았더라면 아예 알아듣지도 못했을 것이다. 마치고장난 자동차 소음기가 폭폭거리듯이 외설적인 단어를 툭툭 늘어놓는 식이다.

"어떻게 공룡이 말을 할 수 있지?" 마침내 나는 말했다. 정말은 클릭스에게 한 말이었지만, 빌어먹을 파충류는 개의치 않고 대답했다.

"아주 힘이 들어." 토로오돈은 쉰 소리로 말하고, 마치 방금 한말을 증명이라도 해 보이려는 듯이 목을 뒤로 젖히더니 카악 하고침을 뱉었다. 침 덩어리는 낙우송 나무의 밑동 근처에 있는 바위

* George Carlin(1937-2008) 미국의 코미디언

위로 떨어졌다. 피가 섞여 있었다. 무리하게 사람의 말을 하고 있는 탓에 목청이 엉망이 된 탓이리라.

짐승이 말을 하다니 도무지 이해가 되지 않았지만, 그 입에서 흘러나오는 말은 뚜렷하지는 않지만 명명백백한 의미를 가진 언어였다. 나는 놀란 얼굴로 고개를 설레설레 저었고, 그제서야 공룡이 말을 한다는 것 이상으로 놀라운 일이 하나 더 있음을 깨달았다. 공룡은 영어로 말하고 있었던 것이다.

그렇다. 돌이켜 생각해 보면 말을 하는 주체가 공룡이 아니라는 사실은 명백했다. 당연한 일이다. 공룡은 체내에 들어간 그 파란 젤리 같은 것의 꼭두각시에 불과했던 것이다. 그러나 기괴한 점액질 물체가 내 머리 속에 들어갔었다는 사실을 받아들이기도 힘든 판에, 그것이 **지성**을 가진 생물이라는 사실을 인정하라는 것은 무리였다. 클릭스가 큰 소리로 이렇게 말했을 때까지는 말이다. "트로오돈이 아냐, 빌어먹을. 저놈 안에 들어있는 젤리 같은 게 말하고 있는 거야."

말하는 공룡은 닭처럼 꼬꼬거리더니 대답했다. "그으래. 젤리 같은 거가 나. 공룡 아냐. 공룡 멍청 멍청. 젤리 같은 나 무지 똑똑."

"저 녀석은 자네한테서 영어를 배웠나 보군."

"뭐? 왜?"

"흐음, 우선 '어깨동무' 라든지 '무지 똑똑' 하다든지 하는 표현은 나한테서 나온 게 아냐. 게다가 저 녀석한테는 거만한 어퍼 캐

* upper Canada. 온타리오 주의 별칭

나다* 대학생 풍의 악센트가 있잖아."

곰곰이 생각해 보았다. 악센트 따위는 전혀 느낄 수 없었지만 적어도 클릭스처럼 자메이카 사투리로 말하지 않는 것은 사실이다.

내가 대답하기 전에 세 마리의 트로오돈이 앞으로 걸어나왔다. 위협적인 태도는 아니었지만, 공룡들은 눈 깜짝할 새에 클릭스와 나를 중심에 둔 정삼각형의 각 꼭지점에 해당하는 위치에 자리를 잡았다. 클릭스는 양치류와 빨간 꽃과 소철이 무성하게 자란 빽빽한 덤불을 턱으로 가리켰다. 그쪽을 보니 엘리펀트건의 총신이 비죽 튀어나와 있었지만, 도저히 손이 닿는 거리가 아니었다. "나 충분히 말했어." 공룡이 목쉰 소리로 말했다. 바로 내 앞에 서 있는 탓에 뜨겁고 축축한 숨과 최근에 먹은 먹이의 악취가 얼굴로 직접 풍겨올 정도였다. "이제 네가 얘기해. 너희 누구?"

아기처럼 더듬더듬 말하는 공룡들에게 질문을 받다니 미친 상황이라고밖에는 할 수 없었다. 그러나 그 질문에 대답하지 말아야 한다는 이유를 딱히 찾을 수가 없었다. 나는 클릭스를 가리켰지만, 이런 손짓을 상대방이 이해하리라는 확신은 없었다. "저 친구는 마일즈 조던 교수야. 나는 브랜든 새커리 박사고." 트로오돈은 마치 인간이 당혹해 하는 것처럼 고개를 갸우뚱했다. 그러나 아무 대꾸도 하지 않았기 때문에, 나는 이렇게 덧붙였다. "나는 왕립 온타리오 박물관의 척추동물 고생물학 부문의 큐레이터이고, 마일즈는 왕립 티렐 고생물학 박물관의 큐레이터야. 앨버타 대학에서도 가르치고."

공룡은 긴 목 끝에 달린 머리를 흔들고는 거칠고 쉰 목소리로 말했다. "어떤 단어들은 링크가 돼. 어떤 것들은 안 되지만." 말을 할 때 이따금 철컥거리는 소리가 섞이는 것은 익숙하지 않은 모양으로 입을 움직이는 탓에 뾰족한 이끼리 맞부닥치기 때문이리라. 공룡은 말을 멈췄다가 이내 다시 질문했다. "이름이 뭐야?"

"방금 말했잖아. 브랜든 새커리라고." 잠시 후 나는 나도 모르게 이렇게 덧붙였다. "내 친구들은 나를 브랜디라고 부르지."

"아냐. 아냐. **이름**이 뭐야?" 공룡은 당혹한 듯이 또 고개를 갸우뚱했다가 이내 밝은 말투로 말했다. "아, 단어가 하나 빠졌어── **이**라는 것. 맞지? 이름이라는 것이 뭐야?"

"그게 무슨 뜻이지? 이름이라는 게 뭐라니? 너 아까 네 이름이 뭔지 물어봤잖아."

클릭스가 내 어깨에 손을 얹었다. "아냐. 저놈은 '너희 누구?' 냐고 했어. 꼭 이름을 물어봤다고는 할 수 없지."

나는 클릭스 말이 옳다는 것을 깨달았다. "아, 그래었군. 흐음, 이름이란 말이지…… 그건, 아, 그러니까──"

클릭스가 끼어들었다. "이름이란 하나의 표상(表象)이야. 식별을 하기 위한 고유의 단어이고, 소리나 기호로 표현할 수가 있지. 어떤 개체를 다른 개체와 구별할 때 쓰는 거야."

정말 잘났다. 클릭스는 이토록 그럴듯한 정의를 어떻게 이렇게 재빨리 생각해 낼 수 있었던 걸까? 그러나 토로오돈은 다시 영문을 모르겠다는 표정을 지었다. "방금 '개체'라고 했어? 여전히 링크 안 돼. 상관 없어. 너희들 어디서 왔어?"

흐음, 이 녀석한테 뭐라고 대답한다? 미래에서 온 시간 여행자라고? **이름**이란 개념도 이해 못한다면, 시간 여행을 이해하는 건 무리일지도 모른다. "나는 토론토에서 왔어. 그건 여기서──" 나는 해를 올려다보고 방위를 파악한 다음 동쪽을 가리켰다. "——저쪽으로 2천5백 킬로미터즘 떨어진 곳에 있지."

"킬로미터 뭐야?"

"그건——" 나는 클릭스를 흘끗 보고는 적어도 그에 못지 않게 요령 있는 설명을 하려고 마음 먹었다. "그건 직선을 계측할 때의 단위야. 1킬로미터는 1천미터이고, 1미터는——" 나는 양손을 펼쳐 보였다. "——이 정도쯤 돼."

"그럼 도시는 뭐야?"

"아, 도시란 말이지, 흐음, 나와 같은 종이 무리를 지어 만든 둥지라고나 할까. 건물들, 그러니까 인공적 수용 시설의 집합이야."

"건물들?"

"그래. 건물이 뭔지 알아?"

"알아 우리. 하지만 여기 건물들 없어. 너와 같은 종도 전혀 보지 못했어."

클릭스의 눈이 가늘어졌다. "건물이 뭔지를 어떻게 알고 있지?"

트로오돈은 마치 백치를 보는 듯한 눈으로 클릭스를 보았다. "방금 얘기했잖아."

"하지만 넌 마치 그게 뭔지 이미 알고 있는 것처럼——"

"알고 있었어."

"그러니까——" 클릭스는 마치 탄원하는 사람처럼 두 손을 펼쳐 보였다. "——어떻게 알고 있었던 거야?"

"너희들도 건물을 가지고 있어?" 내가 물었다.

"**우리**는 갖고 있지 않아." 트로오돈이 기묘하게도 '우리'라는 대명사를 강조하며 말했다. 그러고는 세 마리 모두 더 가까이 다가

왔다. 그들의 리더—사실인지 아닌지는 모르지만, 하여튼 우리와의 대화를 도맡은—가 길이가 5센티미터나 되는 발톱을 뻗어서 내 셔츠에 묻은 흙을 천천히 훑었다. 이놈은 주둥이에 마름모꼴의 노리끼리한 반점이 있었다. "여기는 도시들 없어." 마름모 점박이가 말했다. "다시 묻겠어. 너희들 어디서 왔어?"

나는 클릭스를 흘끗 보았다. 그는 어깨를 으쓱했다. "**나는** 토론토라는 도시에서 온 게 맞아." 잠시 후 나는 운을 뗐다. "하지만 다른 시대에서 왔어. 우리는 미래에서 왔어."

족히 1분 동안은 침묵이 흘렀고, 이 침묵을 깬 것은 벌레가 윙윙거리는 소리와 이따금 새나 익룡이 삑삑 울어대는 소리뿐이었다. 이윽고 공룡은 천천히 입을 열었다. 인간이었다면 도저히 믿지 못하겠다는 반응이 나왔겠지만, 공룡은 계산적이고 침착한 말투로 물었다. "얼마나 먼 미래에서?"

"우리가 추정하기로는 6천5백만 년 후야." 클릭스가 말했다.

"육천오백 —" 마름모 점박이가 말했다. 마치 이 말을 소화하려는 듯이 말을 멈췄다가, "일년은 이 행성이—이름이 뭐더라?—타원형 길을—아, **궤도**라고 해야 하지?—한 바퀴 도는 데 걸리는 시간이야?"

"맞아." 나는 놀란 어조로 대꾸했다. "궤도가 뭔지 알아?"

공룡은 내 질문을 무시했다. "백만은……십을 기준으로 센 숫자 맞지? 십 곱하기 십 곱하기 십 곱하기 십 곱하기 십, 그렇치이?"

"10을 다섯 번 곱했어?" 나는 말했다. "맞아. 그게 100만이야."

"육천……오백만……년." 공룡이 말했다. 잠시 말을 멈추더니 지면에 퉤 하고 피를 뱉었다. "너 말한 거 이해 힘들어."

"그렇지만 사실이야." 나는 말했다. 어떤 이유에선가 나는 이 생물에게 감명을 주는 행위를 통해 뒤틀린 기쁨을 느끼고 있었다. "6천 몇백만 년이라는 세월을 상상하기 힘들다는 걸 나도 알아."

"상상할 수 있어. 우리는 그보다 두 배는 더 긴 시간을 기억해." 트로오돈이 말했다.

"하느님 맙소사. 그럼 뭐냐, 1억3천만 년 전의 일을 기억한다는 거야?"

"신을 가지고 있다니 흥미롭군." 마름모 점박이가 말했다.

나는 고개를 설레설레 흔들었다. "그럼 넌 1억3천만 년이나 된 역사를 갖고 있단 말야?" 백악기 말기로부터 역산하자면 삼첩기-주라기의 경계기 때부터라는 얘기가 된다.

"역사?" 트로오돈이 물었다.

"계속해서 쓰여진 기록이야." 클릭스가 말했다. 그러다가 잠시 입을 다문 것을 보니 이 생물들이 우리가 아는 식의 문자 기록을 갖고 있을 리가 없다는 사실을 뒤늦게 깨달은 듯했다. 손이 없지 않는가. "혹은 그와는 다른 방식으로 남겨진 과거의 기록."

"없어." 트로오돈이 말했다. "우리 없어 그거."

"하지만 방금 넌 1억3천만 년 전의 일을 기억하고 있다고 했잖아." 클릭스의 목소리에는 짜증이 배어 있었다.

"기억하고 있어──"

"그렇다면 도대체 어떻게──"

"그러나 우리는 시간 여행이 가능하다는 거 몰라." 마름모 점박이가 클릭스의 말을 가로막듯이 말했다. "어젯밤 저 검고 흰 원반이 지면에 충돌했어. 너희가 시간 전이(轉移)를 한 탈 것이야?"

"〈스턴버거〉얘기로군. 맞아." 클릭스가 말했다. "정식 명칭은 〈황 시간적 위상전이 거주 모듈〉이지만, 신문 등에서는 다들 타임머신이라고 하지."

"타임머신?" 파충류의 목이 위아래로 까닥거렸다. "그 이름 마음에 들어. 그게 어떻게 동작하는지 가르쳐 줘."

클릭스는 짜증스러운 표정을 지었다. "어이. 우린 너희들에 관해 아무것도 몰라. 너희들은 우리 머릿속으로 맘대로 기어들어오기까지 했어. 도대체 정체가 뭐지?"

나는 처음으로 트로오돈이 눈을 깜박인다는 사실을 깨달았다. 우선 왼쪽 눈을 감았다가 다시 열고, 오른쪽 눈을 잠깐 감는 식의 기묘한 제스처였다. "우리가 너희 안으로 들어간 건 단지 너희 언어를 배우기 위해서였어." 마름모 점박이가 말했다. "아무 해도 없었잖아. 안 그래?"

"그래도──"

"다시 너희들 안으로 들어가서 더 많은 정보를 흡수할 수도 있어. 하지만 시간 많이 걸려. 불편하고. 뇌 구조에서 명백한 언어 중추 봤어. 많은 부분 점하고 있었어. 특정 기억은 짜내기 힘들어. 짜내기? 아니, **찾아내기** 힘들어. 너희 얘기 듣는 게 더 쉬워."

"그렇지만 우리가 너희에 관해 더 잘 안다면 의사소통을 하기도 더 쉬워져." 나는 말했다. "공통된 기준이 있으면 서로 말이 더 잘 통할 거 아냐."

"그래에. 무슨 얘기인지 알고, 올릴 것 같아──아니, 그냥, 알 수 있을 것 같아. 공통된 기준점. 링크. 알았어. 질문 해 봐."

"좋아, 그럼." 나는 말했다. "너는 누구지?"

"나는 나야." 파충류가 대답했다.

"멋지구먼." 클릭스가 중얼거렸다.

"불만족한 대답?" 공룡이 물었다. "나는 이것이야. 이름 없어. 이름 링크 안 해."

"너는 하나뿐인 개체가 아니잖아." 내가 말했다. "하지만 너 자신을 부르는 이름은 따로 없다. 이런 뜻이야?"

"그런 뜻이야."

"그럼 다른 동료들로부터 너를 어떻게 구분해?"

"동료들?"

"각각 다른 개인들 말야. 지금 그 트로오돈 안에 있는 너, 저기 있는 저 트로오돈 안에 있는 동료. 너희들은 서로를 어떻게 구분해?"

"난 여기 있어. 다른 것은 저기 있어. 3.1415나 마찬가지로 쉬워."

클릭스가 우우 하는 소리를 내며 야유했다.

"너는 도대체 뭐지?" 나는 클릭스에게 내심 짜증을 내며 말했다.

"링크 안 돼."

"너는 무척추 동물이야."

"척추동물은 등뼈가 있는 동물, 맞지이?"

"그래. 너의 친척relative은 뭐지?"

"시간과 공간."

"아니, 그게 아니라, 난——빌어먹을. 나는 네가 누군지를 알고 싶어. 어떻게 진화했는지를 묻고 있는 거야. 넌 내가 지금까지 본 그 어떤 생명체와도 달라."

"너도 마찬가지인데."

나는 고개를 가로저었다. "나는 지금 네가 들어가 살고 있는 공룡과 그렇게 다르지 않아."

"공룡은 효율적인 생물이야. 강해. 감각도 예민하고. 거기 비하면 너는 둔해."

"그래." 나는 짜증을 내며 말했다. 나는 공룡이 만화에 곧잘 나오듯이 느리고 멍청한 생물이 아니라는 사실을 오랫동안 일반 대중에게 설파해 왔다. 그렇지만 당사자인 파충류의 입에서 같은 얘기를 들으니 왠지 기쁘지가 않았다. "하지만 나와 공룡 사이에는 다른 점보다는 비슷한 점들이 더 많아. 그 공룡도 나도 이족 보행을 해 ── 그러니까, 두 다리로 걷는다는 뜻이야."

"이족 보행 링크가 돼."

"게다가 나도 공룡도 팔이 둘, 눈이 둘, 콧구멍도 둘이야. 우리 몸 왼쪽은 오른쪽과 거의 완벽하게 대칭을 이루고 있고 ──"

"자웅 대칭."

"좌우 대칭." 나는 정정했다. "나와 공룡이 관계가 있다는 건 명백해 ── 공통의 조상을 갖고 있다는 얘기지. 내 종족은 태곳적 파충류에서 진화했지만, 다른 종류의 생물인 조그만 포유류들과는 한층 더 가까운 관계를 가지고 있지. 하지만 너는 ── 나는 생명의 역사를 시초 단계부터 연구해 왔어. 나는 너와 닮은 생물에 관해 전혀 아는 바가 없어."

"이 녀석들 몸은 완전히 부드러워." 클릭스가 말했다. "그런 탓에 화석으로 전혀 남지 않았을 가능성도 있겠군."

나는 그를 마주보았다. "그럼 최초의 인류보다 몇억 년 전에 지적 생물이 생겨났다고 주장하고 싶은 거야? 도저히 믿기 힘들군. 그건 마치——"

나는 내가 바로 그 순간에 퍼즐 조각들을 꿰어맞춰서 올바른 결론을 내렸고, 상황을 완전히 이해했다고 주장하고 싶지만, 뒤이어 내가 하려던 말은 벽력 같은 엄청난 굉음에 묻혀 버렸다. 뒤이어 공룡들이 포효하는 소리와 깜짝 놀라 하늘로 날아올라가는 비행 동물들이 내는 소음이 들려왔다. 우리 집이 피어슨 국제공항 남쪽에 있는 덕택에 나는 그 소리의 정체를 즉시 알아차렸다. 나와 이웃들은 소음에 대해 불평하기는 했지만, 캐나다 운수성이 〈오리엔트 익스프레스〉 제트여객기의 내륙 초음속 비행을 허가한 이래 그 굉음은 일상 생활을 이루는 배경의 일부가 되어 버렸다. 고개를 들자 세 개의 조그만 구체가 마하 2 내지는 3의 속도로 하늘을 가로지르는 광경이 눈에 들어왔다. 최소한 비행기인 것은 틀림없었지만, 나는 금세 그 정체가 무엇인지를 깨달았다.

우주선.

"너희들 오해 밑에서 생각하고 있어." 하늘의 굉음이 사라지자 마름모 점박이가 말했다. "우리는 이 행성에서 온 것이 아냐."

클릭스가 대경실색하는 것을 보고 웬지 기분이 좋아졌다. "그럼 어디서 왔어?" 내가 물었다.

"우리—— 고향 세계에서. 네 기억에는 그 이름이 없었어. 그건——"

"이 태양계에 있는 세계야?" 나는 물었다.

"그래에."

"수성(Mercury)?"

"수은(mercury)? 아냐."

"금성?"

"아냐."

"지구는 아니겠고. 혹시 화성?"

"화성——아, 화성! 태양에서 네 번째 행성. 그래에. 화성이 고향이야."

"화성인이라고!" 클릭스가 말했다. "빌어먹을 화성인이 진짜로 존재한다니. 그런 말을 도대체 누구더러 믿으라는 거야?"

마름모 점박이는 클릭스를 침착한 눈초리로 응시했다. "나는 믿어." 공룡은 완벽하게 천연덕스러운 얼굴로 말했다.

경계층

경계층

나는 진실을 찾아볼 생각이지만 찾아내리라고는 생각하지 않는다.

—드니 디드로(1713-1784) · 프랑스 철학자

중생대 끝으로 되돌아가는 여행을 기록했다고 주장하는 그 여행자의 일기는 가짜임이 틀림없다. 당연하지 않은가. 물론 표면상 내 글을 닮기는 했다. 이것을 날조한 인물이 내가 쓴 『북방의 드래곤—캐나다의 공룡들』을 읽었다는 점은 명백했다. 그 책의 원고를 쓰면서 나는 이탤릭체를 그토록 많이 써야 한다는 사실에 진저리를 내다. 생물 분류법을 개발한 스웨덴의 식물학자 린네는 생물학상의 이름에는 라틴어를 써야 한다는 원칙을 세웠으며, 영어로 쓰인 현대 서적에서 영어가 아닌 단어는 무조건 이탤릭체를 써서 표기해야 하기 때문이다. 게다가 린네는 생물명의 종(genus) 부분은 언제나 대문자여야 한다고 못박았다. *Tyrannosaurus Rex* 하는 식으로 말이다. 영어에서는 개개의 공룡 타입을 공통적으로 부르는 이름이 없는 탓에 이 분야의 일반서적은 맹목적으로 이 관례를 따랐고, 거의 열 단어마다 한 번씩은 이탤릭체나 대문자가 쓰임으로써 독자의 눈을 피로하게 만드는 한심한 결과를 가져왔다.

동료 학자들에게서는 좀 비판을 받기도 했지만,『북방의 드래곤』에서 나는 과감하게 그 관례를 깼다. 중생대의 어떤 동물을 처음으로 언급할 때는 린네식 분류법을 따랐지만, 그 뒤부터는 흔한 동물인 'cat' 이나 'dog'을 표기할 때와 마찬가지로 대문자나 이탤릭체를 쓰지 않았던 것이다. 흐음, 누가 이 수상쩍은 일기를 날조했든 간에 적어도 나만의 그런 표기법만은 고스란히 흉내내고 있었다.

지금까지 쓸 일이 전혀 없었지만 내 도시바 팜탑의 번들 소프트웨어 중에는 문법 검사용 프로그램이 들어 있다. 팜탑에 내장된 광(光) 기억장치에는 작년분 일기도 들어 있기 때문에 나는 그것을 가짜 시간 여행자의 일기와 함께 불러냈다. 그런 다음 두 문서를 각각 다른 창에 띄우고 문법 프로그램으로 쌍방의 문체를 비교했다. 프로그램이 표시한 십여 개의 도표들 중에는 '플레쉬-킨케이드식 평가,' '센텐스당 평균 단어 수,' '문단당 평균 센텐스 수' 따위의 항목이 포함되어 있었다. 이제는 부인할래야 부인할 수가 없다. 나 자신의 일기와 시간 여행자를 자처하는 인물이 쓴 일기의 문체는 거의 똑같았다.

문법 검사용 프로그램에는 그때까지 쓸 일이 한 번도 없었던 기능이 하나 더 들어 있었다. 문서 안에 포함된 모든 단어의 목록을 알파벳 순서로 출력하는 기능이다. 두 일기를 대상으로 그런 목록을 출력한 다음 비교 대조를 통해 작년 일기에서는 쓰이지 않았지만 시간 여행자의 일기에서는 쓰인 단어만을 뽑아낸 새로운 파일을 하나 만들었다. 날조자는 깜박하고 내 어휘에 포함되지 않은 단어를 썼을지도 모른다.

나는 그 목록을 훑어보았다. '시조새'나 '카악' 따위의 단어가 포함되어 있기는 했지만, 대부분 내가 쓸 법한 단어들이었다. '창공(firmament)'처럼 낯선 단어가 한두 개 있긴 했지만, 팜탑의 광기억장치에는 『로제의 유의어 사전』도 들어있으니 불가능한 일은 아니었다.

그렇다. 이제는 명백했다. 파일화된 나의 글을 마음대로 입수해서 일본에서 최근 개발되었다는 AI식 문체 모방 소프트웨어라도 쓰지 않은 이상, 이 시간 여행자의 일기를 쓸 수 있는 사람은 단 한 사람뿐이다.

나.

만약 이 일기가 진짜라면 거기에 포함된 인물들도 진짜일 가능성이 높았다. 그리고 이 황당무계한 사건 전체의 책임자인 듯해 보이는 사람은 칭-메이 황이었다.

왕립 온타리오 박물관의 낡아빠진 내 책상—고든 에드먼드가 큐레이터로 근무하던 시절부터 있던 유물이다—에 앉아 데스크 단말기에 대고 말했다.

"디폴트 검색 엔진. 검색어: 황 & 칭-메이."

"검색어의 철자를 가르쳐 주십시오." 컴퓨터가 말했다.

철자를 말하자 스크린에 검색 결과가 주르륵 나타났다. 칭-메이 황이라는 이름을 가진 인물은 적어도 세 사람 있었다. 한 명은 포테이토칩 산업 전문가였고, 다른 하나는 중국 캐나다 관계의 권위자였다. 그리고 세 번째 인물은——

이 세 번째 인물이 내가 찾던 여성임은 명백해 보였다. 그녀가 쓴 논문 제목들로 미루어 보건데 물리학자였고, 또……

아, '대학 캠퍼스 난동에서 교수들을 체포'라니, 안 읽고 지나갈 수는 없는 기사다. "17번 글을 보여줘." 나는 말했다.

그러자 1988년 11월 18일자의 〈캐너디언 프레스〉발 기고 기사가 화면에 떴다. 당시 핼리팩스의 댈하우지 대학에서 종신 재직권이 없는 평교수로 근무하던 칭-메이 황은 연구 보조금 삭감에 항의하는 시위에 참가하다가 체포당한 여섯 명의 교수들 중 한 명이었다. 이 기사에 의하면 황은 체포에 저항하다가 대학 경찰관의 정강이뼈를 부러뜨렸다고 한다. 상당히 드센 여인인 듯하다.

"뒤로." 내가 이렇게 말하자 다시 검색 목록이 스크린에 떴다. 나는 목록을 계속 훑어보다가 미소 지었다. 그녀도 나처럼 대중적인 책을 한 권 썼다는 사실을 알았기 때문이다. 『시간의 제약: 물리학의 타우』라는 제목이었다. G. C. 매킨지와 공저했고, 2003년에 사이먼 프레이저 대학 출판부에서 출간되었다.

이 링크는 챕터즈 온라인 서점에 연결되어 있었고, 해당 페이지에는 『퀼 & 콰이어』지의 서평이 실려 있었다. (내가 쓴 『북방의 드래곤』에 매우 호의적인 서평을 실어주었기 때문에 나도 이 잡지를 좋아한다.)

"밴쿠버의 TRIUMF에 소속된 고(高)에너지 연구원인 매킨지와 황은 이 분야의 연구 현황에 관해 신랄한 평론을 ──"

이것은 10년 전 얘기이지만 확인해 볼만한 가치는 있다. 나는 단말기에 화상전화 소프트웨어를 불러내서 전화번호 안내 서비스에 접속했다.

"밴쿠버 번호를 부탁합니다." 나는 스크린에 떠오른 쾌활한 CG 얼굴을 향해 말했다. "트라이엄프. 철자는 T-R-I-U-M-F입니다."

컴퓨터가 생성한 얼굴이 TRIUMF의 전화번호를 말하는 것과 동시에 화면에도 그 번호가 떴다. 자동으로 그 번호에 걸리면 75센트가 더 들기 때문에 박물관 단말기에서는 이 기능을 쓸 수가 없게 되어 있다. 그래서 나는 그 번호를 포스트잇에 적은 다음 다시 단말기에 대고 그 번호를 되풀이해 말했다. 두 번 신호가 가더니 파키스탄 악센트처럼 들리는 목소리를 가진 사내가 대답했다. "굿모닝. 봉주르. TRIUMF입니다."

"여보세요." 상당히 신경이 곤두선 목소리가 나온 탓에 조금 놀랐다. "칭-메이 황 씨를 부탁합니다."

"황 박사님은 지금 안 계십니다만." 사내가 대답했다. "메시지를 남기시겠습니까?"

"예. 그래 주시면 고맙겠습니다."

그 후로 TRIUMF에 세 번이나 같은 메시지를 남겼지만 칭-메이 황에게서는 연락이 없었다. 나는 저녁 늦게 다시 전화를 받은 누군가를 교묘하게 구워 삶아서 해서 그녀의 자택 전화번호를 알아냈다. 번호를 말하면서 손바닥에 땀이 배인 것을 깨달았다. 맙소사.

이토록 신경이 곤두선 것은 테스한테 전화로 처음 데이트 신청을 했을 때 이래 처음이다.

토론토는 밴쿠버에서 3300킬로미터 떨어져 있다. 내가 있는 시간대에서는 저녁 10시를 조금 넘었으므로, 서부 해안에서는 7시를 조금 넘긴 시각일 것이다. 호출음이 세 번 들리더니 화상전화 화면에서 벨 캐나다사(社)의 둥근 로고가 여느 때처럼 질리지도 않고 뒤로 재주를 넘었다. 그러나 다음 순간 화면에 나타난 것은 황 박사의 얼굴이 아니라 이런 표시였다.

음성 통화만 이용 가능

그런 다음, 희미한 목소리—거리뿐만 아니라 두려움에 기인한 듯한—가 대륙을 가로질러 내게 말했다. "여보세요?"

"여보세요." 나는 열악한 접속 상태를 감안해서 큰 목소리로 말했다. "칭-메이 황씨를 대 주시겠습니까?"

침묵. 이윽고, "거시는 분 성함이?"

"저는 브랜든 새커리라고 합니다. 토론토의 왕립 온타리오 박물관에 근무하고 있습니다."

"박물관 회원이 되는 데는 관심없어요. 그럼 이만."

"잠깐만. 저는 회원이 되라는 권유를 하고 있는 게 아닙니다. 저는 척추 고생물학자입니다."

"척추——? 어떻게 이 번호를 알았죠?"

"그럼 황 박사님이 맞으시군요?"

"맞아요. 내가 본인이에요. 어떻게 이 번호를 알았죠?"

나는 가급적 가벼운 말투로 말했다. "정말이지 쉽지 않더군요."

"이 번호가 공개 목록에 기재되어 있지 않은 건 그럴만한 이유가 있어서예요. 부탁이니 더 이상 귀찮게 하지 말아 주세요."

나는 최대한 따뜻한 목소리를 내려고 노력했다. 워낙 멀리 떨어져 있는 탓에, 이렇게라도 하지 않으면 도저히 전달이 안 될 것이라는 느낌을 받았기 때문이다. "정말이지 꼭꼭 숨어 계시는군요." 나는 웃으며 말했다.

"그건 당신이 알 바가 아네요." 그러고는 침묵. 어느 쪽이 먼저 입을 열 것인지 탐색하는 분위기다. 이윽고 그녀는 나직하게 말했다. "이쪽 전화에 표시된 걸 보니 지역번호가 905군요. 토론토 번호가 아니잖아요."

"아, 저는 토론토가 아니라 미시소거에 삽니다. 토론토 교외죠."

그녀가 날카롭게 숨을 들이키는 소리가 들렸다. "그럼 토론토 시내가 아니란 말이군요? 다행이네요." 조금 밝아지긴 했지만 여전히 동요한 듯한 불안한 목소리였다. '정확'하다는 얘기를 듣는 인물에게서 이런 반응이 나오다니 의외였다. 일기에는 뭐라고 쓰여 있었더라? '자로 잰 듯이 침착하고 단조로운 어조로, 마치 컴퓨터 신호처럼 정확하게 자음을 발음한다'고 하지 않았는가. 전혀 다른 인물을 묘사한 듯한 느낌이다.

"황 박사님도 화상전화를 갖고 계시지 않습니까? 영상으로 얼굴을 보고 얘기하면 안 될까요?"

"아뇨."

아뇨라니, "여기엔 화상전화가 없어요"라는 뜻일까, 아니면 "카메라를 켤 생각이 없어요"라는 뜻일까? "어, 알겠습니다." 나는 가까스로 말을 이었다. "저는 상관 없습니다." 이렇게 말하고는 갑자기 말문이 막혀 버렸다. 지금부터 내가 그녀에게 물어보려는 것은 너무나도 황당무계하고 믿기 힘든 일이었기 때문이다. 만약 정말로 누군가가 친 장난에 걸려든 것이라면, 그럴 수 있는 인물은 단한 사람밖에는 없다. 클릭스. 지금 토론토에 머무르며 안식년 연구를 하고 있는 클릭스밖에는 없다. 그것이 사실이라면 죽여 버릴 테다. "연락이 잘 안 되어서 좀 고생했습니다, 황 박사님. 사실은 조금 의논하고 싶은 일이 있어서요."

그녀는 여전히 신경이 곤두서 있었다. "흠, 할 수 없군요. 되도록이면 간결하게 말해 주세요."

"물론입니다. 혹시 마일즈 조던이라는 인물을 아십니까?"

"수전 조던이라는 여자와는 알고 지냈던 적이 있어요."

"아, 그 사람과는 아무 관계도 없을 겁니다. 마일즈도 저와 같은 고생물학자입니다. 앨버타 주 드럼헬러에 위치한 왕립 티렐 박물관에서 일하고 있죠."

"멋진 박물관이죠." 그녀는 멍한 어조로 말했다. "하지만 그게 나하고 무슨 상관이죠?"

"혹시 '스테이시스(stasis)'라는 단어에 뭔가 짐작이 가시지 않습니까?"

"그건 '정지'를 의미하는 그리스어예요. 자, 무슨 퀴즈를 맞춘 건가요?"

"그게 전부입니까?"

"새커리씨, 나는 제 프라이버시를 굉장히 중요하게 여긴답니다. 무례하게 굴고 싶지는 않지만, 이런 식으로 전화로 얘기하는 건 별로 내키지가 않군요."

나는 용기를 냈다. "알겠습니다 황 박사님. 솔직하게 말씀드리죠. 혹시 시간의 흐름을 멈추는 실험에 종사하고 계시거나, 종사하신 적이 있습니까? 방금 나온 '스테이시스'라는 단어와 관계되는?'

"어떻게 그런 생각을 하게 된 건가요?"

"부탁입니다. 제게는 무척 중요한 일이라서."

그녀는 몇 초 동안 침묵했다. 기다리는 동안 전화 회선에서는 잡음 소리만 들릴 뿐이었다. "흐음." 마침내 그녀가 입을 열었다. "아마 '스테이시스'도 좋은 이름이었을지도 모르겠군요. 나는 한 번도 그렇게 부른 적이 없지만 말예요. 하지만 그걸 가지고 실험한 적은 전혀 없어요. 몇 가지 흥미로운 방정식을 도출해 내긴 했지만, 그건 ── 그건 오래 전의 일이예요."

"그렇다면 스테이시스는 달성 가능하다는 말이군요. 혹시 박사님은 그런 방정식에 관계된 연구를 하시면서, 실질적인 시간 여행이 가능해질지도 모른다는 생각을 하신 적이 없습니까?'

처음으로 회선 너머에서 들려온 목소리에 힘이 들어갔다. "이제 잘 알겠습니다. 새커리씨라고 하셨나요?"

"예."

"새커리씨, 당신은 머리가 돌았어요. 그럼 이만."

"아, 부탁입니다. 저는 진심으로 ──"

공전(空電)이 섞인 다이얼톤이 울렸다. 나는 재 다이얼 버튼을 눌렀지만, 밴쿠버에 있는 상대방의 전화는 끊임없이 울리고, 울리기만 할 뿐이었다.

카운트다운

⑮

지옥에서 가장 뜨거운 장소는 도덕적으로 중대한 결단을
내려야 했을 때 중립을 지킨 사람들을 위한 것이다.

—단테 알리기에리(1265-1321) · 이탈리아 시인

　화성인.

　'시간 여행'이라는 단어를 타이프하는 일조차 쉽지 않았던 마
당에. '화성인'이라는 단어까지 꺼내든다면 정신병원으로 보내
달라고 호소하는 것과 마찬가지가 아닐까 하는 생각까지 들었다.
이 세상에는 내 인생관만 가지고서는 상상도 할 수 없는 일들이 실
제로 있는지도 모르겠다.

　정오에 가까운 시각이었다. 머리 위를 빽빽하게 덮은 초목들 사
이로 언뜻언뜻 보이는 맑고 푸르스름한 하늘에서 중생대의 뜨거

운 햇살이 쏟아져내리고 있었다. 사방이 벌레 우는 소리로 시끄러웠다. 나는 귀찮게 몰려드는 날벌레들을 쫓기 위해 계속 팔을 철썩철썩 때려야 했다.

세 마리의 트로오돈이 워낙 바싹 다가온 탓에 입에서 풍기는 고약한 날고기 냄새를 맡을 수 있을 정도였다. 돋을무늬 같은 느낌을 주는 초록색 피부는 밝은 햇살 아래에서 무지개빛으로 번득이고, 거대한 노란 눈들은 빛을 너무나도 잘 반사하는 통에 거의 광채를 뿜고 있는 것처럼 보였다.

"화성인이라." 나는 나직하게 말했다. 화성인이라고 입으로 말하는 것은 손으로 키보드를 찍는 것보다는 그래도 쉬웠다. "놀랄 노자로군."

트로오돈의 두목인 마름모 점박이가 특유의 방식으로 눈을 하나씩 깜박였다. "감사합니다." 공룡은 목쉰 소리로 자기 머릿속에 있는 젤리를 닮은 화성 생물의 말을 대변했다.

"그런데 여기서 뭘 하고 있는데?" 나는 물었다.

길쭉한 초록색 머리가 한쪽으로 갸우뚱 기울었다. "너하고 얘기하고 있잖아."

"아니 —— 그런 뜻이 아니라, 총체적으로 말해서 뭘 하러 온 건데? 지구에는 뭣 때문에 왔지?"

"총체적? 부피가 얼마냐고? 링크 안 돼."

나는 고개를 가로저었다. "지구로 온 목적이 뭐였어?"

"목적은 안 바뀌었어." 마름모 점박이가 힐난하듯이 말했다. "여전히 원래 그대로야."

"알았어, 알았다니까. 너희들이 지구로 온 목적이 **뭐야**?"

"내가 먼저 묻겠어." 트로오돈이 말했다. "네 목적이 뭐야?"

나는 한숨을 쉬었다. 이런 녀석들을 상대로 에티켓 위반이다 어쩌고 주장해 봤자 씨알도 안 먹힐 게 뻔하다. 내게서 1미터쯤 떨어진 곳에 서서 가장 가까운 곳에 우뚝 서 있는 트로오돈에게서 눈을 떼지 않고 있던 클릭스가 입을 열었다. "우리는 과학자야. 그건——링크가 돼? 과학자들은 지식을 찾는 행위를 직업으로 하는 사람들이지. 우리가 여기로 온 건 태곳적 지구에 관한 지식을 얻기 위해서야. 특히 우리는 '경계기'라고 불리는 시기에——"

"——그 시기의 생물들을 연구하려고 왔지." 갑자기 경계심이 발동한 나는 클릭스의 말을 가로막았다. 조금 있으면 지상의 거의 모든 생명체가 사멸하리라는 사실을 무작정 언급하지는 않는 편이 낫다는 생각이 들었기 때문이다.

"아!" 마름모 점박이가 말했다. 내가 클릭스의 말을 가로막은 것에는 개의치 않는 듯했다. "우리 돈 없어." 이렇게 말하고 아래를 내려다보더니 또 다시 눈을 한 개씩 껌벅였다. "아니, 우리는 **동업자**야. 우리도 여기 사는 생명체들 때문에 왔어."

"화성인에게는 작은 미끄럼이지만, 인류에게는 거대한 도약이다." 클릭스가 말했다.

"링크 안 돼." 트로오돈의 입을 통해 화성인이 말했다.

클릭스는 땅바닥을 내려다보았다. "나도 안 돼."

"화성인이라면 화성에 속해 있는 것?" 마름모 점박이가 다시 내게 주의를 돌리고 질문했다. 말을 마친 뒤에도 다물지 않은 길쭉한 주둥이 사이로 톱니 같은 이빨이 드러났다.

"응." 나는 말했다.

"화성에 속해 있는 것들 중에서는 우리와 한 덩어리로 뭉뚱그려서 간주하지 말아 줬으면 하는 것들이 있어." 변형이 자유로운 화성인들의 신체 형태를 감안할 때, 이 '뭉뚱그리다'라는 표현을 나와 똑같은 의미로 쓰는지는 확실하지 않았다.

"그럼 너희들을 뭐라고 불러야 하는데?"

"말을 할 수 있는 구멍을 가진 생물 안에 들어가 있는 경우, 우리가 우리를 부르는 단어는 '흐헤트Hhhet'야." 단어라기보다는 헛기침을 할 때 나는 소리 같다.

"그럼 지금부터는 헤트Het라고 부르겠어." 나는 말했다.

클릭스가 두 손을 들어올렸다. "화성인이라고 하든, 헤트라고 하든 무슨 차이가 있다는 거지? 브랜디, 우리 얘기 좀 나눠야겠어."

"얘기?"

"협의." 내가 설명했다.

"좁은 의미가 무슨 상관이 있는데?"

"좁은 의미라는 뜻의 협의가 아니라 서로 의논을 한다는 뜻의 협의야."

"오." 헤트가 말했다. "의논이라."

"그래."

"하지만 우리가 지금 하고 있는 게 바로 그 의논 아냐? 머리를 맞추고 하는?"

"머리를 맞대고." 나는 정정했다. "조던 교수하고 나는 둘이서만 얘기를 나누고 싶어."

"둘이서만?"

"둘만 있는 곳에서."

트로오돈은 눈을 깜박였다. "링크 안 돼."

나는 우리가 왔던 쪽을 가리켰다. "우리 타임머신은 저쪽에 있어. 거기로 돌아가도 될까?"

"아." 마름모 점박이가 말했다. "응. 우리도 그걸 보고 싶어."

세 마리의 트로오돈이 뒤로 조금 물러섰기 때문에 우리는 남쪽을 향해 걷기 시작했다. 클릭스는 허리를 굽히고 엘리펀트건을 집어올렸다. 마름모 점박이가 소총을 향해 고개를 까닥 해 보이며 목쉰 소리로 말했다. "무기야?"

"그렇다고도 할 수 있지." 클릭스가 대답했다.

"별로 효율적이지 않아."

"그나마 손에 넣은 것 중에서는 이게 제일 나았어."

우리는 숲에서 나와 진흙 평원을 걷기 시작했다. 전방에는 타임머신이 충돌해서 생긴 부드러운 진흙 크레이터가 있었고, 그 벽의 서쪽 꼭대기에 올라탄 〈스턴버거〉는 정말로 햄버거나 TV에 나오는 비행접시처럼 보였다. 지붕 한복판에서는 조그만 계기 돔이 튀어나와 있다.

"저것이 시간 이동기라면," 마름모 점박이가 쉰 목소리로 말했다. "다시 왔던 곳으로 돌아가겠군. 내 말이 보수적(conservative)이야?"

"보수적?" 영문을 알 수가 없었다.

클릭스가 씩 웃었다. "'옳다(right)' 라는 뜻이 아닐까."*

트로오돈은 고개를 위아래로 끄덕였다. "옳아. 원래 왔던 데로 돌아가겠지. 옳아?"

"옳아." 클릭스가 말했다. "시간 전이 효과에 의해 우리가 여기 머물 수 있는 시간은……" 그는 이렇게 말하며 손목시계를 보았다. "……사흘쯤 남았군. 그런 다음에는 낚시릴을 감는 것처럼 다시 출발 지점으로 돌아가게 돼."

"자아─동─적으로 그렇게 되는 거야?" 트로오돈이 물었다.

"응." 나는 말했다. "사실을 말하자면 황 효과 발생장치는 미래에 자리잡고 있어. 우리 타임머신에는 작동 부분이나 제어 장치가 전혀 들어 있지 않아. 정체필드 발생장치를 제외하면 말야. 무슨 얘긴지 이해가 돼?"

"충분해." 트로오돈이 말했다. 정확히 어떤 뜻으로 충분하다고 하는 것인지는 확실히 알 수가 없었다. "그럼 출발 지점은 정확히 어디 있는데?"

"오, 바로 여기야." 클릭스가 말했다. "우리 시대에는 이곳을 레드 리버 계곡이라고 부르지. 상당히 황량한 곳이야."

"그럼 너희들의 시간 여행단은 모두 거기서 출발하는 거야?"

"사실을 말하자면 우리들에게도 시간 여행은 상당히 새로운 기술이야. 유인 여행은 우리가 처음이지."

"지구는 너희 때는 많이도 바뀌었어?" 트로오돈이 물었다.

"많이 바뀌었지." 클릭스가 말했다. "파충류가 아니라 포유류가 지배하고 있어. 기온은 더 낮고, 대륙들도 많이 분산되었고, 땅은 건조하고, 사계절 차이는 훨씬 더 뚜렷해. 그리고 가장 흥미로운

---

* 트로오돈이 주인공에게서 추출해 낸 영어 어휘가 '보수(conservative)=우파 (right)=옳다(right)' 라는 식의 정치적 편견에 물들어 있음을 비꼬는 대목이다.

사실은 중력이 지금 여기의 두 배쯤 된다는 점이야."

트로오돈은 기묘한 동작으로 목을 홱 돌렸다. "방금 뭐라고 했어?'

"믿기 힘들지. 안 그래?' 나는 말했다. "지구의 중력은 향후 6천 5백만 년 동안 두 배로 늘어나게 돼."

"정말로 기묘한 일이군. 친구들에게는 브랜디라고 불리는 브랜든 새커리 박사."

"동감이야. 우리들도 통 이유를 모르겠어."

트로오돈의 무표정한 얼굴에서 감정을 읽는 것은 불가능했다. 그러기는 커녕 파충류의 근육에서 긴장이 빠져나가며 축 늘어지는 듯한 느낌을 받았다. 마치 그 안에 있는 헤트가 뭔가 다른 생각을 하느라고 정신이 팔려 있는 것처럼 말이다. "여기 중력이 더 낮다는 얘기군. 흥미로워. 얘기해 줘. 너희들 시대의 화성은 어떤 곳이야?'

클릭스는 공룡의 질문에 대답하려고 했지만 내가 더 빨랐다. "난 거기 가본 적이 없어."

우리는 부슬부슬 무너져가는 크레이터 벽에 도달했다. 놀랍게도 뒤집힌 지 얼마 안 되는 흙에서 조그만 초록색 새싹들이 자라나고 있었다. 그것을 보자 또 엉뚱한 생각이 떠올랐다. 데이트를 하고 여자를 집까지 배웅했을 때의 느낌. 집으로 들어오라고 초대 받을지 안 받을지를 기다리는 그 어색한 순간 말이다. 다른 점이 있다면 우리 집인 〈스턴버거〉까지 졸졸 따라온 것은 사람이 아니라 헤트라는 점이다. 아까부터 작별인사를 할 시간이 되었다는 힌트를 주는데도 도무지 알아듣는 것 같지가 않아서 참으로 난감했다.

마침내 헤트가 노골적으로 요구했다. "안을 보여줘."

나는 클릭스가 이 녀석들에게 빌어먹을 붉은 양탄자라도 깔아 줄 기색임을 알아차리고 그가 하려던 말을 가로막았다. "물론 그래야지. 우리도 너희들 우주선 안을 구경하고 싶거든. 하지만 유감스럽게도 지금은 안 돼. 조던 교수하고 나는 지금부터 개인 위생을 처리할 필요가 있거든. 그럴 경우 인간은 프라이버시를 필요로 해."

"프라이버시." 공룡이 말했다. "혼자······있는 거?"

"바로 그거야."

"괴상한 개념."

나는 어깨를 으쓱했다. "우리에겐 중요한 일이야."

마름모 점박이는 당혹스러운 듯이 고개를 갸우뚱하고 나를 보았다. "오." 이윽고 그것이 말했다. 파충류의 헛기침일지도 모르지만 말이다. "흐음, 그럼 다시 얘기하기로 하지." 잠시 말을 멈추더니, "곧"이라고 덧붙인다. 세 마리의 공룡은 성큼성큼 숲으로 돌아갔다.

클릭스와 나는 서둘러 크레이터 벽을 기어올라갔다. 이런 저중력하에서도 내려오는 것보다는 올라가는 쪽이 훨씬 더 어렵다. 다 올라갔을 무렵 내 부츠 안은 부드러운 흙으로 가득 차 있었다.

〈스턴버거〉의 비좁은 반원형 거주구로 들어가자마자 클릭스는 깍지 낀 손을 베개 삼아 뒤통수에 대고 자기 충격의자에 눕더니 대뜸 말했다. "흐음, 자네 생각은 어때?"

나는 클릭스의 태연자약한 태도가 정말 마음에 들지 않았다. 나 못지 않게 흥분해 있는 것이 틀림없는데도, 왜 그걸 전혀 내색하지 않는 걸까? 왜 나는 이렇게 속이 뻔하게 내다보이는 태도밖에는 취하지 못하는 걸까? "그야말로 경천동지할 일이지." 이렇게 말하자마자 이런 과장된 표현을 한 것을 후회했다.

"경천동지할 일이라." 클릭스는 마치 이 표현을 음미하듯이 말했다. 아니, 정확하게 말하자면 그렇게 말한 나를 음미했다는 쪽이 더 정확하다. "맞아. 사실이야. 이걸로 모든 게 바뀌어 버렸지만."

"그게 무슨 뜻이지?"

클릭스는 예의 표정으로 나를 쳐다보았다. 약간 머리 회전이 느린 사람을 상대하고 있다고 생각할 때 얼굴에 떠올리는 표정이다. "우리 임무 얘기를 한 거야. 헤트를 발견했으니 우리가 할 예정이었던 그 어떤 고생물학 연구도 부차적인 게 됐잖아."

나는 분노가 치밀어오르는 것을 자각했다. 그 **어떤** 것도 공룡들보다 더 중요하지는 않다. 적어도 나에 관한 한은 말이다. "우리에겐 해야 할 일이 있어." 나는 최대한 침착한 어조로 대꾸했다.

"오, 그야 그렇지." 클릭스는 깍지를 풀며 말했다. "헤트를 미래로 데려가야 하니까 말야."

나는 아연실색한 표정으로 그를 응시했다. **"뭐라고?"**

"생각해 보라고. 우리 시대의 화성은 죽은 행성이야. 생물의 흔적이 전혀 없어. 바이킹 탐사선이 증명했잖아."

"그래서?"

"바꿔 말해서, 지금 이 시대와 우리가 온 미래 사이의 어느 시점에서 헤트는 완전히 멸종되었던 거야. 우리는 여기 와 있는 헤트들을 미래로 데려감으로써 그 녀석들을 멸종될 운명에서 구할 수 있어. 화성에서 다시 생명을 부활시킬 수 있다는 뜻이지."

"그럴 수는 없어." 머리가 욱신거린다.

"물론 그럴 수 있어. 그 젤리 덩어리들이 얼마나 작은지 자네도 봤잖아. 우리 타임머신에 몇백 개체는 싣고 갈 수가 있어. 밸런스의 문제라고나 할까. 물탱크를 비우면 충분한 공간이 생길 뿐더러, 황 효과가 다시 반전될 때까지 그걸 벌충할 질량이 필요해져. 그 자리에 헤트를 넣어가면 되잖아."

"생물학 표본을 가지고 돌아갈 예정이었잖나. 가능하다면 소형 공룡도. 캘거리 동물원에서는 이미 사육 환경을 완전히 갖춰 놓았고——"

"그것도 가능해. 헤트를 데리고 간다고 해서 표본을 못 갖고 간다는 얘긴 아니니까."

"글쎄." 나는 생각할 시간을 벌기 위해 느릿느릿한 어조로 말했다. 모든 일이 너무나도 빨리 일어났다. "우린 그런 결정을 내릴 위치에 있지 않다는 생각이 들어. 그러니까, 우리는 하느님 역할을 하려는 건지도 모르고——"

클릭스는 마치 내가 상상을 초월할 정도로 멍청한 소리를 했다는 듯이 하늘을 우러러 보았다. "맙소사. 그럼 새끼 오르니토미무스*를 갖고 돌아가는 행위는 뭐라고 생각해? 멸종될 운명이기는 그놈들도 마찬가지잖아."

"하지만 헤트는 지능을 가진 생물이야. 역시 우리는——"

"그것들을 무시해야 한다는 거야? 브랜디, 만약 서로의 입장이

---

* *Ornithomimus*. 백악기에 북아메리카 및 동아시아에 서식한 타조를 닮은 소형 공룡. 스트루티오미무스.

뒤바뀌었다면, 자네는 어떤 기분일 것 같아? 어떤 자연 재해가 그 잘난 호모 사피엔스를 지구상에서 완전히 쓸어버린다고 상상해 보란 말야. 그럼 누군가가 자네를 위해 노아 역할을 해 주면 정말 좋겠다는 생각을 안 하겠어? 우리는 한 종족의 멸종을 저지할 수 있는 거야. SF 작가들은 그걸 뭐라고 부르더라? 아 맞아, 센티언트 (sentient), 즉 지각력을 가진 종족의 멸종을 말야."

발음이 틀렸다. "'센티언트'가 아니라 '센션트'야. Sentient의 t 는 연음(軟音)이라고."

"그게 뭐 그리 중요해? 대담무쌍한 행동에 나서자는 마당에 그 런 시시콜콜한 소리를 하는 이유가 뭐지?"

"세부는 언제든 중요해. 게다가 그런 일을 우리끼리만 정할 필 요는 없어. 이건 시험 임무에 불과하잖아. 내년에는 대규모 국제 탐사대가 파견될 테니까, 헤트를 미래로 가지고 가는 건 그때 가서 결정해도 늦지 않아."

"영점오." 클릭스가 말했다.

이번에는 그가 툭하면 내는 예의 작은 시험에 통과하지 못했다. 나는 멍한 얼굴로 그를 보았다. "뭐라고?"

"〈역행〉의 계산에 양자역학적 요소가 포함되어 있는 탓에 황 효 과 발생시에는 0.5퍼센트의 오차가 생겨. 내년에 발진할 대형 타임 머신이 우리가 현재 와 있는 세기에 도착할 가능성은 거의 없어." 클릭스는 고개를 설레설레 흔들었다. "아니, 그래 가지고서는 안 돼. 우리 말고는 그 누구도 결정을 내릴 수가 없는 상황이야. 헤트 를 멸종으로부터 구할 유일무이한 기회는 지금밖에는 없다고."

목이 칼칼해졌다. "하지만 언젠가는 다른 탐사대가 바로 이 시간대에 도달할 거야. 21세기나, 22세기에 보낸 것이 말야. 시간은 걸려도 언젠가는 그렇게 될 거야."

클릭스는 오만상을 찌푸렸다. 일자 눈썹이 신발끈 매듭처럼 일그러진다. "신문을 아예 안 읽어? 강경파들이 옐친을 암살한 뒤로 미국하고 러시아 사이가 훨씬 더 험악해졌다는 걸 몰라? 설령 양국 관계가 개선이 된다고 해도, 지구 온난화가 계속된다면 전 세계 규모의 식량 부족 사태가 일어날 건 불을 보듯 뻔해. 22세기까지 인류가 살아남으리라는 보장은 없어."

"어, 그렇게까지 사태가 악화된 건 아니잖아." 나는 힘없는 목소리로 반론했다.

"그럴지도 모르지. 하지만 먼 미래에 인류가 구원을 하러 와줄 거라고 가정하는 건 헤트들에게는 공평하지 않아. 우린 지금 그 녀석들을 구해야 해. 확실하게 그럴 수 있을 때."

"그건 윤리적 선택이로군." 나는 고개를 설레설레 흔들며 말했다.

클릭스는 미간을 찌푸렸다. "그리고 자네는 윤리적 선택을 혐오하지."

"'혐오'는 너무 센 표현이 아닐까——"

"낙태나 사형제 폐지를 지지해 달라는 게 아냐. 얼어죽을, 자넨 투표도 안 하잖아? 마지막으로 한 게 20년쯤 됐나?"

클릭스의 목소리를 듣기가 정말 싫었다. 글로 클릭스의 주장을 반박하는 데는 아무 문제도 없다. 몇 시간이나 공을 들여 학술지에 보낼 반박 편지를 쓰는 식으로 말이다. 그러나 얼굴을 맞대고 벌이는 논쟁에서 나는 언제나 클릭스의 상대가 되지 않았다. "하지만 우리들에겐 그런 결정을 내릴 자격이 없다고 생각해."

"난 그럴 자신이 있어." 클릭스는 활짝 웃었지만, 이내 생색내는 듯한 미소를 떠올렸다. "브랜디, 행동하지 못한다는 건 그 자체로서도 하나의 결단이라고."

내 일기를 읽었군. 이런 생각이 떠올랐지만, 곧 그런 생각을 버렸다. 팜탑에 든 일기 파일은 비밀번호로 보호 받고 있고, 나는 클릭스에 비해 스무 배는 더 유능한 프로그래머가 아니던가. 보나마나 내가 키보드를 두들기는 것을 목격했겠지만, 클릭스가 파일 내용을 훔쳐보았을 가능성은 전무했다. 그러나, 저 입에서 나오는 말, 저 잔인한 말들은 ——

행동하지 못한다는 건 그 자체로서도 하나의 결단이야.

내가 아버지 얘기를 털어놓자 슈로더 박사가 내게 한 말이다.

행동하지 못한다는 건……

"쉽게 그런 결정을 내리지는 못하겠어." 나는 어지럼증을 느끼며 가까스로 말했다.

클릭스는 어깨를 으쓱하더니 곡선을 그리는 충격의자에 다시 편하게 누웠다. "삶이 언제나 쉽기만 한 건 아냐." 그는 내 눈을 똑바로 쳐다보았다. "미안해 브랜디. 하지만 중대한 윤리적 결단을 내려야 하는 사람은 다름아닌 자네와 나야."

"그렇지만 ——"

"그렇지만은 이제 됐네, 친구. 우리가 결정해야 해."

나는 다시 한 번 반박해 보려고 했지만, 바로 그 순간, 여호와의 증인이나, 화장품 외판원이나, 참견하기 좋아하는 이웃 따위가 생겨나는 것보다 6억5천만 년 이른 시각에, 누군가가 문을 노크하는 소리가 들렸다.

카운트다운
14

지식이 적을 때일수록 정확한 판단을 내리는 것이 가능하다.

지식이 있으면 불확실성이 늘어난다.

—요한 볼프강 폰 괴테(1749-1832) · 독일의 극작가

클릭스는 완충의자에서 일어나서 〈스턴버거〉의 반원형 거주 구획을 가로질러 1번 문을 향해 갔다. 그것을 열고는 짧은 경사로를 내려가서 메인 해치에 박혀 있는 조그만 강화유리 창문 너머를 보았다. 나도 그의 뒤를 따라가서 그의 어깨 너머로 밖을 내다보았다. 크레이터 바닥은 한참을 내려간 곳에 있지만, 그 위에 서서 춤추듯이 움직이는 초록색 트로오든의 모습이 눈에 들어왔다. 부슬부슬한 사면 위에서 마치 멕시칸점핑빈*처럼 좌우로 톡톡 튀며 몸의 균형을 잡고 있다.

클릭스는 문을 열고 공룡을 내려다보았다. "무슨 용건이야?"

파충류는 30초쯤 침묵하고 있었다. 이윽고 파충류 입에서 골판지를 쩍쩍 찢어발기는 듯한 낮은 울음소리가 흘러나오기 시작했다. 클릭스는 고개를 돌려 나를 보았다. "아무래도 저 녀석은 말을 못 하나봐."

나는 수염을 긁적였다. "그럼 저기서 뭘 하고 있는 걸까?"

골판지를 찢어발기는 소리가 점점 나직해지면서 북북거리는 소리에 더 가까워졌다. 마침내 파충류의 아가리에서 영어가 흘러나왔다. "아무것도 아냐, 친구"라고 말한 듯했지만, 실제로는 "암것도 아녀, 친구우" 쪽에 더 가까웠다.

나도 모르게 웃음이 떠올랐다. "저 녀석 머리 회전이 좀 둔해 보이는 것도 하등 이상할 게 없어, 클릭스." 나는 말했다. "저놈은 자네한테서 말하는 법을 배운 게 틀림없어." 나는 트로오돈을 마주 보았다. "어이, 좋은 날이로군!"

파충류는 고개를 숙이고 뭔가 생각하는 기색이더니 곧 이렇게 말했다 "낮이 와서 나 집에 갈래."

나는 웃음을 터뜨렸다.

"배설물은 제거했어?" 공룡이 말했다. "너희들 몸은 청정해지고?"

"응." 나는 신중하게 대답했다.

"그럼 이제 우리 얘기해."

* Mexican jumping bean. 세바스티아니아속(屬) 식물의 씨. 안에 멕시코산 뜀콩나방 유충이 들어 있을 경우 씨가 혼자서 튀어오르는 것처럼 보인다.

"알았어." 나는 말했다.

"나 들어가?" 트로오돈이 말했다.

"아니." 나는 대꾸했다. "우리가 거기로 내려갈게."

트로오돈은 비늘에 뒤덮인 손을 들어올렸다. "나중에." 그러고는 눈 깜짝할 새에 크레이터 벽을 내려가서 모습을 감췄다. 나는 문간으로 나가서 밖을 내다보았다. 정오를 갓 넘긴 시각이라는 점은 확실했다. 구름 한 점 없는 하늘에서 쨍쨍거리는 태양은 서쪽 지평선을 향해 내려가기 시작했다. 머리 위에서는 선명하기 그지없는 구리빛 몸을 가진 익룡 세 마리가 온난 기류를 타고 느긋하게 상승과 하강을 되풀이하고 있었다. 나는 문 밖으로 거대한 첫 걸음을 디딘 다음 크레이터 벽을 미끄러져 내려가서 진흙땅 위에 섰다. 클릭스가 엘리펀트건을 들고 내 뒤를 따랐다.

세 마리의 트로오돈이 크레이터 벽에서 30미터 쯤 떨어진 지점에 서 있었다. 우리가 바닥으로 내려오자마자 그들은 긴 다리를 이용해서 깜짝 놀랄만큼 빠른 속도로 우리를 향해 다가왔다. 걸을 때마다 구부러진 목이 마치 비둘기처럼 앞뒤로 움직였지만, 워낙 긴덕에 우습다기보다는 우아하게 보였다. 날씬한 엉덩이 뒤로 곧게 뻗은 꼬리는 움직일 때마다 위아래로 끄덕였다. 트로오돈이 정지했다. 막판에 속도를 늦추거나 하는 일도 없었고, 마지막 걸음도 예전 걸음과 전혀 다르지 않았다. 순간 정지라고나 할까. 그들은 우리가 있는 곳으로부터 3미터 떨어진 곳에 멈춰섰다.

주둥이에 마름모꼴 모양의 노리끼리한 반점이 있는 놈—나 같은 말투로 말하는—이 또다시 대화를 주도했다. "질문하고 싶은 것들이 있어." 공룡이 말했다.

"뭐에 관한 질문?" 나는 물었다.

"화성." 마름모 점박이가 말했다. 나는 거대한 노란 눈을 들여다보았다. 잔물결이 이는 것처럼 떨리는 그 홍채는 거의 최면적일 정도로 아름다웠다. "미래의 화성에 관해서 다시 물어보고 싶어."

나는 고개를 흔들며 공룡의 시선을 피했다. "다시 말하겠어. 나는 거기 가 본 적이 없어."

마름모 점박이는 수긍한 것 같지 않았다. "하지만 시간을 탐색한다면, 공간도 탐색하는 것이 틀림없어. 그리고 너희 도넛—눈을 하나씩 깜박인다—이 거기 **못 간다고** 해도, 확대하는 광학 기구를 써서 우리 고향에 관해 많은 것을 알 수 있었을 거야."

나는 클릭스를 흘끗 보았다. 그는 어깨를 으쓱해 보였다. "네가 하는 말은 물론 옳아. 하지만 이 중생대의 화성이 어떤지를 모른다면, 설령 그런 차이가 있다고 해도 우리 시대의 화성과 어떻게 다른지 설명할 방도가 없잖아. 설마 그것도 모르겠다는 건 아니겠지."

"설마가 공룡 잡는다는 거 몰라." 마름모 점박이가 말했다. 내 목소리로만 말하는 게 아니라 내 농담까지 흉내내고 있다. "우리가 현재 화성 상태를 설명하는 데 시간을 낭비하지 않아도 너희 시대의 화성에 관한 간략한 설명은 해 줄 수 있을 거 아냐. 그래 줘."

"알았어, 알았다니까. 어차피 알고 있는 쪽이 나을지도 모르겠군." 나는 다시 한 번 클릭스 쪽을 흘끗 보며, 내가 크나큰 잘못을 잘못을 저지르고 있다고 생각한다면 나를 제지할 마지막 기회를 그에게 주었다. 그는 여전히 무표정한 얼굴로 아무 말도 하지 않았다. "내가 했던 말은 사실이야." 나는 마름모 점박이의 금빛 눈을 되돌아보며 말했다. "인간은 아직 화성에는 가지 못했지만——그 대신 로봇 탐사기들을 화성으로 보냈어. 탐사기들은 토양에서 괴상한 화학 구조를 많이 발견했지만, 생명을 찾아내지는 못했어." 나는 마름모 점박이를 쳐다보았다. 고개를 푹 숙이고 고양이 같은 수직 동공이 있는 금빛 눈으로 갈라진 진흙땅을 내려다보고 있다. 젤리 덩어리에게 조종당하는 공룡의 얼굴 표정을 읽고 거기에 인간의 감정을 끼워맞추려는 시도는 미친 짓이었지만, 그래도 내 눈에는 크게 동요한 것처럼 보였다. "정말 유감이야." 나는 말했다.

"화성이 죽었다." 트로오돈이 다시 고개를 들며 말했다. 커다란 금빛 눈에 반사된 오후의 햇살이 작은 신성(新星)들처럼 번득인다. "네가 한 말 의미가 그것이라는 걸 확인해 줘."

"유감이지만 사실이야." 내 목소리에 깃든 감정에 나도 놀라움을 느꼈다. "화성은 정말로 죽었어." 트로오돈의 근육이 이완했다. 안에 있는 헤트는 이 정보를 소화하는 데 전력을 다하고 있기라도 한 것일까. 나는 헤트에게 연민을 느꼈다. 그렇지만 2013년으로 온 6천5백만 년 미래의 시간 여행자를 만난다면, 인류가 지상에서 완전히 사라졌다는 얘기를 들어도 나는 당연하게 여길 것이다. "이봐." 나는 나직하게 말했다. "그렇게 끔찍한 얘기가 아냐. 상상 못할 정도로 먼 미래 일이잖아."

트로오돈은 나를 똑바로 응시했다. 그 얼굴을 보니 클릭스가 보이는 '아니 어떻게 그렇게 멍청한 소리를' 하는 표정이 생각난다. "아까 우리가 얘기했듯이, 우리 역사는 거의 그 두 배가 돼. 우리에게는 상상 **못할** 정도로 긴 시간이 아냐." 또다시 길쭉한 얼굴을 떨구고는 모자이크처럼 금이 가고 가장자리가 말려올라간 진흙땅을 내려다 보았다. "우리가 멸종했다는 얘기로군."

클릭스는 안심하라는 듯이 미소 지었다. "모든 생명체는 언젠가는 멸종하게 되어 있어. 그게 자연의 섭리야. 이를테면 공룡조차도——"

"클릭스……"

"1억년 가까이 살아왔지만 조금 뒤면 멸종될 운명이라고."

마름모 점박이는 고개를 홱 치켜들었다. 금빛 눈이 클릭스에게 못박혔다. "뭐라고?"

말리기에는 이미 때가 늦었다. "유감이지만 사실이야. 지구의 생태계는 변화할 거고, 공룡들은 거기 적응하지 못해."

"조금 뒤." 마름모 점박이가 쉭 하고 내뱉듯이 말했다. "조금 뒤라고 했지. 얼마나 조금 뒤?"

"얼마 남지 않았어." 클릭스가 말했다. "물론 오늘 내일 그런다는 건 아니지만 말이야." 클릭스는 씩 웃었다. "하지만 우리는 지질시대에서 최후의 공룡 화석이 발견된 시점을 목표로 삼고 왔어. 우리의 시간여행 기술에는 근원적이고 피할 수 없는 불확정 요소가 포함되어 있기 때문에, 실제로 공룡들이 멸종하는 건 지금으로부터 30만 년 후일지도 몰라. 아니면 그보다 훨씬 더 이른 시기던가."

"행성 다섯은 어때?" 느닷없이 마름모 점박이가 물었다.

"행성 다섯?" 영문을 모르겠다.

노란 눈이 나를 향했다. "그래에, 그래에." 쉭쉭거린다. "태양에서 다섯 번째 행성."

"아, 목성 얘기로구먼." 나는 말했다. "우리 시대에도 과거의 목성과 그리 다르지 않았어. 가스로 이루어진 거대 행성이지. 태양이 되려다가 못 된." 나는 귀를 긁었다. "단지 이 시대에는 없을지도 모르는 작은 고리가 달려 있어. 물론 토성 만큼이나 화려하지는 않지만, 그래도 상당히 예쁜 고리야."

"목성…… 아 무슨 얘기 알겠어." 헤트가 말했다. "그리고 화성과 목성 사이에는?"

"물론 소행성대가 있지."

"물론." 마름모 점박이가 재빨리 말했다. 세 마리의 트로오돈은 서로를 쳐다보고는 몸을 돌렸다. 곧게 뻗은 꼬리로 공중을 휙 가르는 통에 클릭스와 나는 거기 맞지 않으려고 뒤로 한 걸음 물러서야 했다. 그들은 나란히 서서 나아가기 시작했다.

"어이 기다려." 클릭스가 큰 소리로 말했다. "너희들 어디 가는 거야?"

마름모 점박이가 뾰족한 머리를 잠깐 우리를 향해 돌렸지만, 트로오돈들은 발을 멈추지는 않았다. 마름모 점박이가 거대한 노란 눈을 교대로 감았다가 뜨면서 쉰 소리로 말했다. "개인 위생을 처리하러."

카운트다운

13

나는 곧 캐나다와 미국의 차이를 알게 되었다. 나처럼 조교수로 시작해서 첫 연구비를 받을 경우, 미국에서는 3만달러에서 4만달러 정도를 기대할 수 있다. 반면에 캐나다의 국립연구회 연구비는 약 2500불부터 시작된다.

데이비드 스즈키(1936 -) · 캐나다의 유전학자

　　나는 아폴로 11호가 달에 착륙한 해에 태어났다. 그리고 마흔한 살이 되던 해에 캐나다 국립 연구회에서 시간 여행 임무에 합류하지 않겠느냐는 제안을 받았다. 나는 이 원정이 달착륙과 비슷한 방식으로 진행될 거라고 예상했다. 자금을 아낌없이 펑펑 써서 최첨단 테크놀러지를 개발하는 식으로 말이다. 그러나 순수한 기초과학을 위해 거액을 쓰는 나라는 이제 어디에도 없다 —— 미국조차도 기술 연구력 대부분을 중서부에서 확산중인 한발과의 싸움에 쏟아붓고 있는 실정이다. 결국 막대한 비용을 쏟아붓는 과학 연구는 맨해튼 프로젝트에서 시작되어 소비에트 연방의 몰락으로 끝난 20세기 중반 특유의 현상에 지나지 않았던 것이다.

과학계는 이런 시대의 종말이 오리라고는 전혀 예상하지 못했다. 그러나 1990년대 초에 초전도 초대형 입자가속기 계획은 휴지 조각이 되었고, 설치 예정 장소에는 단지 커다란 구멍만이 남았을 뿐이었다. 비슷한 시기에 SETI, 즉 전파망원경을 이용한 지구 밖 문명 탐사 계획도 중지되었다. 국제 우주정거장 〈프리덤(Freedom)〉은 계획의 규모가 극단적으로 축소되는 통에 우주정거장 〈프레드(Fred)〉로 이름을 바꿔야 하는 것이 아닌가 하는 농담이 돌 정도였다. 정거장 측면에 〈프리덤〉이라고 쓸 자리가 없기 때문이란다. 그리고 (캐나다를 포함한) 타국 파트너들이 예산 고갈을 이유로 들며 철수하자, 위성 궤도상에서 조립이 끝난 몇 개의 모듈은 결국 폐쇄되었다. 6년 뒤, 즉 암스트롱이 '작은 한 걸음'을 디딘 달착륙 50주년이 되는 해에 화성으로 유인 우주선을 보내겠다는 계획도 그런 식으로 중지되었다. 이제 전 세계의 연구소는 예산을 얻어내기 위해 간원하고, 빌리고, 훔치는 일도 마다하지 않으며, 거액의 정부 기금은 그리운 과거의 추억이 되었다.

오, 한동안은 군사 예산이 칭-메이의 연구 쪽으로 조금 흘러들어 왔던 것은 사실이다. 매파는 시간 여행을 전략적으로 매우 중요한, 궁극적인 선제 공격을 가능케 하는 기술로 간주했기 때문이다. 군은 칭-메이에게 실용적인 황 효과 발생기와 그것에 부수된 강력한 발전 시설을 건조할 수 있는 자금을 주었다. 그러나 칭-메이의 방정식이 시사하는 중대한 사실이 명백해진 것은 갈리프레이—이것은 나중에 〈스턴버거〉로 변신한 거주 모듈 시제품의 암호명이다—
가 거의 완성되었을 무렵의 일이었다. 물론 칭-메이는 국방부를 상
대로 시간 여행에 필요한 에너지는 얼마나 과거로 돌아가는지에
달려 있다고 처음부터 정직하게 밝혔다. 타임머신이 필요로 하는
에너지는 목표로 하는 과거 시점까지의 시간과 **반비례**한다는 사실
까지는 얘기해 주지 않은 것이 문제였지만.

1억4천만 년 전으로 (이것은 황 효과에서 허용되는 최대치였고,
그 이상이 되면 방정식 하나가 마이너스 수치를 내 버린다) 되돌아
갈 경우는 거의 에너지가 필요하지 않았다. 1억3천만 년 전으로 돌
아간다면 조금 에너지가 필요해지고, 1억2천만 년은 그보다 조금
더, 이런 식이다. 우리가 그런 것처럼 6천7백만 년 전으로 돌아오
려면 엄청난 에너지가 필요했다. 역사시대, 이를테면 천 년 전쯤으
로 돌아가려고 시도한다면, 1세기 동안의 지구 전체의 발전량에
맞먹는 엄청난 에너지가 필요하며, 몇십 년 전일 경우에는 어딘가
에서 소형 신성(新星)이라도 끌고와서 에너지원으로 삼는 수밖에
없을 것이다.

결국 시간 여행은 **오로지** 우리 같은 고생물학자에게만 쓸모 있
는 기술로 판명되었다.

유감스럽게도 고생물학은 애당초 예산이 풍부한 학문이 아니었
다. 그런 연유로 우리 탐험의 모델이 된 것은 달여행이 아니라 화
석 발굴이었다. 우리는 입수 가능한 설비를 닥치는대로 끌어모았
고, 민간기업들과 스폰서 계약을 맺었고, 최대한 허리끈을 졸라매
는 방법으로 실험적인 2인 탐사 여행을 성사시켰던 것이다.

그리고 나서도 한 푼이라도 더 경비를 아껴야 했다. 이번 〈역행〉

이 제정신인 사람이라면 절대로 레드 디어 리버 협곡을 찾을 리가 없는 2월에 실시된 것도 바로 그런 이유에서였다. 기온은 이미 영하 30도에 달해 있었기 때문에, 황 효과 발생 장치의 중요 부품인 초전도 배터리들을 냉각하는 비용을 대폭 절감할 수가 있었다.

그리고 지금 클릭스와 나는 〈스턴버거〉 근처를 떠날 준비를 마치고 있었다. 탄력이 있는 거대한 바퀴와 접시 안테나 따위에 원자력 엔진을 갖춘 하이테크 차량이 있었으면 정말 좋았겠지만, 우리가 장비한 차량은 평범하기 그지없는 지프였다. 그나마 이런 차라도 가지고 올 수 있었던 것은 크라이슬러 캐나다 회장이 소년 시절 왕립 온타리오 박물관의 〈토요일 아침 클럽〉의 멤버였을 당시의 좋은 추억을 갖고 있었기 때문이다. 디트로이트에서 제조된 2013년형 최신 모델이라는 점을 제외하면 정말로 흔해빠진 차였다. 옵션인 AM/FM 라디오에 뒷창문용 서리 제거기까지 그대로 달려있다. 여기서는 정말 아무 쓸모도 없는 물건들이다.

지프를 조그만 격납고 밖으로 몰고 나가는 일은 쉽지 않아 보였다. 〈스턴버거〉가 크레이터 벽 위에 얹혀 있기 때문에, 지프는 매우 가파른 경사를 내려가야 하기 때문이다. 그나마 차고문이 북서쪽을 향하고 있어 다행이었다. 크레이터 내부의 오목한 부분이 아니라, 크레이터 벽 가장자리를 마주보고 있다는 뜻이다. 크레이터 안으로 들어간 지프가 벽을 올라오는 것은 절대 불가능하다. 크레이터 바깥을 향하고 있는 덕택에, 지프를 부수지 않고 지면으로 내려가는 것도 영 불가능하지는 않아 보였다.

〈스턴버거〉의 거주구 안쪽에 해당하는 길이 5미터의 벽에 난 세 개의 문 중에서 가운데 문을 활짝 열었다. 네 계단을 밟고 좁은 차고 바닥으로 내려간 다음, 지프차 왼쪽의 공간을 비집고 들어가서 운전석에 앉았다.

안전 벨트를 매고 대시보드를 보았다. 소피스 캐멀*을 탄 스누피가 된 기분이다. **계기 점검. 빠진 건 하나도 없어.** 〈역행〉을 하기 전에 몇 주 동안이나 이 지프로 운전 연습을 했지만, 처음에 자동기어로 운전을 배우면 나중에 수동기어차를 운전하는 것이 힘들어진다는 말은 사실이었다. 대시보드에 부착된 버튼을 누르자, 자동차고 개폐기—〈시어즈〉에서 사온 시판 모델이다—가 길쭉한 강화유리를 이어 만든 차고 셔터를 위로 밀어올렸다.

높은 운전석에서는 앞의 지면을 볼 수가 없었다. 크레이터 벽의 경사가 워낙 가파른 탓에 지프의 엔진 뚜껑에 가려 보이지 않는다. 지면 대신 훨씬 앞쪽에 펼쳐진 진흙 평원이 눈에 들어왔다. 아무래도 그냥 두 다리로 걸어다니는 편이 낫지는 않을까……

이그니션키를 돌렸다. 워낙 기온이 높은 탓에 한 방에 시동이 걸렸다. 여기서 천천히 앞으로 나아간다면 앞바퀴는 차고 입구를 지나자마자 헛돌 것이다. 그렇다면 차체 바닥을 긁으며 뒷바퀴만으로 입구를 넘어야 한다는 얘기가 된다. 그러다가 차 전체가 전방으로 기울어져 크레이터 벽에 그대로 코를 박아버릴 수도 있다.

고개를 들자 말라붙은 진흙 평원을 한참 간 곳에 서 있는 클릭스의 조그만 모습이 보였다. 손에 든 워키토키를 들어 보인다. 나는 조수석에서 내 워키토키를 집어올리고 작동 스위치를 켰다.

"아무래도 콱 밟아야 할 것 같은데." 그가 말했다.

---

* Sopwith Camel. 1차대전 당시 영국공군의 복엽 전투기

유감스럽지만 나도 같은 생각이었다. 나는 주차 브레이크를 풀고 엔진 회전수를 올린 다음 클러치를 연결했다.

"숨막히는 광경이었어." 지프가 발진하는 모습을 처음부터 끝까지 슬로모션으로 촬영했던 클릭스가 나중에 내게 한 말이다. 내가 그러면서 숨이 막혔던 것은 사실이다. 중력이 낮은 덕택에 가속한 지프는 생각보다 더 멀리까지 튀어나갔지만, 일단 크레이터 벽에 착지해서 경사면을 굴러떨어지듯이 내려갔을 때는 드리블당하는 농구공이라도 된 듯한 기분이었다. 진흙 평원을 향해 돌진하는 나의 심장은 내가 탄 차의 엔진 만큼이나 빠르게 방망이질치고 있었다.

크레이터 벽 사면에서 벗어나자마자 나는 브레이크를 밟았다. 너무 빠르다! 지프가 미끄러지기 시작했다. 차체 뒤쪽이 좌우로 마구 흔들리고, 클릭스가 차에 치지 않으려고 황급히 도망치는 광경이 눈에 들어왔다. 핸들을 꽥 틀자 지프는 빙글 방향을 바꿔 호수 쪽을 향해 가기 시작했다. 다시 브레이크를 콱 밟자 지프는 또다시 팽이처럼 돌며 뒷바퀴를 수중에 박은 상태로 정지했다. 호수 기슭을 벗어나서 진흙 평원 위로 완전히 올라가자 클릭스가 운전석 쪽으로 달려왔다. 나는 창문을 내렸다. "왜, 태워 줘?" 나는 씩 웃으며 말했다.

클릭스는 허리에 손을 대고 기가 막히다는 듯이 설레설레 고개를 흔들었다. "아무래도 내가 운전하는 편이 낫겠군."

흐음, 이번만은 나도 전혀 이의가 없었다. 이번 소풍을 하는 동안만은 경치를 구경한다는 사치를 정말로 만끽하고 싶었기 때문이다. 내가 조수석으로 옮겨 앉자 클릭스가 운전석에 앉았다. 그리고 우리는 중생대를 향해 나아갔다.

카운트다운

12

'내 이름은 오지만디아스, 왕중왕이로다.

내 업적을 보라! 너희 강대한 자들아, 그리고 절망하라!'

그 옆에는 아무 것도 남아있지 않았다.

무너져 버린 거대한 잔해 주위에는 풀 한 포기 나지 않은

황량하고 평탄한 사막이 저 멀리까지 뻗어 있을 뿐이다.

　　　　　　　　　—퍼시 비시 셸리(1792 - 1822) · 영국 시인

　워낙 초목이 밀생한 탓에 호수 주위의 진흙 평원만 돌아다니다가 끝나는 것이 아닌지 나는 내심 불안해하고 있었다. 그러나 〈스턴버거〉에서 20킬로미터 떨어진 지점에서 숲속을 지나가는 넓은 길을 찾아냈다——발자국으로 미루어 보건데 각룡(角龍) 무리에게 짓밟혀 생긴 길인 듯했다. 클릭스는 지프를 그 길로 몰아넣었

다. 우리는 고원을 향해 나아가기 시작했다. 지프 소리에 놀라 야생동물 일부가 도망칠지도 모른다는 생각을 했지만, 내연기관의 엔진음을 들어본 적이 있을 리가 없으므로 확실하지는 않았다. 공룡들은 웅웅거리는 소리를 듣고 자기 영역에 어떤 괴상한 동물이 침입했는지를 알아보려고 다가올지도 모른다.

우리는 녹음기를 켜 놓고 눈에 보이는 모든 광경을 구술했다. 토질이라든지 (단단하게 다져졌지만 빙하기 이후의 빙력토(氷礫土)에서는 그토록 흔히 볼 수 있는 자갈이 전혀 없다) 식생 (경목과 다량의 꽃과 지면을 뒤덮다시피 한 양치류), 하늘 상태 (구름 한 점 없이 개어 있었던 하늘에는 이제는 거대한 적란운이 솟아 있는데, 마치 솜으로 만든 그랜드캐니언 모형처럼 보인다) 따위를 말이다. 지프 지붕에 장착된 스테디캠은 보통은 글로브 컴파트먼트가 있는 공간에 장착된 VCR로 계속 영상을 보내고 있다. 우리가 착용한 마이크로캠의 영상을 보충하기 위해서다. 지붕에는 그 외에도 대기와 관련된 정보를 기록하고, 21세기로 가지고 돌아가기 위한 꽃가루를 수집하는 다양한 장치가 달려 있었다.

한 시간쯤 지났을 때 우리는 엄청난 행운과 맞닥뜨렸다. 폭주하던 각룡(角龍)의 무리가 무성하게 자란 침엽수 입목을 피하기 위해 갑자기 진로를 바꾼 탓에 길이 갑자기 꺾이는 지점이 있었다. 우리는 그곳을 돌아가자마자 티라노사우루스 렉스라고밖에는 생각할 수 없는 공룡과 거의 충돌할 뻔했다. 첫 번째 밤에 목격했던 티라노사우루스들의 족히 두 배는 되는 크기였다. 상당히 나이를 먹은 암컷이고, '폭군룡들의 왕'을 의미하는 학명에 진정으로 걸맞은 거대한 놈이었다.

클릭스는 브레이크를 밟았다. 몸 길이가 십여 미터는 되어보이는 공룡은 배를 깔고 축 늘어진 자세로 누워 있었다. 주둥이에 피가 말라붙은 것을 보니 고기를 배 터지게 먹고 쉬고 있는 것임이 틀림없다. 공룡은 혹투성이의 거대한 머리를 들더니 고개를 돌리고 우리 쪽을 보았다. 렉스는 넓은 뺨과 쌍안시(雙眼視)가 가능한 상당히 시력이 좋은 눈을 가지고 있다. 두 눈은 잿빛이며 수은 웅덩이처럼 번들거린다. 렉스는 우리를 보고 맥빠진 포효를 발했지만, 우리로부터 도망치거나 (천만다행하게도) 우리를 공격하고 싶은 마음은 없는 듯했다. 클릭스는 20미터쯤 떨어진 곳에 멈춰서서 지프 시동을 껐다. 그곳에서 우리는 이 지상을 활보한 가장 위대한 사냥꾼의 모습을 넋나간 듯이 바라보았다.

티라노사우루스가 썩은 고기를 먹는 청소동물이라고 주장하는 학자들도 있지만, 나는 오래 전에 이미 이 가설을 부인했다. 인류의 시대에는 오로지 썩은 고기만을 먹고 사는 육상 동물은 존재하지 않는다. 왜냐하면 충분히 넓은 토지를 돌아다니며 죽은 동물을 찾아낼 수 있는 능력을 가진 동물은 새나 물고기밖에는 없기 때문이다. 게다가 썩은 고기만 먹기 위해서라면 렉스의 단검처럼 날카로운 이빨과 강인한 턱 근육은 불필요하다. 그러나 어디를 보아도 죽은 동물의 시체는 눈에 띄지 않았다. 왜 사냥감을 죽인 장소에서 그냥 누워 낮잠을 자지 않는지 궁금했지만, 몇 분 바라보고 있자 그 의문은 곧 깨끗하게 풀렸다.

노란색과 초록색 날개를 가진 조그만 비행 파충류들이 처음에는 한 마리, 다음에 또 한 마리 식으로 모여들더니, 잠시 뒤에는 무리를 지어 하늘에서 지상으로 내려왔던 것이다. 아까도 여기 와 있었는지도 모르지만, 우리 지프가 도착하는 걸 보고 놀라 도망쳤는지도 모르겠다. 티라노사우루스가 아가리를 벌리자 비늘로 뒤덮인 엷은 입술이 말려올라갔다. 이빨 길이는 7센티미터에서 16센티미터까지 다양했다. 잇몸에는 작은 고기 조각들이 아직도 달라붙어 있었고, 이빨 사이에는 섬유질 고기가 잔뜩 끼어 있었다. 소형 익룡 몇 마리가 날개를 반쯤 접은 자세로 거대한 입 안으로 뒤뚱거리며 들어가더니 육식공룡의 식사 찌꺼기를 쪼아먹으며 그 이빨과 잇몸을 청소하기 시작했다. 노란색과 초록색 익룡 한 마리가 유독 커다란 고깃덩어리를 끄집어내자 동료 익룡 두 마리가 그것을 빼앗으려고 했다. 렉스는 크게 벌린 입 속에서 일어난 시끄러운 다툼에는 개의치 않고 계속 낮잠을 잤다. 다른 익룡들은 공룡의 짧은 등과 두터운 꼬리 위에 착륙해서, 가죽처럼 질긴 피부를 마치 외과 의사가 랜싯을 쓰듯이 쪼으며 그 속에 숨어 있는 벌레나 기생충 따위를 파내서 먹고 있었다.

티라노사우루스에게는 익숙한 공생관계라는 사실은 명백했다. 가슴속 깊은 곳에서 만족한 듯이 우르릉거리는 소리까지 들을 수 있었다. 잔뜩 고기를 먹은 다음에 사냥감을 죽인 곳에서 상당히 먼 거리를 걸어온 것이 틀림없어 보였다. 죽인 사냥감이 곁에 있었다면 익룡들은 훨씬 더 먹을 것이 많은 그 잔해에 몰려 있을 것이기 때문이다.

우리는 한 시간 가까이 그 광경을 구경하고 있었다. 차 안이 점점 뜨거워진다. 지붕의 카메라와 우리 몸에 부착한 마이크로캠이 어차피 모든 광경을 녹화하고 있기는 했지만, 클릭스와 나는 스틸 카메라를 들어올리고 슬라이드용 사진을 쉴새없이 찍어댔다.

퍼뜩 아이디어 하나가 떠올랐다. 나는 내가 앉은 좌석 뒤쪽 바닥에 놓아둔 잡낭에 손을 뻗쳐 나중에 샌드위치를 만들려고 가져온 식빵 덩어리를 꺼냈다. 껍질 부분을 한 움큼 뜯어낸 다음, 창문을 열고 지프와 렉스 사이의 중간쯤 되는 지점에 그것을 던졌다. 두어 마리의 익룡이 놀라 하늘로 올라갔다가, 다시 퍼득거리며 지면에 내려앉았다. 그중 한 마리가 빵조각이 있는 곳으로 걸어와서 미심쩍은 눈으로 그것을 응시했다. 잠시 후, 아마 빵 덩어리가 자신에게 침을 뱉거나 뭐 그러지는 않을 것이라는 확신이 생겼는지 긴 부리로 쪼아 먹었다.

나는 또 한 덩어리를 이번에는 처음 빵이 떨어진 지점과 지프의 중간 지점에 던졌다. 익룡은 깡총거리며 다가와서 재빨리 그것을 쪼아먹었다. 클릭스가 자기도 하고 싶다는 시늉을 했다. 그는 잡낭에서 식빵을 한 조각 꺼내서 작게 뜯어내기 시작했다. 다른 익룡들이 무슨 일인가 하고 다가왔다. 뜯어낸 빵조각을 잇달아 던지자 익룡 무리의 4분의1은 티라노사우루스의 등에 사는 구더기보다는 원더사(社)의 식빵 쪽이 더 맛있다고 판단한 듯했다. 우리는 빵조각을 조금씩 더 가까운 곳에 던짐으로써 비둘기만한 파충류들을 우리 곁으로 유인했다. 클릭스는 지프의 엔진 뚜껑 위에도 몇 조각을 던졌지만, 익룡들이 내려앉기에는 금속이 너무 뜨겁게 달아있는 탓인지 그것들은 그대로 남았다. 식빵은 곧 마지막 한 조각만 남았다. 그것을 뜯어 던지는 대신에 나는 가장 맛있는 부분을 세 조각으로 잘라내서 내 오른손 손바닥에 얹었고, 창밖으로 팔을 내밀었다. 몇 분 동안 그렇게 꼼짝도 않고 앉아 있자, 용감한 소형 익룡 한 마리가 내 팔 위로 팔짝 뛰어올랐다. 소매의 천 너머로 날카로운 발톱의 감촉을 느낄 수 있었다. 익룡의 몸통은 에머랄드빛과 금빛 솜털로 뒤덮여 있었다. 조그만 발톱들이 달린, 느슨하게 접은 박쥐 같은 날개가 바람에 펄럭거렸다. 이빨이 없는, 가느다란 펜치 같은 부리로 번개처럼 세 번 쪼아 빵들을 먹어치운다. 다음 순간 익룡은 모습을 감췄다.

렉스의 이빨과 등이 깨끗하게 청소되었을 무렵 우리 식빵도 다 떨어졌다. 익룡들은 일제히 하늘로 날아올라 가물거리는 초록색과 금빛 구름이 되었다. 클릭스는 시동을 걸고 휴식중인 사냥꾼 곁을 천천히 지나 전진을 재개했다.

카운트다운

11

일반 사냥꾼은 살아있는 동물들을 죽여서 멸종으로 몰아가지만,

화석 사냥꾼은 언제나 멸종한 동물들을 되살리려고 노력한다

—헨리 페어필드 오스본(1857-1935) · 미국 고생물학자

딱!

"뭐야 저 소리는?" 클릭스는 지프를 멈췄다. 우리는 산중턱에서 숲을 벗어나 가파른 사면을 나아가던 중이었다. 머리 위의 적란운은 이제는 하늘의 3분의2를 뒤덮고 있었다.

딱!

"또 들렸어!" 나는 말했다.

"쉿."

우리는 열심히 귀를 기울였다. 느닷없이 시야 가장자리에서 주황색 물체가 휙 움직이는 것이 보였다. "하느님 맙소사!" 나는 외쳤다. "서로 죽일 작정인가봐!"

딱! 딱!

오른쪽에서 파키케팔로사우루스 두 마리가 박치기를 하고 있었다. 두 다리로 걷는 이 대형 공룡은 이 시대의 큰뿔양이다. 등과 목을 지면에 대해 수평한 자세로 유지하며 서로를 향해 돌진하고, 두개골 위쪽을 서로 부딪치는 식으로 싸움을 벌인다.

흘끗 보았을 때는 공룡 시대의 지식인을 연상시키는 모습을 하고 있다. 머리가 둥글게 위로 튀어나오고 혹 모양을 한 뿔이 뒤통수를 에워싸고 있기 때문에, 뒷머리만 남은 대머리 교수 같은 인상을 준다. 그러나 유식해 보이는 겉모습에 속으면 안 된다. 둥근 돔 모양을 한 머리통 대부분은 두께가 20센티미터에 달하는 단단한 뼈로 이루어져 있다.

딱!

이 녀석들은 수컷임이 틀림없다. 근처에 녹슨 쇠를 연상시키는 색깔을 한, 더 덩치가 큰 파키케팔로사우루스 한 마리가 주둥이에 난 딱딱한 혹을 써서 나무뿌리를 캐고 있었기 때문이다. 바로 옆에서 일어나고 있는 박치기 싸움에는 무관심한 듯했지만, 수컷들이 싸우는 이유는 바로 이 암컷이라고 나는 확신했다. 몸 길이가 6미터에 달하는 왼쪽 수컷은 오른쪽 수컷보다 적어도 1미터는 더 길었다. 파충류의 경우 크다는 것은 더 나이를 먹었다는 사실을 의미한다. 나이든 수컷은 아마 이 암컷의 배우자인 듯하다, 젊은 수컷은 연장자에게 도전하며 유전자에 각인된 방식대로 자기 힘을 시험해 보고 있는 것이다. 나는 쌍안경을 눈에 대고 이 싸움을 지켜

보았다. 도전자가 밀리고 있었다. 우리가 구경을 시작한 이래 도전자는 거의 50미터나 뒤로 후퇴했다.

클릭스가 하늘을 가리켰다. 커다란 익룡 한 마리가 마치 시체가 생기기를 기다리는 독수리처럼 상공을 선회하고 있다. 이 뼈대가리 공룡들이 죽을 때까지 목숨을 걸고 싸울 것 같지는 않았지만, 통상적인 영역 다툼 치고는 내 예상보다 훨씬 더 오래 계속되고 있었다.

두 마리의 파키케팔로사우루스는 잠시 숨을 돌리는 듯하더니 몸을 세우며 똑바로 섰고, 위로 돌출한 머리를 상하로 끄덕이며 과시 행동을 하기 시작했다. 피 때문에 조금 가려지기는 했지만 두정부(頭頂部)의 노랗고 파란 과시용 무늬가 선명했다.

놈들은 머리를 위아래로 끄덕이는 동작을 몇분 더 계속했다. 잠시 후 밀리고 있었던 놈이 조금 더 뒤로 물러나더니 앞을 향해 전속력으로 돌진했다. 발가락이 세 개 달린 두 발이 땅을 박찰 때마다 흙덩이가 튀어올랐다. 그러나 돌진하면서 포효하거나 하지는 않았다. 두 마리 모두 입을 꽉 다물고 있었기 때문이다. 아마 충격에 의한 손상을 최소화하기 위해서이리라.

노병은 물러서지 않았다. 수평을 유지한 등을 곧바로 뻗고, 손가락이 다섯 개씩 달린 좌우 앞발로 땅을 짚어 몸을 더 확실하게 안정시켰다. 두 마리가 격돌하자 지프 앞창문이 덜덜 떨렸다. 나는 공룡의 두개골을 덮고 있는 각질 덩어리가 세 조각 공중으로 튀는 것을 목격했다. 노병은 굵은 꼬리를 묘한 각도로 구부리며 엉덩방아를 찧었다. 그러나 이 나이든 숫놈이 재빨리 일어선 것에 비해, 도전자는 충격을 못 이기고 앞뒤로 휘청거리고 있었다.

멀리서도 딱딱거리는 소리가 들려왔다. 어딘가에서 다른 한 쌍의 파키케팔로사우루스가 일대일 승부를 벌이고 있는 것이다. 그러나 적어도 우리가 구경하던 대결은 끝난 듯했다. 방금 한 박치기는 도전자에게는 너무 힘들었기 때문이다. 그는 고개를 들고 적수를 쳐다보았다. 노병도 고개를 들고 고개를 한 번 끄덕이며 과시용 무늬를 보였다. 그러고는 고개를 숙이고 다시 돌진할 준비를 했다. 도전자는 상대의 이런 행동에 응하지 않았다. 그러는 대신 몸을 돌려 비틀비틀 그 자리를 떠났다. 머리 위를 선회하던 익룡이 좌절한 듯이 날개를 펄럭이며 다른 먹이감을 찾아 날아갔다.

노병은 뿌리를 캐고 있는 암컷에게 다가가서 자기 목을 그녀의 목에 대고 비비기 시작했다. 두개골 뒤쪽에 난 딱딱한 혹들이 맞부딪치면서 세탁판을 벅벅 긁는 듯한 소리가 났다. 암컷은 수컷의 이런 구애에 무관심한 듯해 보였지만, 아무래도 발정기에 돌입해 있는 듯했다. 배우자가 없는 젊은 수컷은 그 냄새를 맡고 도전해 온 것이리라. 노병은 계속 목을 비벼댔지만, 그녀는 묵묵히 먹이를 찾는 데만 열중했다. 그러나 잠시 후 부드러운 뿌리 몇 개를 캐내더니 자기가 먹는 대신 수컷을 위해 땅 위에 내려놓았다. 수컷은 싸운 뒤라서 배가 무척 고팠던지 주둥이를 아래로 내리고 재빨리 그것들을 먹어치웠다. 수컷에게 뿌리를 양보한 것은 교미 준비가 되었다는 신호였던 것이 틀림없다. 노병이 그녀 뒤로 접근하자 그녀는 무릎을 꿇었다. 교미는 몇 분만에 끝났다.

아무래도 오랫동안 교미를 해온 사이인 성싶다.

소싯적에 레이 브래드버리가 쓴 「천둥 소리」라는 단편소설을 읽은 적이 있다. 중생대로 간 시간 여행자가 우연히 나비를 밟아 버렸는데, 바로 그 사건—나비의 죽음—이 까마득한 세월이 흐른 뒤에 다른 미래를 만들어 버렸다는 내용이었다.

흐음, 지금은 그런 작은 사건이 실제로 큰 결과를 야기한다는 사실을 알고 있다. 카오스 이론에 의하면 중국에서 나비가 날개를 펄럭이는 행위가 나중에 뉴욕에서 비가 오는지 안 오는지를 실제로 결정해 버린다고 한다. 그런 초기 조건의 민감한 여파를 〈나비 효과〉라는 이름으로 부르기까지 한다. SF 작가인 브래드버리가 물리학자들보다 먼저 그 현상을 지목했다는 사실에 나는 스릴을 느꼈다. 브래드버리는 과학자들보다 훨씬 빨리 나비의 중요성을 깨달았던 것이다. 그런 의미에서 그는 카오스 이론의 진짜 아버지라고 할 수도 있겠다.

그러나 칭-메이에 의하면 우리는 그런 일을 걱정할 필요가 없다고 한다. 〈스턴버거〉는 레드디어강 상공의 발진점에 단단히 고정되어 있었다. 그녀의 방정식에 의하면 우리가 여기서 무엇을 하든 간에 〈스턴버거〉는 출발점으로 돌아간다. 칭-메이에게서 들은 양자물리학의 다세계(多世界) 해석에 입각한 설명을 나는 반밖에 이해하지 못했지만, 그녀는 우리의 미래는 안전하다고 보장했다.

그런 연유로, 우리는 안심하고 마음껏 공룡을 사냥하는 일에 착수했다……

"저놈이 적격이야." 클릭스가 손가락으로 가리켰다.

"뭐라고?"

"방금 도전했다가 진 저 파키케팔로사우루스 말이야. 죽이려면 저놈을 죽여야 해. 박치기 대결을 벌이느라고 녹초가 되었기 때문에 잡기도 더 쉬울 거야. 게다가 저 녀석에 의존하고 있는 암컷도 없을 게 뻔하고."

나는 잠시 생각을 해 보고는 고개를 끄덕였다. 클릭스는 액셀러레이터를 밟고 도전자가 사라진 방향으로 지프를 몰았다. 따라잡는 데는 오래 걸리지 않았다. 예상했던대로 후줄근한 몰골이었지만, 몸 길이가 우리가 탄 지프와 같다는 점을 감안할 때 클릭스가 말한 것처럼 쉽게 쓰러뜨릴 수 있을지는 의문이었다.

클릭스는 지프를 잠깐 멈춘 다음 운전석 창문으로 엘리펀트건의 총신을 내밀고 방아쇠를 당겼다. 공룡 어깨에 맞았다. 공룡은 높다란 비명을 지르며 우리를 마주보았다. 이로쿼이 지프에 탄 인간들에 의한 공격에 대해 어떤 반응을 보여야 할지 사전에 프로그래밍되어 있는 것 같지는 않았다. 공룡은 우리를 향해 고개를 끄덕이며 두개골의 파랗고 노란 과시 무늬를 보였다. 클릭스는 지프를 휙 돌리고 다시 총을 쏘았다. 이번에는 공룡도 본능을 극복했다. 고개를 숙이고는 우리를 향해 돌진해 왔던 것이다. 살아있는 공성퇴(攻城槌)처럼.

클릭스는 핸들을 휙 꺾었지만, 상대방의 돌격을 차체 측면으로 받는 꼴이 되었을 뿐이었다. 공룡이 조수석 문을 들이받자 내 몸 위로 박살난 안전유리 파편이 우수수 떨어졌다. 고속 충돌 시험을 할 때처럼 차문의 금속판이 우그러졌다. 지프는 빙빙 돌며 공터를 가로지르다가 나무를 들이받았다. 전방 에어백이 부풀어올랐다.

클릭스는 기어를 후진으로 넣고 지프를 후퇴시켰다.

에어백은 자동적으로 수축했어야 했지만 그러지 않았다――크라이슬러가 자랑하는 품질 관리도 기껏 이 정도이다. 나는 TV 드라마 〈프리즈너〉의 주인공인 패트릭 맥구헌이라도 된 기분으로 하얀 에어백을 밀쳐내며 가까스로 해부 키트가 든 케이스를 찾아냈고, 기어박스 위에 앉은 채로 메스를 끄집어냈다. 그것을 써서 우선 내 앞의 에어백을 찢은 다음 클릭스 것을 찢었다. 에어백에서 뿜어져 나오는 뜨거운 바람이 차 안의 물건들을 날려보냈다.

클릭스가 기어를 1단에 넣자 지프는 경련하듯이 파충류를 향해 돌진했다. 공룡이 들이받은 탓에 조수석 쪽 창문을 내리는 스위치는 고장이었다. 나는 내 엘리펀트건을 찾아내서 개머리판으로 창문 유리의 잔해를 걷어낸 다음 공룡을 향해 장전된 두 발을 모두 쏘았다.

엄청난 스태미너였다. 결국 클릭스가 차를 몰아 불운한 공룡 주위를 빙빙 도는 동안 나는 계속 장전을 해 가며 그 몸통을 쏘았다. 공룡은 마침내 앞을 향해 비틀거리더니 지면에 엎어졌다. 지프를 멈추고 밖으로 나간 클릭스는 보닛을 열고 엔진을 식혔다. 나는 해부 키트를 들고 공룡 시체로 다가갔다. 동물원에서 본 가장 큰 곰에 맞먹는 몸집이었다.

솜씨가 뛰어나지는 않지만 동물을 해체하는 방법은 알고 있었다. 제2차 캐나다-중국 합동 공룡 프로젝트의 일환으로 고비 사막에서 화석을 발굴했을 당시, 육류를 냉장할 방법이 없었기 때문에 살아있는 양과 염소를 데리고 가서 필요할 때마다 직접 잡았던 경험이 있다. 우선 파키케팔로사우루스의 목을 따서 피를 뺐다. 몇

갤런이나 되는—미터법 단위인 리터 따위로는 도저히 묘사할 수가 없을 정도로 엄청난 양이다—피가 모락모락 김을 뿜으며 지면으로 콸콸 쏟아졌다.

날카롭게 갈아둔 뼈톱을 써도 머리통을 절단하는 것은 힘든 작업이었다. 척추골은 박치기를 견딜 수 있도록 굵고 튼튼하게 만들어져 있는 데다가, 뒤통수에서 목까지 이어지는 항인대(項靭帶)가 놀랄 정도로 두껍고 질겼다. 거의 딱딱한 뼈로만 이루어져 있는 머리는 이런 저중력하에서도 믿을 수 없을 정도로 무거웠다. 가까스로 머리를 잘라낸 다음 양손으로 들어올리고 울퉁불퉁한 공룡 주둥이를 정면에서 바라보았다. **아아 선사시대여! 잘 알던 친구여**……*

파키케팔로사우루스의 두개골을 뚫을 수 있을 정도로 긴 드릴은 없었다. 그러나 지프 뒤쪽 짐칸에는 표본을 보관하기 위한 황정체 상자들이 잔뜩 실려 있다. 클릭스가 그것들 몇 개를 내게 가져왔다. 정체 상자는 각종 사이즈가 있으며, 이것들은 이번 탐험에 포함된 얼마 안 되는 정말로 비싼 장비 중 하나였다. 상자 표면은 연마된 금속판이고, 내부에는 머리카락처럼 가는 검정색 정체 그리드가 촘촘히 박혀 있다. 클릭스는 상자 하나의 뚜껑을 열었다. 나는 새까만 상자 내부에 잘라낸 공룡 머리를 집어넣었다.

높은 온도에서 시체는 금세 썩는 탓에 꼼꼼하게 해부할 틈은 없었다. 클릭스는 거의 도움이 되지 않았다 —— 이런 일은 그의 전공

* Alas, Prehistoric! I knew him well…… 셰익스피어 『햄릿』 5막 1장에서 선왕의 어릿광대 요릭의 해골을 보며 한탄하는 햄릿의 유명한 대사 "아아 불쌍한 요릭! 알고 지내던 친구였는데" (Alas, poor Yorick! I knew him)에 빗댄 익살이다.

과는 거리가 멀기 때문이다. 그러나 그는 놀랄 만한 자제심을 발휘해서 몸에 부착한 마이크로캠으로 이 모든 광경을 기록했다.

복잡한 내장을 잠깐 들여다보는 것만으로도 파키케팔로사우루스가 온혈 동물이라는 사실을 명명백백하게 확인할 수 있었다. 일광욕으로 열을 흡수하는 것이 아니라 신진대사를 통해 스스로의 체온을 조절한다는 뜻이다. 총알이 박혀 있기는 했지만 심장은 정말 대단한 볼거리였다. 농구공만한 심장은 포유류처럼 정밀한 4심방 구조를 갖추었고, 동맥과 정맥 또한 완전히 분리되어 있었다.

심장 뒤쪽에서 기묘한 기관을 하나 발견했다. 노리끼리하고 대부분 섬유질이었으며 많은 혈관과 연결되어 있다. 현대의 새나 파충류에서 이것에 해당하는 기관은 전혀 없다. 나는 상처를 입히지 않으려고 최대한 주의깊게 그것을 떼어냈고, 다른 정체 상자의 새까만 내부에 집어넣었다.

두 개 있는 폐는 서로 닮았을 거라고 가정하고 하나만 조사해 보기로 했다. 크기만 보아도 엄청난 용량을 가졌다는 사실을 알 수 있다. 역시 높은 신진대사 능력을 갖고 있다는 증거이다. 오랫동안 온갖 종류의 동물을 해부해서 연구해 봤지만, 이토록 세련되고 완전무결한 해부학적 구조를 가진 생물은 난생 처음 본다. 21세기로 돌아간 뒤에는 시간을 들여 머리 부분을 찬찬히 조사해 봐야겠다……

"엇."

고개를 들고 클릭스가 그런 소리를 한 원인을 보았다. 두 다리로 걷는, 닭 크기 만한 조그만 공룡이 다가오고 있었다. 뱀처럼 긴 목에 작고 뾰족한 머리, 그리고 볼링공을 매우 닮은 작고 둥그런 몸통을 가지고 있다. 발등뼈인 중족골(中足骨)이 길쭉한 덕에 다리에는 세 개의 관절이 있고, 보폭도 넓다. 고속으로 달리는 동물에게서 흔히 관찰할 수 있는 진화 형태다. 달리는 속도에 자신이 있기 때문에 우리는 별로 위협이 되지 않는다고 판단한 것이리라. 워낙 작기 때문에 우리 입장에서도 별다른 위협은 되지 못했다. 피아의 거리가 줄어들자 공룡의 몸이 짧은 깃털로 뒤덮여 있으며, 뒤통수에서 빨갛고 노란 관모(冠毛)가 튀어나와 있음을 알 수 있었다. 죽은 공룡 고기가 많이 있으니까 좀 얻어먹을 생각인 듯하다. 그것은 파키케팔로사우루스의 열린 흉강 속으로 곧바로 다가갔다. 나는 쉿 하는 소리를 내며 쫓으려고 했지만 소형 공룡은 나를 향해 불평하듯이 꺼억 울고는 부드러운 내장을 뜯어먹기 시작했다.

클릭스는 태연한 표정으로 지프로 돌아가고 있었다. 처음에는 무슨 생각으로 그러는지 알 수가 없었지만, 다음 순간 그가 가장 큰 정체 상자를 들고 돌아오자 의문이 풀렸다. 한 면이 1미터에 달하는 은빛 정사각형이다. 그는 도둑 공룡이 시체에서 고깃덩어리를 하나 더 베어물 때까지 기다렸다가, 후다닥 그쪽으로 달려갔다. 깃털 달린 공룡은 지면의 진동을 느꼈음이 틀림없다. 고개를 뒤로 휙 돌려 클릭스를 똑바로 바로보고 두 번 눈을 깜박였다가, 죽은 공룡의 등 위로 후다닥 올라갔다. 그렇다고 쉽게 단념할 클릭스가 아니었다. 그는 소형 공룡 뒤를 따라 시체 등까지 뛰어올라갔다. 파키케팔로사우루스의 척추골을 따라 조그만 용반목 공룡 뒤를 쫓아간다. 클릭스의 사냥감은 땅 위로 뛰어내려 멀리 보이는 안전한 입목들을 향해 부리나케 도망쳤지만, 클릭스에게는 지금보다 두 배의 중력에 익숙해진 근육을 가지고 있다는 이점이 있었다. 성큼성큼 걸을 때마다 그는 무려 3미터씩 전진했다. 마침내 조그만 육식 공룡을 따라잡은 클릭스는 뒤에서 와락 달겨들며 상자를 뒤집어씌웠다. 공룡은 큰 소리로 비명을 올렸지만, 클릭스가 상자를 뒤집고 뚜껑을 쾅 닫자 정체 역장이 작동하며 비명이 뚝 끊겼다. 이걸로 적어도 한 마리의 살아있는 표본을 가지고 미래로 돌아갈 수 있다.

나는 몸을 돌리고 해부를 재개했다. 위액이 내 몸에 튀기지 않도록 조심하며 위벽을 잘라낸다. 위가 거의 비어 있는 것을 보았을 때도 놀라지는 않았다. 나라도 배가 잔뜩 부른 상태에서 박치기 시합을 하고 싶지는 않았을 것이다. 위장 안에 조금 들어 있는 것은 부드러운 식물인 듯했다. 잘 씹은 군네라 이파리도 포함되어 있다. 혹시 ──

"하느님 맙소사. 브랜디, 조심해!"

눈 앞에 몇 톤은 되어 보이는 고기가 펼쳐져 있었기 때문에, 클릭스가 무엇을 가리키고 있는지를 안 것은 1초쯤 뒤의 일이었다. 공룡 등짝 한복판의 허리에 해당하는 부분에서 파란 헤트 덩어리가 피부 표면으로 스며나오고 있었다.

카운트다운
🔟

초대받지 않은 손님은 대개 떠났을 때 환영받곤 한다.

—『헨리 6세』 1부 2막 2장

나는 뒤로 펄쩍 물러났다. 이런 외계의 점액질 물체를 만졌을지
도 모른다는 생각만으로도 심장이 쿵쿵 뛸 지경이었다. 파키케팔
로사우루스의 몸 밖으로 완전히 나온 파란 젤리는 공룡 허리 위에
서 맥동하고 있었다.

"저걸 어떻게 할까?" 공룡 시체에서 5미터쯤 떨어진 곳에 서 있
던 클릭스가 물었다.

불로 태워버려야 해. 이런 생각이 먼저 뇌리를 스쳤지만, 실제로
는 이렇게 대답하고 있었다. "그게 무슨 뜻이야?"

"그냥 저렇게 두고 갈 수가 없다는 뜻이야. 타고 다니던 공룡을

해부해 버렸으니."

"쌤통 아닌가. 우리 지프를 거의 박살낼 뻔 한 놈인데."

클릭스는 고개를 가로저었다. "난 그렇게 생각 안 해."

"응?"

"흠, 자네도 파키케팔로사우루스가 어떻게 행동하는지를 봤잖나. 영역 다툼, 박치기 의식(儀式). 헤트는 조종사가 아니라 승객으로서 이 공룡에 타고 있었던 것 같아. 공룡의 행동을 제어하고 있었던 것이 아니라, 그것이 어떻게 행동하는지를 관찰하고 있었던 거야."

나는 조금 생각을 해 보고, 눈 앞에 쌓인 잘라낸 고깃 덩어리들을 보았다. 공룡을 외부에서 관찰하거나 해부하는 것보다는, 그 공룡의 몸 안으로 들어가서 함께 살면서 그 감각을 실제로 경험하는 쪽이 훨씬 더 정확한 연구 기법이라는 점은 부인할 수 없다. 아마 클릭스 말이 옳을 것이다. 이 파키케팔로사우루스는 자기 의지로 움직였지 헤트의 지배하에 있지는 않았으니까 말이다. 따져보면 이놈이 지프를 공격한 것도 당연하지 않는가.

나는 고개를 끄덕였다. "알았어. 그럼 어떻게 하면 좋겠어?"

"〈스턴버거〉로 데려갈 수 있어. 헤트 친구들이 다시 찾아올 건 확실하니까."

이치에 맞는 행동이다. 한 가지를 제외하면 말이다. "하지만 클릭스, 이 녀석이 최근 며칠 동안 이 산을 돌아다닌 게 사실이라면 우리에 관해 아예 모를지도 몰라. 이 녀석은 우리를 한 번도 본 적이 없는 괴상한 생물이라고 생각할 가능성도 있잖나."

"맞아." 클릭스는 헛기침을 하고 파란 덩어리를 향해 말했다.

"여어. 내가 하는 말을 알아듣겠나? 영어를 알아들을 수 있어?"

젤리는 아까보다 더 빨리 맥동했다. 클릭스의 목소리에 반응하고 있다는 점은 명백했지만, 대답을 하려는 것인지 두려움에 떨고 있는 것인지는 확실하지 않았다.

"성대를 갖고 있지 않은 숙주가 없는 상태에서는 말을 할 수 없을 게 뻔해." 나는 말했다.

"그럴지도 모르지. 하지만 들을 수는 있을 거야."

"귀도 없으면서?"

"하지만 내가 말을 할 때 공기의 진동은 느낄 수 있을 거 아냐." 클릭스는 다시 젤리를 마주보았다. "우리는 평화를 사랑해." 그가 말했다. 외계인과 조우한 경우에 걸맞은 진부한 문구가 이렇게 이미 존재한다는 것도 생각해 보면 웃기는 얘기다. 젤리는 여전히 빠르게 맥동하고 있었다. 클릭스의 말도 그것을 안심시키지는 못한 듯했다. 클릭스는 손가락으로 우선 헤트를 가리킨 다음 하늘을 가리켰다. 헤트가 하늘에서 왔다는 사실을 우리가 안다는 뜻이리라. 아마 이 사실을 전달할 수만 있다면, 우리가 이미 자기 동족들과 만나 친해졌다는 사실을 상대방이 깨닫지는 않을까 기대하는 듯하다. 즉각적인 반응이 나오지 않았기 때문에 클릭스는 같은 제스처를 세 번 더 되풀이했다. 잠시 후 헤트의 동요가 조금 가라앉은 것을 보니 이해한 것 같기도 했다.

"흐음, 이해시켰는지 못 시켰는지는 나도 모르겠어." 클릭스는 어깨를 으쓱하며 말했다. 그러고는 갑자기 사악한 미소를 떠올렸다. "어이, 자네가 저 녀석 옆에 누워서 머릿속으로 들어오게 한다는 안은 어떨까. 그런다면 뚜렷하게 이쪽의 선의를 보여줄 수 있잖아."

"말도 안 되는 소리! 내가 아니라 자네가 그러라고!"

"자네 영어 쪽을 훨씬 더 선호하는 것 같던데."

"싫어. 그런 경험은 한 번으로 족해."

"흐음, 그럼 이젠 어떻게 해야 할까?"

"헤트에게 맡기자고." 나는 지프로 돌아가서 후방 짐칸에서 정체 상자를 꺼내왔다. 옆으로 뉘여서 자몽 크기의 젤리 덩어리 근처에 상자를 놓아두었다. 헤트는 잠시 가만히 있다가, 이내 물결치는 듯한 동작으로 파키케팔로사우루스의 둔부를 넘어 상자를 향해 나아가기 시작했다. 상자 가장자리에서 주저하는가 싶더니 곧 어두운 상자 안으로 기어들어갔다. 나는 뚜껑을 닫으려고 다가갔다.

"안 돼!"

나는 클릭스를 쳐다보았다. "왜?"

"일단 뚜껑을 닫으면 정체 역장이 작동하잖아. 일단 닫은 상자는 황 변환 장치가 없으면 열 수가 없고, 가장 가까운 곳에 있는 변환 장치는 6천5백만 년 미래에 있어."

"아. 빌어먹을, 그렇군. 알았어." 나는 손잡이를 잡고 상자를 들어올린 다음 안을 들여다보았다. 헤트를 어느 정도 냉정한 시선으로 관찰하는 것은 이번이 처음이었다. 부들부들 떨리는 파란 덩어리를 바라보자 혐오감이 밀물처럼 몰려왔다. 고르게 투명하지 않고 여기저기에 흐릿한 곳이 있는 것을 보니 그 부분은 젤리가 더 진한 듯하다. 혹시 다른 부분들과는 상이한 구조를 가지고 있는지도 모르겠다. 예전에 보았던 희미한 인광(燐光)은 무수히 많은 미세한 광점들로부터 나오고 있었다. 그것들이 원형질 젤리 속에서 소용돌이치고 있는 모습은 마치 당밀 속에서 움직이는 반딧불이를 보는 듯하다. 몸 전체의 맥동은 폐와 같은 수축 확장 운동에서 비롯된 것이 아니라, 오히려 몸을 아치형으로 구부리는 듯한 느낌에 가깝다. 몸 아래쪽에 오목한 공간을 만들어서 전신을 들어올리고, 다시 납작해지는 동작을 되풀이하는 식으로 움직이는 것이다.

이것은 내가 지금까지 연구해 본 그 어떤 생명체와도 전혀 닮지 않았다. 물론 이놈의 거시적인 신체 구조가 그 구성요소를 밀접하게 반영하고 있다고 단언하기는 힘들다. 인간의 육체도 그것을 이루는 세포를 닮지는 않았고, 사막의 모래언덕이 그것을 구성하는 석영 입자의 결정 구조를 보여주는 것은 아니지 않는가. 헤트를 현미경으로 보고 도대체 어떤 생명 과정에 의해 활동하는지를 알아낼 수만 있으면 정말 좋을 텐데.

나는 정체 상자를 지프 짐칸에 실었지만 헤트가 열에 익어버리지 않도록, 또 원한다면 나올 수도 있도록 뒷문을 열어 두었다. 그런 다음 중단되었던 파키케팔로사우루스 해부를 재개했다. 두 시간 뒤에 지프로 돌아왔을 때도 헤트는 그 자리에 있었다.

우리는 지프를 몰고 〈스턴버거〉로 돌아갔다. 클릭스는 짐칸에 있는 헤트가 실제로 영어를 이해 못하든가, 설령 이해하더라도 시끄러운 엔진 소리 때문에 우리가 하는 말을 엿듣지 못할 것이라고 판단한 듯했다. "예의 중차대한 윤리적 결단에는 좀 진전이 있었어?" 내가 자기와는 달리 결단성이 없다는 사실을 살짝 비꼬는 투였다.

"그렇게 쉬운 일이 아냐." 나는 나직하게 말했다. 이렇게 대답했지만 나는 내가 어느새 결론에 접근하고 있다는 사실에 약간의 놀라움을 맛보았다. "아무래도 자네 의견에 동의하는 쪽으로 가고 있는 것 같기는 하지만 말야."

"헤트를 미래로 데려가지 않으면 우리는 전 세계인의 비난을 받으리라는 걸 알잖나. 인류는 몇십 년 동안이나 외계인과의 조우를 갈망해 왔어. 우리가 바로 그런 천재일우의 기회를 저버린 걸 안다면 절대로 기뻐하지 않을 걸."

나는 몇 초 동안 침묵했다가 운을 뗐다. "우리 아버지가 나한테 뭘 부탁했는지에 관해 얘기한 적이 있던가?"

"상태가 어떠셔?" 클릭스가 물었다. "치료하니까 차도가 있어?"

"아니, 없어. 고통이 심해."

"유감이로군."

"나더러 죽을 수 있게 독약을 달라고 하더군."

클릭스는 액셀러레이터에서 조금 발을 뗐다. "맙소사. 정말?"

"응."

그는 고개를 설레설레 저었다. 부정적이라기보다는 절망한 느낌이었다. "정말이지 안 됐군. 그렇게 기운찼던 분이. 하지만 얼마 안 있으면 안락사법이 통과될 거야."

"얼마 안 있으면?" 나는 사람의 손이 닿지 않은 자연 그대로의 풍경을 바라보았다. "2년이란 세월은 그리 짧지 않을지도 모르지 ─ 살아있는 순간 순간이 고통인 사람의 경우를 제외하면 말야."

"어떻게 할 생각인데?"

"모르겠어."

"독약을 드려."

"참 쉽게도 얘기하는군?"

"쉽고 자시고가 어딨어? 자네 **아버지**잖아."

"그래. 그래, 우리 아버지야."

"원하시는대로 해 드려, 브랜디. 나라도 아버지를 위해서는 그랬을 거야."

"입으로 그렇게 말하기야 쉽지. 자네 아버지 조지는 황소처럼 튼튼하니까. 빌어먹을, 자네보다 더 오래 살지도 몰라. 그러나 그게 더 이상 이론상의 문제일 수가 없게 되면 완전히 달라져. **정말로** 해답을 낼 필요가 생길 때까지는 진심으로 대답할 수가 없다는 뜻이야."

클릭스는 오랫동안 입을 다물고 있었다. 지프는 울퉁불퉁한 지면 위를 튕기듯이 나아갔다. "흐음." 마침내 그가 말했다. "자넨 지금으로부터…… 64시간인가? 그 안에 헤트 문제에 대한 해답을 **정말로** 내 놓아야 해. 아니, 그보다 더 빨리. 헤트들도 준비할 시간이 필요할 테니까 말야."

"알아." 나는 지친 목소리로 말했다.

그 뒤로는 〈스턴버거〉에 도착할 때까지 두 사람 모두 아무 말도 하지 않았다.

카운트다운

처음에는 괴물로 보여도 잡으면 음식이지.

—키아크슈크(1950년대에 활약) · 이뉴이트족 사냥꾼

고생물학은 특이한 식사에 관해서는 오랜 전통을 자랑한다. 1853년 12월 31일에 서 리처드 오우언은 벤자민 워터하우스 호킨스를 시켜 만든 이구아나돈의 실물 모형 내부로 스무 명의 화석 전문가를 초빙해서 만찬을 연 것으로 유명하다.

그로부터 거의 1세기 뒤에 러시아의 고생물학자들은 시베리아에서 발견한 얼음에 재워진 매머드 고기 스테이크를 최고급 보드카와 함께 즐겼다.

클릭스와 나도 이들에게 질 생각은 없었다. 그날 오후 늦게 우리는 〈스턴버거〉가 올라탄 크레이터의 밑동에서 모닥불을 피워놓고

파키케팔로사우루스의 몸에서 떼어낸 고급 스테이크 두 장을 구웠다.

고기가 익는 동안 나는 화성인 히이하이커가 어떻게 있는지 보러 갔다. 정체 상자는 옹달진 지면에 내려놓았고, 뭔가를 마시고 싶어할지도 모를 경우에 대비하기 위해 그 옆에는 물이 든 사발을 놓아두었다. 목은 안 마른 듯했다. 맥동하는 몸을 움직여 사발로 가서 내용물을 확인한 후에는 줄곧 무시했기 때문이다.

나는 평소에는 미디움레어를 선호하지만, 우리는 고기를 몇 번씩이나 뒤집어 가며 오랫동안 구웠다. 기생충이나 세균을 확실하게 죽일 목적에서였다. 진작 고기를 먹을 때가 되자 나는 조금 주저했다. 현대에는 조류나 파충류나 포유류 고기를 모두 식용으로 쓸 수 있지만, 공룡 고기만은 인체에 유독할지도 모르기 때문이다. 게다가 어쩐지 하면 안 되는 일을 하고 있는 듯한 느낌도 완전히 떨쳐낼 수가 없었다.

그러나 클릭스는 평소와 마찬가지로 천하태평인 듯하다. 구워진 고기를 잘라내더니 대뜸 입으로 가져갔다.

"어때?" 나는 물었다.

"특이하군."

드럼헬러에 사는 자칭 미식가의 입에서 나온 말이다. 좋다. 맛이 지독할 경우에 대비해서 입가심을 할 수 있도록 잔에 미리 물을 따라놓은 다음 조심스레 한입 베어 물었다. 지금까지 나는 파충류 고기조차도 먹어본 적이 없지만, 공룡 고기는 닭고기 맛과 그리 다르지 않으리라고 예상하고 있었다. 그러나 실제로 먹어 보니 구운 아몬드 맛이 났다. 다시 먹고 싶은 생각은 전혀 없었지만, 그리 나쁘지는 않다── 기분 좋게 씹어먹기에는 너무 질겼지만 말이다.

헤트가 음식을 섭취해야 하는지는 알 수 없었다. 사실, 헤트에게 관해서는 아는 것이 거의 없다는 쪽이 더 정확하다. 그러나 나는 파키케팔로사우루스의 익힌 고기와 안 익힌 고기를 담은 접시에 양치류를 두어 줌 곁들인 다음 헤트 옆에 갖다 놓았다. 헤트는 역시 그것을 무시하고, 그냥 있던 자리에서 조용하게 맥동하고만 있었다. 물도 안 마시고 음식도 섭취하지 않는 생물이 있다니 이해할 수가 없었다. 다른 헤트들과 또 만나고 싶지는 않았지만, 빨리 동료들이 와서 이 달갑지 않은 손님을 데려갔으면 좋겠다.

본격적인 탐험을 계속하기에는 너무 어두워졌기 때문에 우리는 낙우송 줄기 위에 앉아서 먹은 먹은 음식을 소화했다.

"어이 브랜디." 클릭스가 입을 열었다.

"응?"

"엄청난* 무지(無知)를 어떻게 정의해?"

"글쎄."

"백마흔네 명의 영국인." 클릭스는 씩 웃었다.

"어허." 나는 그의 도전을 받아들였다. "그럼 사탕수수하고 원하지 않은 임신의 공통점은?"

"모르겠어."

"자메이카 전역에서는 얼마든지 볼 수 있다는 점이야."

그는 껄껄 웃었다. "좋군. 그럼 찰스왕은 왜 왕위에서 물러나고 싶어하게?"

---

* gross. 12다스라는 뜻도 된다

"너무 쉽군. 그러면 다른 영국인들과 마찬가지로 복지 혜택을 받을 수 있으니까. 그럼 다리가 여섯 개에 헛-둘-맨, 헛-둘-맨 하는 건 뭐게?"

"뭐?"

"엘리베이터를 향해 달려가는 세 명의 자메이카인."

클릭스는 폭소를 터뜨렸다. "니미럴."

나는 커피를 홀짝였다. "걔들이 보고 형님 할지도 모르니 그건 사양하겠어."

편한 기분으로 한숨을 쉬었다. 마치 옛날로 돌아간 기분이다. 친구로 지내던 20여 년 동안, 우리는 수없이 많은 저녁 시간을 함께 보내며 농담을 하고, 각자의 조상을 깎아내리고, 시시콜콜한 잡담을 했다. 당시에는 붙어 다니다시피 했고, 클릭스와 함께 있으면 언제나 즐거웠다. 만사가 단순했던 대학 시절에는 결혼을 해도 절대로 우정에 금이 가는 일이 없도록 하자고 약속하기조차 했다. 일단 결혼해서 자리를 잡으면 지상에서 아예 사라져버리기라도 한 듯이 인간관계가 소원해지는 사람들을 너무도 많이 보아왔기 때문이다. 우리들만은 결코 그렇게 행동하지 말자고 다짐했다. 떨어져 살아도 계속 연락을 취하면서 함께 이런저런 일을 하고, 가까운 친구 사이로 남자고 말이다. 그러나 결국 현실이 끼어들었다. 캐나다에서 공룡 전문가가 될 경우 정말로 좋은 직장은 정확히 세 군데밖에는 없다. 오타와 주의 캐나다 자연 박물관의 고생물학부 부장, 토론토의 왕립 온타리오 박물관의 척추동물 고생물학 큐레이터, 그리고 앨버타 주 드럼헬러에 위치한 왕립 티렐 박물관의 큐레이터 자리다. 나는 결국 왕립 온타리오 박물관에서 자리를 잡았고,

클릭스는 티렐 박물관에 취직했다. 2500킬로미터나 떨어져 살게 되었던 것이다. 그리고 두 사람 모두 결혼했다. 클릭스와 칼라의 결혼 생활은 1년도 채 지속되지 못했지만.

그러나 계속 연락을 취하고 친구 사이로 남았다는 점에서는 대다수의 사람들에 비하면 양호했다고 할 수 있다. 매년 열리는 척추동물 고생물학 협회 총회에서는 언제나 만났고, 클릭스는 휴가 때는 언제나 토론토로 돌아왔다. 언제까지나 그런 식으로 친한 친구로 남을 수 있었다. 그런 일…… 그런 일만 없었더라면……

나는 접시를 진흙땅에 내던졌다. 먹다가 남긴 파키케팔로사우루스 스테이크가 흙 위를 굴렀다.

클릭스가 고개를 들었다. "브랜디?"

바로 그 순간 우리 야영지에 빛이 넘쳐흘렀다. 그러더니 다음 순간에는 또다시 어둠이 찾아왔다. 우리는 고개를 획 들고 밤하늘을 올려다보았다. 서쪽에서 우듬지 사이를 움직이는 거대한 구체가 보였다. 칠흑처럼 검었지만 별빛을 가로막는 탓에 겨우 윤곽을 알아볼 수 있었다. 또다시 눈부신 섬광이 폭발하더니 내 망막에 각인된 잔상과 함께 칠흑 같은 밤이 되돌아왔다. 몇 줄기의 서치라이트가 마치 등대처럼 회전하며 주위의 지면을 훑고 있는 것이다. 갑자기 모든 빛줄기가 크레이터 벽 높은 곳에 자리잡은 〈스턴버거〉에 집중되었다. 하나로 뭉친 빛줄기는 불룩 솟아오른 지면을 훑으며 주차된 지프를 지났고, 딱딱 소리를 내며 타오르는 모닥불 곁에 앉아있던 나와 클릭스를 비췄다.

나는 눈을 가려 강렬한 빛을 막으며 서치라이트가 어디서 나오는지를 알아보려고 했다. 우리 머리 위에 조용히 떠 있는 직경 60

미터에 달하는 거대한 구체에서 나오고 있다. 그것이 지면으로 하강했을 때 갈라진 진흙땅이 서치라이트 빛을 반사한 덕택에 황갈색과 베이지색이 난잡하게 섞인 표면을 알아볼 수가 있었다. 지면에 접근하는 구체 바로 아래에서 발생한 작은 회오리바람에 휘말린 낙엽과 흙먼지가 공중으로 날아올랐다.

구체가 내려오면서 바닥 부분에서 끈적끈적한 잿빛 물질이 스며나오기 시작하더니 번들거리는 부정형(不定形)의 덩어리가 되었다. 지면과 접촉하자 마치 민달팽이처럼 퍼지며 구체의 무게를 지탱하는 것을 알 수 있었다. 잠시 후 구체가 완전히 착륙하자 잿빛 물질은 진흙땅 위에 접착체처럼 눌러붙었다.

구체의 표면은 자연물처럼 거칠어 보이는 너비 1미터의 육각형 비늘로 뒤덮여 있었다. 표면 전체가 조용히 맥동하면서 비늘들 사이로 분홍색의 섬유질 조직이 언뜻언뜻 보인다. 처음에는 오늘 아침 이른 시각에 머리 위를 날아가던 헤트의 우주선이라고 생각했지만, 잘 보니 구체는 **숨**을 쉬고 있는 것처럼 보였다. 살아있는 우주선? 흐음, 그러지 말라는 법이 어디 있단 말인가?

갑자기 구체에서 한숨을 쉬는 듯한 소리가 흘러나오더니 착륙지(着陸肢) 위쪽이 수직으로 갈라졌다. 갈라진 틈새 좌우의 비늘들이 압축되면서, 틈새는 마치 수직으로 난 두꺼운 입술을 벌리는 것처럼 넓어지기 시작했다. 구체 내부에서 희미한 빛이 새어나왔다. 입 안쪽에서도 부정형 물질이 맥박치고 있었지만, 점점 더 밖을 향해 확장되더니 부피가 늘어나는 것처럼 보였다. 잿빛 물질은 밤을 향해 내민 거대한 젖은 혓바닥처럼 틈새 사이로 밀려나오더니 천천히 땅으로 내려오기 시작했다. 혓바닥은 계속 길어지더니 급기야는 우주선의 두꺼운 입술 사이의 틈새와 진흙땅을 잇는 완만한 경사로가 되었다. 혓바닥은 딱딱해지면서 납작하게 변했고, 표면의 습기도 마치 기공(氣孔)에 흡수되기라도 한 것처럼 완전히 말랐다.

잠시 동안은 아무 일도 일어나지 않더니, 곧 경사로 꼭대기에 있는 빛을 발하는 입구멍을 등지고 어떤 물체가 나타났다. 그 즉시 나는 진짜 외계 생명체를 보고 있다는 사실을 깨달았다. 두 팔과 두 다리가 달려 있었지만, 인간과는 배치가 정반대였다. 두 다리—이동시에 쓰이는 지체(肢體)—는 폭이 넓은 동체의 어깨에 달려 있었다. 지면을 딛고 있는 1미터반 길이의 다리 끝에는 발이 아니라 둥그런 육지(肉趾)가 달려 있다. 두 팔—물건을 잡고 움직이는 지체—은 인간이라면 엉덩이에 해당하는 동체의 아래쪽 끄트머리에 달려 있었다. 이 생물의 네발 달린 조상은 양족 보행으로 진화할 때 주먹쥔 손을 딛고 일어났고, 그 결과 뒷다리가 공중에 대롱대롱 매달리기라도 한 듯한 느낌이랄까. 지구상의 그 어떤 생물도 진화 과정에서 이런 선택을 하지는 않았다. 이것은 앞다리를 써서 걷는 진정한 완보(腕步) 생물이며, 지구와는 다른 생태계에서 진화한 것이다.

완보 동물은 경사로를 내려왔다. 보폭이 워낙 넓은 덕에 사람이 걷는 경우보다 훨씬 더 빠른 속도로 우리에게 다가왔다. 나는 그 동물을 위아래로 훑어보았다. 머리—이것을 머리라고 부를 수 있다면 말이지만—는 어깨 위에 직접 달린 폭넓은 반구형 돔이었다. 목은 없었다. 길쭉한 소시지처럼 생긴 눈들이 이 반구형 돔 가장자리를 완전히 에워싸고 있는 듯했다. 각 눈에는 동공이 두 개 있었다. 그렇게 해서 입체 시각을 얻는 것이겠지만, 이 또한 지구의 생물과는 전혀 다르다.

동체는 처음 보았을 때는 구리빛 털로 뒤덮여 있는 것처럼 보였지만, 자세히 보니 조금 달랐다. 나선을 그리는 굵은 철사 같은 조직이 촘촘히 자라 있다는 쪽이 더 정확하다. 이것들이 얽히고 설켜 복잡한 형태를 이루고 있는 것으로 미루어볼 때, 단열 효과뿐만 아니라 매우 민감한 촉각 기관 역할도 맡고 있는 듯했다.

물건을 잡고 조작하는 지체 쪽에 주의를 기울이자, 팔이 인간처럼 상체에 달리지 않고 보행용 사지 안쪽에 매달려 있을 경우의 이점이 무엇인지를 금세 알 수 있었다. 조작용 팔은 인간에 비해 훨씬 더 복잡했다. 관절은 두 개가 아니라 네 개였고, 손에 해당하는 말단부에는 섬세한 촉수의 원이 각각 크기가 다른 세 개의 집게손을 에워싸고 있었다. 집게손 하나는 끝이 뾰족한 펜치를 닮았고, 다른 하나는 앵무새 입을, 그리고 세 번째 집게손은 알파벳의 C처럼 한쪽이 열린 원형을 하고 있었다. 몸통에 가까운 곳에서 안전하게 보호받는 위치에 있기 때문에 이들의 조작지(操作肢)는 지구상의 동물의 앞발에 비해 훨씬 더 정교하며 다양하게 분화된 기능을 가지게 된 것이다. 나는 이 두 팔 뒤에 방금 말한 조작지보다 더 작고 덜 세련된 조작지가 한 쌍 달려 있는 것을 보고 충격을 받았다——그렇다면 이 동물의 조상은 네 개가 아니라 여섯 개의 다리를 가지고 있었다는 얘기가 된다.

완보 동물의 넓은 가슴을 반쯤 내려온 곳에 입처럼 보이는 수직의 틈새가 있었다. 그것이 떨리면서 열린 틈새 안이 들여다보였지만 이빨은 자라 있지 않았다. 아마 이 생물은 지구의 수많은 생물들과는 달리 호흡과 발성과 식사를 단 하나의 구멍으로 처리한다는 위험한 선택을 하지 않은 것인지도 모르겠다. "우리 동료는 어디 있어?" 그것이 물었다. 변성기 전의 소년처럼 높다랗게 떨리는 듯한 목소리는 뚜렷하고 알아듣기 쉬웠지만, 각 단어를 짧게 띄어 말하는 헤트 특유의 발성법만은 여전했다.

나는 망연자실한 표정으로 서 있다가, 그제서야 정신을 차리고 대답했다. "이쪽이야." 나는 정체 상자를 놓아둔 지프 짐칸 쪽으로 걸어갔다. 가슴이 철렁했다. 젤리 모양을 한 헤트의 모습이 보이지 않는다. 혹시 그 헤트에게 무슨 일이 일어난 것이라면 우리는 매우 곤란한 입장에 빠지게 된다. 나는 황급히 주위를 둘러보았지만 완보 동물은 이미 내 곁에 와 있었다. 다행히도 이 동물이 가진 여러 개의 눈은 나의 근시안에 비해 어둠 속에서도 더 잘 볼 수 있는 듯했다. "아." 그것은 이렇게 말하더니 두 보행용 팔의 무릎에 해당하는 관절을 구부리고 지면에 동체를 갖다댔다. 등을 보니 얽히고 설킨 조직에 뒤덮이지 않은 편평한 부분이 하나 있었고, 오돌도톨한 느낌을 주는 잿빛의 거친 피부가 그대로 노출되어 있었다. 맥동하는 젤리는 재빨리 그 부분으로 기어가서 완보 동물의 몸 안으로 침투하기 시작했다.

젤리가 체내에 침입하는 데 걸린 짧은 시간 동안, 나는 완보 동물의 정체에 대한 결론을 내렸다. 이것은 지능을 가진 생물이 아니다. 가축화된 화성 고유의 생물인 것이다. 물론 젤리들이 자기들의 고향 행성의 동물을 손발이나 눈 대신에 쓰는 것은 당연하며, 이 동물도 그중 하나일 것이다. 방금 말한 것으로 미루어 보건데 이미 헤트가 하나 들어 있는 것이 틀림없다. 그러고 보니 헤트는 자기들이 개인이 아니라고 말한 적이 있다. 그렇다면 이 두 개의 젤리들—완보 동물 속으로 방금 들어간 젤리와 원래 있었던 젤리—은 하나의 젤리로 합체한다는 얘기일까. 원래 타고 있던 파키케팔로사우루스를 우리가 죽인 것을 가지고 크게 화를 내지 않았으면 좋겠다.

"너희들은 우리 파키케팔로사우루스를 죽였어." 그러자마자 완보 동물이 말했다.

"미안해." 나는 말했다. "너희 동족이 안에 들어가 있는 걸 미처 몰랐어. 단지 공룡의 생리 구조를 연구하고 싶었을 뿐이야. 용서해 줘."

"용서?" 이렇게 말하며 완보 동물의 발성 기관이 뒤틀린 것은 일종의 표정인 듯하다. "기껏해야 동물 한 마리잖아."

불운한 공룡을 죽인 사람은 바로 나였지만, 외계인의 이 대답은 어떤 이유에선가 나의 행위보다 더 가차없는 느낌을 주었다. "죽이고 싶어서 죽인 게 아냐. 하지만 그 내부를 조사함으로써 많은 걸 알아냈어."

"물론 그랬겠지." 헤트가 예의 알토 목소리로 대꾸했다.

"너희 친구를 데리러 온 거야?" 나는 말했다.

"친구?" 완보 동물이 되물었다.

"파키케팔로사우루스 안에 있던 헤트 말이야."

"그래. 그걸 회수하러 왔어. 그것이 임무에서 돌아오지 않자 우리는 그걸 찾으러 갔지. 공룡의 시체하고 땅에 남아있는 흔적을 보았고, 그 흔적이 너희들에게 속한 어떤 탈것이 남긴 자국이라는 걸 깨달았어. 헤트에게 해를 끼치지 않은 것을 이제는 알고 있지만,

그걸 몰랐을 때도 우리는 현묘하게 —— 현명하게 행동했어." 이런 긴 설명을 완보 동물은 멈추거나 숨을 쉬지도 않고 단번에 말했다. 호흡을 위한 구멍이 어디인지를 아직 찾아내지는 못했지만, 입과는 완전히 분리되어 있다는 사실을 이제는 확신할 수 있었다. 완보 동물이 다시 모닥불을 향해 예의 큰 보폭으로 성큼성큼 걸어가는 통에 나는 잔걸음치며 따라가야 했다.

클릭스는 일어서서 아연실색한 표정으로 완보 동물을 응시했다. 입을 멍하니 벌리고 있다. "하느님 맙소사." 그는 천천히 말했다. "넌 정말로 어딘가 다른 데서 온 생물이 맞군. 안 그래?"

"그래." 헤트가 말했다. 파충류 안에 들어가 있었을 때처럼 모음을 길게 끌지 않고 이렇게 뚜렷하게 '그래'라고 발음한 것은 이번이 처음이었다.

클릭스는 완보 동물의 폭이 넓은 몸통을 가리켰다. "그럼 네가 지금 들어가 있는 그 생물은 뭐야?"

"탈것. 하지만 이곳 생태계에는 그리 잘 적응하지 못해. 이곳의 식생으로부터 영양분을 섭취하는 일이 쉽지 않고, 햇볕이 너무 밝거든. 그렇지만 몇 가지 편리한 형태를 가지고 있는 덕에 거주할 경우에는 훨씬 더 유용한 생물이야."

클릭스는 배후의 거대한 구체를 손짓으로 가리켰다. "그럼 저건 네가 타고 온 우주선이야?"

"그래."

"살아 있는 것 같은데."

"물론 살아있어."

"놀랄 노자로군." 클릭스는 설레설레 고개를 흔들었다. "저걸 타고 한 바퀴 돌 수만 있다면 뭐를 줘도 좋은데."

완보 동물의 비엔나 소시지처럼 이어진 눈들이 일제히 깜박였다. 아래쪽에서 역시 하나로 이어진 눈꺼풀들이 올라오는 방식이다. "한 바퀴." 그것이 말했다. "룰렛 바퀴를 돌릴 때처럼? 아니면 음성 레코드를 돌리는 것처럼?"

"아니, **돌아본다**는 뜻이야. 여행. 소풍. 드라이브."

"아." 완보 동물이 말했다. "그건 시켜줄 수 있어."

"정말?" 클릭스는 좋아서 펄쩍펄쩍 뛰기 직전이었다.

"어이 잠깐." 나는 말했다.

"어이를 잠깐? 링크 안 돼."

"클릭스. 저걸 타고 올라갈 수는 없어."

"도대체 왜 안 된다는 건데?"

"흠, 똑똑히 잘 보라고. 저건 살아있지 않나. 그런데 그 **안으로** 들어가겠다고?"

"어이 친구. 성경에 나오는 요나는 고래 뱃속으로까지 들어가지 않았나. 숨쉬는 우주선 안에 들어가는 것쯤은 아무것도 아냐. 이건 일생일대의 기회라고."

나는 고개를 가로저었다. "일생일대의 기회가 왔다고 생각하다가 인생 자체가 끝나버린 사람이 얼마나 많은지 몰라? 난 빼줘."

클릭스는 어깨를 으쓱했다. "좋아. 하지만 난 갈 거야." 그는 완보 동물을 향해 몸을 돌렸다. "지금 그럴 수 있을까?"

"여기서 할 일은 끝났어. 지금이라도 좋아."

클릭스는 잰걸음으로 완보 동물과 보조를 맞추며 우주선 출입문으로 통하는 잿빛 헛바닥 경사로를 올라갔다. 그가 헛바닥을 밟는 광경을 보고 움찔했지만, 내가 두려워했던 것과는 달리 그가 밟아도 조금 파이기만 했지 발에 달라붙지는 않았다. 우주선은 천천히 확장과 수축을 거듭하며 계속 호흡하고 있었다. 클릭스가 경사로 꼭대기에 올라갔을 때 나는 외쳤다.

"나도 가겠어! **쫌 기다려!**"

나는 혓바닥 위로 올라가서 입 안으로 뛰어들어갔다.

경계층

경계층

정신은 독자적인 장소이며, 그 자체의 힘만으로도
천국을 지옥으로, 지옥을 천국으로 만들 수 있다.

—존 밀튼(1608-1664) · 영국 시인

　현관으로 들어온 나는 방한 덧신을 벗어 러버메이드제(製) 매트 위에 올려놓았다. 내가 어린 시절을 보낸 1970년대였다면 2월의 토론토는 눈에 완전히 묻혀 있었을 것이다. 그러나 최근의 2월 기후는 매우 온화했으며, 밸런타인데이가 오기도 전에 봄비가 내린다. 나는 벽장 안에 트렌치코트와 우산을 걸어놓은 다음 복도를 나아갔고, 다섯 계단을 올라가서 2층 거실로 갔다. 테스는 소파에 앉아 〈포브스〉지 최신호를 훑어보고 있었다.

　"여어 테스." 나는 그녀 곁에 앉아 빨간 머리를 옆으로 살짝 밀쳐내고 뺨에 키스했다.

"어서오세요 손님." 테스는 작은 체구에 어울리지 않은 매우 허스키한 목소리로 대답했다. 최근 들어 일 때문에 내 귀가 시간이 부쩍 늦어졌다는 사실을 살짝 비꼰 대답이지만 나는 모르는 척했다.

"일은 어땠어?" 나는 물었다.

"잘 되어가." 테스는 들르와트&투쉬사의 연금과 급부금 상담역으로 일하고 있었다. 나보다 돈을 더 많이 번다. "주 정부하고의 그 계약을 딸 수 있을 것 같아."

"잘 됐군. 좋은 소식이네."

테스가 읽고 있던 것은 미국의 광고회사들 사이의 합병에 관한 기사였다. 반대편 페이지에는 프랭클린 민트사에서 제작한 고급 체스 세트 광고가 실려 있었다. 20세기의 고전 시트콤에 출연한 스타들을 본떠 체스말을 만들었단다. 나는 그 광고를 훑어 보았다.

"테스." 나는 마침내 입을 열었다. "며칠 출장을 가야 해."

"또?" 그녀는 입을 삐죽 내밀었다. 도톰한 입술 끝이 아래로 내려가고, 녹색 눈이 카펫을 내려다본다. 나는 이 표정을 정말로 좋아했다. "이젠 중국 일이 끝났으니까 한동안은 출장 안 가도 될 거라고 생각했는데." 작년에는 캐나다-중국 합작 공룡 발굴 프로젝트에 전념해야 했던 탓에 네 달 동안이나 어쩔 수 없이 생이별을 해야 했던 적이 있다.

"미안해 램찹. 정말 중요한 출장이라서."

그러자 허스키한 목소리에 이번에는 비난하는 듯한 느낌이 조금 섞였다. "언제나 그렇게 말하면서. 어디로 가는데?"

"밴쿠버."

"거기까지 뭘 하러?"

"사실 별일은 아냐. 단지——단지 거기 있는 어떤 대학 도서관에서 연구할 게 있어서."

"필요한 자료를 팩스로 보내줄 수는 없대?" 그녀는 잡지 갈피를 넘겼다. 귀찮은 예의 삽입 광고—『포브스』 온라인판의 구독 신청서다—가 마분지 혀처럼 낼름 튀어나왔다. 평소 버릇대로 테스는 그것을 뜯어냈다. 그녀 곁에는 잡지에서 뜯어낸 그런 광고들이 차곡차곡 쌓여 있었다. 모두 재활용 쓰레기통으로 들어갈 운명이다.

"내가 필요한 정보를 아무도 찾아주지 못해서 말이야. 내키지는 않지만 내가 직접 가서 뒤져봐야 할 것 같아." 나는 잠시 말을 멈추고 뜸을 들이다가 말했다. "혹시 같이 가고 싶지는 않아?"

테스는 허스키한 웃음을 터뜨렸다. "2월의 밴쿠버로 가자고? 고맙지만 사양하겠어요. 겨울비는 여기서도 얼마든지 맞을 수 있거든요?" 그녀는 읽고 있던 잡지 페이지 모퉁이를 접어서 표시를 한 뒤에 곁에 내려놓았다. 주근깨가 있는 팔을 뻗어 내 목에 두른다. "온타리오에서 연구를 할 수는 없어? 아님 프리포트에서?" 그녀의 눈이 에머랄드빛 불꽃처럼 번득였다. "벌써 몇 년이나 제대로 된 휴가를 안 갔잖아."

"나도 그랬으면 좋겠어."

그녀는 그나마 남아있는 내 머리카락을 손가락으로 훑었다. "못 가게 해야 하는 거 아닌가 하는 생각도 들어. 브리티시 컬럼비아 주에는 예쁜 일본 여자들이 많잖아. 매일 아침 〈캐나다 A. M.〉 뉴스를 뚫어지게 보는 거 다 알아. 켈리 하마사키 그 여자한테 쏙 빠진 것 같더군."

그렇게 노골적이었단 말인가? 빛나는 미소의 소유자인 켈리는 40대 초반인 지금조차도 북아메리카의 TV에 출연한 그 어떤 앵커우먼을 능가하는 화려함을 자랑하는 뉴스의 여왕이다. "농담도 참."

"아니 심각해." 그러나 말투는 심각함과는 거리가 멀었다. "서해안의 미녀들 사이로 당신을 보내 놓고 나더러 어떻게 안심하라는 거야?"

가슴 속 깊은 곳에서 뭔가 뚝 풀려나왔다. "맙소사 테스, 여기 당신을 홀로 두고 가야 하는 사람은 나야. 그런 나더러 안심하라고? 내가 없는 사이에——누군가하고 침대로 뛰어들지 않을 거라는 보장이 어디 있느냐고?"

그녀는 내게서 몸을 뗐다. "당신 왜 이래?"

"아무것도 아냐." 나는 그녀를 바라보았다. 갸름한 얼굴, 우아한 광대뼈, 갈기 같은 오렌지색 머리카락을. 하느님, 그녀를 잃고 싶지는 않습니다. 그녀는 내 인생의 전부였다. 그러나 그 일기장에 쓰인 글이 사실이라면, 그녀에게 나는 **아무것도** 아니었다. 당장 사과하고, 때가 늦기 전에 입밖에 낸 말을 철회해야 한다는 사실을 알고 있었다. 내 말이 바꿀 수 없는 과거의 일부가 되고, 우리들 사이에 벽을 쌓기 전에 그래야 하지만, 도저히 말문이 열리지 않았다. 나는 마음의 상처를 입었지만——무엇 때문에? 그녀가 앞으로 할지도 모르는 행위 때문에? 상황이 지금과 달랐을 경우, 그녀가 했을지도 모르는 일 때문에? 잠시 후 나는 깜짝 놀란 듯한 그녀의 초록색 눈을 외면하고 소파에서 일어났다. "올라가서 짐을 싸야겠어." 나는 말했다.

밴쿠버에는 화요일에 도착했다. 황 박사는 수요일 늦은 오후가 되도록 내 전화를 무시했다. 대학 사무실에서 내 전화를 받은 그녀는 내 목소리를 듣자마자 또 끊으려고 했지만, 내가 느닷없이 중국어로 말하자 엄청난 충격을 받은 듯했다. 나는 캐나다-중국 합동 공룡 발굴 조사단에 있었을 때 간단한 회화 정도는 할 수 있을 정도가 되었던 것이다. 결국 그녀는 마지못해 만나 주겠다고 했지만, 저녁 시간이 아니라 낮시간에, 집이 아닌 그녀의 사무실에서라는 조건이 딸려 있었다. 그렇다면 호조 모텔에서 하룻밤을 더 묵어야 하지만, 협상을 할 수 있는 입장이 아니었기 때문에 동의했다.

TRIUMF는 브리티시 컬럼비아 대학 캠퍼스를 에워싼 아름다운 소나무숲 가장자리에 자리잡고 있었다. 그곳으로 차를 몰고 가자 두 개의 간판이 나를 맞이했다. 첫 번째 간판—길이가 3미터에 달하는 현지의 최고급 판재 일곱 개를 붙여 만든—은 이곳이 캐나다 국립 연구회의 지원금을 받고 네 개의 대학에 의해 관리되는 국립 중간자(中間子) 연구소임을 영어와 불어로 알리고 있었다. 왼쪽 간판은 정부가 세운 빨간색과 흰색 간판이었고, 내가 낸 세금을 이곳에 쏟아부었다는 사실을 알리고 있었다.

부지 전체에 가건물을 포함해서 십여 개의 건물이 널려 있었기 때문에 정문을 찾기까지는 조금 시간이 걸렸다. 안내 데스크에 있던 팸플릿 따위를 보아도 TRIUMF가 무엇의 약자인지는 나와있지 않았다. 그러나 예전에 했던 퀴즈 게임에서 이것이 '3대학 중간자 연구소(Tri-University Meson Facility)'를 줄인 말이라는 어렴풋한 얘기를 들은 기억이 있다. 그렇다면 이곳을 후원하는 네 개의 대학 중 마지막 하나는 뒤늦게 참가했지만, TRIUMF라는 머리글자어가 너무나 그럴싸하기 때문에 그대로 쓰기로 했다는 얘기가 된다. 나는 물리학에는 문외한이지만, 이곳에는 세계 최대의 사이클로트론*이 자리잡고 있는 듯하다. 사이클로트론이 정확히 뭘 하는 기계인지는 모르겠지만, 타임머신을 발명하려는 인물에게는 상당히 편리한 설비가 아닐까 하는 생각이 들었다.

안내 데스크에 앉아 있던 나이먹은 사내는 팸플릿 말고도 클립 부착식의 방사선 선량계(線量計)를 내게 건넸다. 옛날에 쓰던 자동차 퓨즈처럼 생긴 물건이다. 황 박사를 만나러 왔다는 얘기를 내게서 듣고 노인이 전화로 그녀를 호출하려고 하자, 근처에 있던 파란색 실험 가운을 입은 공부벌레처럼 보이는 사내가 말했다. "내가 직접 안내하겠습니다, 샘." 그는 미로 같은 복도를 지나 아무 표시도 없는 문 앞으로 나를 데려다 주었다. 나는 문 앞에 서서 잠시 머릿속의 생각을 정리한 다음 노크를 했다.

다행히도 물리학자들이 받는 대접은 고생물학자와 별 차이가 없는 듯했다. 칭-메이 황의 사무실은 조금 큰 벽장이라고 해도 될 정도였다. 그러나 방 주인이 워낙 몸집이 작은 덕에 별 문제는 없어 보였다. 황은 예순 살쯤 되어 보였고, 짧게 친 흑발에는 조금씩 흰 머리가 섞여 있었다. 복장에는 거의 신경을 쓰지 않는 듯했다. 화장도 안 했고 장신구도 달지 않았다. 불안한 시선으로 쉴새없이 여기저기를 바라본다. 몸 동작은 민첩하며 신경질적이었다.

* cyclotron. 원자 파괴 실험을 위한 이온 가속 장치

"황 박사님이십니까."

"새키리 씨."

"일단은 저도 '박사'입니다만, 브랜디라고 불러 주십쇼."

그녀는 나를 자기 사무실로 들이려는 기색을 전혀 보이지 않았다. 그러기는커녕 작은 몸으로 가급적 문간을 막으려고 노력하는 것처럼 보였다. "여기서는 얘기할 수 없어요." 그녀가 말했다. "함께 식당으로 가시죠."

"개인적인 말씀을 드려야 합니다만. 사무실에서 얘기하면 안 될까요?"

"안 되요." 그녀는 나를 올려다보았다. 한순간이나마 침착하지 못한 그녀의 시선이 내 눈을 똑바로 쳐다보았다. "부탁이에요."

나는 어깨를 으쓱했다. 빌어먹을. 설령 엿듣는 사람들이 있다고 해도 다시 나와 얼굴을 맞대는 일은 없을 것이다. 그렇다면 설령 나를 미치광이라고 생각한들 뭐 대수겠는가?

아직 오전 이른 시각인 탓에 식당은 한산한 편이었다. 식당 끄트머리에 있는 식탁으로 가면서 다른 사람들의 단편적인 대화 내용이 귀에 들어왔다. 몇몇 사람들이 모여서 힉스 입자가 어쩌고 저쩌고 하는 토론을 하고 있었다. 사내 둘이 선더버드에 관해 얘기하고 있었다. 선더버드란 이 대학의 미식축구팀인 것으로 알고 있다. 여자 세 명은 새로 온 남자 동료의 몸에 관해서 노골적인 품평회를 열고 있었다.

우리는 빈 식탁을 찾아서 앉았다. 나는 반대편에 앉은 불안하고 자그마한 상대를 바라보았다. "댈하우지에 대학에서 가르치신 적이 있습니까?" 나는 물었다.

"있어요." 표정을 보아하니 이런 질문을 받고 좀 놀란 듯하다. "하지만 거기서는……그러니까, 16년 전에 직장을 잃었죠." 그녀는 이렇게 얘기하며 처음으로 미소 지었다. 같은 학자 대 학자로서 공통된 푸념을 하는 표정으로. "예산 삭감 때문이었죠."

캐너디언 프레스지의 기사에 의하면 그녀는 거기서 경찰관의 정강이 뼈를 부러뜨렸다. 현재의 소심한 태도를 보면 도저히 그런 일을 할 수 있는 사람처럼 보이지는 않았지만 말이다. 도중에 무슨 일이 있었기에 그런 투쟁심을 잃어버린 것일까. "유감이군요." 나는 말했다.

그녀도 애석한 어조로 말했다. "저도 유감이랍니다, 새커리 박사님. 자, 무슨 도움을 드리면 될까요?"

흐음, 퍼스트 네임으로 서로를 부르고 싶지 않다는 사람에게 친해지자고 강요할 생각은 없었다. "박사님에게 보여드리고 싶은 글이 있습니다. 실은—실은 제 일기입니다. 문제는 제가 그걸 쓰지 않았다는 점입니다. 솔직히 말해서, 그게 어디서 왔는지도 모르겠습니다. 그냥 컴퓨터에 들어 있더군요." 나는 마른 침을 삼키고, 참고 있던 말을 한꺼번에 털어놓았다. "그 일기는 중생대 말기로 가는 여행에 관해 묘사하고 있었습니다. 〈황 시간적 위상전이 거주 모듈〉이라는 장치를 써서 말입니다." 나는 그녀가 한순간 눈을 크게 뜨는 것을 보았다. "그 장치를 만든 사람은 칭-메이 황이라고 명기되어 있습니다." 나는 서류가방에서 종이 뭉치를 꺼냈다. 한순간 프린트 용지를 그녀에게 넘기는 것을 주저했다. 개인적인 일들이 너무 많이 쓰여 있기 때문이다——테스에 관한 일, 클릭스에 관한 일, 나에 관한 일들이. 맙소사, 이건 **내 일기**란 말이다! 일생

동안의 일기를 쉽게 저장할 수 있는 용량을 가진 그 기억장치의 내용을 종이에 인쇄한 것은 이번이 처음이었다. 나는 종이 뭉치를 식탁보 위에 올려놓았다. 왕립 온타리오 박물관의 공식 서간체인 11 포인트 옵티마 폰트를 써서 레이저 프린터로 인쇄한 것이다. "이 문서에 관해서는 비밀을 지켜 주시면 고맙겠습니다."

그녀는 읽기 시작했다. "내 이웃인 프레드는 조지아 만에 별장을 하나 가지고 있다. 어느 주말에 프레드는 자기 집에 아내와 아이들과 얼룩무늬 고양이를 남겨두고 혼자서 별장에 간 적이 있었다. 그 멍청한 얼룩무늬는――"

"부탁이니 소리내서 읽지는 말아 주십시오."

"미안해요." 그녀는 몇 분 동안 말없이 읽다가 고개를 들어올렸다. 당혹한 표정이다. "제가 무신론자라는 건 어떻게 아셨죠?"

나는 일기 내용을 머리에 떠올렸다. 한순간이나마 하나님 어쩌고 한 것은 TV 방송국의 카메라들을 의식해서 한 소리일 것이다. 칭-메이는 무신론자였다. 그녀가 믿는 것은 실험상의 데이터와 실험 결과뿐이다.

"몰랐습니다. 거기 그렇게 쓰여 있는 걸 읽기 전까지는."

그녀는 미간을 찌푸리고 다시 읽기 시작했다. 나는 그녀가 어디까지 읽었는지 궁금했기 때문에 내 위치에서는 거꾸로 보이는 일기를 이따금 흘끗 넘겨보았다. 어디서 왔는지는 모르겠지만, 차라리 무슨 기술 문헌 같은 거라면 좋았을 텐데. 이런 식으로 나자신의 영혼을 까발려 버리는 대신.

나는 자리에서 일어나 식당을 가로질렀다. 자동 판매기에 5달러은화를 넣고 포장된 도넛 두 개를 샀다. 내가 자리에 돌아왔을 때도 칭-메이는 여전히 내 일기를 읽는 일에 몰두하고 있었다. 마침내 군인처럼 행진하는 티라노사우루스들에 관해 기술된 대목에 도달하자, 칭-메이는 고개를 들고 식당 안을 둘러보았다. 그녀가 일기를 읽는 동안 사람들은 한두 명씩 식당을 나갔기 때문에 지금은 우리 두 사람뿐이었다. "더 이상 여기 머물러 있을 수가 없어요." 그녀는 다시 불안한 목소리로 말했다.

"그럼 그 일기는 어떻게 하실 생각입니까?"

"오늘 밤에 전부 읽을게요."

"그럼 자택을 방문해도 되겠습니까?"

"아뇨. 내일 여기서 만나요." 그러고는, 내가 미처 상황을 파악하기도 전에 그녀는 뭔가를 보고 놀란 동물처럼 황급히 식당을 빠져나갔다.

카운트다운

8

오오, 그 재능은 우리에게 크나큰 힘을 안겨준다

타인이 우리를 보듯이 우리들 자신을 볼 수 있는 힘을!

—로버트 번즈(1759-1796) · 스코틀랜드 시인

헤트의 구체 우주선의 내부를 조명하고 있는 것은 벽을 빙 두른 생체 발광식 광점의 띠처럼 보이는 것들이었다. 일단 안으로 들어오자 생명체 같은 느낌은 많이 줄어들었다. 그러나 여전히 우주선처럼 보이지도 않았다. 어디를 보아도 각진 부분이 없다. 바닥은 완만한 경사를 이루며 올라가다가 벽이 되고, 벽은 매끄럽게 위로 올라가다가 천장과 융합하는 식이다. 복도 따위도 없었다. 그 대신 방들은 벌집처럼 한 군데 모여 있었고, 옆에 있는 방들뿐만 아니라 위아래의 방들과도 짧은 통로로 연결되어 있었다.

대부분의 통로는 그냥 열린 채로 있었다——아마 개인의 개념이 없는 존재에게 프라이버시 따위는 불필요한지도 모르겠다. 몇몇 방으로 이어지는 통로가 밸브를 닮은 덮개로 가로막혀 있는 것을 보니 창고로 쓰이는 듯했다.

수십 마리의 완보 동물을 보았다. 걸어다니는 놈도 있고, 천장에서 자라난 것처럼 보이는 딱딱한 고리에 매달린 놈들도 있었다. 트로오돈도 두 마리 있었고, 수없이 많은 젤리 모양의 헤트들도 여기저기서 자유롭게 맥동하고 있었다. 우주선 안에 들어오자 중생대에 도착한 이래 처음으로 시원하다고 느낌을 받았다. 공기에서는 젖은 신문지 같은 냄새가 희미하게 풍겼다.

"끝내주는구먼." 클릭스가 주위를 가리키며 말했다. "언제 이륙해?"

완보 생물은 표정을 변화시켰다. 조명이 희미한 탓에 구리빛 코일 같은 모피가 거의 까맣게 보인다. "조금 전에 이륙했어." 갸냘픈 목소리였다.

"믿을 수 없군." 클릭스가 말했다. "아무 느낌도 받지 못했어."

"왜 비행중에 뭔가를 느끼고 싶어하는 거지?"

클릭스는 섬뜩한 느낌을 주는 2중 동공이 달린 소시지 모양의 눈들을 바라보았다. "아주 좋은 질문이로군." 그는 씩 웃으며 말했다. "창문은 어디 있어?"

"창문?"

"현창(舷窓). 유리를 박은 부분. 밖을 내다볼 수 있는 곳."

"그런 것은 없어."

"그럼 아무 느낌도 못 받고, 아무 것도 못 본단 말이야?" 클릭스는 구슬픈 어조로 말했다. "〈우주여행〉*은 사기라고 생각했었는데 오십보백보잖아."

"원한다면 보게 해 줄 수도 있어." 완보 동물이 말했다.

"어떻게?"

"이 구체 표면에는 눈들이 달려 있어. 그중 하나하고 융합하기만 하면 돼."

"융합?"

"배의 정신과 합치는 거야. 배가 보는 걸 함께 볼 수 있어."

"잠깐 기다려." 나는 말했다. "그렇다면 머리에 또 젤리를 집어넣어야 한다는 거야?"

"응." 완보 동물이 말했다. "하지만 많이 넣을 필요는 없어."

나는 몸을 부르르 떨었다.

"이제는 거의 불쾌감을 느끼지 않고 그럴 수 있어." 헤트가 말을 이었다. "너희들의 뇌가 어떻게 작동하는지에 대해 대충 지도를 그렸거든. 시각적 정보를 처리하는 장소는 여기 위치해 있어." 완보 동물은 등을 뒤로 젖히며 조작지 하나를 나를 향해 뻗쳤다. 분홍색 촉수 하나가 내 목덜미 아랫부분을 톡 쳤다. 나는 놀라 펄쩍 뛰었다.

"어, 고맙지만 사양하겠어." 나는 말했다.

"어이 어이, 브랜디." 클릭스가 말했다. "그런다고 죽는다거나 하는 건 아니잖아." 그는 완보 동물을 돌아보았다. "어떻게 해야

---

* Tour of the Universe. 캐나다 토론토의 CN타워 지하층에서 경험할 수 있는 스페이스서틀 비행 시뮬레이션을 가리킨다

해?"

"그냥 여기 앉으면 돼. 벽에 등을 기대고 앉는 거야. 그래, 바로 그렇게." 클릭스 뒤통수와 맞닿은 벽에서 나는 파란 젤리가 스며 나오는 것을 목격했다. 이 우주선의 선체 내부를 돌아다니는 헤트들이 있는 것이다. 젤리는 클릭스의 아프로 머리 바로 아래 부분의 목덜미 피부와 접촉했다. 시각령(視覺領)이 있는 부분보다는 낮은데—아, 그렇군. 젤리는 대후두공(大後頭孔)을 지나 두개골 안으로 진입할 작정인 것이다. 교묘하다.

"괜찮아?" 나는 클릭스에게 물었다.

"괜찮아. 조금 기분이 이상하지만, 아프거나 하지는 않아. 이건 마치—하느님 맙소사! 너무나도 아름다워! 브랜디, 자네도 이걸 **꼭** 봐야 해!"

"뭐를?"

"우린 몇십 킬로미터 상공까지 올라왔어! 숨막힐 듯한 광경이야."

나는 본의 아니게 클릭스 곁에 앉아 벽에 등을 기댔다. 뭔가 뜨뜻하고 축축한 것이 목덜미에 닿는 느낌이 왔다. 그러나 클릭스 말이 옳았다. 고통은 없었다. 다음 순간 나는 경추골을 따라 묘한 압박감을 느꼈다. 뇌 자체에는 내부 감각기관이 없기 때문에 일단 젤리 촉수가 안으로 들어간 뒤에는 아무것도 느낄 수 없었다. 모든 것이 껌껌해지면서 나는 한순간 공황 상태에 빠졌다. 헤트가 우연히 내 시각령을 파괴해서 장님이 된 것이 아닌가 하는 생각이 들었기 때문이다. 그러나 공황이 더 이상 눈덩이처럼 불어나기 전에 무엇인가가 나의 뇌 안으로 들어왔다. 다른 사람의 사고, 감정, 소망 따위가 말이다. 처음에는 희미하고 어스름한, 누군가의 과거에서 온 환영에 불과했지만, 이윽고 천천히 실체를 갖추기 시작했다. 흑인 사내의 얼굴. 분노로 일그러졌지만 어딘가 묘하게 낯이 익다. 클릭스의 얼굴을 닮았지만, 조금 달랐다. 얼굴 폭이 더 좁고, 미간도 좁으며, 이마에 흉터가 하나 있고, 듬성듬성한 턱수염을 기르고 있다. 그러자 생각이 났다. 클릭스의 아버지인 조지 조던이다. 내가 아는 그 어떤 모습보다도 30년은 더 젊어 보인다. 입에서 술냄새를 풍기며 내 앞에 우뚝 서 있고, 한 손에는 혁대를 쥐고 있다. 오 하나님, 안 돼! **그만! 그만! 아빠 잘못했어요**……

다시 어둠이 찾아오며 접속이 끊겼다. 우리를 연결했던 헤트가 실수했다는 사실을 깨달았는지도 모른다. 클릭스는 내 마음 속을 방금 내가 그랬던 것처럼 깊게 들여다보았을까? 이제는 무엇을 알게 되었단 말인가?

갑자기 나는 공간을 낙하하고 있었다. 머리 위에는 대지가 있고, 내 몸은 별들을 향해 거꾸로 추락하고 있다. 점점 더 빨라지더니, 아래로, 아래로, 아래로……

이미지가 반전했다. 아마 헤트는 인간의 눈 속에서는 영상이 거꾸로 초점을 맺기 때문에 뇌에서 그것을 역전시킨다는 사실을 깨달은 것이리라. 이제 나는 상승하고 있었다. 대지는 내 발 아래로 멀어져 갔고, 엷은 구름이 주위를 빠르게 흘러가고, 하늘이 점점 더 가까워진다. 더 어둡고, 맑고, 차갑게.

우주공간. 하느님 맙소사. 헤트들은 우리를 주회궤도(周回軌道)로 곧장 데려가고 있다. 머리 위에서 별들이 회전하고, 은하수가 보석으로 뒤덮인 풍차의 날개처럼 시야를 가로지른다. 장대한 광경. 암흑을 꿰뚫은 광점들이 적색, 황색, 백색, 청색으로 휘황 찬란하게 반짝이고 있는 모습은 마치 천공을 뒤덮은 크리스마스트리처럼 보인다.

지구 가장자리에서 올라온 달은 웅대하게 부풀어 있고, 눈이 부셔서 거의 직시할 수 없을 정도로 밝다. 언젠가는 뒷면이 될 표면의 많은 부분을 여전히 이쪽으로 보이고 있다. 전방을 향해 질주하자 지구의 조그만 달인 트릭이 빠르게 시야에 들어왔다. 대기권 밖으로 나온 지금은 그 표면의 크레이터들을 뚜렷하게 볼 수 있다.

곧 장대한 파노라마가 왼쪽에서 오른쪽으로 사라지며 완전한 어둠이 별들을 삼켰다. 우리는 빙글 돌아서 지구의 밤쪽을 내려다보았다. 그러나 완전히 어둡지는 않았고, 여기저기에서 번득이는 불빛을 볼 수 있었다. 벼락이 떨어져서 산불이 난 것이리라.

우리는 새벽을 향해 돌진했다. 밝은 광채가 윤곽이 뚜렷한 지구의 만곡한 표면을 물들였다. 몇 분도 채 되지 않아 태양은 다시 얼굴을 내밀고 뜨거운 불로 둥근 지구를 밝혔다.

개략적으로 말해서 지구는 현대의 우주 사진과 크게 달라 보이지 않았다. 뒤틀린 하얀 솜으로 여기저기를 감싼 파란 구체이다. 이제 지구의 크기에 익숙해진 눈으로, 군데군데 구름에 덮인 대륙들을 찾아본다. 몇십 억년 뒤와는 모양이 달랐지만, 대륙이동설에 관한 지식이 있기 때문에 어디가 어딘지를 쉽게 알 수 있었다. 남극대륙은 희고 조그만 반점이고, 21세기에 비하면 훨씬 작다. 거기서 최근에 떨어져나온 듯한 오스트레일리아는 묘한 각도로 기울어져 있다. 인도 대륙은 인도양에 둥둥 뜬 채로 피할 수 없는 아시아와의 충돌을 향해 가고 있으며, 실제로 충돌한 뒤에는 히말라야

산맥이 위로 밀려올라가게 된다. 남 아메리카 대륙은 아프리카로부터 갓 떨어져나온 듯하고, 조각그림 맞추기처럼 딱 들어맞는 쌍방의 해안은 언젠가는 사하라 사막이 될 곳에서 기니아 만을 향해 뻗어나가는 바닷길에 의해 조금 침식당하고 있다. 또 하나의 거대한 바닷길이 유럽을 아시아로부터 분리하고 있으며, 그 바다 위에는 남북으로 뻗은 긴 군도(群島)가 하나 있었다. 남 아메리카와 북 아메리카 대륙 사이에는 미래에 생길 파나마 운하보다 몇천 배는 더 넓은 광활한 바다가 펼쳐져 있다. 그래도 멕시코만은 뚜렷하게 보였고 ──

맙소사.

하느님 맙소사.

"클릭스!" 나는 외쳤다.

"왜 그래?" 목소리가 대답했다.

"멕시코만을 봐!"

"뭐?"

"보라고!"

"저게 뭐 ──"

"전부 마른 땅 위에 있어. 우리 시대에서처럼 반쯤 바다에 잠겨 있는 게 아니라. 그건 그렇다 치고 저걸 잘 봐 ── **이미 생겨 있어.**"

"도대체 무슨 말을 하는 ── 오. 오, 하느님 맙소사……" 클릭스는 경악에 찬 목소리로 말했다.

"헤트!" 나는 큰 소리로 말했다. 뭐라든 부를 수 있는 이름이 있으면 좋을 텐데. "헤트! 누구든 하여튼 헤트!"

"뭐야?" 완보 동물이 갸냘픈 목소리로 말했다.

"저 크레이터가 저기 생긴지 얼마나 되지?"

"어떤 크레이터?"

"우리가 이륙했던 육괴(陸塊) 남쪽 끄트머리의 커다란 만 가장자리에 위치한 크레이터 말야. 저기 보이지? 직경이 150킬로미터쯤 되어 보이는군……" 이렇게 높은 고도에서 거리를 추측하는 일에는 자신이 없었지만, 적어도 **얼마나** 큰지는 알고 있었다.

"아, 저 크레이터 말이군." 한 단어씩 뚜렷하게 잘라 발음하는 대답이 돌아왔다. "우리 기준으로는 90년 전에 생겨났어──너희들 계산법으로는 200여 년 쯤 되지."

"확실해?" 클릭스가 말했다.

"우리는 저 크레이터를 만들어낸 소행성의 움직임을 줄곧 추적했어. 화성 근처를 통과할 수 있다고 생각한 적도 짧게나마 있지. 너희도 아마 알겠지만 우리 화성의 두 달은 원래는 소행성이었다가 화성의 인력에 사로잡힌 것들이야. 하지만 저기 떨어진 소행성은 화성에 접근하는 대신에 너희 행성과 충돌했어. 겉보기에도 정말 엄청난 폭발이 일어났었지."

"하지만…… 하지만……" 클릭스는 그 사실을 이해하려고 악전고투했다. "하지만 우리는 저 크레이터를 만들어낸 충돌의 영향으로 공룡들이 멸종됐다고 생각했는데."

"그건 틀린 추측이야." 화성인이 단정했다. "보시다시피 공룡들은 아직 멀쩡하게 살고 있잖아."

이렇게 태곳적에 일어난 사건의 발생 시기를 지질학적 증거를 바탕으로 추정할 경우의 최소 오차 범위는 1만 년쯤 된다. 그래도 엄청나게 운이 좋을 때나 가능한 얘기이고, 대부분 10만 년 단위의 추측으로 만족해야 한다. 따라서 몇백 년 혹은 몇천 년이나 시차를 두고 일어난 두 개의 사건도 먼 미래에서 보았을 때는 동시에 일어난 것처럼 보이기가 쉽다는 얘기가 된다.

"하지만 그 충돌은 지구의 생물권에 정말로 큰 영향을 끼쳤을 게 틀림없어." 클릭스는 필사적인 어조로 말했다. 나는 입이 귀에 걸려 있었다.

"그렇지도 않았어." 헤트가 말했다. "저 크레이터 자리에 살고 있던 식물과 동물은 물론 모두 파괴되었지만, 그것이 행성 전체에 끼친 영향은 미미했어." 헤트는 잠시 침묵했다가 말을 이었다. "너희나 우리나 모두 같은 너저분한 태양계의 주민이야. 설마 운석 충돌이 왕왕 일어난다는 사실을 모른다는 건 아니겠지. 그래도 생명은 멸망하지 않고 계속되는 법이야."

지금 클릭스의 얼굴에 떠오른 표정을 볼 수 있다면 얼마나 좋을까. 그러나 내 눈에 들어오는 것이라고는 하계에 펼쳐지는 행성의 장엄한 모습뿐이었다. 우리는 또다시 지구의 밤쪽을 향해 돌진했다. 명암 경계선이 빠르게 다가온다. 시야가 다시 별들을 향했다. 너무 수가 많은 탓에 어떤 패턴 내지 별자리라고 부를 수 있는 것을 찾는 것은 불가능했다. 나는 이 장관을 만끽했다. 클릭스는 화성 탐험대의 후보 자리를 꿰찼지만, 내가 직접 우주에서 별들을 바라볼 수 있으리라고는 꿈에도 생각 못했다. 너무나도 장엄하며 숨막히는 광경이었고, 일찍이 이토록 아름다운 것을 목격한 적이──

"저건 뭐야?" 외부에서 들려온 클릭스의 목소리가 또 끼어들었다.

천공을 훑어보며 클릭스가 본 것이 무엇인지를 찾아보려고 했다. 저기, 먼 남쪽 하늘에 눈부시게 파란 광점들이 밀집해 있다. 계속 이동하면서 나는 그것을 바라보았다. 지구의 주회 궤도를 비행 중인 지금도 광점들은 배경을 이루는 별들 속에서 전혀 움직이지 않았다. 따라서 가깝지 않다는 얘기가 된다.

"저건 뭐야?" 클릭스가 되풀이해 물었다.

"뭐가 뭐야?" 완보 동물은 가느다란 목소리로 한 단어씩 뚜렷하게 떼어서 발음했다.

"저기 빛들이 모여 있잖아." 클릭스가 말했다. "뭐야?"

"우리는 저것에 관해 얘기하지 않아."

"뭔지 알 거 아냐."

"몰라."

"태양계에 있는 게 아냐?"

"아냐. 저건 삼의 오제곱 광년 떨어져 있어. 설명하자면 이것은 화성 광년이고 너희들 계산법으로는 243이야. 지구의 광년으로는 그 두 배 정도가 돼."

"그러니까 뭐란 말이지?"

"비컨이야. 그렇지?" 나도 모르게 이렇게 말하고는 퍼뜩 놀랐다. "은하계 전체를 향해 여기 지적 생물이 산다는 사실을 시각 신호로 보여주고 있는 거야." 기하학적으로 정밀하게 배치된 밀집 성단은 매우 아름다웠다. "저걸 보라고. 광점들은 모두 측지선상에 배치되어 있어. 어느 각도에서 보아도 구(球)로 보이도록 말야. 틀림없이 인공물이야."

몇 년 전에 비슷한 아이디어에 관해 읽은 적이 있었지만 규모는 저것보다 훨씬 더 작았다. 어떤 천문학자가 아프리카의 지표면에 거대한 기하학 모양이 나타나도록 농작물을 심어서 누구든 지구를 망원경으로 들여다보고 있는 존재에게 지적 생물의 존재를 알리자고 제안했던 것이다. 그러나 저것은 엄청나게 규모가 크다! 항성들을 기하학적으로 배열할 수 있는 문명이라니 도저히 상상이 안 된다. 저 빛으로 이루어진 장식무늬는 남반구라면 지구 어디서나 볼 수 있고, 화성에서도 마찬가지일 것이다.

"저런 게 밤하늘에 떠 있는 걸 보면서 문명을 발전시켰다니 정말 멋진 경험이었겠군." 나는 완보 동물에게 말했다. "너희들이 고립되지 않았고, 더 진보한 다른 외계 문명이 존재한다는 명명백백한 증거가 되어 줬을 테니까 말야." 나는 고개를 절레절레 흔들었다. 그러자 벽과 내 머리를 연결하고 있는 젤리가 철벅거렸다. "거기에 비하면 인류는 심각한 자기 성찰을 하느라고 엄청난 에너지를 쏟아부어야 했어. 우리가 이 우주에 사는 유일한 생명인지, 그게 아니라면 우주에는 다른 생명체들이 존재하는지, 인류가 위험할 정도로 발달한 테크놀러지의 청년기를 살아남을 수는 있을지 고민하면서 말야. 저건 자네들에게는 커다란 위안이 되었겠군."

"저건 우리를 화나게 만들어."

"하지만——"

또다시 모든 것이 깜깜해졌다. 헤트는 내 목에서 스며나왔다. 우리는 말없이 지상으로 돌아가기 시작했다. 나는 밀집 성단과 헤트에 관해서 생각했고, 독자적으로 지능을 발달시키는 과정에 있는지도 모르는 트로오돈들 생각을 했다. 아무래도 인류는 지적 생물의 최고 전성기에서 6천만 년 쯤 늦게 등장한 성싶다. 백악기에서 제3기 사이에 일어난 대멸종이 위대한 파충류들을 일소해 버린 덕에 2선에 있던 포유류들은 지성을 가지는 수준까지 진화할 기회를 얻었지만, 실제로 그랬을 무렵 은하수는 예전에 비해 한산한 장소가 되어 버렸던 것이다. 밀집 성단의 창조자들이 먼 우주 어딘가에 있다는 놀라운 사실에 헤트들이 흥분하지 않는 이유는 도대체 뭘까?

아무래도 내가 한 말이 헤트들의 신경을 건드린 듯했다. 그들은 더이상 단 한 마디도 하지 않고 야영지에 우리를 내려놓았다. 상당히 시간이 흐른 탓에 주위는 껌껌했고, 모닥불도 거의 꺼지고 깜부기불만 남아 있었다. 우리는 우뚝 서서 헤트의 맥동하는 구형 우주선이 조용히 서쪽으로 날아가는 것을 지켜보았다. 그런 다음에는 어둠 속에서 크레이터 벽을 기어 올라가서 〈스턴버거〉로 돌아갔다.

밤하늘은 완전히 구름으로 뒤덮여 있었다. 차라리 이쪽이 나을지도 모르겠다. 지구 대기라는 방해물이 없는 곳에서 천공을 바라본 뒤에는, 지상에서 보는 하늘은—어젯밤에는 넋을 놓고 바라볼 정도로 장대하다고 느꼈지만—시시하게 느껴졌을 테니까 말이다. 유일하게 아쉬운 일이 있다면 우리가 있는 반구에서는 그 밀집 성단을 아예 볼 수 없다는 점이었다. 사진을 찍을 수 있었으면 좋았을 텐데.

"브랜디." 클릭스가 셔츠의 단추를 풀며 말했다. "황 효과가 어떤 식으로 작용하는지에 관해서 자넨 뭘 알아?"

나는 잠옷을 주워들었다. "자네도 그런 생각을 하고 있었어? 빌어먹을. 나도 마치 멍청한 광고음악처럼 머리에서 털어낼 수가 없어. 급기야는 그나마 조금이라도 이해할 수 있었던 부분을 계속 되뇌이는 꼴이랄까."

"이해한다니, 어떤 부분?"

"사실 거의 없다고 봐도 돼. 난 물리학자가 아니니까. 터널 다이오드 효과나, 어, 타키온 따위가 어쩌고 하는 얘기 정도야."

"흐으음. 그래도 나보다는 많이 아는군. 그렇다면 자네가 생각하기엔──?"

"허, 당연하잖아! 난 화성인들이 단지 우호적인 이웃답게 행동한 게 아니라는 걸 알고 있어. 클릭스, 그 녀석들은 우리를 태우고 이륙해서 우주의 전망 따위로 우리 주의를 돌린 다음에, 우리 마음속을 뒤져서 시간여행의 비밀을 알아내려고 했던 거야."

"찾지 못했을 때는 정말 실망이 컸겠구먼."

"칭-메이 말고 그걸 완전히 이해하는 사람이 있는 것 같지는 않아."

"흐음." 클릭스가 말했다. "그랬다고 해서 헤트를 비난만 할 수는 없어. 어차피 미래로 데려갈 거니까 나중에 칭-메이와 직접 얼굴을 맞대고 물어보면 그만이겠지만."

나는 방 반대편에서 팔짱을 끼고 서 있는 클릭스를 빤히 바라보았다. "미래로 데려간다고?" 나는 아연실색한 표정으로 말했다. "클릭스, 그놈들은 우리한테서 시간여행의 비밀을 훔쳐내려고 했어. 그런데도 미래로 데려가겠단 말야?"

"흠, 자네는 어떻게 일이 어떻게 굴러가든 통 결단을 내리지 못하잖아. 그래, 나는 여전히 녀석들을 미래로 데리고 가고 싶어. 빌어먹을, **반드시** 그래야 해. 그게 유일하게 논리적인 해결책이야."

"하지만 헤트는 방금 우리한테서 시간여행을 훔치려고 했잖아? 그런 놈들을 어떻게 믿으라는 거야?"

"녀석들은 자발적으로 우리 몸에서 나왔어. 사실, 이미 두 번이나 그랬지. 정말로 사악하다면 오늘 밤에는 우리 몸 안에 그대로 남았을 거야. 그런 다음 자기들을 미래로 데려가도록 우리에게 강요하면 그만이니까."

"그럴지도 모르고, 안 그럴지도 몰라. 황 효과가 반전되는 건——" 나는 손목시계를 흘긋 보았다. "——앞으로 63시간 뒤의 일이잖아. 설령 그럴 작정이었다고 해도 우리 몸 안에 오랫동안 머물 수 없는 건지도 모르고."

"그게 사실이라는 증거가 없다는 걸 자네도 알잖나."

"그게 사실이 **아니라는** 증거가 없어."

클릭스는 한심하다는 듯이 헛기침을 했다.

"이런 결정을 내릴 필요가 없으면 좋았을 텐데." 나는 조용한 어조로 말했다.

"하지만 내려야 해."

나는 창밖으로 시선을 돌렸다. "응." 나는 잠시 뒤에 말했. "아무래도 그래야 할 것 같군."

카운트다운

오 템포라! 오 모레스!

오호, 이런 시대가! 오호, 이런 도덕이!

—마르쿠스 툴리우스 키케로(106-43 B.C.) · 로마 웅변가

　나는 클릭스의 독단적인 태도를 견딜 수가 없었다. 그에게는 어떤 일이든 단순 명쾌하다. 그 어떤 정치적 논쟁이나 윤리적 의문에 대해서도 그는 그럴듯하게 딱 들어맞는 해답을 내 놓는다. 뇌의 쾌락중추를 직접 자극하는 기계장치를 합법화해야 하는가? 유전자 조작으로 말하는 능력을 가지게 된 유인원들에게는 어떤 권리가 있을까? 여성 사제는 대리모가 될 자격이 있는가? 궁금하다면 클릭스에게 물어보라. 명쾌하게 대답해 줄 것이다.

　물론 환각 장치에 대한 클릭스의 의견은 〈캘거리 해럴드〉지의

논설위원의 그것과 닮았다. 유전자조작 침팬지에 대한 그의 입장은 토크쇼 사회자인 필 도너휴와 놀랄 정도로 비슷하다. 그리고 금욕주의를 지키는 대리모에 대한 그의 견해는 『플레이보이』지에 실린 그 멍청한 기사를 고스란히 표절한 것이다.

심오한 사색가? 클릭스는 그런 것과는 인연이 없다. 그러나 입만은 마이크로소프트사의 마우스만큼이나 매끄럽게 작동했다. "마일즈는 정말이지 생각이 뚜렷해." 테스는 우리들이 마지막으로 함께 그믐날을 보냈을 때 이렇게 말했다. 클릭스와 내가 이번 임무의 참가자로 뽑힌 바로 그 주의 일이다. "듣고 있으면 정말 홀릴 것 같아."

사실 그렇게 되었다.

몇십 년이나 알고 지내던 사이다. 클릭스라는 별명을 붙인 사람도 나였다. 그런데 하고 많은 사람들 중에서 왜 하필 그가 내게서 테스를 빼앗아가야 한단 말인가? 우리는 친구가 아니었던가. 우정이란 말에는 뭔가 의미가 있어야 하는 게 아닌가.

클릭스와 테스의 관계를 알게 된 것은 집에서 나온 지 한 달도 채 되지 안 되었을 때의 일이었다. 친구를 가장 필요로 하던 시기에, 가장 친한 친구가—실질적으로 유일한 친구가—내 전처와 자고 있었던 것이다. 다른 남자의 아내를 훔치는 사내는 윤리와는 거리가 멀고, 원칙 따위에도 개의치 않으며, 어떤 행위가 끼치는 영향도 제대로 가늠해 보지 않고, 나중에 그것이 가져올 중대한 결과에 관해서도 깊이 생각하지 않는다. 무슨 일이든 아예 신경을 쓰지 않는 것이다.

그런 사내가 이곳에 와서는 사형 집행을 연기하려고, 감히 하나의 종족에 대해서—그래, 필요하다면 몇 번이라도 말할 용의가 있다—신 노릇을 하려고 하는 것이다.

클릭스와 내가 언제나 함께 행동해야 할지의 여부에 관해서는 이번 탐사를 계획하는 과정에서 오랫동안 격론을 벌였다. 그러나 우리에게 주어진 짧은 시간에 비해 워낙 할 일이 많았기 때문에, 결국 각자 할 일을 맡아서 따로 수행하기로 했다. 두 사람 모두 무장하고 무전기를 휴대하고 있기 때문에, 각자 따로 행동할 경우의 위험도 어느 정도까지는 용인할 수 있다는 논리였다. 클릭스는 아침을 먹은 뒤에 지프를 몰고 코어 시료를 채취하기에 적당한 장소를 찾아나섰다. 백악기가 끝나기 2세기 전에 문제의 소행성이 지구에 충돌했다는 사실을 확인했으므로, 지표면의 암반 샘플을 통해 그런 충돌과 관련이 있는 것으로 간주되는 이리듐이나 충격 석영 결정, 마이크로 다이아몬드 따위가 이미 존재하는지를 알아보기 위해서였다.

클릭스는 동쪽을 향해 출발했다. 나는 서쪽으로 갔다. 표면적으로는 그쪽에 있는 구릉지를 조사해 보기 위해서였지만, 본심을 말하자면 클릭스와 최대한 거리를 두고 싶었기 때문이다.

태양은 하늘의 정점에 올라 있었다. 이 작열하는 구체는 21세기의 태양에 비하면 약간 더 희끄무레하게 보인다. 벌레들이 구름처럼 새까맣게 몰려와서 내 주위에서 윙윙거렸다. 챙에 달린 방충망을 아래로 늘어뜨린 방서(防暑) 헬멧을 쓰고 있었기 때문에 얼굴을 뜯기거나 하는 일은 없었지만, 쉬지도 않고 계속 윙윙거리는 통에 머리가 아파왔다.

공기는 견디기 힘들 정도로 뜨거웠다. 초목은 무성하고, 메타세

콰이어의 입목 사이에는 덩쿨이 주렁주렁 매달려 있었다. 〈스턴버거〉에서 적어도 5킬로미터는 떨어진 곳까지 왔지만, 워낙 중력이 낮은 덕택에 그만큼 걸었다는 실감은 나지 않았다. 어깨 너머로 뒤를 돌아보았지만 나무에 가려서 볼 수가 없다. 상관없다. 라디오쉑*에서 사온 자동 유도식 위치 추적장치가 있기 때문에 돌아가는 길은 쉽게 찾을 수 있다.

헤트를 미래로 데려가야 한다는 클릭스의 주장 탓에 아직도 머리가 핑핑 도는 느낌이었다. 나는 중대한 결론을 내리는 일을 정말로 싫어한다. 결론은 계속 연기하다가 보면 그쪽에서 알아서 사라져 주기 마련이다.

아버지가 언젠가는 사라질 운명인 것처럼.

슈로더 박사의 목소리가 머릿속에서 울려퍼졌다. 바이에른 악센트로 말하는 탓에 실제보다 더 거칠고 차갑게 들린다. **행동하지 못한다는 건 그 자체로서도 하나의 결단이야.** 그러자 같은 말이 이번에는 경쾌한 자메이카 악센트로 들려왔다. **행동하지 못한다는 건 그 자체로서도 하나의 결단이야.**

슈로더는 엿이나 먹으라고 해라. 클릭스도 엿이나 먹어라. 성급한 결단을 싫어하는 것은 결코 나쁜 일이 아니지 않는가.

물론 내가 차를 살 때는 언제나 딜러가 주차장에 전시해 놓은 작년 모델을 사곤 하는 것은 사실이다. 그러면 색깔이나 옵션 따위를 정하기 위해 고민할 필요가 없기 때문이다. 그리고 내가 십 년 넘게 투표를 안 한 것도 사실이다. 어떤 정당을 골라야 할지 도무지

* 미국의 전자기기 소매 체인

마음을 정할 수 없기 때문이다 —— 하지만 빌어먹을, 그런 것들을 제대로 구분할 수 있는 사람이 몇이나 된단 말인가? 어느 얼어죽을 정당이든 간에 딱히 그르다거나 잘못된 곳은 없지 않는가. 확신이 설 때까지는 결론을 내리면 안 된다.

게다가 이번 일은 클릭스가 주장하는 것만큼 단순하지 않다. 우리 시대의 화성에는 거의 대기가 없다. 오, 물론 과거의 화성 표면에는 물이 힘차게 흐르며 거대한 협곡을 형성했다는 사실은 반 세기 전부터 알려져 있었다. 당시에는 행성 대기도 더 짙었고, 산소도 훨씬 더 많이 포함하고 있었을 것이다. 아마 중생대의 화성은 상당히 쾌적한 곳일지도 모른다. 사실 그럴 가능성은 높다. 나는 이곳에 온 첫날 밤에 황도를 따라 밤하늘을 훑어보다가 목격했던 에머랄드빛 별을 머리에 떠올렸다. 혹시 그것은 화성, 더 젊고 생물로 가득 찬 활력을 가진 화성이었을까? 엽록소의 초록색과 바다의 청색을 띤 살아있는 행성? 이 지구 못지않게 장려한 자매 행성?

그럴지도 모르겠다.

그러나 나는 예언자이므로 절대적인 확신을 가지고 미래를 예언할 수 있다. 화성은 생명이 없는 불모의 땅이 될 운명이다. 차갑고 황량한 대지 위를 외계의 유령들이 배회하고, 까마득한 과거에 멸망한 것들의 기억만을 간직한. 물론 저곳에 가 본 사람은 아직 아무도 없다. 미국과 러시아의 합동 탐사 계획은 양측이 할당된 자금을 조달하지 못한 탓에 중단되어 버렸다. 따라서 인류가 달 너머의 천체에 착륙하는 일은 없을 것이다 —— 적어도 내가 살아있는 동안에는 말이다. 게다가 인간이 달에 마지막으로 발을 디딘 1972년 이래 태어난 사람은 전체 지구 인류의 반을 넘는다. 그러나 달이 화성에 비하면 훨씬 더 매력적으로 느껴지는 이유는 뭘까.

화성의 이 두 모습—하나는 붉고, 하나는 푸른—은 같은 장소의 것이라고는 믿기 힘들 정도이지만, 6천여만 년이라는 세월이 흐르는 동안 한쪽 풍경은 다른 풍경으로 이행하고, 행성은 완전히 황폐해질 것이다. 화성은 공룡을 완전히 쓸어버린 재앙보다도 더 엄청난 대재앙의 희생양이 되는 것이다. 아니, 혹시 이 두 재앙은 같은 것이었는지도 모른다. 태양 표면에서 엄청난 양의 방사선이 분출되었을 때 그 면이 우연히 화성을 향하고 있었을 수도 있다. 그때 지구가 문제의 태양 표면 반대쪽에 있었다면, 여섯 달 뒤에는 분산된 하전(荷電) 입자의 구름 속을 통과하게 되므로 비교적 적은 영향을 받았을 수도 있다.

한편, 헤트의 멸망이 아무리 극적이었다고 해도, 실질적으로는 별로 중요하지 않다. 내가 살던 시대의 화성은 거주가 불가능하며, 그나마 남아 있는 활성산소는 모두 바위나 얼음 속에 갇혀 있다는 사실은 변하지 않으므로. 헤트의 생태는 여전히 전혀 판명되지 않은 것이나 마찬가지이지만, 그들에게 현재의 지구가 쾌적하다고 한다면 미래의 화성에서는 인간과 마찬가지로 도저히 살지 못할 것이다.

그렇다면 그들은 지구에 머무르는 수밖에 없다. 그들이 〈굿모닝 아메리카〉라든지 〈캐나다 A.M.〉에서 취재를 받거나, 두통약 광고에 등장하는 광경이 머리에 떠올랐다. **혹시 머릿속에서 우리 동족 하나가 기어다니고 있는 듯한 기분을 느끼십니까? 엑세드린 플러스를 먹고 기분 전환을!**

아니, 잠깐 기다려. 그럴 수는 없다. 중력이 두 배가 되어버리지 않는가. 우리가 와 있는 시대에서 내가 태어난 시대 사이에서 중력은 내가 정상으로 느끼는 수준까지 늘어난다. 그런 중력하에서 그들의 젤리 같은 몸은 납작하게 짜부라져서 꼼짝도 못하지 않을까? 아마 그럴지도 모른다. 설령 공룡 안에 넣어 미래로 데려간다고 해도, 문제의 공룡이 1G를 견딜 수 없다면 아무 소용이 없다. 그렇다면 공룡 대신 뭘 쓸 수 있을까? 개? 물체를 잡고 조작할 수 없으므로 안 된다. 그럼 유인원? 그런 소문을 듣는다면, 원숭이 권익론자들이 어떻게 반응할지 상상해 보라!

나는 몇 킬로미터를 더 주파했다. 머리 위에는 토론토의 여름처럼 파랗고 구름 한 점 없는 하늘이 펼쳐져 있었다. 그러나 식생(植生)은 캐나다의 그것과는 딴판이었다. 35도선보다 북쪽에서 나는 이토록 풍성한 초목을 본 적이 없다. 무성한 초록색 식물 사이에는 형형색색의 꽃들이 피어 있었다. 이따금 내게 들러붙는 벌레들의 시끄럽게 윙윙거리는 그나마 조금 가라앉을 때면, 초목들 사이로 부스럭거리는 소리가 들리곤 했다. 나는 소동물들을 목격했고, 천 마리를 넘는 자줏빛 익룡의 무리를 또 보았다. 그러나 공룡에 관해서는 운이 없었다.

맙소사, 이렇게 무더울 수가. 그러나 그런 것은 별 문제가 되지 않는다. 뜬금없이 토론토 시민들은 온도 변화에 둔감하다는 얘기가 머리에 떠올랐다. 그들은 기후가 불쾌하더라도 언제나 다른 것에 책임을 돌려 버리곤 한다. 이를테면 겨울에는 "추운 게 아니라 바람이 너무 세서 그런 거야"라고 주장하거나, 여름에는 "기온이 높아서 그런 게 아니라 습도가 높아서 그래"라고 불평하는 식이다.

어쨌든 기온 탓인지 습도 탓인지는 모르겠지만 나는 엄청나게 많은 땀을 흘리고 있었다. 거기에 덧붙여 제3의 원인이 있을 수도 있었다 ─ 피로 말이다. 나는 갑자기 지면이 가팔라졌다는 사실을 깨달았다. 이미 30미터 가까이 고도가 높아진 듯하다. 과거로 오기 전에는 백악기 말기의 지형에 관해서 개략적인 추측밖에는 하지 못했지만, 적어도 이 부근의 지형만은 일률적으로 평탄할 것이라고 예상하고 있었는데. 지질학적 연구에 의하면 가파른 산의 흔적은 없었기 때문이다.

바위 위에서 잠시 쉬려고 마음먹었다. 주위 풍경과 마찬가지로 이 바위도 생명으로 가득 차 있었다. 거의 검게 보일 정도로 짙고 두터운 녹색의 이끼로 뒤덮여 있다.

전혀 사람의 손이 닿지 않은 자연 그대로의 풍경이 펼쳐져 있는 이곳은 평화스럽게 느껴졌지만, 나는 이런 평온함이 환상에 불과하다는 사실을 알고 있었다. 야생 세계는 폭력적인 장소이며, 어리석고 거대한 야수들이 생사가 교차하는 게임을 벌이고 있는 투기장이다. 이 게임에서는 휴식도 없고 대체 선수도 없으며, 긴 안목으로 보았을 때는 구성원은 말할 것도 없고 그 종(種) 전체조차도 승리를 거둘 가망이 없다.

그러나 나는 묘하게 침착한 상태였다. 모든 것이 단순한 이곳에 오니 어깨에서 무거운 짐을 내려놓은 듯한 느낌이다. 태어나서 줄곧 나를─그리고 인류 전체를─옭아매고 있던 멍에를 벗어던진 듯한 기분이라고나 할까. 이곳, 청정한 청년기의 지구에서는 에티오피아의 끝없는 기근 따위는 존재하지 않는다. 인간 신체의 잔인한 아이러니 ─ 기아로 내장이 팽창해서 배가 툭 튀어나온 어린아

이들은 없다. 남 아프리카에서 아파르트헤이트가 폐지된 뒤에 일어난 종족간 전쟁도 없고, 위니펙에서 시나고그가 불타는 일도 없으며, 애틀랜타에서 큐클럭스클랜이 암약하는 일도 없다. 뉴욕시의 빈곤이 해가 갈수록 악화되어서 갱단들이 희생자를 죽일뿐만 아니라 실제로 먹기까지 하는 일도 없다. 토론토에서 칼을 휘두르는 강도가 택시 운전사의 목을 찢어 발기는 일도 없다. 환각제에 뇌를 침식당한 마약중독자들이 굶어죽는 일도 없다. 성지(聖地)의 거리가 피로 물드는 일도 없다. 전 인류의 머리 위에 핵 테러의 공포가 반짝이는 다모클레스의 검처럼 매달리는 일도 없다. 살인자도 없고, 성추행자들이 자기 자식들의 어린 시절을 박탈하는 일도 없다. 강간범이 오로지 사랑에 의해서만 얻을 수 있는 것을 힘으로 빼앗는 일도 없다.

인간이 없다.

전 세계에 아무도 없다.

아무도……

내면의 목소리가 끈질기게 말을 걸어오기 시작했다. 평소에는 이런 생각들은 마음속 깊이 묻어두고, 숨겨야 한다는 사실을 잘 알고 있다. 그런 생각을 하고 있다는 사실을 세계를 움직이는 사람들에게 들킨다면, 그들은 그것을 약한 마음의 증거로 간주할 것이므로.

신은 어때? 목소리가 말했다. 이 모든 일에 신이 어떤 역할을 맡고 있단 말인가? 신이라는 것이 존재하기는 하나? 클릭스는 물론 존재하지 않는다고 말할 것이다. 그런 결론을 내리는 일은 전혀 어렵지 않다. 과학과 이성에 입각해서 논리적으로 이끌어낸 결론을.

그러나 나는 클릭스만큼 확신할 수가 없었다. 진심으로 신의 존재를 믿는 일에는 끝끝내 저항했지만, 신이 존재할 가능성에 대해 완전히 마음을 닫을 수가 없었던 것이다. 이 미친 세계를 살아가는 우리 조그만 인간들의 삶이 완전히 무의미한 것은 아니라는 희망을 버릴 수가 없었기 때문이다.

나는 태어나서 한 번도 기도를 해 본 적이 없다──적어도 진심으로 그런 적은 없었다. 60억 명이나 되는 인간들을 돌봐야 하는 판에, 브랜든 새커리처럼 지붕이 딸린 집이 있고, 먹을 것도 충분하고, 좋은 직장을 가진 사내에게 신이 왜 일일이 신경을 써 줘야 한단 말인가? 그러나 인간들이 전무한 이 세계에서는 신에게 하고 싶었던 말을 직접 할 수 있는 절호의 기회가 주어졌다고 볼 수는 있지 않을까. 어떻게 될지 누가 알겠는가? 신의 관심을 한몸에 받을지도 모르지 않는가.

그러나……그러나……그러나…… 이건 멍청한 짓이다. 게다가 나는 어떻게 기도를 해야 하는지도 제대로 모른다. 내게 기도하는 법을 가르쳐 준 사람은 아무도 없었다. 아버지는 장로교파의 신도이다. 그의 침대 옆에는 언제나 고색창연한 기도용 방석이 하나 깔려 있었지만 그가 그걸 썼는지 안 썼는지는 모른다. 어렸을 적에는 잘 준비를 하고 있는 아버지의 방 쪽에서 뭐라고 중얼거리는 소리가 들려오는 것을 들은 적이 있다. 그러나 아버지는 작은 소리로 혼잣말을 하는 버릇이 있었다. 그러지 않을 때는 잔소리를 했고, 그럴 경우는 나의 세계 전체를 요동치게 만들었다.

어머니는 유니테리언파*였다. 어렸을 적에 나는 5년 동안 그 교파의 주일학교에 다녔다. 노스 요크 YMCA에서 출발하는 소풍을

212

학교라고 부를 수 있다면 말이다. 곧잘 돈 강의 산책로로 갔기 때문에 나는 툭하면 옷을 적시곤 했다. 내가 하느님에 대해 고작 배운 것이라고는 그에게 다가가고 싶다면 양말이 젖을 가능성이 높다는 사실 정도이다. 어른이 된 뒤에 지인 하나가 유니테리언의 교리가 무엇이냐고 내게 물어본 적이 있었다. 전혀 아는 바가 없었기 때문에 결국은 백과사전을 들춰봐야 했다.

흐음, 기도 형식은 실은 그리 중요하지 않은 것인지도 모른다. 큰 소리로 말해야 할까? 아니면 신은 텔레파스이기 때문에 우리 머릿속의 생각을 읽을 수 있을까? 나는 조금 생각해 보고 후자가 아니기를 희망했다.

옷깃으로 손을 뻗쳐 마이크로캠의 스위치를 끈 다음 헛기침을 했다. "하느님." 나는 나직하게 말했다. 설령 소리내서 말해야 한다고 해도, 주 하느님이 난청에 시달리고 있다고 생각할 이유는 어디에도 없었기 때문이다. 몇 초 동안 침묵하면서 머릿속에서 울려 퍼지는 이 단어에 귀를 기울이고 있었다. 내가 이런 일을 하고 있다는 사실을 믿을 수가 없었다. 그러나 이런 유일무이의 기회를 이용하지 않고 놓쳐버린다면 나중에 나 자신을 결코 용서하지 못하리라는 사실을 알고 있었다. "하느님." 나는 다시 말했다. 그런 다음, 어떻게 말을 이어야 할지 도무지 생각이 나지 않았기 때문에 이렇게 말했다. "접니다. 브랜디 새커리입니다."

그러고는 몇 초 동안 또 침묵했지만, 이번에는 내 말이 전달되었

---

* 개신교의 일파. 삼위일체설을 부인하고 유일 신격을 주장함으로써 그리스도의 신성을 부인한다.

다는 징후가 조금이라도 있는지를 알아 보려고 온 정신을 집중해서 마음 안팎으로 귀를 기울인 탓이다. 물론 아무 대답도 없었다.

그러나 나의 내부에 있던 문이 활짝 열린 듯한 느낌을 받았다. "너무나도 혼란스럽습니다." 나는 바람을 향해 말했다. "저 —— 저는 좋은 인생을 살아오려고 노력했습니다. 정말로 열심히 노력했습니다. 종종 잘못을 저지르기는 했지만, 그래도 ——"

나는 횡설수설하며 얘기를 시작했다는 사실이 곤혹스러웠던 나머지 입을 다물었다가, 다시 말하기 시작했다. "그런 저의 인생이 왜 산산조각이 나고 있는지 이해할 수가 없습니다. 우리 아버지는 우리들 모두가 가장 피하고 싶어하는 방식으로 죽어가고 있습니다. 아버지는 좋은 사내였습니다. 오, 세금 계산을 속인 것은 알고 있고, 또 아내 몰래 몇 번 바람을 피웠을 수조차 있지만, 또 아내를 한 번 때리기까지 했지만, 그랬던 적은 단 한 번밖에는 없습니다. 그런 그에게 당신은 가장 잔인해 보이는 방법으로 벌을 주고 있습니다."

벌레들이 윙윙거리며 날아다녔다. 수풀이 산들바람을 받고 바스락거렸다.

"저도 아버지와 함께 괴로워하고 있습니다. 아버지는 제게 그런 끔찍한 고통으로부터 벗어나게 해달라고 간청했습니다. 평화롭게, 조용히, 약간의 존엄을 유지한 채로 죽게 해 달라고 말입니다. 저는 뭐가 옳고 뭐가 그른지 모르겠습니다. 아버지를 데려가 주실 수 있습니까? 고통과 괴로움을 느끼는 마음만 남기고 육신의 힘을 빼앗아가는 대신, 신속하게 죽도록 놓아주실 수는 없습니까? 제가 이런 결단을 내리지 않도록 해 주실 수는 없습니까? 그럴 용의가 아예 없습니까? 그리고 제가 결단을 내릴 정도로 강하지 않아도 용서해 주시겠습니까?"

문득 얼굴이 눈물로 젖어 있다는 사실을 깨달았지만 좋은 기분이었다. 이렇게 가슴의 답답함을 털어버리니 정말 좋다. "게다가 그것만으로도 모자랐는지 당신은 테스를 제게서 박탈했습니다. 저는 그녀를 사랑합니다. 그녀는 내 생명이자 저의 모든 것입니다. 그녀 없이 혼자서 살아갈 수 있는 기력이 더 이상 나지 않습니다. 진심으로 그녀를 돌려받고 싶습니다. 클릭스는 저보다 더 나은 아들이었습니까? 그는 너무나도…… 얄팍하고, 아무 생각도 없는 것처럼 보입니다. 당신은 당신의 아들들에게 그런 자질을 원하시는 겁니까?"

'아들'이라는 단어가 계기가 되어 이런 생각이 떠올랐다. 하느님의 아들을 자처하는 예수가 태어나는 것은 지금으로부터 적어도 6천5백만 년 뒤의 일이다. 신은 미래가 어떻게 될지 알고 있는 것일까? 아니면 황 효과는 그의 전지함조차도 능가하는 것일까? 사랑하는 아들 예수에게 무슨 일이 일어날지 미리 얘기해 줘야 할까? 아니면 이미 알고 있을까? 인간들이 신의 아들을 거부하는 것은 필연일까? 나는 입을 열어 말하려고 하다가 결국 입을 다물고 아무 말도 하지 않았다.

작은 나뭇가지가 뚝 부러지는 소리를 듣고 소스라치게 놀랐다. 공포의 한순간, 내 뒤를 밟은 클릭스가 방금 내가 한 말을 모두 엿듣고 내가 멍청한 짓을 하는 것을 목격한 것이 아닌가 생각했다. 숲 쪽을 응시했지만 딱히 이상한 점은 없었다. 나는 마음을 추스린 다음 재빨리 일어섰고, 엉덩이에 묻은 이끼를 털어내고 앞을 향해 나아갔다.

카운트다운

6

현재에는 과거에 있었던 일들 이상의 것이 포함되어 있지 않으며,

결과에서 찾아볼 수 있는 일은 이미 원인 속에 존재한다.

—앙리 베르그송(1859-1941) · 프랑스 철학자

태양은 궁창(穹蒼)을 천천히 미끄러져 내려갔다. 내 손목시계는 여전히 현대의 앨버타 시간을 가리키고 있었지만, 대충 오후 3시 30분쯤 된 듯했다. 코가 조금 막혀있는 것은 운 탓도 있겠지만 꽃가루가 원인일 수도 있었다. 황금빛 티끌과 민들레 씨앗 비슷한 것들이 주위를 난무하고 있었다. 어떤 곳에서는 주름투성이의 사지를 쭉 뻗고 내 앞길을 천천히 가로지르는 조그만 거북이와 맞닥뜨렸다. 이토록 초라한 생물이 거대한 공룡들을 한 마리도 남기지 않고 죽여버리게 될 엄청난 변화를 이기고 살아남을 수 있다니 정말이지 얄궂다. 마치 이솝 우화 같지 않은가. 경주에서 승리하는 것은 느리고 착실한 쪽이다.

갑자기 길이 끊기더니 지면은 부슬부슬한 적토(赤土)로 이루어진 깎아지른 듯한 절벽으로 변했다. 톱날처럼 깔쭉깔쭉한 활엽수 그루터기들이 절벽 테두리를 에워싸고 있었다. 아무런 예고도 없이 길이 1킬로미터에 폭은 500미터쯤 되는 계곡이 출현했다. 지표면을 마치 노천광처럼 도려낸 듯한 모습을 한 계곡은 미개의 황야에 느닷없이 생겨난 흉터 자국처럼 보였다.

그리고 계곡에는 공룡이 잔뜩 있었다.

그것은 고생물학자의 꿈이었으며, 그 이외 사람들 대다수에게는 악몽이었을 것이다. 두 마리——아니 세 마리의 트리케라톱스가 보인다. 작은 티라노사우루스가 역시 세 마리 있고, 어제 오후에 클릭스와 함께 목격했던 괴물보다 한층 더 덩치가 큰 티라노사우루스 렉스가 한 마리 있다. 타조를 닮은 오르니토미무스의 무리에, 오리를 닮은 주둥이를 가진 하드로사우루스가 네 마리.

하드로사우루스 중 두 마리는 아마 에드몬토사우루스속(屬)인 듯해 보였다. 전형적인 오리너구리 공룡이며, 삽을 닮은 돌출부 끄트머리에 있는 각질 피막이 검은 립스틱을 칠한 것처럼 보였다. 다른 두 마리의 오리너구리 공룡은 머리에 벼슬이 달려 있었는데, 이것은 백악기 말기에는 보기 드문 것이었다. 이런 벼슬은 일찍이 본 적이 없었다. 머리에 관을 닮은 돌기 하나가 수직으로 솟아 있고, 그보다 긴 것 하나가 공룡의 등과 평행한 위치에 달려 있다. 네 마리의 하드로사우루스 중 세 마리는 편평한 발과 장갑 같은 두 손을 지면에 딛고 내가 있는 곳 반대 방향으로 걸어가고 있었다. 굵고 납작한 꼬리를 지면 위로 곧게 뻗고, 커다란 배를 시계 진자처럼 좌우로 흔들면서. 남은 한 마리는 뒷발로 일어서서 천천히 주위를 둘러보고 있다.

수십 마리의 트로오돈이 춤추는 듯한 동작으로 계곡 주위를 돌아다니고 있었다. 그중 3분의2는 우리가 전에 보았던 것처럼 밝은 초록색이었지만, 나머지는 더 작고 갈색에 가까운 피부를 가지고 있었다. 아마 수컷들일지도 모르겠다. 트로오돈의 작은 무리—수컷 세 마리와 암컷 두 마리—가 날카로운 발톱이 달린 새를 닮은 발로 땅을 박차며 계곡의 반대쪽 벽을 향해 달려가자 먼지구름이 일었다. 500미터나 되는 거리를 올림픽 금메달리스트조차도 느림보로 보이게 할 정도의 빠른 속도로 주파한다. 그들이 향한 방향에는 아까는 미처 못 보았던 정지한 물체들이 있었다. 부정형의 민달팽이 같은 착륙지(着陸肢) 위에 진좌하고 있는 세 개의 황갈색 구체는 화성인의 우주선이었다.

지난 몇 분 동안 도대체 어디에 정신이 팔려 있었는지는 모르겠지만, 마침내 판단력이 돌아왔다. 의도하지 않게 헤트들의 야영지를 발견한 것이다. 앞으로도 이렇게 훔쳐볼 작정이라면, 모습을 보이지 않은 편이 낫겠다. 나는 지면에 배를 대고 엎드렸다. 내 머리 주위에 구름처럼 모여들었던 벌레떼가 잠시 혼란한 탓에 시끄럽게 윙윙거리는 소리가 좀 줄어들었다.

이런 염병할. 마이크로캠을 여전히 꺼 놓은 상태였다! 나는 손으로 더듬어 스위치를 누른 다음 모자의 방충망을 들어올리고 이마의 땀을 닦았다. 정말이지 여긴 지옥처럼 뜨겁다. 쌍안경을 얼굴 앞으로 들어올려 양 팔꿈치로 지탱하고, 노브를 돌려 헤트 우주선

한 척에 초점을 맞췄다. 어젯밤 클릭스와 내가 탔던 것과 같은 타입이다. 직경 60미터에 육각형 비늘로 뒤덮혀 있고, 호흡하듯이 맥동하고 있다.

비통한 절규가 대기를 갈랐다. 고통과 슬픔이 반반쯤 섞여 있는 듯한 목쉰 애가(哀歌)였다. 나는 쌍안경으로 계곡 전체를 훑어보았다. 피처럼 새빨간 거대한 티라노사우르스가 모래땅 위에서 쭈그리고 앉아 있었다. 두 다리 사이에서 굵은 황백색 소시지 같은 것이 아래로 떨어지는 것을 보고 나는 그것이—그녀가—알을 낳고 있다는 사실을 깨달았다. 부드러운 껍질로 싸인 알이 모래 위에 떨어지자마자 호리호리한 트로오돈이 티라노사우르스의 거대한 허벅지 사이로 휙 들어가서 알을 낚아챘다. 트로오돈은 알을 안고 우주선의 두꺼운 혓바닥 위를 뛰어올라갔고, 입 모양을 한 수직 틈새 속으로 모습을 감췄다.

저 불운한 티라노사우루스는 헤트의 지배를 받고 있다——그러지 않은 이상 저렇게 전망이 트인 장소에서 알을 낳을 리가 없었다. 그러나 화성인의 조종을 받으면서도 티라노사우루스는 또 다시 가슴이 찢처질 듯한 절규를 발했다. 방금 자식을 잃어버린 어미의 절규이다. 중생대의 포식수가 이토록 강한 모성애를 보이리라고는 상상도 하지 못했다. 몇 분 뒤에 티라노사우루스는 눈에 보일 정도로 용을 쓰면서 또 한 개의 알을 낳았다. 이 알 또한 서로 마주보는 손가락을 가진 트로오돈의 손에 의해 우주선 안으로 운반되었다. 거대한 파충류가 너무 불쌍했다. 사랑하는 무엇인가를 갑자기 빼앗기는 것은 그 어떤 육체적 고통보다 견디기 힘든 괴로움이다……

나는 고개를 세차게 흔들며 머릿속에서 고뇌에 찬 생각들을 몰아내려고 했다. 그탓에 방서 헬멧의 방충망에 앉아 있던 벌레들이 놀라며 윙윙 날아올라갔다.

나는 트리케라톱스에게 억지로 주의를 돌렸다. 과학적인 공룡 상상화의 아버지인 찰스 R. 나이트는 트리케라톱스를 언제나 탱크 비슷하게 그리는 경향이 있었다. 많은 고생물학자들과 마찬가지로 나는 어릴 적에 나이트가 1세기 전에 그린 공룡 그림들이 실린 책을 보고 공룡에 흥미를 가지게 되었다. 세 개의 뿔이 달린 공룡의 얼굴은 나이트가 그린 그림과 섬뜩할 정도로 닮아 있었다. 네 다리로 걷고, 뼈로 된 커다란 주름 모양의 장식이 굵은 목을 두르고 있으며, 두 개의 희고 거대한 뿔은 단추 같은 조그만 눈 바로 위에서 똑바로 뻗어나오고 있다. 그보다는 짧은 세 번째의 뿔은 앵무새를 닮은 부리 위에 달려 있다. 그러나 그 트리케라톱스에는 그밖의 장식물들이 달려 있었다. 예전에는 심하게 침식된 화석들밖에는 발견되지 않았기 때문에 나이트의 시대에는 알려져 있지 않던 것들이다. 두개골 모퉁이의 턱 관절 위쪽에서는 조그만 뿔들이 아래를 향해 튀어나와 있었고, 거대한 뿔들이 주름 장식과 맞닿는 부분에서도 역시 조그만 뿔들이 뒤쪽을 향해 자라 있었다. 주름 장식 주변에 뭉뚝한 삼각형 가시들이 달려 있는 탓에 마치 전기톱의 날처럼 보인다. 눈 바로 위에서 자라난 거대한 뿔의 끝에서 뭉뚝한 꼬리까지의 길이는 적어도 6미터는 되어 보였다. 그러나 나이트가 그린 트리케라톱스의 피부가 우중충한 암갈색이었던데 비해, 실물은 초록색이 도는 파란색 가죽에 주황색의 커다란 반점들이 잔뜩 찍혀 있었다. 전체적인 인상은 —— 뭐라고 해야 하나? 위장용 미채? 배색이 좀 요란스럽기는 하지만, 적어도 무늬는 그런 느낌을 준다.

내가 관찰하던 트리케라톱스가 갑자기 쌍안경의 시야 밖으로 움직였다. 다시 초점을 맞췄을 때 트리케라톱스는 반대편을 바라보고 있었기 때문에 아까와는 달리 오른쪽 옆구리가 아니라 왼쪽 옆구리가 보였다. 쌍안경을 눈에서 떼고 육안으로 바라보자 두 마리의 동료들이 내가 관찰하던 놈 옆으로 와서 서는 것이 보였다. 얼굴의 긴 뿔들은 마치 마상 시합을 하는 기사의 장창처럼 곧바로 앞을 향하고 있었다. 한 마리는 뭉뚝한 앞발로 지면을 쿵쿵 찧고 있었다. 아무리 봐도 돌진하려는 황소 그 자체였다.

계곡 반대편을 보고는 망연자실하게 입을 벌렸다. 뿔이 난 공룡에 비해 덩치가 조금 작은 기계 탱크 세 대가 헤트의 우주선들 근처에 서 있었다. 딱정벌레처럼 납작한 모양을 하고 있고, 엷은 청록색의 표면에는 붉은 줄무늬가 있다. 트리케라톱스의 피부 색깔과 상당히 닮은 배색이다. 탱크에 이런 무늬가 그려져 있다면 위장용 미채가 틀림없다. 하지만 이 사실은—— 이 사실은 무엇을 의미한단 말인가?

각 탱크는 끝으로 갈수록 가늘어지는, 대포 같아 보이는 투명한 결정체 관(管)을 반구형 포탑에 탑재하고 있었다. 탱크들은 우주선 내부에 실려 있었던 것이 틀림없다. 세 척의 맥동하는 구체 우주선 모두가 두꺼운 입술이 달린 입을 열고 잿빛 혀 같은 통로를 뻗어 지면에 대고 있었기 때문이다.

헤트들이 기계를 쓰는 것을 보는 것은 이번이 처음이었다. 이 탱크들은 살아있는 우주선이라든지 공룡 숙주 따위에 비하면 너무

이질적이고, 마치 전혀 다른 외계인의 테크놀러지에 속해 있는 듯한 느낌을 주었다. 이런 인상은 내가 한 대의 전차의 만곡한 측면에서 열린 문을 발견했을 때 한층 더 강해졌다. 한 변의 길이가 1미터, 다른 변의 길이가 2미터쯤 되는 직사각형이었고, 충실한 트로오돈이나 완보 동물 내부에 들어간 헤트가 들어가기에는 충분한 비율이지만, 각도가 잘못되었다. 긴 쪽이 지면과 평행한 형태라서 엎드리지라도 않으면 들어갈 수 없었기 때문이다. 첫 번째 문 바로 안쪽에는 다른 문이 하나 있어서 에어록과 같은 격실을 이룰 수 있도록 되어 있었다.

이제 트리케라톱스들은 마치 신호가 오기를 기다리는 듯이 탱크들로부터 백 미터 떨어진 곳에 서 있었다. 공룡들 대다수는 계곡의 반대편 끝에 가 있었다. 불쌍한 어미 티라노사우루스만은 예외였다. 너무 피곤해서 움직일 수가 없는지 우주선들 근처에 배를 대고 엎어져 있다.

어떤 공룡들이 헤트의 조종을 받고 있는지는 곧 명백해졌다. 덩치가 작은 세 마리의 티라노사우루스들은 그쪽에 정신이 팔린 듯한 자리에 우뚝 서서 구경을 하고 있었고, 거대한 암컷 티라노사우루스 렉스도 마찬가지였다. 아마 이 거대한 수각류들은 마음대로 돌아다니게 놓아두기에는 너무 위험한 존재인지도 모른다. 그와는 대조적으로 얌전한 하드로사우루스들에게는 조종자가 없는 듯했다. 한 마리는 똥을 누고 있다. 어슬렁거리면서 삽 같은 부리를 써서 계곡 바닥의 땅을 파고 있는 놈은 식물의 뿌리를 찾고 있는 것이 틀림없었다. 털 없는 타조를 연상시키는 오르미토미무스들 중 반수는 헤트의 숙주가 된 듯했다. 대치중인 탱크와 트리케라톱스들의 모습을 뚫어지게 바라보고 있기 때문이다. 나머지 반수는 서로의 몸치장을 해 주는 일에 바빴다. 밝은 색의 눈을 가진 트로오돈들 대다수는 눈 앞에 펼쳐진 광경을 예의 주시하고 있었다.

한 쪽이 움직이기를 모두가 기대하고 있다는 사실은 명백했다. 높아지는 기대감—무엇에 대한 기대인지는 여전히 오리무중이었지만—이 눈에 보일 정도였다. 나는 무의식중에 숨을 멈추고 있었다. 그런 식으로 몇 초가 흘러갔다. 귓가에서 윙윙거리는 벌레 소리가 전자시계의 알람 소리 같다.

갑자기 중간에 있던 탱크가 투명한 크리스털처럼 보이는 물체를 발사했다. 뚜렷하게 본 것은 아니고, 실제로는 무엇인가가 번득이며 공중에서 호(弧)를 그리는 것을 목격했을 뿐이었다. 포성—금속 박판이 일그러지는 듯한 반향음—이 들리자마자 세 마리의 뿔이 달린 공룡들은 일제히 움직였다. 덩치에 비해 놀랄 정도로 민첩한 움직임이었다. 요란한 무늬가 있는 피부 아래에서 근육이 약동한다. 실로 장대하고 힘찬 생물이다! 이렇게 멀리 떨어진 곳에서도 배 아래의 지면이 쿵쿵거리는 진동을 느낄 수 있었다. 한 마리는 마치 쥐덫이 튕기는 것처럼 급격히 몸을 기울이며 오른쪽으로 진로를 바꿨다. 두 마리째는 계속 앞으로 돌격했지만, 마치 춤을 추듯이 복잡한 지그재그 패턴을 그리는 통에 다음 동작을 전혀 예측할 수가 없었다. 세 번째의 트리케라톱스는 놀랍게도 말이라도 된 것처럼 뒷발로 일어서더니 복잡한 음색의 포효를 발했다. 그러더니 다시 네 발로 쿵하고 땅을 딛고는 마치 페인트 동작을 쓰듯이 왼쪽으로 슬쩍 움직였다. 포탄은 이 트리케라톱스가 진로를 바꾸지 않았다면 서 있었을 지점에 떨어져서 먼지구름을 일으켰다.

아슬아슬하게 목숨을 건진 트리케라톱스는 동체 아래의 네 다리를 빠르게 움직여 한층 더 빠른 속도로 돌진했다. 두 번째의 크리스털 포탄이 날아오자 다시 한 번 뒷발로 일어서서 피했다. 포탄은 바로 그 앞쪽에서 폭발했다. 파편이 피부를 찢으면서 공룡의 날씬한 배에 붉은 자국들이 생겨났다. 트리케라톱스는 무게가 1톤에 달하는 주름 장식이 달린 머리를 낮추고 눈 바로 위에서 튀어나온 뿔들을 앞으로 들이민 자세로 딱정벌레를 닮은 탱크를 들이받았다. 뿔들이 전차의 장갑을 꿰뚫었다. 탄산음료 캔을 따는 듯한 소리가 나며 탱크 내외의 압력이 균등해졌다.

트리케라톱스는 앞발로 지면을 딛고 뒷다리 무릎을 구부리며 강인한 목을 뒤로 젖혔다. 힘줄이 팽창하고 근육이 부풀어오른다. 트리케라톱스는 엄청나게 큰 끙 하는 소리를 내며 뿔에 꿰뚫린 탱크를 1미터쯤 들어올렸고, 그러자마자 지면에 내동댕이쳤다. 이런 동작을 빠르게 두 번 되풀이하자 탱크는 달걀 껍질처럼 깨졌다. 부서진 외피 틈새로 탱크 안이 들여다보였다. 영롱한 광택을 띤 호박색 금속으로 만들어져 있었다.

한편 남은 두 대의 탱크는 크리스털 포탄을 잇달아 쏘아대고 있었다. 쾅, 쾅, 쾅 하는 포성이 계곡 내부에서 메아리친다. 탱크는 전후좌우 어느 방향으로든 자유롭게 움직일 수 있는 듯했다. 다른 두 마리의 트리케라톱스는 춤추듯이 움직이며 포탄을 피하고 있었다.

한쪽 트리케라톱스가 상대의 빈틈을 찾아냈다──자기 쪽을 향하고 있던 투명한 포신이 옆으로 움직이며 동료를 노렸던 것이다. 그러자마자 공룡은 고개를 낮춘 채로 돌진했고, 눈 바로 위에 난 뿔들을 탱크의 날씬한 차체 아래로 집어넣었다. 그러고는 목을 홱 쳐들며 탱크를 뒤집어 버렸다. 탱크 바닥은 아까 본 것과 같은 호박색 금속으로 만들어져 있었고, 직경 1미터의 반짝거리는 볼베어링으로 가득 차 있었다. 이러니 동작이 민첩한 것도 당연하다.

구경꾼들 쪽을 흘끗 보았다. 헤트의 조종을 받지 않는 하드로사우루스들조차도 이 전투에 큰 흥미를 느낀 듯했다. 두 발로 일어서서 구부린 꼬리를 지면에 바싹 갖다댄 자세로 그쪽을 응시하고 있다. 그러나 헤트가 들어있는 공룡들은 그냥 조용히 서서 보고 있을 뿐이었고, 속에 든 외계인들이 어떤 생각을 하고 있는지는 알 수가 없었다.

아무래도 트리케라톱스 한 마리는 나와 마찬가지로 잠시 딴데 정신을 판 듯했다. 다시 전투가 벌어지는 곳을 향해 쌍안경을 돌린 순간, 크리스털 포탄이 초록색 섬광을 발하며 그 얼굴에서 작렬했기 때문이다. 폭발은 목의 주름 장식을 박살내고, 코 끝의 뿔과 오른쪽 눈 위에 달린 뿔을 부러뜨렸다. 뿔들이 마치 하얀 미사일처럼 공중으로 날아갔다. 피로 물들고 두개골의 반이 날아간 상태에서도 트리케라톱스는 돌진을 멈추지 않았다. 뇌가 없는데 어떻게……? 아, 그렇군. 저 공룡 내부에는 헤트가 있다. 공룡의 육체를 더 잘 통제하기 위해 머리보다 훨씬 뒤쪽, 아마 척추를 따라 펴져 있는 것이리라. 지금은 트리케라톱스의 자율신경을 장악하느라고 정신이 없을지도 모른다. 이 초식공룡의 주먹만한 뇌가 맡고 있던 일은 기껏해야 그 정도였겠지만 말이다. 치명상을 입고 움직이는 시체가 되어버린 트리케라톱스는 탱크 측면에 격돌했다. 충격을 못 이긴 탱크는 빙글빙글 돌며 옆으로 튕겨나갔다.

아까 뿔로 탱크를 꿰뚫는 데 성공한 첫 번째 트리케라톱스는 일그러진 탱크 잔해에서 가까스로 머리를 떼어내고 한 대 남은 탱크를 향해 돌격했다. 그 앞에서 갑자기 뒷발로 일어서더니 앵무새 같은 부리로 투명한 크리스털 포신을 싹둑 베어물었다. 부상을 입지 않은 두 마리의 트리케라톱스는 탱크 차체에 어깨를 들이대고 계곡의 반대쪽 벽을 향해 가차없이 밀어붙였다.

머리가 반쯤 날아간 트리케라톱스는 눈이 안 보이는 듯했다. 앞다리가 뒤틀리며 지면에 철퍽 엎어진다. 고통을 느낄 뇌가 남아 있었다면 지독한 격통을 느꼈으리라. 박살난 두개골에 쌍안경의 초점을 맞추자 인광을 발하는 비치볼 만한 크기의 젤리 덩어리—지금까지 내가 본 그 어떤 헤트보다 더 크다—가 박살난 뼈 안에서 천천히 흘러나와서 피로 물든 대지 위로 내려가는 광경이 보였다.

쌍안경을 남은 탱크 쪽으로 돌렸다. 트리케로톱스 두 마리가 여전히 어깨로 들이받고 있는 통에 렌즈처럼 납작한 차체가 충격을 받을 때마다 조금씩 우그러진다. 몇 분 뒤에 공룡들은 딱정벌레를 닮은 전차를 계곡의 수직 벽에 밀어붙이고 있었다. 나는 쌍안경을 내리고 계곡 전체를 조망했다. 탱크 한 대가 박살나고, 다른 한 대는 뒤집혀 있고, 세 번째는 생포당했다. 믿기 힘든 광경이다.

나는 스틸 사진을 연거푸 찍었다. 그러면서도 방금 본 것이 사실이라고 클릭스를 설득하는 일이 얼마나 어려울지 곱씹고 있었다.

트리케라톱스의 화석은 앨버타와 와이오밍에서 발견된, 백악기 최후의 백만 년 동안 살고 있었던 공룡 화석의 4분의3을 차지한다. 이 강대한 동물의 무리가—공격 부대가—도대체 어떤 종류의 파괴를 불러올 수 있는지 상상해 보려고 했다. 화성인인 헤트가, 트로오돈의 피거품을 내는 입을 통해 쉰 목소리로 내게 한 말이 머리에 떠올랐다. "우리도 여기 사는 생명체들 때문에 왔어."

그랬었군.

경계층

경계층

솔직히 고백하자면, 내가 이런저런 사건들을 조종했던 것이 아니라,

사건들 쪽에서 나를 조종했다고 봐야 한다.

―애이브러햄 링컨(1809-1865) · 16대 미국 대통령

나는 한동안 TRIUMF의 직원 식당에 앉아서 자동판매기에서 뽑은 별로 신선하지 않은 도넛을 깨작이면서, 왜 황 박사가 도망쳤는지를 이해해 보려고 했다. 도무지 영문을 알 수가 없었다.

두 개째 도넛을 버리고 식당에서 나왔다. 칭-메이가 일기를 모두 읽을 때까지 하는 일 없이 하루를 더 허비해야 했기 때문에, 연구 시설을 견학하러 가기로 했다. 안내 데스크에 앉아있던 노인에게 왕립 온타리오 박물관에서 온 큐레이터라고 자기 소개를 하자마자, 갑자기 '연구소를 방문한 고명한 과학자'로 승격되어 정중한 대우를 받았다. 그 덕택에 일반인은 볼 수 없는 시설까지 견학

을 할 수 있게 되었으니 매우 고마운 일이다.

안내를 맡은 사람은 댄 피타와나크와트라는 이름의 열성적인 캐나다 원주민이었다. 그는 내가 구경한 모든 시설에 대해 일일이 상세한 설명을 해 주었지만, 대부분은 내 이해 능력을 벗어난 것이었다. 무게가 3만 킬로그램이나 나가는 자석은 노란 팩맨처럼 생겼고, 새파란 제어 콘솔이 가득 들어찬 방의 천장에는 〈스타트렉〉에 나오는 엔터프라이즈호의 유명한 네 가지 버전의 모형이 낚싯줄로 매달려 있었다. 사람의 뇌 내부를 촬영할 때 쓴다는 양전자방출단층촬영 스캐너도 구경했다. 그러나 내가 가장 큰 흥미를 느낀 곳은 암환자들이 집중된 파이온선을 쬐며 치료를 받고 있던 배소 생물의학 연구실이었다. 댄의 설명에 의하면 이 방법은 통상적인 방사선 치료보다 부작용이 덜하다고 한다. 나의 시선은 뇌종양을 치료하기 위해 누운 채로 파이온선을 쬐고 있는 사내에게 못박혔다. 그의 얼굴은 움직이지 못하도록 투명한 플라스틱 마스크로 고정되어 있었다. 플라스틱이 이목구비를 가린 탓에 아버지의 울퉁불퉁한 얼굴이 자꾸 그 위에 겹쳐졌다. 그 모습을 보고 있자니 아버지가 지금 얼마나 심한 고통과 고뇌를 맛보고, 인간의 존엄성을 상실하고 있는가 하는 생각이 다시금 떠오르며 나를 괴롭혔다. 치료가 끝나고 마스크를 벗기자 털이란 털이 모두 빠진 열여섯 쯤 되어 보이는 소년의 얼굴이 드러났다. 나는 눈가를 닦기 위해 열심히 설명하는 댄을 외면해야 했다.

잠시 후 나는 물었다. "댄, 여기서 시간의 성질에 관해 연구하는 사람이 있나?"

"흐음, 최근에는 실용적인 응용이 가능한 연구 쪽에 무게를 두는 추세라서요. 보조금을 계속 받으려면 그런 방법밖에는 없습니다." 그러나 조금 뒤에 그는 고개를 끄덕였다. "하지만 여기에는 보통 400명의 연구자들이 있기 때문에, 적어도 일부는 그런 방면의 연구에 종사하고 있을 겁니다. 하지만 그 방면의 권위자는 역시 칭-메이……황 박사입니다. 매킨지 박사하고 함께 그 분야의 책을 쓰기까지 했죠."

"『시간의 제약: 물리학의 타우』 얘기로군." 나는 고개를 끄덕이며 아는 체했다. 청년의 얼굴에 떠오른 감탄한 듯한 표정을 보니 내심 기분이 좋았다. "하지만 그건 10년 전의 일이었어. 그 뒤로는 어떻게 된 거지?"

"흠, 제가 이곳에 온 2005년 무렵에는 다들 칭-메이가 뭔가 커다란 발견을 할 거라고 생각하고 있었습니다. 나중에 스톡홀름으로 가야 할지도 모른다는 얘기까지 있었죠. 무슨 뜻인지 아시겠죠." 그는 윙크를 해 보였다.

"노벨상을 받을 수 있을 정도로 중요한 연구였다는 뜻인가?"

"일부에서는 그렇게들 말하더군요. 정말로 받았다면 노벨 물리학상을 받는 첫 번째 캐나다인이 되었을 겁니다. 물론 이스라엘의 와이즈만 연구소에 있는 알미 박사도 비슷한 연구를 하고 있으니 공동 수상이 되었을 가능성이 크지만. 하지만 알미는 예의 변칙적인 지진으로 목숨을 잃었고, 그가 남긴 연구를 이어받아 발전시킬 연구자도 없었다고 합니다."

"정말 아쉬운 일이로군."

"정말이지 범죄라는 생각이 듭니다. 많은 물리학자들은 알미를 새 시대의 아인슈타인으로 간주하고 있었으니까요. 그가 남긴 지식도 영영 묻혀 버릴지도 모릅니다."

"그리고 여기서는 무슨 일이 일어났나? 칭-메이는 왜 자기 연구를 포기한 걸까? 독자적인 성과를 올리고 있었던 게 아닌가?"

"오, 물론 성과는 있었습니다. 시간이 정지한 상태를 실연해 보일 수 있는 단계 직전까지 갔다는 소문도 있었죠. 하지만, 그 뒤에……"

"그 뒤에 뭐?"

"칭-메이 박사하고는 친하다고 하셨죠?"

"토론토에서 여기로 온 건 단지 그녀를 만나기 위해서야."

"그럼 그녀가 당한 재난에 관해서도 알고 계시겠군요."

"재난이라고?"

댄은 뭔가 기분나쁜 것을 밟기라도 한 것처럼 거북한 표정이었다. 나는 그의 눈을 똑바로 쳐다보았다.

"흐음." 마침내 댄이 말했다. "다른 사람에게는 얘기하지 말아주십시오. 제가 발설했다는 게 알려진다면 무척 난처한 입장에 빠지니까요. 흐음, 실은 5년 전에 칭-메이에게 안 좋은 일이 일어났습니다." 댄은 어깨 너머를 흘끗 돌아보며 엿듣는 사람이 없는지 확인했다. "그러니까, 본인에게서 직접 들은 얘기는 아니지만, 발없는 말이 천리를 간다는 얘기도 있지 않습니까." 그는 고개를 절레절레 흔들었다. "범죄자의 공격을 받았던 겁니다, 새커리 박사님. 칭-메이는 강간당했습니다. 잔인무도하게 말입니다. 일주일이나 입원했고, 1년 가까이 이른바 '휴양'을 취해야 했습니다. 제가 듣기로는 범인은 세 시간 동안이나 그녀를 공격하고, 음, 칼로 찢어발겼다고 했습니다. 그러니까, 거기를 찢어발겼다는 얘깁니다.

살아남은 것만으로도 행운이라는 얘기가 나왔을 정도입니다." 댄은 잠시 침묵하고 있었다. "본인은 그렇게 생각하고 있는 것 같지 않지만."

나는 움찔했다. "사건은 어디서 일어났나?"

"자택입니다." 댄은 어두운 목소리로 말했다. "그 뒤로는 사람이 달라져 버렸습니다. 솔직히 말해서 지금은 연구다운 연구를 하고 있지 않습니다. 기껏해야 다른 사람들의 사이클론 이용 스케줄을 관리하는 정도이고, 독자적인 연구는 전혀 하고 있지 않습니다. 그런데도 여기 남아있을 수 있는 건 연구소측에서 과거의 칭-메이가 언젠가는 돌아오리라는 기대를 품고 있기 때문입니다. 이미 5년이나 줄곧 그러고 있습니다만." 그는 또다시 고개를 절레절레 흔들었다. "정말 비극적인 일입니다. 그런 일만 일어나지 않았더라면 엄청난 업적을 남겼을 수도 있었는데."

나는 고개를 세게 흔들어 무방비한 그녀가 잔인하게 폭행당하는 광경을 뇌리에서 떨쳐냈다. "정말이지 비극이로군." 나는 겨우 대답했다.

다음 날 아침이 되자마자 TRIUMF를 방문했다. 기이하게도 이번에는 황 박사는 조그만 사무실로 나를 들여보내 주었다. 벽에는 각종 상장과 자격 증서 따위가 걸려 있었지만 최근 받은 것은 하나도 없었다. 높게 쌓인 책과 서류로 발디딜 틈도 없을 정도였다. 사무실로 들어가자마자 한 가지 문제가 발생했다. 방에는 의자가 하나밖에 없었다.

"미안합니다 새커리 박사님. 이곳에 방문자를 맞는 건 정말 오래간만이라서." 그녀는 문밖으로 나가더니 몇 분 뒤에 바퀴가 달린 속기사용 의자를 끌고 돌아왔다. "이거면 될까요."

나는 의자에 앉아 기대하는 듯한 표정으로 그녀를 보았다.

"아내 되시는 분하고의 일은 유감입니다."

"아직 함께 살고 있습니다만."

"오, 다행이군요. 정말 진심으로 사랑하고 계시는 것 같아요."

"예, 진심으로 사랑합니다." 잠시 침묵이 흘렀다. "일기를 전부 읽으셨습니까?"

"읽었어요. 두 번."

"그래서?"

"그래서," 칭-메이는 느린 어조로 말했다. "당신이 알 리가 없는 수십 개의 세부적 사실이 기록되어 있는 걸로 봐서, 일기는 진짜라고 생각합니다. 거기 묘사된 것들은 정말로 저의 연구에 의해 가능해질 수 있었던 성과예요."

나는 등을 펴고 앉았다. "그렇다면 연구를 재개하실 수 있다는 얘기군요! 정체 상태를 생성해 내면 시간 여행도 가능해집니다. 세상에 칭-메이, 노벨 물리학상을 받게 될 겁니다!"

"아뇨." 그녀의 얼굴은 창백했다. "그건 끝났어요. 완전히 죽었어요."

무슨 소리인지 영문을 몰랐기 때문에 그녀를 빤히 쳐다보는 수밖에 없었다. 칭-메이는 정말로 섬세하고, 상처입기 쉬운 인상을 준다. 이윽고 나는 나직하게 말했다. "그렇게 말하시는 이유가?"

그녀는 고개를 돌려 나를 외면했다. 어떻게든 내면의 힘을 불러

일으키려고 하는 기색이 역력했다. 나는 참을성있게 기다렸다. 칭-메이가 입을 연 것은 1분쯤 지난 뒤의 일이었다. "물리학자와 고생물학자. 어떤 의미에서는 양쪽 모두 시간 여행자라고 할 수 있어요. 양쪽 모두 시간을 거슬러올라가서 모든 것의 기원을 찾아 보려고 하니까."

나는 고개를 끄덕였다.

"물리학자인 저는 우주가 어떻게 태어나게 되었는지를 이해하고 싶어해요. 고생물학자인 당신은 생명이 어떻게 시작되었는지 궁금해 하고." 그녀는 팔을 펼쳐 보였다. "하지만 정말로 시간을 거슬러올라가려고 하면 양쪽 분야 모두 벽에 부딪치게 되죠. 물질의 기원에 관해서는 여전히 만족스러운 설명을 할 수가 없어요. 아, 진공에서 양자역학적인 변화가 일어나서 저절로 최초의 물질이 만들어졌다 어쩌고 하는 모호한 설명이 있긴 하지만 정말로 어쨌는지는 모르죠."

"으음."

"그리고, 당신은 화석을 조사해서 생명의 기원까지 바싹 거슬러올라갈 수 있지만, 생명이 실제로 어떻게 생겨났는지에 관해서는 아무도 확실한 대답을 내놓지 못해요. 일련의 무작위적인 사건의 연쇄에 의해서 자기증식하는 거대 분자들이 생겨났을지도 모른다는 식의 막연한 얘기밖에는 못하죠."

"지금 무슨 얘기를 하고 있는 겁니까?" 나는 곤혹해 하며 물었다.

"시간 여행에 관해 얘기하고 있는 겁니다, 새커리 박사님. 시간 여행이 왜 **필연적**인지를 설명하고 있어요."

도무지 무슨 얘기를 하는지 알 수가 없다. "필연적이라니요?"

"시간 여행은 **이미** 실현되었어야 해요. 미래는 이미 일어난 일을 바탕으로 과거를 다시 쓸 수가 있어요." 그녀는 앞으로 몸을 조금 기울였다. "언젠가는 우리도 실험실에서 생명을 만들어낼 수 있을지도 모르죠. **그러나** 그러기 위해서는 이미 존재하는 생명을 모방해서 역설계(逆設計)하는 식으로 그래야 합니다. 우주나 생명처럼 복잡한 것은, 역으로 분석해 내는 수밖에 없어요. 기존의 모델을 바탕으로 만들어내는 수밖에 없다는 얘기죠."

"처음 등장했을 때는 물론 예외이겠지만 말입니다."

"천만에요. 처음부터 바로 그런 식으로 등장했던 거예요. 시간 여행이 없다면 생명의 존재 자체가 불가능해집니다."

"미래에 있던 누군가가 과거로 되돌아가서 생명을 창조했다는 말입니까?"

"그래요."

"어떻게 그래야 하는지를 알고 있었던 것은 자기 시대의 생명체들을 표본 삼아 연구했기 때문이다?"

"그래요."

나는 고개를 가로저었다. "말이 안 되는 것 같군요."

"아니, 말이 돼요. 물리학자들은 몇십 년 동안이나 강한 인간 원리라고 부르는 것에 관해 논쟁을 거듭해 왔어요. 그 원리에 의하면 우주가 이런 구조를 갖게 된 것은 지적 생명을 발생시키기 위해서랍니다. 인간 원리라는 개념이 나온 건 존재한다는 사실 자체가 경탄스러운 우리 우주가 왜 존재하는지를 설명하기 위할 목적에서였어요. 우리 우주에는 놀랄 정도로 특이한 우연의 일치가 수없이 존재하고, 인간이 존재하기 위해서는 이것들 모두가 필요하다는 뜻이죠."

"예를 들자면?"

칭-메이는 손을 흔들어 보였다. "얼마든지 그럴 수 있지만, 우선 강한 핵력(核力)을 예로 들어 보죠. 만약 우리 우주의 강한 핵력이 현재보다 5퍼센트라도 낮았다면 양자와 중성자는 결합할 수가 없고 그 결과 별들이 반짝이는 일도 없었을 거예요. 반면에 강한 핵력이 실제보다 조금만 더 강했더라면, 양자들은 상호간의 전기적인 반발력을 극복하고 직접 결합해 버렸을 수도 있어요. 그럴 경우에는 항성 내부에서 일어나는 수소융합반응 따위는 불가능해지고, 수소 구름들은 항성으로 뭉치기도 전에 모두 폭발해 버렸을 거예요."

"머리가 지끈거리는 얘기군요."

그녀는 보일락 말락한 미소를 떠올렸다. "원래 이 분야가 이렇답니다."

"미래에서 온 누군가가 40억년의 과거로 돌아가서 지구상에서 최초의 생명을 창조했다고 주장하고 싶은 거군요."

"그래요."

"하지만 황 효과의 경우는—일기에 의하면—아, 1억 4백만 년밖에는 거슬러올라갈 수 없다고 쓰여 있었습니다만."

"황 효과는 매우 특수한 목적을 위해 만들어진 1세대 타임머신이었어요. 그건 시간 여행이라는 문제를 풀기 위한 유일한 해결책이 아닐 수도 있어요."

"흐음. 알겠습니다. 하지만 당신은 단지 생명의 창조에 관해서만 언급하고 있는 것이 아니군요."

"그래요."

"미래, 아마 엄청나게 먼 미래의 누군가가, 모든 것이 시작된 150억년 전의 과거로 돌아가서, **물질**을 창조했다는 겁니까."

"맞아요."

나는 조금 현기증을 느꼈다. "머리가 핑핑 도는 얘기로군요. 그건 마치 —— 마치……"

"마치 우리가 우리들 자신의 창조주인 것처럼 들린다? 우리가 우리의 형상을 본따서 우리를 만들었다?"

"그렇다면 〈스턴버거〉는 어떻게 됩니까?"

"이미 일기를 전부 읽었잖아요. 당신의 다른 버전이 마지막에 무슨 일을 하는지를 알고 있지 않나요."

"예. 하지만 ——"

"그래도 이해 못하겠어요? 〈스턴버거〉 사건은 과거를 정정하기 위해 시간여행이 이용된 수많은 예 중 하나에 불과해요. 사상(事象)의 흐름은 주기적인 조정을 필요로 하니까요. 카오스 이론 얘기는 들어보셨겠죠. 복잡한 계의 진행을 정확하게 예측하는 일은 불가능해요. 따라서 일단 생명을 창조한 다음 제멋대로 진화하도록 방치할 수는 없어요. 때때로 목적하는 방향을 향해 밀어줄 필요가 있다는 뜻이예요."

"그렇다면 —— 그렇다면, 인간을 만들어내기 위해서는 시간선을 개변할 필요가 있다고 누군가가 결정했다는 뜻입니까?"

"그래요."

"하지만 시간 여행을 한 브랜디는 공룡을 죽이든 기타 무슨 일을 하든 아무 해도 없다고 일기에 써 놓지 않았습니까——자신이 과거에서 어떤 변화를 일으키든 아무 문제도 없다고."

"물론 그는 그렇게 믿고 있었을 거예요——그렇게 믿지 않았다면, 실행될 필요가 있는 일들을 결코 실행에 옮기지 않았을 테니깐. 따라서 그는 반드시 그런 거짓말을 믿어야 했어요. 그러나 그의 생각은 틀렸어요. 과거로 간 〈스턴버거〉와 현재의 출발점은 수학적인 끈으로 연결되어 있었어요. 그가 일으킨 변화들은 실제로 그 끈을 따라 미래로 전달되었고, 그 과정에서 시간선을 개변하고 과거 6천5백만 년 동안의 지구 역사를 다시 씀으로써 우리 세계의 존재를 가능케 했어요. 그 끈이 2013년으로 되말렸을 무렵에는 〈스턴버거〉를 있게 한 상황들은 모두 제거되었고, 그 대신에 우리들의 시간선이 생겨났던 거예요.

나는 속기사용 의자의 쿠션이 달린 등받침에 등을 기댔다. "맙소사."

"동감이에요."

"그렇다면 타임머신을 발명한 다른 한 명의 당신은?"

그녀는 아래를 내려다보았다. "나는 머리가 좋지만, 그 정도로 좋지는 않아요. 아마 타임머신의 발명은 유도된 건지도 모르겠군요."

"유도되다뇨?"

"그런 일이 일어나도록 고의적으로 획책되었다는 뜻이에요. 시간 여행 기술이 미래에서 내게 전달된 건지도 몰라요. 작은 단서라든지, 운 좋게 어떤 실험이 성공한다거나 하는 식으로."

"하지만 왜 당신이? 왜 하필 우리 시대에?"

"흐음, 우리가 사는 21세기초는 아마 인간 역사에서 타임머신이 만들어질 수 있는 가장 이른 시기인지도 몰라요. 타임머신 건조에 필수적인 몇 가지 요소들을 조합할 수 있는 가장 초보적인 수준의 기술을 갖게 된. 설령 그런 요소들의 이면에 있는 이론을 제대로 이해하지 못했더라도 말이예요. 사실, 우리가 그걸 완전히 이해하지 못하는 건 필수 조건 중 하나였다고 봐요. 타임머신을 타고 과거로 간 브랜디로 하여금 그가 만들어내는 것은 새롭게 분기된 시간선이고, 그냥 무시하면 그만이라고 믿도록 말이예요. 유일무이하게 존재하는 시간선을 정말로 변화시키는 것이 아니라."

"그렇다면 당신은 이제 타임머신을 만드는 방법을 모른다는 거군요."

"몰라요. 하지만 타임머신은 과거에 하나 존재했어요. 〈스턴버거〉는 실제로 과거로 돌아갔고, 그 과정에서 선사시대의 역사를 바꾼 탓에 우리가 이렇게 존재할 수 있는 거예요."

"하지만 다른 브랜디는 어떻게 되었습니까? 다른 한 사람의 당신은?"

"시간선이 의도된 방향으로 흘러갈 수 있도록 정정할 때까지만 존재했어요."

"의도된 방향이라니요? 누가 그런 의도를 —— 아, 미래의 권력자들 얘기를 하고 있는 겁니까?"

그녀는 고개를 끄덕였다. "우리가 미래에 변화할 존재. 신. 뭐든 부르고 싶은 이름으로 불러도 상관없어요."

머리가 핑핑 돌았다. "여전히 이해가 안 됩니다."

"아직도 이해 못하겠어요? 〈스턴버거〉의 시간여행은 사상을 조정하기 위해 필요한 행위였지만, 우리가 존재하는 지금 이 현재에서는 더 이상 그런 일이 가능했던 과거로 돌아갈 수가 없다는 뜻이예요. 일단 정정 작업이 끝나면, 일단 시간적 수술이 행해진 뒤에는, 수술중에…… 쩬 상처는 봉합되는 거예요. 나중에 누가 또 건드려서 정정 작업이 무효화되는 일이 없도록." 그녀는 조금 아쉬운 투로 말했다. "나는 영영 타임머신을 건조할 수 없고, 당신도 다시는 시간 여행을 할 수 없어요. 전 우주가 그걸 저지하려고 할 테니까요."

"저지하려고 한다뇨? 어떻게?" 그제서야 머리에 떠오른 일이 있었다. "하느님 맙소사. 오, 칭-메이. 유감입니다. 정말로, 정말로 유감입니다."

칭-메이는 고개를 들었다. 완전히 자제된 표정이었다. "나도 유감이예요." 그녀는 천천히 고개를 흔들었다. 우리 두 사람 모두 책상 위에 떨어진 한 방울의 눈물을 못본 척했다. "적어도 알미 박사는 그 지진이 났을 때 즉사했어요." 우리는 오랫동안 말없이 앉아 있었다. "하지만," 그녀는 아주 나직한 목소리로 말했다. "그런 일을 당한 사람이 차라리 나였으면 좋았을 텐데."

카운트다운

5

스스로에게 완전히 정직해지는 것은 좋은 행동이다.

—지그문트 프로이트(1856-1939) · 오스트리아 심리학자

라디오섁에서 구입한 위치 추적장치를 안내인 삼아 중생대의 열기 속을 뚫고 〈스턴버거〉로 돌아갔다. 추적장치의 액정 화면에 표시된 화살표는 언제나 무선 신호가 오는 방향을 가리킨다. 왔을 때와는 다른 길로 가고 있는 것을 보면 똑바로 걸어오지는 않았다는 얘기가 되지만 상관 없었다. 설령 숲을 가로지른다고 해도 나무잎이 늦은 오후의 지옥 같은 땡볕을 차단해 주는 이점이 있기 때문이다.

물론 클릭스도 나도 워키토키를 휴대하고 있었지만, 나는 이번 일만은 직접 얼굴을 맞대고 의논할 필요가 있다고 느꼈다. 그런다

고 해도 방금 내가 목격한 엄청난 광경이 사실임을 설득하는 일은 쉽지 않을 거라는 예감이 들었다.

사실, 내가 목격한 것은 정확히 무엇일까? 동물들을 쓰는 싸움? 스페인에서는 여전히 투우가 합법적이고, 출발 전주에는 오크빌의 비밀 투견장이 현지 경찰에게 적발되었다는 기사를 읽은 적도 있다. 만약 헤트들이 이런 잔인한 스포츠를 즐기는 인간들과 마주쳤다면, 그들은 우리를 어떻게 생각했을까?

아니, 그게 아니다. 내가 목격한 광경은 단순한 잔인함을 넘어선 것이었다. 뭔가 훨씬 더 거창하고 더 소름끼치는 것이다.

전쟁 연습.

그러나 헤트들은 누구를 상대로 전쟁을 벌이고 있단 말인가? 그 기계식 전차 측면에 달린 출입문을 사용하는 납작한 적이란 도대체 누구인가? 딱정벌레를 닮은 그 전차는 아무리 보아도 화성인이 만든 것 같지는 않았다. 그렇다면 탈취한 적의 무기라는 얘기가 된다 —— 과거의 전투에서 손에 넣은 것을 지금은 살아있는 탱크들의 훈련 상대로 쓰고 있는 것이다. 트리케라톱스들이 소모품이라는 사실은 명백했다. 그 안에 탄 젤리 모양의 헤트들이 공룡들을 살아있는 꼭두각시처럼 부리고 있는 것이다.

혹시 이 시대의 지구에는 또 다른 문명이 존재하는 것일까? 헤트는 이 행성을 침략하려고 왔단 말인가? 그 즉시 나는 공격받고 있을지도 모를 지구산 생물들을 반사적으로 동정했다. 그러나 이 모든 가능성은 너무나도 엄청났고, 너무나도 비현실적이었다. 중국, 러시아, 오스트레일리아, 이탈리아, 잉글랜드, 미국, 그리고 캐나다에서 고생물학자들은 중생대 말기의 암석을 조사해서 가장 작은 뼈조각까지 빠짐없이 음미했다. 이 시대의 지구상에 대규모 기술문명이 정말로 존재했다면 적어도 그 흔적은 남아 있었어야 했다. 그러나 지구의 생물이 아니라면 헤트는 도대체 누구를 상대로 싸우고 있단 말인가?

지독한 열기로 머리가 지끈거리는 통에 명석하게 생각할 수가 없었다. 손등이 따끔거리는 것을 자각했다. 그제서야 내 몸에서 유일하게 노출된 이 부분이 벌겋게 볕에 탔다는 사실을 깨달았지만 이미 엎질러진 물이었다. 낙엽수 숲이 이렇게 펼쳐져 있다는 것은 지구 역사의 이 시점에서 이미 뚜렷한 사계절이 확립되어 있었다는 뚜렷한 증거다. 그러나 우리는 한여름에 도착한 듯했다. 엎친데 덮친 격으로 얼굴을 가린 방충망 안으로 침입한 벌레에게 목을 물린 탓에 그 부분이 붓고 간지러웠다.

돌아오는 도중에 주걱 모양의 부리로 솔잎을 따먹고 있는 두 마리의 야생 하드로사우루스와 마주쳤다. 부리는 골질(骨質)이라서 뾰족한 솔잎에 찔려도 아무렇지도 않다. 솔잎을 씹는 방법도 독특해서 소의 그것과는 전혀 달랐다. 무수히 많은 편평한 어금니들이 솔잎과 솔방울을 씹어서 가는 소리는 줄로 나무를 갈 때 나는 소리를 연상케 했다. 안전한 지프에서 나와 살아있는 대형 공룡에게 이토록 가까이 접근한 것은 처음이었다. 공룡들의 위가 꾸르륵거리는 소리도 들었고, 톡 쏘는 메탄가스로 이루어진 방귀 냄새를 맡았을 때는 머리가 어지러웠다.

첫 번째 포유류와도 조우했다. 초콜릿 색깔을 한 조그만 털뭉치였고, 긴 사지와 털이 없는 쥐 같은 꼬리와 호기심이 강한 줄다람쥐 같은 얼굴을 가지고 있었다. 쫑긋 솟은 삼각형 귀도 달려 있다.

고(古)포유류는 내 전공이 아니지만 이 작은 동물은 최초의 영장류인 푸르가토리우스일지도 모른다는 생각이 들었다. 이곳에서 멀지 않은 미국 몬태나 주의 팔레오세 지층에서 다량의 화석이 발견되었고, 백악기 말기 지층에서 발견되어 갑론을박의 대상이 된 이빨 하나도 이 동물 것일 가능성이 있었다.

우리는 30초쯤 서로를 빤히 바라보고 있었다. 포유류는 민첩한 검은 눈으로 내 눈을 빤히 바라보고 있었다. 내게는 특별한 순간이었다. 몇백만 세대 전의 조상님일지도 모르는 존재와 대면하고 있는 것이다. 말도 안 되는 얘기지만, 이 조그만 원시 원숭이 또한 같은 포유류인 나에게 특별한 유대감을 느꼈는지도 모른다는 생각이 들었다. 하드로사우루스 한 마리가 복잡한 음색의 포효를 발할 때까지 도망치려고 하지 않았기 때문이다. 나는 덤불 속으로 후다닥 뛰어들어가는 그의 뒷모습을 보며 슬픈 동시에 자랑스러운 감정을 느꼈다. 조금만 더 있으면 그는 이 시대의 지상을 활보하는 위대한 거수(巨獸)들의 다리들 주위에서 살금살금 돌아다닐 필요가 없어진다. 온순한 포유류들이 지구를 물려받게 되는 것이다……

위치 추적장치의 액정 화면에 찍힌 조그만 화살표는 내게 직진을 명했지만, 그쪽 방향은 나무들이 너무 빽빽하게 자라있는 데다가 굵은 덩굴과 삶은 시금치 같은 군엽(群葉)에 가로막혀 있었다. 여기서 동쪽으로 진로를 바꿔서 우회한다면——

날카로운 발톱이 내 오른쪽 어깨를 움켜잡았다.

심장이 멎는 듯한 느낌이었다. 앞으로 껑충 몸을 날리는 것과 동시에 억지로 고개를 돌려 뒤를 보면서 배낭에 꽂아놓은 소총을 향해 손을 뻗쳤다. 트로오돈이었다. 길쭉한 머리를 한쪽으로 갸우뚱하고, 깜박이지 않는 거대한 두 눈으로 나를 응시하고 있다. 헤트의 조종을 받고 있는 공룡일까? 아니면 야생 공룡? 나는 소총의 개머리판을 어깨에 갖다댔다. 우리는 서로를 빤히 주시했다. 이 트로오든은 클릭스와 내가 조우한 것들에 비해 몸집이 작았고, 얼굴에는 주근깨 같은 갈색 반점이 있었다. 수컷인 듯하다.

"안 돼."

예전과 마찬가지로 동물의 목청이 찢어지는 듯한 목소리였다. 그렇다면 이 파충류는 헤트의 조종을 받고 있다는 얘기가 되지만, 그렇다고 해서 내 불안감이 줄어드는 것은 아니었다. 되려 조심을 하는 편이 낫겠다는 생각이 들었다.

"뒤로 물러나." 나는 말했다. "나한테서 적어도 5미터 떨어진 곳에 있어."

"왜?"

"그러면 너도 내 몸 안으로 들어올 수 없을 테니까."

"왜?"

"난 너를 신뢰하지 않아."

"신뢰가 뭔데?" 헤트가 말했다.

"뒤로 물러나! 당장!" 나는 소총을 흔들어 보였다.

트로오돈은 한순간 주저하더니 두 걸음 뒤로 물러났다.

"더 멀리."

공룡은 두 걸음 더 성큼 후퇴했다.

나는 소총을 땅바닥에 내려놓았지만 필요하다면 언제든지 집어들 수 있도록 했다. 그런 다음 배낭을 어깨에서 끌러 내려놓았다.

배낭 안에 든 물건 중에는 두 개의 다이어트코크 캔과 함께 우리 탐험대에는 단 한 개밖에는 지급되지 않은 A&W 다이어트 루트비어 캔이 들어 있었다. 나는 왼손으로 루트비어를 끄집어냈고 오른손으로 배낭 안을 더듬어 워키토키를 찾아냈다. 엄지손가락으로 스위치를 켰다.

"클릭스?"

잡음이 몇 초 들리다가 이내 응답이 왔다.

"어이 브랜디 ─ 그렇지 않아도 연락하려고 했는데 잘 됐어. 최근 생겨난 퇴적층에서 소량의 이리듐을 발견했거든. 우리가 멕시코만에서 목격한 그 크레이터의 존재를 감안하면 당연한 결과라고 할 수 있겠지. 충격 수정 결정도 포함되어 있더군. 하지만 우리 시대의 백악기 말기 지층에서 채취한 샘플을 바탕으로 내가 추정했던 양에는 미치지 못하는데─"

"그 얘긴 나중에." 내가 말했다.

"뭐?"

"방금 헤트가 조종하는 트로오돈 한 마리가 내게 접근해 왔어."

"지금 어디 있어?"

"〈스턴버거〉에서 10킬로미터쯤 서쪽으로 간 지점이라고 생각해."

"난 동쪽으로 적어도 25킬로미터는 떨어진 곳으로 와 있어." 클릭스가 말했다. 험한 지형을 감안하면 지프로 두어 시간은 걸릴 것이다.

"클릭스, 난 지금 A&W 다이어트 루트비어 캔을 손에 쥐고 있어."

트로오돈은 이상하다는 듯이 고개를 갸우뚱 기울였다.

"부럽군." 클릭스가 말했다.

"입 닥치고 듣기만 해." 나는 내뱉었다. "내가 지금 손에 들고 있는 건 우리가 이 시대로 가지고 온 단 하나의 A&W 다이어트 루트비어 캔이야. 지금 그 풀탭에 손가락을 대고 있어. 만약 저 트로오돈이 내게 너무 가까이 다가오거나, 어떤 식으로든 나를 공격하거나, 내 안으로 들어오려고 시도한다면, 나는 탭을 잡아당길 거야."

"도대체 무슨──"

"다음 번에 나를 볼 때는 이 캔을 보여달라고 요구해. 캔을 연흔적이 없다는 걸 확인하라고."

"브랜디, 그건 편집증이야."

트로오돈은 고개를 위아래로 끄덕였다. "불-필-요해." 그것은 쉭쉭거리며 말했다.

"클릭스, 자네도 내 루트비어처럼 쓸 수 있는 물건을 찾아 봐." 나는 워키토키에 대고 말했다. "내가 보면 경고가 될 수 있는 걸 찾아보라는 뜻이야."

"브랜디──"

"하라는대로 해!"

다시 잡음. 그러고는, "여기 볼펜이 하나 있어. 내 안으로 헤트가 들어오려고 한다면 뚜껑을 빼 놓을게."

"안 돼. 두 번 다시 실행할 수 없는 것이어야 해. 순간적으로 그럴 수 있는 걸 써야 하고, 우리가 단 하나씩만 가지고 있는 것이어야 해."

잠시 또 잡음이 흘렀다. "알았어. 여기 트윙키 두 개를 셀로판지로 포장한 것이 있어."

"트윙키를 갖고 있어?"

"어, 그래."

"좋아. 그걸 가지고 어떻게 할 건데?"

"흐음, 좋아. 내 가슴 호주머니에 들어 있어."

"헐거운 카키색 웃도리를 입고 있는 거 맞지?"

"그래. 뭔가가 너무 가까이 접근한다면 트윙키를 꽉 눌러 짜부라뜨릴게."

"좋아. 한 가지 더 있어, 클릭스. 몸무게가 얼마 나가?"

"90킬로쯤 돼."

"**정확하게** 얼마 되느냐고? 출발 직전에 마지막으로 신체검사를 받았잖아. 그때 정확하게 얼마 나갔어?"

"으음, 89.5 킬로그램이었던 것 같아."

"알았어. 난 정확하게 104 킬로그램이야."

"아니 그렇게 많이 나가? 세상에!"

"됐으니 그냥 기억만 해 둬."

"일백하고 사. 2년은 104주. 좋아, 기억했어. 하지만 브랜디——"

클릭스는 우리가 가져온 저울이라고는 기껏해야 최대 2킬로그램까지만 잴 수 있는 광물용 계량기밖에 없다는 사실을 지적하려고 했다. "그럼 됐어." 나는 그의 말을 가로막았다. "이제 타임머신으로 돌아갈게."

"코어 시료 채취를 마저 끝내고 싶어." 클릭스가 말했다. "그러면 나는 몇 시간 뒤에나 돌아가게 될 거야."

"좋아. 트윙키를 먹지만 않으면 돼. 나중에 얘기하자고."

"그러지."

나는 배낭에 워키토키를 집어넣고 다시 소총을 집어올렸다.

"무슨 일이야 도대체?" 헤트가 쉭하며 질문했다.

나는 루트비어 캔을 들어올렸다. "그냥 나한테서 떨어져 있어. 이 금속 탭이 보이지? 내가 이걸 잡아당기면 이 용기의 봉인이 깨지고 다시 밀봉할 수가 없게 돼. 나는 반 초만 있으면 충분히 그럴 수 있어. 아무리 너라고 해도 그렇게 빨리 내 몸 안으로 들어오지는 못할 걸."

"지금 네 몸 안으로 들어갈 생각은 없어."

"**게다가,**" 나는 말을 이었다. "만약 네가 내 몸 안으로 들어온다면, 클릭스는 이미 내 몸무게가 얼마인지를 알고 있어. 거기에 네 체중이 더해진다면 금세 알아차릴 거야." 실은 이 말은 사실이 아니었다. 설령 우리에게 몸무게를 달 수 있을 정도로 큰 저울이 있다고 해도, 클릭스와 나의 체중은 그때 몸 안에 있는 음식과 배설물의 양에 따라 조그만 헤트 덩어리의 무게 따위보다 훨씬 더 큰 폭으로 변동하기 때문이다. 그러나 일단은 매우 그럴듯한 위협으로 들릴 테니 상관없었다.

"우리 일을 걱정하고 있는 것 같군." 헤트가 말했다. "우리는 단지 너희들과 얘기를 하고 싶을 뿐이야."

나는 소총 총신을 내렸지만 배낭에 다시 꽂아넣지는 않았다. "좋아. 무슨 얘기를 하고 싶다는 거지?"

"양배추하고 왕 얘기."* 공룡이 말했다. 이것은 내가 즐겨 읽은 책에 나온 표현인 데다가 트로오돈은 클릭스가 캐나다 사투리라고 부르는 악센트로 말했다. 어제 아침에 만났던 마름모 모양의 반점이 있는 놈은 아니었지만, 안에 들어 있는 헤트가 그때 나와 말을 나눴던 헤트인 듯하다. 그게 아니라면—이런 개념을 소화하는 것은 쉽지 않았지만—예전에 설명을 들었듯이 헤트에게 개체라는 개념은 무의미한지도 모른다. 하나의 헤트가 어떤 지식을 얻으면 모든 헤트가 그것을 공유하는 것일까? 서로 어떻게 의사소통을 하는 것일까?

"양배추하고 왕 얘기?" 나는 상대가 한 말을 되풀이하고는 어깨를 으쓱해 보였다. "현재 영국의 왕은 찰스 3세이고, 나는 다진 양배추 샐러드라면 먹어."

여전히 몇 미터 떨어진 곳에 서 있는 공룡은 나를 향해 고개를 갸우뚱 기울이더니 천천히 한 눈씩 깜박이며 그 정보를 소화했다. "알려줘서 고맙군." 이 공허한 표현은 슈로더 박사에게서 옮은 것이다. "너는 타임머신으로부터 상당히 멀리 떨어진 곳까지 와 있어."

"인간은 운동을 위해 걸어야 해 —— 그래야 소화가 잘 되거든."

"아."

나는 공룡을 쳐다보았다. "그 트로오돈은 전에는 못 본 건데."

"사실이야."

"하지만 너는 같은 헤트야?"

"대략 그렇다고 할 수 있지."

---

* Cabbages and kings. 루이스 캐롤의 『거울나라의 앨리스』에 나오는 구절. 이것저것 잡다한 이야기라는 뜻이다.

"왜 공룡의 몸을 옮겨다니는 거야?"

트로오돈은 눈을 깜박였다. "같은 탈 것 안에 하루나 이틀 이상 들어가 있는 일은 드물어. 그런다면……" 쉰 목소리로 말하던 헤트는 적절한 단어를 찾으려는 듯이 말꼬리를 흐렸다. "폐소 공포증에 걸려." 공룡은 발을 뒤척였다. "또 서로 직접 교류하면서 기억을 공유하려면 탈것을 떠날 필요가 있어."

이 말이 사실이라면, 헤트들이 클릭스와 나의 육체 밖으로 자발적으로 나갔다고 해서 그들이 사악한 존재가 아니라고 단언할 수는 없다는 얘기가 된다. 그렇다면……

"가르쳐 줘." 헤트는 잡담하듯이 말했다. "클릭스 그 역겨운 놈은 지금 정확히 어디 가 있어?"

"뭐라고?"

"역겹고 재수없는 놈 클릭스. 그는 어디 있어?"

"왜 그런 식으로 부르는 거지?"

"클릭스를? 아, 말장난이야. 말장난은 이제 링크돼. 그의 독자적인 식별어는 마일즈(miles)이지만, 너는 그를 킬로미터를 줄인 말인 클릭스라고 불러." 공룡은 길쭉한 얼굴을 뒤로 젖혔다. "호호."

"아니, 그게 아니라 왜 클릭스를 욕하는 거지? 역겨운 놈, 재수없는 놈, 그런 말 말야. 왜 그런 표현을 쓰는 거야?"

"그건 네가 쓰는 표현이야. 난 단지 ── 혹시 쓰는 방법이 틀렸어?" 트로오돈은 고개를 갸우뚱 기울였다. "너희들 언어는 쓰기 힘들고, 우리가 쓰기에는 부정확해."

"너희들 앞에서 그런 식으로 그를 부른 적은 없었어. 그랬다가는 얻어맞았을 테니까."

"흥미롭군. 하지만 너는 그를 줄곧 그런 말로 부르고 있어. 우리는 그걸 네게서 흡수했어."

이런 염병할. "그러니까, 내 머릿속에서 그걸 찾아냈단 말야?"

"그래. 강력하게 결부되어 있었어. 삼단논법, 맞아? 클릭스는 역겨운 놈이지만, 역겨운 놈들이 모두 클릭스는 아니다. 역겨운 놈, 재수없는 놈, 가정 파괴범, 아내 뺏어간 놈, 개자식, 검둥이—"

"검둥이? 하느님 맙소사, 내가 정말로 그런 생각을 하고 있단 말야?" 나는 얼굴이 벌겋게 달아오르는 것을 의식했다. "다른 것들은 적어도 주관적인 욕이니까 그렇다고 쳐도, 인종차별적인 언사를 하다니……설마 내가 그럴 리가—"

"검둥이 안 좋아? 아니, 그건—아, 그의 피부색에 관한 표현이군. 네 것보다 더 검어. 그게 중요해?"

"아니. 아무 의미도 없는 차이야—적도 근처의 햇볕에 더 잘 적응했기 때문에 그럴 뿐이야. 부탁이니 그를 그렇게 부르지는 말아 줘."

"'그렇게'? 왜 내가 그를 '그렇게' 부른다는 거지?"

"아니, 그런 뜻이 아니라 그를 검둥이라고 부르지 말아 달라는 거야. 역겨운 놈이라고 해도 안 되고, 방금 나온 다른 표현을 써도 안 돼."

"부적절한 표현이라는 뜻이야? 그럼 뭐라고 불러야 해?"

"클릭스. 그냥 클릭스라고 불러."

인종차별적 언사. 정말이지 부끄럽다. 완전히 사라지고 망각해 버렸다고 생각해도, 그런 편견은 실은 언제나 그 자리에 남아서 다시 살아날 기회만 노리고 있었던 것이다.

그렇지만…… 공룡이 한 말들은 나를 매료했다. 더 이상 화제로 삼지 말아야 한다는 사실을 알고 있었지만 묻고 싶은 마음을 참을 수 없었던 것이다.

"테스." 나는 조금 있다가 말했다. "테스라는 이름에는 어떤 단어가 ── 링크되어 있어?"

"테스." 파충류는 두 다리에 교대로 체중을 실으며 무지개빛으로 반짝이는 두 눈의 순막(瞬膜)*을 번갈아 깜박였다. "소중한, 여보, 예쁜이, 자기, 램찹." 공룡이 연거푸 애칭을 늘어놓자 나는 몸을 움찔했다. "연인, 오로지 내거. 잃어버렸다. 빼앗겼다. 사라졌다."

"됐어." 나는 재빨리 말했다. "그걸로 충분해. 그럼 '아버지'는 어때?"

"아버지?" 한순간 침묵이 흘렀다. "무거운 짐."

"그게 다야?"

"그게 다야."

나는 고개를 돌렸다. 외계인이 나의 곤혹스러운 표정을 알아보기는 커녕 이해하지도 못할 거라는 확신이 있었지만, 죄의식이 몰려왔다.

"너는 정말은 나하고 어떤 얘기를 하고 싶었던 거야?"

이윽고 나는 말했다.

"어디 가 있었어?"

---

* nictitating membrane. 조류나 악어 등에서 볼 수 있는 제3의 눈꺼풀.

"밖으로 나와서 그냥 여기저기를 돌아다니고 있었을 뿐이야."

"아, 좋아. 뭔가 재미있는 걸 봤어?"

"아니. 못 봤어. 하나도 못 봤어."

"〈스턴버거〉까지 데려다 줄까?"

나는 한숨을 쉬었다. "정 그래야겠다면. 이쪽이야."

"아냐. 이쪽으로 가. 짧은 길."

짧은 길이 아니라 '짧은 생'을 마감하게 한다는 뜻 아닐까. "그건 지름길이라는 뜻이겠지 아마?"

"그래에."

우리는 숲속으로 걸어들어갔다.

카운트다운

4

좋은 나무가 나쁜 열매를 맺을 수 없으며, 나쁜 나무가 좋은 열매를 맺을 수 없느니라.

—마태복음 7:18

　헤트와 둘이서만 있는 것은 마음이 내키지 않았다. 트로오돈의 길쭉한 두개골은 길이가 30센티미터도 채 안 되고 이빨 크기도 작았지만, 목을 문다면 인간 정도는 쉽게 죽일 수 있다.

　트로오돈의 자연스러운 보행 속도는 나의 세 배는 되는 듯했지만, 몇 분 동안 나를 앞서가다가 깡충거리며 다시 되돌아오는 일을 되풀이하는가 싶더니 어느새 나와 보조를 맞춰 걸을 수 있게 되었다. 우리는 나란히 서서 길을 나아갔다. 〈스턴버거〉로 돌아가는 길은 상당히 힘들었기 때문에 나는 다이어트코크 두 캔을 모두 따서 마셨지만, 그러는 중에도 내 저칼로리 수류탄의 풀탭에 줄곧 손을 대고 있었다.

헤트는 내게 질문 공세를 퍼부었지만, 대부분 아무 해도 없는 것들이었다. 그러나 이번 시간 여행의 대원으로 선발되었을 때 나는 H. G. 웰즈의 소설을 모조리 재독했다. 그때 읽은 작품의 한 구절이 머릿속을 자꾸 맴돌았다. "그랜드 루나에게 그 사실을 알린 것은 미친 짓이었다."* 나는 가급적 모호하고 자극적이지 않은 대답으로 일관했다. 잠시 뒤에는 내게서 상당한 양의 정보를 얻은 헤트가 거꾸로 이쪽 질문에 대답해 줄 의무를 느낄지도 모른다는 생각이 들었다. 그래서 나는 가장 중대하지만 꺼내기 힘들었던 질문을 과감하게 해 보았다.

"나는 너희들 생태에 흥미를 가지고 있어."

트로오돈은 고개는 앞으로 향한 채로 길이 2센티미터에 달하는 길쭉한 수직 동공으로 나를 곁눈질하고 있었다. "설명할 수 있는 말이 내게는 없어." 잠시 후 공룡은 말했다.

"어이. 나는 생물학자이고 넌 내 어휘를 알고 있잖아. 그러니까 일단 함께 시도는 해 보자고. 네 몸이 지구상의 생물처럼 세포를 기반으로 하고 있지 않다는 건 확실해. 그보다 훨씬 더 작은 단위로 이루어져 있는 게 틀림없어. 그게 아니라면 우리 살갗을 통과하지는 못했을 테니까."

공룡은 고개를 위아래로 끄덕였다. "사리에 맞는 가설."

"흠, 그럼 넌 도대체 뭐지? 난 화성에 관해 상당히 잘 알고 있어.

---

* H. G. 웰즈의 장편소설 『달세계 최초의 인간』 마지막 장에 나오는 유명한 대사. 주인공은 외계인에게 솔직하게 지구 얘기를 한 대가를 치르게 된다.

화학적으로는 지구와 충분히 닮았기 때문에 너희들이 우리 인류와는 전혀 다른 생물이라고는 믿기 힘들어. 게다가 지구 환경에서도 너희들은 숙주 없이 살아남을 수 있잖아."

"사실이야."

이놈의 대답을 듣고 있으면 분통이 터진다. "빌어먹을. 그럼 네 정체가 뭔지 말해 보란 말야. 도대체 뭐가 너희를 째각째각 움직이게 하는지 가르쳐 줘."

"째각째각? 우리는 폭탄이 아냐."

반드시 그렇지 않다는 확신도 없었다. 그러나 나는 이렇게 대답했다. "난 네가 무엇이 아닌지는 알아. 내가 알고 싶은 건 네 **정체**야."

공룡은 마치 어떤 개념을 정확하게 표현할 단어들을 찾으려는 듯이 땅바닥을 내려다보았다. 마침내 몸을 돌려 나를 마주보더니 이렇게 말했다. "우리는 아주 작으면서도 아주 커."

나는 거대한 노란 눈들을 들여다보았다. 이 두 눈이 헤트가 아닌 트로오돈의 파충류 영혼을 비유적으로 들여다보는 창문이라는 사실을 알고는 있었지만, 그러지 않을 수가 없었다. 모호하기 짝이 없는 대답이었지만, 왠지 헤트가 무슨 얘기를 하고 있는지를 알 듯했다. 헤트와의 두 번의 짧은 정신 접촉을 통해서 받은 인상을 바탕으로, 어렴풋하게나마 진상을 눈치챘기 때문인지도 모르겠다.

"너는 극미(極微) 단위들로 이루어져 있지만 사실은 하나의 거대한 생물이야." 나는 반쯤 머리가 날아간 트리케라톱스의 몸에서 스며나오던 비치볼 크기의 헤트를 머리에 떠올리며 말했다. "서로 뭉쳐서 큰 덩어리들을 만들 수도 있지만, 더 작은 크기로 뭉칠 수도 있어. 하지만 너는 군체 생물이야. 정착할 초(礁)를 가지지 않는 산호 비슷한. 그래서 각자가 세포보다 더 작은 미세한 구성요소로 분열해서, 다른 생물의 몸 안으로 침투할 수 있는 거야." 너무 황당무계해서 과학 저널 따위에 발표할 염두도 못 냈겠지만, 나는 내가 올바른 추론을 하고 있다고 직감했다. "내 말이 맞지. 안 그래?"

"그래에에. 그럭저럭 맞는 느낌."

나는 기본부터 시작해 보기로 했다. "지구상의 생명은 모두 핵산이라고 불리는 자기 증식하는 거대분자를 기반으로 삼고 있어."

"그것 우리도 알아."

"너희들도 핵산을 기반으로 하고 있어?"

"그래에에, 우리는 핵산이야."

표현이 어째 좀 이상하다. "어느쪽? DNA?"

"너희들의 세포핵 안에 있는 거? 이중 나선? 그래에. 우리의 독립 구성요소 중 일부는 DNA가 맞아."

"그럼 나머지 구성요소들은?"

"비(非)디옥시."

머릿속에서 공룡이 지금까지 한 말을 몇 번 되풀이해 보고 나서야 무슨 뜻인지 알 수 있었다. "아. RNA 얘기를 하고 있는 거로군. 리보핵산."

파충류가 천천히 입을 벌리자 단검을 연상시키는 이빨들이 드러났다. 다시 입을 딱 닫더니, 발음한다기보다는 숨을 내뿜는 듯한 느낌으로 말했다. "그래에."

"그것 말고는?"

"단백질."

나는 잠시 침묵하며 이 사실을 곱씹어 보았다. **우리는 핵산이야.**
헤트는 방금 이렇게 말했다. 그 사실을 곱씹고, RNA에 관해 생각
해 보았다. 뉴클레오티드의 사슬인 RNA는 세포질 안에서 발견되
며, 장기기억의 보관이라든지―그렇다!―바이러스 따위와 관련이
있다.

"너는 바이러스로군." 나는 말했다.

"바이러스?" 이 단어가 맞는지 안 맞는지 가늠해 보는 듯한 말
투였다. "그래에. 바이러스 맞아."

이걸로 모두 아귀가 들어맞는다. 바이러스는 세포에 비해 훨씬
작으며, 크기가 1백에서 2천 옹스트롬밖에는 안 된다. 바이러스성
생물이라면 세포와 세포 사이의 간극으로 쉽게 들어가서 피부와
근육과 장기에 침투할 수 있다. 하지만……하지만…… "하지만 바
이러스는 실제로는 살아있는 생물이 아냐." 나는 말했다.

트로오돈은 나를 쳐다보았다. 금빛 눈이 햇살을 반사하며 번득
인다. "그게 무슨 뜻이야?"

"그러니까, 바이러스는 숙주의 체내로 들어가지 않는 이상 완전
하지 않다는 뜻이야."

"숙주?"

"진짜 생물 말야. 바이러스는 유전정보가 보관된 DNA와 RNA,
그리고 단백질로 이루어져 있을 뿐이야. 따라서 스스로의 힘만으
로는 전혀 성장하거나 증식하지를 못해. 그래서 바이러스는 생물
이 아니라고 하는 거야. 증식하기 위해서는……"

트로오돈은 천연덕스럽게 눈을 깜박였다. "그래서?"

나는 침묵했다. 바이러스는 동물이나 식물의 세포를 빼앗고, 강

탈하고, **침략**해야 한다. 그런 다음 그 세포가 바이러스 자체의 핵산을 만들어내도록 강요하고, 단백질 외피를 복제하는 식으로 중식하는 것이다. 혹시 유익한 바이러스도 있지 않았나 하고 머리를 쥐어짜 보았지만 물론 그런 것은 존재하지 않는다. 바이러스란 본디부터 병원성 물질이고, 세포 생물에게는 위험한 존재이며, 인플루엔자, 소아마비, 홍역, 감기뿐만 아니라 1990년대와 2000년대에 창궐한 AIDS 같은 질병의 원흉인 것이다. 사실 바이러스 연구가 예전의 〈스타워즈〉 병기 기술과 마찬가지로 서구 과학계의 주목을 받게 된 것은 AIDS 덕택이라고 해도 과언이 아니다. 적어도 이 경우는 연구비를 제대로 썼다고 할 수 있다. 2004년에는 AIDS 특효약의 인체 사용이 허가되었기 때문이다. 사실 〈해방Deliverance〉이라는 적절한 이름을 가진 이 신약은 적응 프랙털 결합이라고 불리는 과정을 써서 모든 바이러스를 무력화시킬 수가 있다.

그러나 헤트들이 바이러스 생물이라면, 그들은 무조건⋯⋯다른 생명체들을⋯⋯**정복**하는 수밖에 없다.

조상이 육식 동물인 탓에 인류는 태생적으로 폭력적이라고 주장하는 사람들이 있다. 그렇다면 세포를 기반으로 한 생물들을 글자 그대로 노예로 삼아야 한다는 태도는 헤트의 심리에 어떤 영향을 끼쳤을까? 모든 생물을 지배하려는 충동에 사로잡혀 정복에 나서게 될까? 그렇게 생각한다면 헤트들이 같은 동물의 몸 안에 오랫동안 머무는 일을 싫어하는 것도 이해할 수 있다. 노예화하고 싶은 충동을 계속 만족시키려면 다른 생물들을 잇달아 예속시켜야 하기 때문이다⋯⋯

잠깐 기다려 브랜디. 잠깐만 기다리란 말야. 너무 극단으로 나가지는 말아.

하지만…… **바이러스**라니.

어이 브랜디. 너는 과학자야. 황당무계하게 들리는 가설을 세우는 행위 자체에는 문제가 없어. 단지 그걸 시험해 보고, 증명할 수만 있다면 말야.

헤트들은 집단 정신이다. 개인의 개념 자체가 없는 것이다. 따라서 거짓말이나 기만 따위에 관해서는 아예 모를 가능성도 있다.

그렇다면 단도직입적으로 물어보면 되지 않을까?

"너희들은 다른 생물들의 몸을 빼앗아서 그걸 이용하지?"

공룡은 두 번 눈을 깜박였다.

"물론이야."

"설령 상대방이 지적 생물인 경우에도?"

또다시 눈을 깜박였다. "진정한 지적 존재는 우리밖에는 없어."

나는 전율했다. "저쪽에서 공룡들이 기계 탱크들과 싸우는 걸 봤어."

트로오돈은 고개를 갸우뚱 기울였다. "아."

"워게임을 하고 있었던 거 맞지?"

"게임이 뭔데?"

나는 고개를 절레절레 흔들었다. "'게임'은 어차피 정확한 표현이 아니니까 신경 쓰지마. 내 질문은 전쟁에 대비해서 연습을 하고 있었느냐는 뜻이야."

"그래에."

"너희들과 다른 지적 생물 사이에서 벌어지는 전쟁 말이로군."

"진정한 지적 존재는 우리밖에는 없어." 헤트는 아까 했던 말을 되풀이했다.

"알았어. 그럼 이렇게 말하지. 너희와 그 기계 탱크를 만든 종족 사이에서 벌어지는 전쟁."

"그래에."

"누가 전쟁을 일으켰지?"

"무슨 얘긴지 모르겠어." 헤트가 말했다.

"뭣 때문에 싸우는 거야?"

"이기려고."

"아니, 그런 뜻으로 물어본 게 아냐. 애당초 그런 전쟁이 벌어진 원인이 뭐였어?"

"아, 그거." 트로오돈은 날씬한 배를 긁었다. "그들은 우리가 자기들 몸 안으로 침입하는 걸 싫어해. 우리 노예가 되고 싶어하지 않아."

"썅shit."

헤트는 트로오돈의 거대한 금빛 눈을 통해 나를 보았다. "넌 그런 활동을 할 때는 프라이버시가 필요하다고 하지 않았어?"

카운트다운

❸

진리를 알게 되리니 그 진리가 너희를 자유롭게 하리라.

—요한복음 8:32

헤트와 내가 〈스턴버거〉 근처의 진흙 평원에 도착했을 때 클릭스의 모습은 어디에도 보이지 않았다. 하늘에 뜬 태양 위치로 판단하건데 늦은 오후인 듯했다. 클릭스는 저녁을 먹을 시간이 되기 전까지 돌아올 것 같지는 않았다. 무전기를 써서 빨리 돌아오라고 연락하는 방법도 있었지만 그래 봤자 별 의미는 없었다. 어차피 헤트가 떠나기 전에는 클릭스와 자유롭게 대화를 나눌 수가 없고 ── 헤트 또한 떠나려는 기색을 전혀 보이지 않았다. 트로오돈은 긴 꼬리를 똑바로 뻗고 좌우 다리로 번갈아가며 깡총거리고 있었다. 잠시 후 공룡은 길쭉한 머리를 들고 크레이터 벽 위를 바라보았다.

벽 높은 곳에 자리잡고 있는 것은 우리의 타임머신이었다.

"안으로 데려가 줘." 트로오돈이 느닷없이 말했다.

트로오돈 곁에 서 있는 것만으로도 이렇게 불안한데, 밀폐된 공간에서 함께 있는다는 것은…… "난 그러고 싶지 않아." 나는 말했다.

트로오돈은 거대한 눈을 이쪽으로 돌리고 나를 빤히 바라보았다. "답례를, 브랜든-브랜디. 우리는 우리 배 안에 너를 들어가게 해 줬어. 그러니까 이제는 우리를 너희들 배 안에 들어가게 해 줘야 해."

정말이지 황당하군. 공룡한테서 무례하다는 지적을 받다니. "하지만 〈스턴버거〉가 어디 위치해 있는지를 보라고." 나는 위를 가리키며 말했다. "크레이터 가장자리 밖으로 튀어나와 있는 게 보이지? 난 네가 크레이터 벽 위까지 갈 수 있다는 건 알지만, 출입용 해치까지 또 한참을 뛰어올라야 해. 네가 그럴 수 있을 것 같지는 않군."

트로오돈은 총알처럼 달려가더니 덜렁거리는 긴 팔을 써서 부슬거리는 크레이터 벽을 기어올라가기 시작했다. "아무 문제도 없어." 꼭대기에 올라간 공룡이 큰 소리로 말했다.

밖에서 본 메인 해치는 새파랗게 칠해져 있었고, 가장자리만 빨간 색이었다. 어느 기술자는 이것이 만드릴의 입 같다고 평한 적이 있다. 현존하는 모든 파충류와 새들은 모두 색조감각을 가지고 있으므로, 공룡도 당연히 볼 수 있을 것이다. 개를 위시한 포유류 일부가 어둠 속에서 사물을 잘 식별하는 능력을 얻는 대가로 색을 보는 능력을 잃은 것은 진화론적으로는 상당히 최근의 일이다. 토로오든은 단지 거대한 눈을 가지는 것만으로 같은 목적을 달성했다. "안으로 들어갈래." 트로오돈이 말했다.

메인 해치의 문턱은 무너져가는 크레이터 가장자리에서 1미터쯤 위쪽에 있었지만, 트로오돈은 껑충 뛰더니 별 힘 들이지 않고 해치 손잡이를 움켜잡았다. 공룡은 파란 해치문을 두 발로 밀면서 걸쇠를 들어올렸고, 안을 향해 열린 문에 매달린 채로 내부로 들어갔다. 그러고는 손을 놓고 출입 통로 바닥으로 쿵 떨어졌다. 딱딱한 꼬리 때문에 통로 안에서 몸을 돌리지는 못했지만, 고개를 뒤로 돌려 나를 바라보더니 좌우로 머리를 흔들었다.

흐음, 옆에서 감시하는 사람도 없이 저런 생물을 타임머신 안으로 들일 생각은 추호도 없었다. 나도 크레이터 벽을 오르기 시작했다. 흙은 말라 있었지만 어젯밤에 비가 좀 왔는지 티라노사우루스들이 남긴 발자국들은 모두 사라져 있었다. 트로오돈은 이미 내부의 1번 문으로 통하는 경사로를 지나 비좁은 반원형 거주 구획 안에 들어가 있었다. 나는 서둘러 따라 들어갔다.

공룡은 천천히 작은 방 안을 돌며 식품용 냉장고와 비품 로커를 둘러보고, 2번 문의 창문을 통해 차고를 들여다 보고, 약품용 냉장고를 열었다가 ── 냉기가 얼굴로 몰려오자 재빨리 닫았다. 3번 문을 열고 조그만 화장실을 들여다보고, 외각에 면한 만곡한 벽을 따라 움직이며 콩팥 모양을 한 작업대와 무선 콘솔을 구경하고, 마지막으로 소형 실험 장치를 바라보았다. 얼마 전에 사실이 아니라는 항의를 듣기는 했지만 트로오돈의 낫 같은 날카로운 발톱들이 강철 바닥을 스치는 소리는 역시 폭탄이 째각거리는 소리처럼 들렸다.

"이것으로 네 타임머신을 제어하는 거야?" 트로오돈은 쉭 하는 소리를 내며 클릭스의 실험 기구 하나를 가리켰다.

나는 외부 해치로 통하는 경사로에서 움직이려고 하지 않았다. 트로오돈이 뭔가 수상한 짓을 한다면 서둘러 도망칠 수 있어야 하기 때문이다. "아냐. 그건 광석 분석 장치야. 전에도 말했듯이 시간 여행에 관련된 동작 부분은 모두 6천5백만 년 미래에 있어."

트로오돈은 무선 콘솔 앞으로 가서 수상쩍은 듯이 그것을 훑어 보았다. "이건 뭔데?"

"좀 거창한 무전기에 불과해."

"무전기?"

"으음, 전자기를 이용한 원격 통신기."

트로오든은 만곡한 발톱으로 무선 콘솔을 톡톡 쳤다. 무선 콘솔 가장자리를 에워싼 플라스틱판의 가짜 나뭇결에 매료된 듯했다. "응, 우리도 그런 통신 장치를 가지고 있어. 하지만 이걸로 누구를 부를 수 있는데? 이 무전기는 시간을 넘어서 작동하는 거야?"

"설마 그럴 리가. 그냥 보통 무전기야. 우리 타임머신은 헬리콥터——하늘을 나는 탈것에 의해 지상으로 투하되었어. 이 무전기를 쓰면 헬리콥터 조종사하고 연락을 할 수 있었고, 지상 기지에 있던 칭-메이, 그러니까, 이 타임머신을 발명한 사람하고도 말을 나눌 수 있었지. 지상 기지는 몇십 킬로미터 떨어진 티렐 현지 작업장에 자리잡고 있었어. 그밖에도 이 무전기는 우리가 가지고 다니는 워키토키——휴대용 무전기의 신호를 중계해 줄 수 있고, 위치 추적 장치도 여기서 나오는 전파로 작동해. 아, 그리고 헬리콥터가 우리를 투하했을 때는 인공위성 신호들을 잡아서 정확한 위치를 결정하는 일에도 쓰였지. 〈역행〉에서는 정확한 위치를 아는 게 중요하거든. 우리가 예정된 장소가 아닌 곳으로 귀환했을 경우에는 수색 구난 위성을 향해 조난 신호를 보내는 기능까지 있어. 그럴 가능성은 거의 없다고 들었지만, 완전히 불가능한 일은 아니거든." 나는 번들거리는 조작 패널을 가리켰다. "하여튼, 이 물건은 우리가 필요로 하는 무전기보다 훨씬 더 고성능이지만, 이걸 협찬해 준 회사인 앰펙스가 이 무전기를 꼭 선전하고 싶다고 해서 말이야. 우리가 실제로 이걸 필요로 하는지의 여부는 별로 상관이 없었어."

"너희들은 정말 이상한 문화를 가지고 있군." 트로오돈이 말했다.

나는 억지 웃음을 지었다. "나도 동감이야."

클릭스는 해가 지고 나서 조금 뒤에 야영지로 돌아와서 크레이터의 벽이 아침 햇살을 막아주는 위치에 지프를 주차했다. 트로오돈과 나는 진흙 평원에서 그를 맞았다. 나는 A&W 캔을 들어올리고 손을 대지 않은 풀탭을 클릭스에게 보였다. 그는 웃옷 가슴 호주머니를 열고 트윙키 봉지를 꺼냈다. 조금 우그러져 있기는 했지만—트윙키처럼 부드러운 케익의 경우는 피할 수 없는 일이다—고의적으로 짜부라뜨린 징후는 찾아볼 수 없었다.

트로오돈이 몇 시간 동안이나 돌아가려는 기색을 보이지 않고 주위를 얼쩡거리는 통에 나는 클릭스와 터놓고 얘기할 수 있는 기회를 잡지 못했다. 소형 공룡은 우리가 땔감으로 낙우송 가지를 모으는 것을 도와주기는 했지만 말이다. 우리는 스테이크를 굽기 위해 작은 모닥불을 피웠다. 쇠고기 스테이크 말이다──파키케팔로사우루스 고기는 이제 사양하겠다. 헤트는 먹을 것을 조리한다는 개념이 신기했는지 자기가 조종하는 공룡에게도 조금 먹게 해달라고 요청했다. 50달러나 하는 최고급 등심은 단 한입만에 트로오돈의 목 안으로 사라져 버렸다. 헤트에 의하면 땃쥐 고기맛과 아주 비슷하다고 했다. 식충목(食蟲目)인 땃쥐는 이 시대에도 이미 번성하고 있었던 얼마 안 되는 포유류 중 하나다.

해가 진 뒤에도 여전히 기온은 높았다. 모두가 모닥불을 에워싸고 앉았다. 공룡의 거대한 눈 속에서 불길이 춤추고 있다. 트로오돈은 우리의 과장된 하품에도 전혀 주의를 기울이지 않았기 때문에 결국 클릭스는 단도직입적으로 "우리는 이제 가서 자야 해"라고 말했다.

"오." 헤트는 이렇게 말하더니, 더 이상 한 마디도 하지 않고 어둠 속으로 성큼성큼 걸어갔다. 클릭스와 나는 모닥불을 끄고 서둘러 〈스턴버거〉로 돌아갔다. 안으로 들어가자마자 나는 그를 마주 보았다.

"클릭스." 곁에서 우리 말을 엿듣는 화성인이 없어졌으니 이제는 말할 수 있다. "우리는 헤트들을 미래로 데려갈 수 없어."

"왜?"

"왜냐하면 놈들은 사악하기 때문이야."

클릭스는 입을 멍하니 열고 뜬금없이 그게 뭔 소리냐는 듯한 표정으로 나를 보았다.

"농담이 아냐. 놈들은 전쟁을 하고 있어."

"전쟁?"

"그래. 나하고 함께 야영지로 돌아왔던 아까 그 트로오돈이 시인했어."

"누구하고 싸우고 있는데?"

"몰라. 안 가르쳐 주더군."

"뭣 때문에 싸우는데?"

"헤트들은 상대방을 노예화하고 싶어해."

"노예화?"

"머릿속으로 기어들어가서 뭐든 헤트들 자신이 원하는 일을 하도록 하는 거야."

"그 헤트가 자네한테 그렇게 말했다고?"

"응."

"왜 그런 얘기를 자네한테 한 거지?"

"왜 그런 얘기를 **못한다는** 거지? 클릭스, 아직도 모르겠어? 놈들은 집합 정신을 가진 단 하나의 생물이야. 젤리 덩어리들은 서로 뭉쳐서 기억을 공유한다는 뜻이야. 어떤 개인이 다른 개인을 속인다는 건 놈들에게는 이질적인 개념이야. 헤트의 유일한 장점은 놈들이 병적일 정도로 진실밖에는 얘기 못한다는 사실이야."

"내가 보기엔 별 해가 없어 보이던데."

"놈들은 바이러스야." 나는 말했다.

"바이러스? 은유적으로 하는 말인가……"

"글자 그대로 바이러스라는 뜻이야. 놈들의 생태는 바이러스와 동일해. 핵산으로 이루어져 있지만, 스스로의 힘으로 성장하거나 증식할 수는 없어. 그러는 대신 살아있는 숙주(宿主)에 기생하는 수밖에 없어. 그럴 때만 정말로 살아 있다고 할 수가 있는 거지."

"바이러스성이라." 클릭스는 느릿느릿하게 말했다. "흐음, 그래서 녀석들은 살아있는 조직 안으로 침투할 수 있는 거로군. 바이러스라면 충분히 작으니까 말야."

"하지만 이렇게 얘기하는데도 모르겠어? 바이러스는 사악해."

클릭스는 또 '무슨 뜬금없는 소리?'라는 식의 표정으로 나를 보았다. "바이러스는 단지 조그만 화학물질에 불과해."

"바로 그거야. 어떤 명령이 프로그래밍된 화학물질이지. 살아있는 생물 조직을 탈취해서 그 조직의 세포들을 이용해서 더 많은 바이러스를 만들어내라는 명령 말이야. 바이러스는 언제나 숙주에게 해를 끼쳐."

"아마 그렇겠지."

"숙주에게 해를 끼치니까 바이러스라고 부르는 거야. 바이러스에게 이익이 되는 일은 그것이 침투한 세포에게는 절대로 이익이 되지 않아."

"헤트들이 바이러스성이라면, 바로 그런 생리에 기반한 심리를 갖고 있다고 주장하고 싶은 거야?"

"어떤 경우든 그렇게 된다고 주장하려는 건 아냐. 하지만 헤트들이 진화한 과정은 바로 거기 해당이 돼. 놈들은 뭐든지 정복하려는 충동에 의해 움직이고 있어. 자네도 우리가 목격한 밀집 성단에 대해 놈들이 뭐라고 했는지 들었잖아. '저건 우리를 화나게 만들어'라고 했어. 놈들은 자기들 손이 닿지 않는 곳에 어떤 생명이 존재한다는 사실을 견디지 못하는 거야. 예속시킬 수가 없으니까 말이야."

"글쎄 브랜디. 그건 너무 독단적인 해석이 아닐까."

"빌어먹을, 난 진상을 말하고 있는 거야. 헤트한테서 직접 들었어."

"정확하게 그런 표현을 쓰던가?"

"아니, 완전히 똑같지는 않아."

"어이 브랜디, 자네는 그런 얘기를 하는 상대를 잘못 골랐어. 바이러스가 어쩌고 하는 얘기를 들으면 마치 헤트가 우리에 비해 열등하다는 결론을 미리 내려놓고 그 신념을 정당화하기 위해서 과학을 이용하고 있는 듯한 느낌이야. 바로 그런 식의 사고방식이 오랫동안 우리 흑인들을 괴롭혀 왔다는 걸 알잖아."

"하지만 자네는 살아 있잖아."

"고마워."

"자네가 살아 있는 생물이라는 뜻이야. 나도 마찬가지고. 흑인이든 백인이든 모든 인간이, 모든 동물이, 모든 식물이 살아 있어. 우리 모두가 살아 있어."

"흐음."

"하지만 바이러스들은 그렇지 않아. 과학적인 관점에서 볼 때 놈들은 살아 있는 생물이 아냐. 바이러스는 일단 존재하기 위해서 다른 생물을 정복하는 수밖에 없어. 그게 바이러스의 목적이야. 이건 가능성이 어쩌고 하는 문제가 아냐. 바이러스는 바이러스이기 때문에 그렇게 행동해. 그게 바이러스가 할 수 있는 유일무이한 일이거든. 바이러스이기 때문에 당연히 정복 충동을 가질 수밖에 없다는 얘기야."

"흥미로운 가설이긴 하지만——"

"단순한 가설이 아냐. 난 놈들의 전쟁 연습을 목격했어."

"자네가 뭘 보았든 간에 오해하고 있는 거야."

정말이지 미칠 지경이었다. 마이크로캠으로 모든 걸 녹화했지만, 21세기로 돌아간 뒤에야 그것을 재생할 수 있다니. "사실이라고 맹세할 수 있어." 나는 말했다. "놈들은 공룡들을 공격용 장갑차량으로 쓰고 있어."

"공룡 탱크?"

"생각해 보라고. 생물학적 탱크는 자기(自己) 수리가 가능하고, 스스로 알아서 번식해. 게다가 그 젤리 같은 놈들은 직접적인 마인드컨트롤을 통해서 그걸 부릴 수가 있어." 나는 완충의자를 빙 돌려 그 위에 비스듬히 걸터앉았다. "자네도 공룡의 생리 구조를 연구해 왔으니까 공룡이 완벽한 살육 기계가 될 수 있다는 사실을 알 거야. 엄청나게 강인한 육체를 갖고 있고, 티라노사우루스 같은 수각류의 아가리는 강철 파이프조차도 절단할 수 있어, 신경계는 워낙 단순해서 치명상을 입은 뒤에도 그걸 깨닫지 못하고 몇십 마리나 되는 적을 더 쓰러뜨릴 수가 있어. 그런 공룡들은 태생적인 킬러고, 싸우기 위해 태어난 생물이나 마찬가지야."

클릭스는 고개를 절레절레 흔들었다. "헤트들이 도대체 누구를 상대로 싸운단 말이지?"

"몰라. 지구에 있는 상대는 아니라고 생각해. 공룡알을 우주선에 싣는 걸 봤어. 지금 치열한 전투가 벌어지고 있는 곳으로 운반하고 있는 것 같아. 어딘가——주황색과 파란색 식물이 자라는 어딘가겠지, 아마."

"뭐라고?"

"내가 본 각룡(角龍)들의 무늬가 바로 그런 색들이었어. 위장용 미채인 것 같아."

클릭스는 믿기 힘들다는 듯이 설레설레 고개를 흔들었다. "그런 데도 누구 상대로 싸우고 있는지 모르겠다는 거야?"

적절한 질문이었기 때문에 되려 기분이 나빴다. "여러 가능성이 있어." 나는 재빨리 대답했지만 자신없는 말투를 숨기지는 못했다. "아마 다른 종류의 화성인일지도 모르지. 그게 아니라면 목성의 위성 중 하나에 사는 생물일지도 몰라."

"그럴 것 같지는 않군, 브랜디. 목성의 위성들 중에서 조금이라도 지구의 환경을 닮은 건 없어. 티라노사우루스 1개소대가 거대한 우주복을 입고 싸우는 광경은 상상하기 힘들고."

"흐으음. 그 생각은 미처 못했어."

우리는 몇 초 동안 말없이 생각하고 있었다.

"한 가지 가능성이 있기는 해." 클릭스가 느릿느릿하게 말했다. 조금 놀리는 듯한 말투였다.

"응?"

"흠, 화성과 목성 사이의 궤도에 지구를 닮은 행성이 하나 있을 **가능성**이 있잖아. 우리 시대에는 소행성대가 있는 그곳에 말야. 약한 온실효과가 작용하고 있다고 가정하면 기후도 상당히 온난할 거야." 그는 물에 녹는 친환경 수지로 된 컵에 물을 따른 다음 마이크로웨이브 오븐 속에 넣었다.

"행성 크기의 천체가 있었다고 가정하기에는 소행성대에 있는 암석의 양은 너무 적어."

"어이 친구, 난 자네의 망상에 장단을 맞추고 있을 뿐이야." 그의 손가락이 마이크로웨이브 오븐의 멤브레인 키보드를 두들기자 삑하는 소리가 났다. "그러니까, 최후의 전투에서 헤트들은 물질 변환 병기를 써서 행성 질량의 4분의3을 에너지로 바꿔 버렸을 지도 몰라. 아니면 행성이 박살날 때까지 폭격을 계속해서 박살난 조각들 대부분은 목성이나 태양으로 떨어졌을지도 모르고, 아니면 나선을 그리며 태양계 외각으로 날아가서 명왕성이 되었을 수도 있겠군." 클릭스는 한쪽 눈썹을 활처럼 구부렸다. "얘기가 나왔으니까 말인데, 지금까지 계속 마음에 걸리던 일을 그걸로 설명할 수 있을지도 몰라. 화성에서 볼 수 있는 물에 의한 침식의 흔적은 우리가 지금 와 있는 시대보다 훨씬 더 전에, 무려 몇십억 년 전에 형성되었다는 게 중론이었어. 하지만 실제로 그 침식 흔적의 연령을 가리키는 증거는 그 위에 겹쳐 있는 대량의 크레이터 자국밖에는 없어. 우리는 그런 밀도로 크레이터들이 생겨나려면 어느 정도의 시간이 흘러야 하는지를 추정했고, 그걸 바탕으로 그 아래에 있는 물의 흔적이 몇십억년은 되었다는 결론을 내렸지. 그러나 아까 그 행성이 박살나면서 생겨난 조각들로 인해 화성에 대량의 운석이 쏟아져 내렸다면, 물의 침식에 의해 생겨난 지형은 바로 그런 이유에서 실제보다 훨씬 더 오래된 것처럼 보이게 되었는지도 모르는 일이야. 따라서 지금 이 순간에는 화성 표면에 물이 잔뜩 흐르고 있다고 해도 전혀 이상할 것이 없다는 얘기지."

클릭스는 이렇게 말하며 히죽 웃었지만, 이치에 맞는 설명이었다. "맞아!" 나는 말했다. "그 얼어죽을 화성인은 우리한테 다섯 번째 행성에 관해 물어 봤고, 우리가 목성 얘기를 하니까 놀란 기색이었어. 이 시대에서 목성은 **여섯 번째**의 행성인 거야." 머리가 핑핑 도는 느낌이었다. "하느님 맙소사. 그럼 왜 그놈들이 지구로 와 있는지도 설명이 되는군."

마이크로웨이브 오븐이 삑 하는 소리를 냈다. "뭔 얘긴지 모르 겠네, 홈즈." 클릭스가 말했다.

"지구는 그런 전쟁에서 전략상의 거점이 될 수 있어. 이를테면 화성이 태양을 사이에 두고 그 ─ 소행성대 행성하고는 반대편에 있고, 지구는 같은 쪽에 있다면 말이야. 그럴 경우 공격자 입장에 서 지구는 훌륭한 기지가 되어줄 수가 있어."

"'소행성대 행성'이라고?" 클릭스는 웃었다. "그보다 더 나은 이름이 필요하겠군."

"알았어. 그럼 ─"

"그렇게 서두르지 말게나. 지구의 두 번째 달에 이름을 붙인 건 자네야. 이젠 내 차례라고."

맞는 말이다. "알았어."

클릭스는 머리를 긁적였다. "그럼……"

"그럼 뭐?"

클릭스의 얼굴에서 미소가 사라졌다. "됐어." 그는 김이 모락 모락 나는 뜨거운 물에 디카페인 커피 믹스를 타는 일에 전념하는 척했다. "그건…… 내일까지 생각해 놓을게."

물론 테스라는 이름을 붙이고 싶었던 것이다. 나도 찬성이었지 만 그 사실을 그에게 알릴 생각은 없었다. 클릭스는 말을 이었다. "엄청난 전쟁이 벌어지고 있다 이거군, 브랜디. 화성이 완전히 황 폐해지고, 상대방의 고향 행성이 산산조각이 나 버린 게 사실이라 면 말야."

"이걸로 왜 헤트를 미래로 데려가면 안 되는 지 이해했겠지."

클릭스는 고개를 가로저었다. "난 아직 확신할 수 없어. 자네의 그 바이러스 가설을 믿는 것도 아니고——"

"빌어먹을, 그건 내 가설이 아냐. 헤트한테서 직접 들은 얘기라고."

"전쟁을 한다는 이유만으로 어떤 종족에게 도덕적으로 실격이라는 낙인을 찍는다면 인류한테도 작별 키스를 해야 하잖아. 게다가 녀석들은 이미 두 번이나 자발적으로 우리 몸 밖으로 나갔다는 실적이 있어."

"그럴 수밖에 없었던 거야. 같은 몸 안에 너무 오래 들어있으면 폐소 공포증에 걸린다고 했어. 그래서 새로운 생물을 계속 정복해야 할 필요가 있는 거야." 내가 이렇게 말하자 클릭스는 못 믿겠다는 듯이 눈을 굴렸다. "사실이라니까. 헤트한테서 직접 들은 얘기야. 클릭스, 놈들은 우리가 미래로 돌아가려면 사흘 이상 기다려야 한다는 사실을 알고 있잖아. 바이러스 입장에서 우리 몸 안에 그렇게 오래 머문다는 행위는 공항에서 출발 시간을 기약없이 기다리는 거나 마찬가지야. 그러니까 우리 몸 밖으로 나간 건 당연해. 설령 다른 방법이 통하지 않는다고 해도, 트로오돈의 무리로 우리를 제압해 버리면 언제든 원할 때 우리 몸 속에 들어올 수 있으니까 말야."

"자넨 어떤 경우든 최악의 사태를 상정하는 것 같군." 클릭스가 말했다.

이번에는 내가 눈을 굴리며 하늘을 우러러 볼 차례였다. "이봐, 그놈들은 전자현미경으로 봐야 할 정도로 조그만 구성요소로 분열할 수가 있어. 일단 21세기의 지구에 풀어놓는다면 코르크 마개로 다시 병을 틀어막는 일 따위는 불가능해져. 놈들을 미래로 데려간다는 건 다시는 돌이킬 수 없는 행위이고, 현실 세계에서 판도라의 상자를 여는 거나 마찬가지야."

"은유가 뒤죽박죽이로군." 클릭스가 말했다. "게다가 헤트들을 여기 두고 가는 것도 돌이킬 수 없는 행위잖아. 헤트들을 구할 수 있는 건 우리밖에는 없어."

"그런 위험을 무릅쓸 수는 없어." 나는 이를 악물었다. "내겐 확신이 있어. 놈들이 사악하다는 걸 **확신**하고 있다고."

클릭스는 커피를 홀짝였다. "흐음." 이윽고 그는 운을 뗐다. "자네의 판단력을 얼마나 신뢰할 수 있는지는 우리 두 사람 모두 잘 알잖아."

위가 딱딱해지는 느낌. "그게 무슨 뜻이지?"

클릭스는 또 커피를 홀짝였다. "별 거 아냐."

나는 목소리가 조금 떨리는 것을 자각했다. "방금 한 농담이 무슨 뜻인지 얘기해 줘."

"정말 별 거 아니라니까." 클릭스는 억지로 웃어 보였다. "그러니까 신경쓰지 마."

"알고 싶으니 얘기해 줘."

그는 한숨을 쉬고 양손을 펼쳐 보였다. "정 그래야겠다면──나와 테스에 관한 자네의 말도 안 되는 오해를 두고 한 소리야." 그는 내 눈을 흘끗 보고는 고개를 돌려 나를 외면했다. "자넨 지금처럼 오만하기 그지없는 태도로 우뚝 서서, 혼자서 재판관과 배심원 양쪽의 역할을 맡아서 내가 하지도 않은 일을 가지고 나를 비난했어." 목소리가 나직해졌다. "단지 그게 마음에 안 들 뿐이야."

내 귀를 믿을 수가 없었다. "자네가 하지도 않은 일을 가지고?" 나는 클릭스를 비웃었다. "테스와 간통하고 있다는 사실을 부인하려는 거야?"

클릭스는 다시 내 눈을 보고, 이번에는 시선을 떼려고 하지 않았다. "제발 그 둔한 머리를 써서 생각을 해 봐, 새커리. 테스는 독신이야. 이혼했으니까. 그리고 나도 마찬가지야." 그는 잠시 말을 멈췄다. "독신자 두 사람이 함께 있는 경우에는 간통한다고는 하지 않아."

나는 고개를 가로 저었다. "그건 의미론에 불과해. 게다가 자네는 테스하고 나의 결혼 생활이 끝나기 전부터 이미 그녀를 유혹하고 있었잖아."

클릭스는 분개한 목소리로 대꾸했다. "테스와 자네 사이의 관계가 빌어먹을 공룡들만큼이나 완벽하게 사멸하기 전에는 손가락 하나도 대지 않았어. 단 한 번도."

"하지만." 나는 실험대 위에 손을 내려놓았다. 그냥 슬쩍 내려놓았다고 생각했지만 그 위의 실험기기들이 일제히 덜컥거릴 정도의 힘이 들어가 있었다. "내가 테스와 정식으로 이혼한 건 2011년 7월 3일이야. 그보다 훨씬 오래 전부터 함께 자고 있었어."

"그 날짜는 단지 형식에 불과하다는 걸 잘 알면서. 자네 부부의 결혼 생활은 그 날짜보다 이미 몇 달 전에 끝나 있었어."

"자네가 불장난을 하자며 줄기차게 유혹했으니 이혼이 빨라진 거 아냐."

"불장난이라고?" 클릭스의 음악적인 목소리에 이제는 비웃는 느낌까지 섞이기 시작했다. "부탁이니 현실을 직시해 브랜디. 난 마흔다섯 살이야. 마흔다섯 살의 사내는 불장난 따위는 하지 않아."

"정말? 셋이서 여섯 번째 〈스타워즈〉 영화를 보러 간 날 밤에 테스한테 뭐라고 했는지 기억 나?"

"그런 걸 기억하고 있을 리가 없잖아?" 그러나 어조가 미묘하게 바뀐 것을 보니 뚜렷하게 기억하고 있다는 사실을 알 수 있었다.

"그날 테스는 새 안경을 맞춘 참이었지." 나는 말했다. "자줏빛이 도는 분홍빛 쇠테 안경 말야. 그때 자네는 테스를 똑바로 바라보면서 '정말이지 곡선미가 일품이로구먼' 이라고 말했어." 이렇게 말하자 클릭스가 웃음을 참고 있는 것을 알 수 있었고, 이 사실은 나를 한층 더 격분하게 했다. "다른 남자의 아내한테 할 말이 아니잖아."

그는 컵에 남은 커피를 단숨에 들이켰다. "어이 브랜. 그건 농담이었어. 테스하고 난 오래된 친구잖아. 그런 식으로 곧잘 농담을 하곤 했지만 깊은 의미가 있었던 건 아냐."

"자네는 내 품 안에 있던 테스를 강탈해 간 거나 마찬가지야."

클릭스는 무심결에 컵 가장자리에서 친환경 수지 조각을 하나 뜯어냈다. "자네가 조금만 더 자주 테스를 품었더라면 그런 일은 아예 일어나지 않았을지도 몰라."

"씨팔새끼fuck you."

"그러지 말라는 법도 없겠지." 클릭스는 시선을 들어올렸다. "자네가 테스와 씹하지 않았다는 건 확실하니까 말야."

나는 분노로 부들부들 떨고 있었다. "이 개자식. 일주일에 한 번은 했어."

클릭스는 잘 안다는 듯이 고개를 끄덕였다. "일요일 아침마다, 시계처럼 규칙적으로. 〈피터 제닝스의 주말 뉴스〉가 끝난 뒤에 그랬단 말이지. 정말이지 멋진 전희(前戲)였겠구먼."

"그런 얘기까지 했단 말이야?"

"벼라별 얘기를 다 했지. 『척추동물 고생물학 저널』에 실린 최신 발견에 관해서만 얘기하는 게 아니라 말야. 현실을 직시하라고 브랜디. 자넨 남편으로서는 실격이었어. 테스를 잃어버린 건 전적으로 자네 책임이야. 좋은 걸 좋다고 인식했다고 해서 나를 비난할 수는 없잖아. 테스는 자네한테는 아까운 여자였어."

쓰디쓴 것이 목으로 치밀어올랐다. 당장이라도 달겨들어서 지금까지 한 잔인한 거짓말들을 모조리 철회시키고 싶었다. 나는 실험대 위에 내려놓은 두 손을 꽉 쥐었다. 클릭스도 그것을 보았음이 틀림없다. "해 볼 테면 해 봐." 그는 한층 더 나직한 목소리로 말했다.

"하지만 자넨 우리들이 관계를 수복할 기회조차도 주지 않았어." 나는 억지로 침착함을 가장한 목소리로 말했다.

"그럴 가능성은 애당초 없었잖아."

"하지만 테스가 내게 조금이라도 그런 얘기를 해 줬다면…… 이런——이런 얘기를 들은 건 이번이 처음이야."

클릭스는 지친 표정으로 긴 한숨을 쉬고는 다시 고개를 가로 저었다. "테스는 몇 달 동안이나 자네를 향해 그렇게 외치고 있었어——자네를 흘끗 보는 시선으로, 표정으로, 온몸의 보디랭귀지를 통해서 명명백백하게 외치고 있었던 거야. 그걸 못 읽은 사람은 자네밖에는 없어." 클릭스는 양팔을 펼쳐 보였다. "빌어먹을, 설령 이마에 '난 정말 비참해'라는 문신을 새겼더라도 그 이상 명백할 수는 없었을 거야."

나는 고개를 가로 저었다. "몰랐어. 정말 하나도 모르고 있었어."

그는 또다시 긴 한숨을 쉬었다. "그랬던 것 같군."

"하지만 자네는──자네는 내 친구라고 생각했어. 왜 그런 얘기를 내게 해 주지 않은 거지?"

"노력했어, 브랜디. 그날밤 킬 스트리트의 그 술집에서 내가 무슨 얘기를 하고 있었다고 생각해? 새로운 전시장 일에 그렇게까지 몰두하는 건 좋지 않고, 사랑스러운 와이프가 기다리고 있는데 10시가 넘어서야 귀가한다는 건 미친 짓이라고 했잖아. 그러자 자넨 테스는 다 이해해 줄 거라고 하더군." 그는 미간을 찌푸리고 고개를 절레절레 흔들었다. "흠, 그건 사실이 아니었어. 전혀 아니었지."

"그래서 행동을 개시하려고 마음 먹었던 거군."

"실은 고백할 일이 하나 있어, 브랜디. 먼저 유혹한 건 내가 아냐. 테스가 먼저 내게 접근해 왔어."

"**뭐라고?**" 나는 전 세계가 무너지는 느낌을 받았다.

"믿지 못하겠다면 직접 물어 보라고. 내가 가장 친한 친구의 아내를 유혹할 사람으로 보여? 맙소사 브랜디, 난 무려 **세 번**이나 그녀의 유혹을 거절했어. 그러는 게 쉬웠다고 생각해? 티렐 박물관은 백인투성이의 평원 깡촌에 있다고. 난 중년인 데다가 몇십 년 동안이나 야외 조사를 한 탓에 손톱에는 아예 영구적으로 진흙이 끼어 있어. 드럼헬러에서 나를 상대할 생각을 하는 여자가 몇이나 된다고 생각해? 하느님 맙소사. 테스는 깜짝 놀랄만한 미인인데도 난 자네를 위해서 무려 세 번이나 거절했다고. 어떻게든 자네와의 관계를 수복하고, 남편을 되찾아서, 9년 동안의 좋은 기억을 망치지 말라고 충고하기까지 했어. 그래도 계속 돌아오더군. 결국은 내가 졌다고 해서 나를 비난할 수 있어?'

나는 고개를 돌려 그를 외면했다. 눈물이 새어나오지 않도록 눈을 질끈 감았다. 침묵의 1분이 흘렀고, 2분이 흘렀다. 뭐라고 해야 할지, 무슨 일을 해야 할지, 무슨 생각을 해야 할지 알 수 없었다. 나는 눈가를 문지르고 코를 푼 다음 클릭스를 마주보았다. 그는 한 순간만 나와 시선을 마주쳤을 뿐이지만, 그 순간 나는 그가 진실을 말했음을 확신했다. 그보다 더 끔찍했던 것은 그가 나를 딱하게 여긴다는 점이었다. 클릭스는 일어서서 쓰레기통에 커피컵을 버렸다.

앞으로 38시간 남았어. 나는 생각했다. 귀환할 때까지 38시간을 더 기다려야 한다. 그때까지 여기서 그와 함께 지내며 견딜 수 있을지 확신이 없었다. 테스와의 추억을 머릿속에서 반추하면서——

밤이었다. 잠자리에 들 시간이다. 지난 번처럼 수면제를 먹지 않는다면 동이 틀 때까지 몸을 뒤척이고 잠을 이루지 못할 게 뻔했다. 클릭스가 방금 한 말에 괴로워하면서.

나는 잠옷을 꺼내들었다.

"할 일이 하나 남아 있어." 클릭스가 말했다.

나는 그를 보았지만 입을 열 엄두가 나지 않았다.

"밤하늘의 사진 말야."

아, 그렇다. 어젯밤에 하려고 했지만 구름이 낀 탓에 못 했던 작업이다. 잠시 후 나는 3번 문으로 들어갔지만, 외부 해치로 통하는 경사로를 내려가는 대신에 45도 각도로 기울어진 조그만 사닥다리를 타고 지붕 위의 계기 돔으로 올라갔다. 훈련을 받으며 이 사닥다리를 썼을 때는 전 체중을 걸고 올라가야 했던 탓에 언제나 손바닥이 아팠다. 그러나 지금처럼 낮은 중력하에서는 전혀 불편하지 않았다.

계기 돔은 직경 2미터의 강화 유리로 만들어져 있다. 투명한 유리를 통해 외부를 찍을 수 있는 카메라가 몇 대 설치되어 있었고, 천문돔에서 볼 수 있는 것과 똑같은 수직 틈새도 있었다. 틈새를 통해 돔 안으로 흘러들어온 중생대의 따뜻한 밤공기를 내부 센서로 분석하는 방식이다. 그 틈새는 빗물을 감지하면 자동적으로 닫힌다.

자동식 카메라 몇 대가 하늘 사진을 촬영하고, 그중 하나는 낮 동안에 태양을 추적한다. 그러나 우리는 캐나다의 도미니언 천체물리학 연구소 연구원들에게서 쉽게 자동화할 수 없는 사진을 하나 찍어달라는 부탁을 받았다. 미속 촬영으로 밤하늘을 찍은 전통적인 사진을 말이다. 우리가 가져온 여러 대의 자동 카메라에는 자동 노출 타이머가 붙어 있기는 했지만 전부 시판 제품인 탓에 최대 노출 시간은 60초밖에는 되지 않았다. 도미니언 연구소가 원하는 사진을 찍으려면 네 시간 동안 노출을 계속해야 하기 때문에 결국 사람 손으로 일일이 조작하는 수밖에 없었다.

원래는 내 펜탁스 카메라를 가지고 오려고 했지만, 보험회사에게 6천5백만 년 과거로 개인 소지품을 가지고 갈 경우 보험이 적용되느냐고 묻자 담당자라는 위인은 즉각 이렇게 대답했다. "죄송합니다 새커리씨. 그럴 경우 손실된 보험 대상물에 대한 보상은 계약 기간을 벗어난 걸로 간주됩니다." 아, 빌어먹을. 결국 나는 토론토 대학의 맥루언 연구소에서 고성능 디지털 카메라를 빌리기로 했다. 이 카메라의 타이머 노출 시간도 역시 짧았지만, 수동 셔터가 달려 있는 덕택에 과거 세대의 천체 사진가들이 언제나 해 왔던 방식대로 촬영하는 것이 가능했다. 나는 어둠 속에서 카메라를 설치한 다음 본체에 고무줄을 끼워서 셔터가 계속 눌리도록 해 놓고, 조심스럽게 렌즈캡을 벗겨냈다.

이런 식으로 찍은 장시간 노출 사진—필름을 쓰지 않으므로 정확하게는 디지털 이미지—에는 밤하늘을 이동하는 별들의 궤적이 호(弧) 모양으로 나타나게 된다. 이런 호들의 공통되는 중심은 지구의 진북(眞北)에 해당된다. 또 그런 사진에는 유성이 떨어졌을 때의 희미한 궤적도 남는다. 그런 유성 궤적의 수를 세어 보면 지구 주위에 얼마나 많은 바위 덩어리들이 떠 있는지를 추정할 수 있고, 궤적의 밝기와 길이를 신중하게 재면 그중에 큰 것이 포함되어 있는지의 여부도 알 수 있으므로 운석 충돌설 연구에도 도움이 된다.

나는 손목시계의 조그만 단추—너무 작아서 조작할 때마다 짜증이 나곤 한다—들을 눌러 네 시간 뒤에 알람이 울리도록 해 놓았다. 알람은 현지 시각으로는 오전 3시쯤에 울릴 것이고, 그때 일어나서 카메라 렌즈에 다시 캡을 씌워야 한다.

사닥다리를 내려가서 1번 문을 지나 거주 구획으로 되돌아갔다.

클릭스가 다가오더니 조용한 말투로 "자, 이걸 먹어"라고 말하며 물이 든 컵과 은빛의 수면제 캡슐 하나를 건넸다. 나는 말없이 이것들을 받았다.

짧지만 긴 침묵이 흘렀다. 두 사람 모두 아까 나눈 대화에 관해 생각해 보고 있었다. "테스는 자네를 정말로 사랑했어." 이윽고 클릭스가 말했다. "몇 년 동안이나 자네를 깊이 사랑했어."

나는 그를 외면한 채로 고개를 끄덕였고, 쓰디쓴 약을 삼켰다.

카운트다운

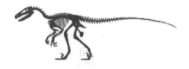

그것들은 안장 위에 앉아,

인류를 타고 다닌다.

—랠프 월도 에머슨(1803-1882) · 미국 작가

다른 사람들도 거의 그렇겠지만, 나는 꿈을 꾸던 도중에 잠에서 깨어났을 때나 꿈 내용을 기억할 수 있다. 나는 테스 꿈을 꾸고 있었다. 야성적이고 갈기 같은 빨간 머리카락, 총명해 보이는 초록색 눈, 날씬하며 거의 소녀 같은 몸매. 그러나 그녀는 나의 아내인 테스 새커리가 아니라 테스 런드였다. 십여 년 전에 은퇴했다가 이혼에 의해 다시 자유를 되찾고 현역으로 복귀한 이름이다.

테스는 벌거벗은 채로 침대에 누워 있었다. 두 개의 달——당당한 루나와 그것을 따라다니는 조그만 트릭이 발하는 빛이 하트 모양을 한 그녀의 얼굴을 어루만지며, 어른거린다. 누군가가 그녀 곁에 누워 있었지만 내가 아니었다. 아예 낯선 인물이었다면 차라리 동요가 덜했을 것이다. 그렇다. 그녀의 흰 허리에 우람한 갈색 팔을 두르고 있는 사람은 호남이자 존경받는 학자인 동시에 내 친구이기도 한 마일즈 조던 교수였다. 둘도 없는 친구다.

나는 육체가 없는 카메라가 되어 테스의 침실 창문 너머로 그들의 모습을 관찰하고 있었다. 침실은 내가 테스와 함께 살던 시절에 비해 많이 달라져 있었다. 가구는 더 고급스럽고 세련된 것들로 바뀌었고, 낡은 퀸사이즈 침대가 있던 자리에는 기둥이 네 개 달린 우아한 빅토리아풍 침대가 놓여 있다. 침대의 천개(天蓋)는 연금 증서와 보험 계약서로 이루어진 태피스트리였고, 마호가니 나무 줄기를 깎아 만든 굵은 갈색 기둥들이 그것을 높이 떠받들고 있었다.

테스는 아담한 몸매에는 전혀 어울리지 않는 예의 낮고 섹시한 목소리로 클릭스와 말을 나누고 있었다. 내 얘기를 하고 있다. 나만의 가장 깊고 어두운 비밀——끝없이 이어지는 굴욕과 패배와 수치의 기록을 그에게 털어놓고 있었던 것이다. 테스는 내가 사촌 누이인 헤더에게 매력을 느꼈고, 그녀의 오빠인 두걸의 결혼식 때 술김에 섣부른 행동을 했다가 헤더가 난리를 피우는 통에 엄청난 창피를 당했던 일을 클릭스에게 얘기했다. 서른네 살 때 리크트먼의 가게에서 멍청한 포르노 잡지를 슬쩍 가지고 나가려다가—계산대로 가져가기에는 너무 창피하다는 이유로—잡혔던 일에 관해서도. 그리고 어느날 밤 박물관 뒤켠에 있는 〈철학자의 산책로〉에서 강도를 만나 흠씬 두들겨 맞았고, 내 지갑에서 어머니 사진을

290

발견한 강도가 잔인하게, 너무나도 잔인하게, 나더러 그것을 먹을 것을 강요했던 일까지.

클릭스는 넋을 잃은 표정으로 테스가 폭로하는 내 과거 이야기에 귀를 기울이고 있었다. 너무나도 비밀스럽고, 너무나도 사적이며, 너무나도 개인적인 일들이다. 슈로더 박사였다면 끈적거리는 비닐 소파 위에 누운 내가 이런 고백을 하는 것을 듣기 위해서라면 생니라도 뽑아 주었을 것이다. 클릭스는 내가 무덤까지 가지고 갈 비밀을 듣고 있었다. 내 영혼 자체가 그의 눈 앞에서 까발겨진 것이나 마찬가지이다. 클릭스가 이제는 나에 대해 엄청난 우위에 설 수 있다는 생각을 하니, 도저히 참을 수가 ──

삐익!

클릭스는 테스의 머리카락을 어루만졌다. 굵은 손가락으로, 내가 과거에 그랬듯이, 주황색 머리카락을 살짝 어루만진다. 지금도 테스와 어쩌다 마주칠 때면 그러고 싶어서 손가락이 욱신거리는데. 클릭스가 테스 얘기를 듣고 웃음을 터뜨릴까 하는 끔찍한 생각이 언뜻 떠올랐지만, 그가 실제로 보인 반응은 그보다 훨씬, 훨씬 더 나쁜 것이었다. 그의 말은 트로오돈의 이빨처럼 나를 갈가리 찢어발겼다.

"자, 자." 클릭스의 너무 매끄러운 바리톤 목소리는 테스의 허스키하고 섹시한 목소리와 완벽하게 어울린다. "이제 걱정 안 해도 돼, 램찹." **램찹!** "그 친구는 이제 없어."

삐익!

느닷없이 육체를 떠나 있던 내 몸이 다시 육체로 되돌아왔다. 오른손으로 침실 유리창을 힘껏 갈기자 깨진 유리가 내 주먹을 모짜

렐라 치즈처럼 갈가리 찢어놓았다. 내 손으로 당장 저 녀석을 요절내고야 말겠다——

삐익!

"응?" 나는 가까스로 손을 뻗어 손목시계의 단추를 아무거나 무턱대고 눌렀고, 조금 뒤에야 겨우 알람을 멈출 수 있었다. "클릭스?" 대답은 없었다. 알람 소리를 듣고도 잠에서 깨지 않은 듯하다. 여전히 수면제에 취해 있는 탓일까. 나도 그런 듯했다. 한순간이나마 당구공처럼 커다란 노란 눈 두 개가 어둠 속에서 나를 응시하고 있다고 생각했으니 말이다. 나는 완충의자에서 구르듯이 내려와서 거주구 뒤쪽 벽을 더듬으며 나아갔다. 1번문을 지나서 사닥다리를 타고 계기 돔으로 올라갔다. 카메라 렌즈캡을 다시 끼우고 셔터를 누르고 있던 고무줄을 끌렀다. 그 순간 조그만 돔 내부에서 기묘한 소리가 들려왔다. 마치 아래층에 있는 타임머신의 외부 해치가 쾅 닫히면서 걸쇠가 철컥 걸리는 듯한 소리가.

나는 비틀거리며 사닥다리를 내려가서 다시 거주 구획으로 돌아갔다.

"브랜디?"

심장이 철렁했다. "클릭스?"

"응."

"알람 소리를 듣고 깼어?"

"몰라. 단지 잠이 안 와서."

잠시 생각해 보았다. 수면제가 워낙 강력한 탓에 나라면 쉽게 잠을 청할 수 있을 것이다. 하지만……

" 커피 타 줄까?" 잠시 뒤에 나는 말했다.

"디카페인? 좋지."

"불 켜도 괜찮아?"

"응."

벽을 더듬어 스위치를 누르자 머리 위에서 조명이 깜박이다가 켜졌다. 눈이 아플 정도로 밝았다. 이마에 손을 대고 클릭스 쪽을 보았다. 미간을 찡그린 채로 좌우 눈을 번갈아 깜박이고 있다.

"헤트들을 어떻게 할 건가?" 클릭스가 말했다. "내일이면 우리더러 미래로 데려가 줄 거냐고 질문할 거야. 그땐 뭐라고 대답하지?"

나는 컵 두 개에 물을 따라 마이크로웨이브 오븐 안에 넣었다. "역시 안 된다고 대답해야 하지 않을까."

"자네 생각은 틀렸어." 클릭스는 단어들 사이에 짧은 간격을 두며 천천히 말했다. 쾌활한 자메이카 악센트는 완전히 사라져 있었다. "어떤 자연 재해를 당해서 멸종될 예정이든 간에, 그것으로부터 살아남을 수 있도록 도와줘야 해."

"이봐." 나는 의지력을 불러일으켰다. "왕립 온타리오 박물관이 이번 탐사를 위해 내놓은 자금은 티렐 박물관보다 훨씬 더 많아. 고로 이번 임무의 실질적인 지휘자는 나라는 얘기가 되고, 필요하다면 나는 그런 권리를 행사할 용의도 있어. 우리는 헤트들을 여기 두고 가야 해."

"아니, 꼭 미래로 데려가야 해."

"안 돼." 나는 갑자기 격렬한 분노에 사로잡진 나머지 클릭스에게 등을 홱 돌렸다.

"흠." 클릭스의 목소리가 더 가까워졌다. "자네가 그렇게까지

강경하게 주장한다면, 물론 그 판단을 따르겠네."

"고마워 마일즈." 나는 안도의 한숨을 내쉬었고, 다시 깊게 숨을 들이킴으로써 결과적으로 내 목숨을 구했다. "그렇게 생각해 줘서——"

굵은 손가락들이 뒤에서 내 목을 움켜잡았다. 소리를 지르려고 했지만 숨통을 죄인 탓에 내 입에서 새어나온 것은 희미한 신음소리에 불과했다. 양손으로 클릭스의 손가락들을 잡고 목에서 떼어내려고 했지만 그는 너무 힘이 셌다. 나보다 훨씬 세다. 그는 로보트처럼 강력한 악력으로 내 몸에서 생명을 쥐어짜려고 했다. 눈 앞이 흐릿해지고 허파는 당장이라도 파열할 것 같다.

몸을 비틀며 필사적으로 허리를 푹 꺾었다. 혼신의 힘을 다해 클릭스를 앞으로 메어치려고 했지만 그런 일이 불가능하다는 사실을 잘 알고 있었다. 그러나 놀랍게도 클릭스는 내 어깨를 넘어 앞쪽으로 떨어졌다. 나는 몸무게가 90킬로그램이나 나가는 사내의 몸을 마치 그 반밖에는 안 되는 어린애를 다루듯이 메어쳤던 것이다. 그렇다——중력이 낮은 덕택이다!

나는 헐떡이며 숨을 들이켰다. 시력이 천천히 되돌아왔다. 아드레날린이 솟구치며 수면제의 효력을 걷어냈다. 클릭스가 몸을 일으켰다. 우리는 양 무릎에 엉거주춤 손을 댄 자세로 서로를 마주보고 섰다. 클릭스는 강에서 물고기를 쳐올리는 불곰처럼 오른팔을 크게 휘둘렀다. 나는 비좁은 거주 구획의 벽가까지 펄쩍 물러섰다. 클릭스는 곰에서 범으로 단박에 변신이라도 한 듯이 웅크린 자세에서 도약했고, 나와 쾅 부딪쳤다. 나는 클릭스의 완충의자 바로 옆의 차가운 강철 바닥 위로 쓰러졌다. 바닥 아래 설치된 반쯤 빈

물탱크가 발한 엄청나게 큰 반향음이 좁은 실내에서 울려퍼졌다. 다음 순간 클릭스는 주먹으로 내 얼굴을 갈겼다. 테스가 그에게 선물한 반지의 보석이 내 뺨을 찢었다.

도대체 클릭스한테 왜 이런 미친 짓을 하는 걸까? **물론 화성인의 침입을 받은 것이다.** 아까 어둠 속에서 본 노란 눈. 외계인들이 〈스턴버거〉호 안에 들어왔을 때 손목시계의 알람 소리를 듣고 잠에서 깨지 않았더라면 나도 같은 꼴을 당했을 것이다. 그런다면 놈들은 우리 의견 따위는 깨끗하게 무시하고 우리 타임머신을 써서 미래로 갈 수 있으니까 말이다. 황 효과가 반전하는 시각까지는 이제 31시간밖에는 남지 않았다. 그 정도의 시간이라면 우리 몸 안에 편하게 머물러 있을 수 있다고 생각한 성싶다. 놈들이 정말로 그럴 작정이라는 점에는 의심의 여지가 없었다. 따라서 놈들이 〈스턴버거〉를 탈취하는 것을 막는 유일한 방법은 마일즈 조던을 죽이는 일이었다.

그러나 말하기는 쉬워도 실제로 행하기는 쉽지 않았다. 이따금 강렬한 혐오감에 사로잡힐 때도 있었고, 몇십 년 동안이나 바위를 깰 때 애용해 온 차가운 끌로 그의 머리를 쪼개 버리는 공상에 잠긴 적도 한두 번이 아니었지만, 나는 다른 인간의 육체에 상처를 입힌다는 일에 대해서는 강한 윤리적 거부감을 느꼈기 때문이다. 자기 몸을 지키기 위해 그래야 하는 상황이 왔을 때도 싸우는 일은 쉽지 않았다. 상대방이 말귀를 알아듣는 사람이라면 주먹보다는 설득 쪽이 낫다는 것이 평소의 지론이었다. 그러나 클릭스는, 적어도 그를 안에서 조종하고 있는 헤트는, 그런 생각과는 무관해 보였다──입가에 조금 맺힌 흰 게거품만 보아도 그 사실은 명명백백하지 않는가.

클릭스는 다시 내 얼굴을 세게 때렸다. 처음 받는 느낌이지만, 코뼈가 우두둑 부러지는 느낌이란 바로 이런 것을 두고 하는 말이리라. 내 콧수염은 피로 물들었다.

그래도 클릭스는 나를 죽일 생각까지는 없는 듯했다. 죽일 작정이었다면 뒤에서 내 등을 엘리펀트건으로 쏘면 그만이었을 테니까 말이다. 중생대로 온 우리 두 사람 중 한 사람만 현대로 귀환한다면 엄청난 의혹을 불러일으킬 것이 뻔하다. 빌어먹을, 테스는 최근 악화 일로를 걷고 있는 우리들 사이의 관계를 비꼬며 둘 중 하나만 살아 돌아올지도 모르겠다는 농담을 하기까지 했다. 물론 내가 이런 일기를 쓰고 있거나, 또 내가 슈로더 박사에게 어떤 얘기를 털어놓았는지를 아는 사람은 아무도 없었고, 유인 달로켓(세상이 그런 것들을 쏘아올릴 여유를 가지고 있었을 무렵에는)의 승무원을 선발할 때 가장 중요한 기준 중 하나였던 심리 테스트도 화석 발굴이나 하는 고생물학자들에게는 전혀 인연이 없는 개념이었다. 고생물학자들의 경우는 몇 주 동안이나 계속해서 현장 발굴에 종사하는 일도 드물지 않지만, 그들이 서로 어울릴 수 있는지를 사전에 일일이 확인하거나 하는 일은 없는 것이다.

헤트들이 이런 일들을 조금이라도 알거나 이해하는지는 알 수 없다. 그러나 나를 무력화해서 내 몸 안으로 들어올 작정이라는 점만은 확실했다. 그런 경험은 두 번만으로도 족하다. 두려움과 혐오감이 새로운 힘을 불러일으켰다. 나는 머리통 뒤로 손을 뻗쳐 완충의자의 발판을 움켜잡았고, 혼신의 힘을 다해 의자를 회전시켰다. 의자의 팔걸이가 클릭스의 옆머리를 강타했다. 팔걸이에는 쿠션이 들어 있었지만, 클릭스가 평소의 무신경함을 발휘해서 그 위에 걸쳐놓은 어깨 고정용 안전 벨트의 육중한 알루미늄 버클이 귀 꼭대기의 피부를 찢었다. 이 일격으로 클릭스가 몸의 균형을 잃은 사이 나는 그를 넘어뜨리며 후다닥 일어섰고, 그와 나 사이에 완충의자가 오도록 했다.

클릭스는 좌우로 페인트모션을 걸면서 나를 잡으려고 했지만, 나는 그의 움직임이 어색하다는 사실을 깨달았다. 몸을 돌릴 때 허리를 돌리는 대신 두 발의 위치를 바꾸는 식이다. 안에 들어간 헤트는 아직도 인체를 제어하는 적절한 방법을 습득하고 있는 듯했다.

우리는 작은 방 안을 몇 바퀴 돌았다. 나는 의자를 회전시켜 언제나 길쭉한 쪽이 우리 사이에 오도록 했다. 노파심일지도 모르지만, 이런 식으로 시계 반대 방향으로 빙빙 돌다가는 빌어먹을 완충의자의 회전 나사가 아예 빠져버리는 것이 아닌가 하는 우려가 뇌리를 스쳤다.

작업대 가까이로 갔을 때 나는 광물용 저울을 움켜잡고 그의 이마를 향해 던졌다. 자기 의지로 움직이고 있었다면 쉽게 피할 수 있었을 것이다. 그러나 헤트는 어떤 근육을 움직여야 하는지를 잘 몰라 주저하는 듯했다. 결국 헤트는 클릭스의 머리를 한쪽으로 움직였지만 이미 때가 늦었다. 무거운 저울의 받침대가 클릭스의 일자 눈썹 바로 위를 강타했다. 그는 고통에 찬 비명을 질렀다. 이마에서 피가 솟아나왔다. 저걸로 시야가 흐려지면 좋을 텐데.

그렇게 되지는 않았다. 상처에서 인광을 발하는 파란 젤리가 엷게 스며나오더니 출혈을 막았기 때문이다. 이제 나는 체력뿐만이 아니라 지력까지 고갈되고 있음을 자각했다. 가슴이 쿵쿵 뛰며 몸에서 힘이 빠져나가는 느낌이다.

방금 클릭스는 고통에 찬 비명을 질렀어.

이것이 마지막 남은 희망이었다. 나는 완충의자를 홱 돌려서 빙빙 돌게 만든 다음 가급적 먼 방구석까지 껑충 물러났다. 클릭스도 내 정면으로 몸을 홱 돌렸다. 우리는 유리한 위치를 점유하기 위해 춤추듯이 움직였고, 클릭스는 곰이 강물에서 물고기를 낚아채는 듯한 동작으로 육중한 두 팔을 휘둘러댔다. 내가 편평한 뒤쪽 벽이 만곡한 외벽 안쪽과 만나는 방 모퉁이로 후퇴하자 그는 마침내 나를 구석에 몰아넣었다고 생각한 듯하다. 나를 놓치지 않으려고 문장(紋章)에 나오는 독수리처럼 두 다리를 벌리고 두 팔을 활짝 펼쳤기 때문이다. 바로 지금이다. 유일한 기회이자, 유일한 희망. 나는 그를 향해 곧바로 돌진했고, 무릎을 들어올려 그의 사타구니를 힘껏 가격했다. 혼심의 힘을 다해, 관성을 최대한 이용해서, 클릭스의 고환을 그의 몸 안으로 가차없이 차넣었던 것이다.

클릭스는 허리를 푹 꺾었다. 내 공격으로부터 사타구니를 보호하려고 두 손을 내린 것은 헤트의 명령이 아니라 인간의 본능에 의한 것이리라. 헤트가 살아있는 탈것을 다시 제어하려고 한 짧은 틈을 타서 나는 마지막 행동에 나섰다. 클릭스가 마이크로웨이브 오븐 거치대 옆에 세워둔 엘리펀트건을 움켜잡고 강철 총신으로 그의 뒤통수를 강타했던 것이다. 클릭스는 몇 초 동안이나 마치 얼어붙은 것처럼 우뚝 서 있다가, 풀썩 바닥에 쓰러졌다. 혹시 죽었을지도 모른다. 적어도 의식을 잃었다는 점만은 확실했다. 만약 클릭스가 이번 일격에서 살아남는다면—정말로 그럴 수 있을지는 자신이 없었지만—헤트는 불과 몇 분 또는 몇 초만에 생체 기계를 부활시키는 방법을 찾아낼 것이다.

서둘러 2번 문과 3번 문 사이에 거치된 약품용 냉장고로 갔다. 중생대의 세균이 인체에 어떤 영향을 끼치는지 알 수 없었기 때문에 우리는 필요한 약품들을 모조리 가지고 왔다. 이 냉장고 안을 자세히 조사해 본 적은 거의 없었지만 천만다행히도 약들은 모두 목적에 따라 분류되어 있었다. 냉장고에서 흘러나오는 냉기로 인해 하얗게 변한 숨을 뿜으며 약 이름들을 훑어보았다. 진통제, 항생제, 항히스타민제…… 아! 항바이러스약이 있다. 그 구획에는 약병이 몇 개 들어있었지만, 내가 고른 것은 파라-22-리바비린이었다. 일반인에게는 〈해방〉이라는 이름으로 더 잘 알려진 AIDS 특효약이다.

고무 뚜껑에 주사 바늘을 꽂고 유백색 액체를 뽑아올렸다. 비교해부학 실험을 하면서 주사하는 방법은 터득했지만, 인간에게 주사하는 것—그러자 고통으로 일그러진 아버지의 얼굴이 뇌리에 언뜻 떠올랐다—은 이번이 처음이었다. 나는 주사기를 들고 클릭스에게 달려갔다. 강철벽으로 에워싸인 방 안에서 내 발소리가 울려퍼진다. 쓰러진 그의 몸 위에서 상체를 굽혔다. 아직 숨을 쉬고는 있었지만 호흡은 느리고 옅어서 당장이라도 멈출 듯한 기색이었다. 나는 그의 오른쪽 경동맥의 두터운 혈관벽에 주사 바늘을 찔러놓고 플런저를 눌러 약물을 주입했다. 그런 뒤에도 한시도 그에게서 눈을 떼지 않고 차고로 통하는 문에 등을 기대고 주저앉았다. 박살난 코가 한층 더 아파왔다.

조금 시간이 걸리기는 했지만—이제는 시간 감각을 상실한 상태였다—마침내 클릭스의 관자놀이에서 파란 젤리가 조금씩 스며나오기 시작했다. 그러나 뭔가 이상했다. 예전에 보았던 헤트처럼 맥동하지도 않고, 빛을 내지도 않는다. 나는 클릭스의 몸을 뒤집어서 멍투성이의 얼굴을 보았다. 한쪽 눈꺼풀은 말라붙은 피로 닫혀 있었지만, 다른 쪽이 잠깐 떨리듯이 경련하며 열리더니 입에서 목쉰 속삭임이 흘러나왔다. "이 동물놈들——"

나는 주황색 쓰레기 봉투와 숟가락을 가지고 와서 직접 몸에 닿지 않도록 최대한 주의를 기울이며 클릭스의 몸 밖으로 도망친 얼마 되지 않는 젤리를 긁어 모으기 시작했다. 큰 숟가락 두 개 분량밖에는 되지 않았다. 나머지—이미 죽었거나 다행히도 죽어가고 있을—는 이대로 클릭스의 머릿속에 남아 있을 운명인 듯했다. 그러니까, 다른 불활성 바이러스체와 마찬가지로 클릭스 자신의 항체와 백혈구에 의해 청소될 때까지는 말이다. 나는 쓰레기 봉투를 적당한 금속 상자에 집어넣은 다음 경사로를 지나 외부에 면한 해치로 갔고, 낮은 중력을 이용해서 가능한 한 멀리까지 그것을 내던졌다. 상자는 훨씬 아래쪽의 금이 간 진흙 평원으로 떨어지더니 두 번 튕겼다.

약품용 냉장고로 돌아와서 다른 주사기로 〈해방〉을 가득 빨아들인 다음 만일의 경우를 위해 내 몸에도 주사했다. 그런 다음 냉장고 꼭대기에 설치된 응급 키트를 열고 흰색 거즈를 찾아냈다. 그것으로 얼굴 한복판을 세게 누르며 비틀비틀 내 완충의자로 돌아와서 등을 대고 누웠다. 자세를 바꾸자 머릿속에 찌르는 듯한 통증이 왔다. 나는 클릭스가 죽지 않고 살아남기를 진심으로 기원했다.

경계층

경계층

사내는 필요한 것을 찾아 전 세계를 돌아다니다가 집으로 돌아온 뒤에야 그것을 찾았다.

—조지 무어(1852-1933) · 아일랜드 작가

밴쿠버에서 토론토로 돌아왔을 때 테스는 나를 꼭 껴안고 키스를 해 주었다. 나도 그녀를 껴안았지만 속으로는 딴 생각을 하고 있었다. 내가 아는 한 지금까지 우리의 결혼 생활은 순조로웠다. 서로 함께 있으면 행복했고, 두 명 모두 직업인으로서도 성공했다. 아이가 없는 것은? 흐음, 테스는 전혀 상관없다고 했고, 아이를 키우려면 우리의 생활방식에 차질이 올 거라고 했다. 그러나 또 하나 있는 본래의 시간선에서 그녀는 나를 버리고 마일즈 조던에게 가지 않았던가. 클릭스는 언제나 아이를 갖고 싶어했다. 혹시 우리 사이에 아이가 없다는 것도 테스가 떠난 이유 중 하나였을까?

또 하나의 현실을 기록한 그 일기를 아예 발견하지 않았다면 얼마나 좋았을까. 무지는 정말로 행복을 가져다주는 것인지도 모른다. 나의 개인적 인생이 칭-메이가 묘사하는 우주만큼이나 불확실하고 불안정하다는 생각을 하기만 해도──미쳐버릴 것 같다.

칭-메이는 그 일기가 어떻게 내 손에 들어오게 되었으며, 내 팜탑의 기억장치의 내용물이 타임머신을 타고 과거로 돌아갔던 브랜디가 가지고 갔던 팜탑의 그것과 어떻게 교환될 수 있었는지를 설명해 보려고 했다. 그녀는 시간의 분기(分岐)나 황-효과 반전, 카오스 이론 따위에 관해 언급했지만, 실제로는 억측하고 있는 것에 불과했다. 그런 것은 문제가 되지 않는다. 나는 이미 상처를 받았기 때문에.

"비행기는 어땠어?"

테스는 내 몸에서 팔을 풀며 말했다.

"에어 캐나다야 뻔하지 뭐." 내 목소리이지만 차갑고 메마른 느낌.

테스는 나의 피곤한 말투 아래에 숨어있는 감정을 읽어보려는 듯이 내 얼굴을 흘끗 보았다. "그랬다니 유감이야." 이윽고 그녀가 말했다.

나는 복도의 옷장에 내 코트를 걸었다. 우리는 함께 2층 거실로 올라갔다. 우리는 기역자 모양을 한 소파에 함께 앉았다. 소파 위의 벽에는 액자에 든 풍경화가 걸려 있었다. 미시간에서 화가로 활동하고 있는 테스 삼촌이 그린 것이고, 그리 나쁜 솜씨가 아니었다. "내가 없는 동안 뭔가 재미있는 일은 없었어?"

"별로 없었어." 테스가 대답했다. "수요일에는 새로 나온 제임스 본드 영화를 보러 갔는데──맥컬리 컬킨이 007 연기를 너무

잘해서 깜짝 놀란 일 정도일까. 어젯밤에는 마일즈하고 저녁을 먹었어."

클릭스가 집에 왔단 말인가? 내가 없을 때? "아, 그랬군."

"그건 그렇고, 당신이 출장간 동안에 당신 계좌 정리를 해 놓았어. 비행기표를 왜 당신 마스터카드로 냈어? 출장 비용은 박물관에서 대야 하는 게 아니었어?"

이런 염병할. 마스터카드와 비자카드가 신용카드에서 직불카드로 바뀐 이래, 모든 거래는 즉각적으로 계좌에 반영된다. "어, 그러니까, 그건 개인적인 연구를 위한 출장이라서."

테스는 영문을 모르겠다는 얼굴로 눈을 깜박였다. "뭐라고?"

"그러니까, 그건 별로 중요한 일이 아니라는 뜻이야."

그녀는 고개를 들고 탐색하는 듯한 눈으로 나를 보았다. "뭔가 문제라도 있어?"

"아무 문제도 없어. 전혀."

잠시 침묵이 흘렀다. 이윽고 그녀가 나직한 목소리로 말했다. "나는 그보다는 더 자세한 대답을 들을 권리가 있다고 생각해."

"어이." 나는 입을 열었고, 그러자마자 그런 것을 후회했다. "나도 내가 집을 비운 사이에 당신이 뭘 했는지 꼬치꼬치 캐묻지 않았잖아."

테스는 미소를 떠올렸지만 눈을 보니 억지 웃음이라는 것을 알 수 있었다. "미안해." 그녀는 짐짓 쾌활한 어조로 말했다. "단지 당신 일이 걱정이 되어서 그랬어." 그녀는 다시 내 얼굴을 탐색하듯이 흘끗 보았다. "무슨 중년의 위기를 맞아서 다른 여자하고 도망가는 꼴을 보고 싶지 않아서 그래."

"그럴 위험이 있는 건 내가 아니잖아?"

테스의 몸이 굳었다. "도대체 그게 무슨 뜻이야?"

하느님 맙소사. 나는 입밖에 내서는 안 되는 말들을 하고 있다. 그러나 그녀가 나만큼 우리의 관계를 특별히 소중하게 여기고 있지 않다면, 확인할 필요가 있었다. 반드시 알아야 한다. "클릭스는 어때?"

테스는 발끈했다. "아주 잘 있어. 물어봐 줘서 고마워. 쾌활하고, 누구처럼 툭하면 성질을 부리는 일도 없었어. 최근 당신보다는 훨씬 더 나았지."

"그랬었군. 그 친구와 함께 있는 편이 더 낫다면——"

"그렇다고는 말하지 않았어." 테스는 소파의 팔걸이를 찰싹 때렸다. 부드러운 완충재에서 공기가 푹 하고 빠져나가는 소리가 났다. "정말이지 당신하고 얘기하고 있으면 가슴이 답답해질 때가 있어. 나라 반대편까지 유람 여행을 갔다가 온 주제에. 바람 피웠다고 나를 비난한 건 이걸로 벌써 두 번째야. 당신 도대체 뭐가 문제인 거야?"

"난 아무 문제도 없어." 나는 아까 비행기 여행이 어땠느냐는 질문에 대답했을 때와 똑같은 피곤한 말투로 말했다.

"그 말을 나더러 믿으라고?" 그녀는 또다시 고개를 들었고, 이번에는 똑바로 내 눈을 쳐다보았다. 아름다운 초록색 눈. 용기를 내서 데이트 신청을 하기 전까지 나의 환상에 기름을 부은 잊을 수 없는 눈이다. 내가 어머니의 죽음과 오타와에서의 실직을 위시한 많은 비극을 극복할 수 있도록 도와준, 동정심에 찬 눈이다. 젊은 시절에는 그토록 중요하게 여겼던 일들—전쟁과 평화와 사랑과

국제 관계와 큰 윤리적 논쟁 따위—에 관해 심각한 토론을 벌였을 때 지적으로 반짝이며 약동하던 바로 그 눈이다. 내가 증거의 무게를 가늠하며 장황하게 옳고 그름을 따지는 것에 비해 그녀는 언제나 재빨리 자신의 견해를 내 놓곤 했다. 십여 년이 흐르는 동안 그녀의 눈은 물리적으로는 조금밖에는 변하지 않았다. 예전에 비해 눈동자 색깔이 더 파랗게 변하고 눈가에 미세한 주름이 잡혔을 뿐이다. 그러나 예전에는 나를 향해 활짝 열린 커다란 창문이었던 이 눈은, 그녀의 영혼을 들여다볼 수 있는 나만의 창문이었던 이 두 눈은, 이제는 은빛 막으로 덮여 거울처럼 나 자신의 의구심과 두려움과 불안감을 반영할 뿐이었다. 그 안쪽에 자리잡은 마음은 전혀 볼 수가 없다.

"지금도 나를 사랑해?"

마침내 그녀가 말했다. 조금 떨리는 목소리로.

이 질문은 예기치 않은 힘으로 나를 강타했다. 우리는 더 이상 터놓고 사랑에 관해 얘기하지 않는다. 그것은 아직 젊은 커플을 위한 화제다. 우리는 평화롭게 함께 살고 있었다. 더 이상 많은 얘기를 나눌 필요가 없는 오래된 친구들처럼, 신을 때마다 더 편해지는 느낌을 받는 낡은 구두처럼. 나는 지금도 테스를 사랑하고 있을까? 나는 정말로 그녀를 한 번이라도 사랑했던 적이 있을까 — 진짜 그녀를, 현실의 테스를? 아니면 다른 누군가의 이미지를, 내 마음 속에 만들어낸 누군가를, 나의 꿈으로 빚어낸 누군가를 사랑한 것에 지나지 않는 것일까? 천만다행히도 나는 늦기 전에 깨달았다. 지금 이 순간이야말로 진실의 순간이며, 전 세계에 영향을 끼치는 나비의 날개짓이나 다름없는, 시간선을 완전히 꺾어서 두 번

다시 그 방향을 수정할 수 없도록 만드는 중차대한 선택의 순간이라는 사실을.

"내 목숨보다 더 사랑해." 나는 그제서야 입을 열었고, 이 말이 방안에 울려퍼진 순간에 그것이 가감없는 진실임을 깨달았다. "전신전령을 바쳐 당신을 사랑해." 나는 그녀의 자그마한 몸에 팔을 두르고 서로의 몸이 아플 정도로 꽉 껴안았다. 싸우지도 않고 어떻게 그녀를 포기할 수 있단 말인가?

"따라와 램챱. 2층으로 올라가는 거야." 이렇게 말하고는 마음이 바뀌었다. 그런 건 노인들이나 하는 짓이다. "아니, 마음이 바뀌었어. 그냥 여기가 좋겠어. 몇 년 동안이나 이 소파를 충분히 운동시키지 않았잖아."

카운트다운

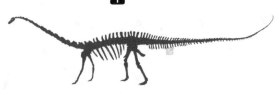

실제로 전쟁을 하는 종족은 두 가지밖에 없다.—

인간과 개미다. 개미가 어떤 식으로든 변화할 가능성은 없다.

—존 G. 디펜베이커(1895-1979) · 캐나다 13대 수상

　부러진 코가 심장의 고동에 맞춰 욱신거렸다. 이 감각이 마치 영원히 계속될 것처럼 느껴졌지만, 잠시 뒤에는 그럭저럭 출혈이 멎었다.

　나는 녹초가 되어 내 완충의자 위에 누워 있었다. 그러나 칭-메이의 시계는 가차없이 똑딱거리고 있었다. 황 효과가 반전되는 시각까지는 겨우 27시간밖에는 남지 않았다. 앞으로도 〈스턴버거〉 안에 계속 머물면서 불쌍한 클릭스가 다시 의식을 되찾는 것을 기다려야 하지만, 그 동안에 뭔가 유익한 일을 할 수는 없을까 하는

생각을 해 보았다.

밤하늘을 찍은 사진이 있다. 적어도 그것을 보며 사진이 제대로 찍혔는지 확인해 볼 수는 있고, 만약 제대로 찍혔다면 운석들이 남긴 궤적을 분석하는 일에 착수할 수 있다.

소파에서 일어나자 온몸의 관절이 욱신거렸다. 팜탑을 찾아내서 카키색 웃옷의 헐렁한 호주머니에 넣었다. 계기 돔으로 이어지는 사닥다리를 올라가는 것은 고통 그 자체였다.

조그만 삼각대에서 디지털 카메라를 떼어낸 다음 내 팜탑의 USB포트에 연결했다. 액정 화면에 밤하늘의 사진이 떠올랐다. 처음에는 미광(迷光) 탓에 사진을 망쳤다고 생각했다. 구부러진 새하얀 줄 두 개가 사진 오른쪽 모퉁이를 가로지르고 있었기 때문이다. 하나는 굵고 하나는 얇다. 아, 그렇군――이것들은 밤하늘을 산책하는 루나와 트릭의 궤적이다.

이것들을 제외하면 밤하늘을 찍은 흔해빠진 장시간 노출 사진처럼 보였다. 같은 중심을 가진 머리카락처럼 가느다란 호(弧)들은 하늘이 지구의 자전축을 중심으로 회전함에 따라 생겨난 별들의 궤적이다. 조리개를 네 시간 동안 열어 두었으므로 각 호의 길이는 원의 6분의1이 된다.

그러나 이 사진에는 여전히 뭔가 이상한 점이 있었다. 천정(天頂)과 남쪽 지평선의 중간께에 여섯 개의 하얀 광점이 찍혀 있다. 팜탑의 트랙볼을 써서 이 점들을 하나씩 클릭한 다음 확대해 보았다. 광점들은 전혀 호를 그리지 않았다. 바꿔 말해서 전혀 움직이지 않았다는 얘기가 된다. 한두 개였다면 촬영시에 발생한 사소한 오류――렌즈에 먼지가 묻었다든지, 화상 처리시에 단일 비트 오류가 생겨났다든지 하는 식으로—로 치부할 수도 있었겠지만, 여섯 개나 늘어서 있는 경우에는 실제로 존재하는 무엇인가를 찍었다고밖에는 할 수 없었다.

자전하는 지구상에서 보았을 때도 전혀 움직이지 않는 물체라고 하면 적도 상공에 위치한 정지위성밖에는 생각나지 않았다. 흐음, 헤트들이 지구 주위에 그런 위성들을 배치해 놓았다고 해도 이상할 것은 없다. 이토록 정확하게 동일 간격을 유지하고 있다는 점이 좀 이상하게 느껴지지만 말이다. 일기예보나 통신 중계를 목적으로 하는 위성일지도 모르지만, 이 두 가지 용도만을 위해서라고 보기에는 너무 수가 많았다. 클라크 궤도*에 인공위성 세 개를 동일 간격으로 배치하기만 하면 지구 전체를 커버할 수가 있지 않는가. 그러나 사진에는 무려 여섯 개나 되는 인공위성이 찍혀 있었다. 그렇다면 지구 전체에는 20개에서 30개에 달하는 위성이 동일한 간격으로 늘어서 있다는 얘기가 된다——

아래층에서 쾅 하는 소리가 났다. 나는 카메라를 팜탑에서 떼어 내는 대신 넉넉한 호주머니에 그냥 통채로 쑤셔넣은 다음 서둘러 비스듬한 사닥다리를 내려갔다. 클릭스가 작업대에 몸을 지탱하고 서 있었다. 방금 들은 소리는 그가 억지로 몸을 일으키면서 자기 지질학 장비 몇 개를 바닥에 떨어뜨렸을 때 난 소리였다.

"브랜디. 나는……" 클릭스는 일단 침묵했다가 다시 고쳐 말했다. "어이 친구. 그건 내 본심이 아니었어——" 그러나 이 말 또한

---

* Clarke orbit. 정지 궤도. 정지 위성을 이용한 통신 가능성을 다룬 SF작가 아서 C. 클라크의 논문에 유래한다.

부적절하다고 느낀 듯했다. "그건 단지 ──" 결국 그는 입을 다물고 어깨를 으쓱했다. 나는 난처한 입장에 빠진 그에게 동정했다. 아까 죽이려고 했던 상대에게 어떻게 사과하란 말인가?

나는 클릭스를 위아래로 훑어보았다. 한쪽 귀에 피가 말라붙어 있다. 이마의 찢어진 상처는 꿰맬 필요가 있을 정도로 심각해 보였지만, 적어도 출혈은 멈춰 있었다. 클릭스가 얼마나 덩치가 좋은지를 감안한다면 나도 참 잘 견뎌냈다는 생각이 들었다. 내심 조금 우쭐한 기분을 느끼기까지 했다. 지금 와서 생각해 보니 클릭스를 정당한 이유로 마음껏 두들겨팼다는 사실에 은밀한 쾌감을 느끼는 것인지도 모르겠다. "괜찮아." 나는 조용하게 말했다. "그때 자넨 자네가 아니었잖아."

클릭스는 고개를 끄덕였고, 조금 뒤에는 고개를 돌려 나와 시선을 마주치는 것을 피했다. 아마 그도 나와 마찬가지로 우리들 사이의 침묵이 어색했는지도 모르겠다.

"헤트는 어떻게 되었어?" 이윽고 그가 말했다.

나는 항바이러스약을 그의 경동맥에 주사했다는 얘기를 했다. 자기 몸 안에 죽은 외계인이 여전히 1, 2킬로그램쯤 남아 있을지도 모른다는 얘기를 듣고 그는 움찔했다. 그런 얘기를 들었으니 동요하는 것도 당연하다.

그는 내 웃옷의 가슴 호주머니에서 튀어나온 디지털 카메라를 보고 입을 열었다. 무엇이든 좋으니 뭔가 다른 일에 관해 생각하고 싶었기 때문인지도 모르겠다. "그걸로 밤하늘 사진을 찍었어? 어떤 사진이 나왔어?"

"자, 직접 보라고." 나는 광섬유 케이블로 연결되어 있는 카메라와 팜탑을 꺼내서 작은 컴퓨터 스크린을 켠 다음 그에게 넘겼다.

클릭스는 작은 컴퓨터를 얼굴에 갖다댔다. "두 개의 수평 띠가 보여?" 내가 물었다.

"응."

"그건 지구의 두 달이 남긴 궤적이야. 하지만 그 위에 보이는 정지한 광점들이 뭔지를 모르겠어." 나는 어깨를 으쓱했다. "아마 헤트들이 설치한 대지(對地) 정지위성인지도 모르겠군."

클릭스는 카메라와 팜톱을 내게 돌려주면서 고개를 한 번 끄덕였다. "중력 억제 위성들이야." 그는 당연하다는 듯이 말했다.

"뭐라고?"

클릭스는 탁자 가장자리에 손을 대고 몸을 지탱한 다음 떨리는 목소리로 말했다. "나는 왜 그런 일을 알고 있지?"

"그건 내가 하고 싶은 질문이야."

"플라나리아." 클릭스는 느닷없이 말했지만, 이것은 나를 떠보기 위한 예의 조그만 테스트가 아니었다. 번개처럼 뇌리에 떠오른 영감에 더 가깝다. 그가 이 단어를 말하자마자 나는 무슨 뜻인지를 알아차렸다. 나도 학부생 시절에 험프리스-제이콥슨 실험을 한 적이 있다. 약간 사팔뜨기인 귀여운 얼굴을 갖고 있었기 때문에 영화배우 이름을 따서 카렌 블랙이라고 이름을 붙인 플라나리아를 빛에 노출되었을 때 몸을 수축하도록 훈련시켰던 것이다. 플라나리아는 이 훈련의 기억을 자신의 RNA에 기록했다. 그런 다음 나는 카렌 블랙을 잘게 잘라서 바브라 스트라이젠드라고 이름 붙인 다른 플라나리아에게 먹였다. 바브라는 카렌의 기억을 흡수해서 즉각적으로 빛에 어떻게 반응해야하는지를 습득했다. 클릭스가 죽은 헤트가 그의 머릿속에 남긴 RNA로부터 그 기억 일부를 획득했다는 사실은 명백했다.

"중력을 억제하다니 정말 흥미롭군." 나는 말했다. "그렇다면 지구의 중력이 낮은 것은 헤트들의 소행이라는 얘기가 되는데——"

"그럼 지구상에서도 편하게 돌아다닐 수가 있으니까 말야. 놈들은 지구의 중력을 화성 중력과 같은 수준으로 떨어뜨렸던 거야."

나는 고개를 절레절레 흔들었다. "빌어먹을. 우린 정말로 멍청했어. 그때 그 헤트 우주선을 타고 날았을 때도 아무런 움직임을 느끼지 못했잖아——그러고 보니 궤도상에 있었을 때도 무중력상태가 되지 않았어. 놈들은 중력을 자유자재로 통제할 수 있는 듯하군. 칭-메이가 이걸 안다면 정말 좋아하겠군. 엄청난 물리학 지식을 갖고 있을 테니까."

클릭스는 미간을 찌푸렸다. "우리에 비해 그렇게까지 앞선 과학 기술을 갖고 있는 것 같지는 않아. 물론 중력 제어에서 한발 앞서 있는 건 사실이지만, 시간 여행 기술이 없다는 건 명백하잖아. 놈들은 〈스턴버거〉를 갈망하고 있어."

나는 턱수염을 긁적였다. "헤트들 얘기를 좀 더 해줘."

"난 아무 것도 모르는데."

"흐음, 그럼 구체적인 질문을 해 볼게. 현재 화성상에서 물이 흐르고 있는지 알려 줘."

클릭스는 눈을 깜박였다. "아, 맞아. 비와 눈을 포함해서 완전한 물의 순환이 이루어지고 있지."

"그럼 헤트 말고 화성에는 어떤 생물들이 살고 있는데?"

"우리를 제외하면 진짜 생물은 없어. 다른 것들은 모두 우리의 노예가 되기 위해 존재해."

모든 생물을 지배할 운명이라, 이런 뜻이로군. "미래로 돌아간 뒤에 자네는 엄청나게 자세한 보고를 하게 될 거야, 친구. 헤트가 어떤 식으로 의사소통을 하는지 얘기해 주겠어?"

클릭스는 눈을 감았다. "개개의 바이러스는 인간의 시냅스와 마찬가지로 짧은 거리를 이동할 수 있는 자극을 발산해. 우리가 조우한 젤리 덩어리 같은 놈들을 구성하는 바이러스들은 인간의 뇌세포들처럼 협동해서 행동해. 따라서 덩어리가 크면 클수록 더 똑똑해져."

"그럼 공룡들은?"

클릭스는 마치 내면의 소리에 귀를 기울이는 것처럼 여전히 눈을 감고 있었다. "흐음, 헤트들이 중력을 낮추지 않았더라면 공룡들은 저렇게까지 거대화하지 못했을 거야. 그렇지만 최근 들어서는 유전자를 직접 조작해서 기존의 공룡들을 좀 더 전쟁에 더 적응한 형태로 교묘하게 변화시켰어. 이를테면 카스모사우루스 같은 각룡(角龍)의 목 주위 장식은 자연 상태에서는 적을 위협하기 위한 물건일 뿐이야. 뼈로 된 윤곽에 피부를 팽팽하게 친 거나 마찬가지니까 말야. 그런 건 진짜 전투에서는 아무 쓸모도 없으니까 헤트들은 그놈들의 유전자를 조금 건드려서 트리케라톱스속(屬)을 만들어냈던 거야. 그렇게 해서 원래는 비어 있던 부분이 단단한 뼈로 가득 차게 된 거지."

"알았어. 그럼 가장 중요한 질문을 하겠어. 지금 헤트들은 누구를 상대로 싸우고 있는 거지?"

"하느님 맙소사! 테스의 현존 생물들하고 싸우고 있어." 클릭스는 시선을 돌렸다. "아——그러니까 소행성대(Asteroid belt) 자리에 있는 벨트 행성 말야."

"정말? 그럼 화성 문명의 역사가 1억3천만 년이나 된다는 헛소리는 뭐지?"

클릭스는 잠시 생각에 잠겼다가, 깜짝 놀란 듯이 눈을 크게 떴다. "바이러스 화성인의 문명의 역사는 정말로 그렇게 오래 되었어. 우리의 시대 구분에 의하면 주라기 초기에 해당되지. 그로부터 1만 년 뒤에—이건 화성인의 역사에 비하면 정말 아무것도 아닌 기간이지만—놈들은 지구 주위에 중력 억제 위성들을 설치했어. 그 위성들은 중력을 제어할 수 있으니까 정해진 궤도에서 벗어나는 일도 결코 없고, 에너지원으로는 태양열을 쓰기 때문에 동력이 고갈되는 일도 결코 없어. 정말로 1억3천만 년 동안이나 지구 주위의 정지 궤도에 머물러 있었던 거야."

나는 고개를 가로저었다. "그건 좀 이상하군. 헤트의 과학기술이 인류보다 훨씬 더 발달했다는 건 확실해 보이지만, 기껏해야 몇 세기 내지는 몇십 세기 앞섰을 뿐이지 1억 몇천만 년이나 앞서 있다고는 도저히 보기 어려워. 그러니까, 누군지는 몰라도 그 밀집성단을 만든 외계인들은 항성을 마음대로 움직일 수 있을 정도니까 정말로 1억 몇천 년이나 되는 문명을 가지고 있을지도 모르지. 하지만 헤트의 과학기술은 그런 수준에 도달하려면 아직 멀었어."

"맞아." 클릭스는 맞장구쳤다. 그러고는 안색이 어두워졌다. "이런 염병할. 놈들이 공룡들에게 손을 댄 건 극히 최근의 일이야. 왜냐하면 헤트는, 헤트들은 거의 완전히 멸종한 적이 있기 때문이야. 그러니까——" 클릭스는 조금 몸을 떨고 있었다. "정말 끔찍해. 하느님 맙소사, 그런 식으로 파괴하다니." 그는 눈을 질끈 감았다가 완충의자로 비틀비틀 다가가서 손을 짚고 몸을 지탱했다. "브랜디, 자네 말이 옳았어. 화성인들은 태생적으로 흉포한 종족이야. 놈들은 언제나 정복욕으로 부글부글 끓고 있어."

클릭스의 호흡이 점점 더 가빠졌다. 마치 무엇인가에 홀린 듯한 눈으로 여기저기를 바라보고 있다. "바이러스 덩어리들은 원래는 화성에 사는 각종 동물에 기생하고 있었어. 그러던 중에 지성을 발달시켰던 거야. 놈들은 물체를 조작할 수 있는 부속지(付屬肢)를 가진 생물들을 노예로 삼기를 원했어. 그리고 화성의 바다에는 일종의 손처럼 보이는 생물이 살고 있었어——다섯 개의 관이 중앙의 원반 한쪽에 달려 있었지. 손가락을 닮은 각 관 끄트머리에는 괄약근에 의해 제어되는 가느다란 철선(鐵線)들이 원 모양으로 둥글게 자라 있었어. 화성의 바다에 사는 조개 껍질을 따기 위해서 이런 부속지를 발달시킨 거지만, 태곳적 헤트들은 이 〈손〉들을 노예화해서 이 철선을 일반적인 조작지(操作肢)처럼 사용했어."

클릭스는 머리를 앞뒤로 흔들고 있었지만, 그 사실을 자각하고 있는 것 같지는 않았다. "이윽고 헤트들은 〈손〉을 써서 여러 척의 우주선을 건조하기에 이르렀어. 중력을 조작하는 방식으로 움직이는 우주선이었지. 헤트들은 그걸 타고 지구와 벨트 행성을 방문했어. 두 행성 모두 언젠가는 지성을 발달시킬 가능성을 가진 동물들이 살고 있었지. 벨트 행성은 작았기 때문에 헤트가 활동하기에 적합했지만 지구는 너무 컸어. 그래서 지구를……**화성화**해서 화성인이 살기에 적합한 땅으로 만들려는 프로젝트가 시작되었던 거야. 화성화의 첫째 단계는 중력 억제 위성들의 설치였어. 아까 말했듯이 중력 억제 위성들은 정말로 1억3천만 년 전에 궤도에 설치되었어.

이 초기의 헤트들은 남쪽 하늘에 밀집 성단이, 기하학적으로 배열된 항성의 무리가 걸려 있는 것을 보았어——그래, 그건 그렇게 옛날부터 그곳에 있었던 거야. 헤트들은 우주 어딘가에 다른 생물들이 살고 있다는 사실을 알았어. 그리고 놈들은 그 사실이 정말로 마음에 들지 않았어——자기들 손이 닿지 않는 곳에, 노예화할 수 없는, 지성을 가진 생물이 있다는 사실을 견디지 못했던 거야. 헤트들은 그 어떤 지적 생물도 자기들 만큼이나 폭력적일 거라고 지레짐작하고 〈손〉들을 동원해서 전쟁 기계들을 건설하기 시작했어. 언젠가는 화성으로 와서 자기들을 정복하려고 들 밀집 성단의 창조자들과의 전쟁에 대비하기 위해서 말야. "

이렇게 말하는 클릭스의 팔이 부들부들 떨렸다. 목은 쉬고, 이마에는 땀이 배어나오고 있었다.

"〈손〉들은 조그만 생물이었고, 다량의 바이러스 물질을 받아들일 수 없는 탓에 노예 지배자들의 마음은 그다지 높은 상태로까지 발달하지는 못했어. 그리고 〈손〉의 어린 자식들은 체내로 들어간 헤트가 제대로 뭉칠 수도 없을 정도로 작았기 때문에 통제가 아예 불가능했어. 그리고 어느 날 〈손〉의 어린 자식들은 부모들이 억지로 건조해야 했던 전쟁 기계들을 써서 화성 전체를 공격했어. 상상을 초월할 정도의 대학살이 벌어졌지. 화성상의 거의 모든 생물이 일소되었어. 〈손〉들은 단 하나도 남김없이 멸종했고, 초기 헤트들도 대부분 사라져 버렸어. 어린 〈손〉들도 다 자란 부모 〈손〉들도 노예로 사느니 차라리 죽는 편을 택했던 거야."

클릭스는 양손을 맥동하는 심장처럼 쥐었다 폈다 했다. 나는 수도꼭지를 틀어 컵에 물을 따른 다음 그에게 가져다 주었다. 그는 물을 단숨에 들이켰다.

"반란이 일어난 뒤에 화성은 거의 완전히 불모지가 되었어. 타고 다닐 동물이 사라져 버린 탓에 바이러스들은 사방에 흩어져서 지성을 키울 능력을 잃었지만, 이 모든 일의 기억만은 여전히 RNA에 보존되어 있었지. 중력 억제 위성의 지배하에 있는 지구는 아무런 간섭도 받지 않고 방치되었어.

그로부터 약 4천만 년——그러니까, 지구 햇수로는 8천만 년이라는 세월이 흐른 뒤에 화성상의 바이러스 생명체들은 또다시 지성을 가진 생물로 다시 진화했어. 그것이 현재의 헤트야. 하지만 〈손〉들의 일처리가 워낙 철저했던 탓에 당시 화성상에 남아 있는 동물이라고는 미생물밖에는 없었어." 클릭스는 몸을 부르르 떨었고, 어깨를 들먹이며 거칠게 숨을 몰아쉬었다. "헤트들은 유전공학 기술을 놀랄만한 수준까지 발달시켰어. 바이러스는 본디 어떤 세포의 DNA를 자기 자신의 유전물질로 치환하는 능력을 가지고 있지. 그리고 헤트들은 그 능력을 한 단계 더 발전시켜서, 이제는 유전정보를 직접 제조해서 그것을 마음대로 자르거나 접합하는 방법으로 뉴클레오티드 사슬을 **선별적**으로 치환할 수 있게 된 거야. 놈들은 이 능력을 이용해서 동물의 DNA를 직접 개조했어. 그럼에도 불구하고 탈것으로 이용할 수 있을 정도로 충분히 큰 숙주를 진화시킬 때까지 거의 5천만 지구년에 가까운 시간이 필요했어. 그러나 이 휴지기(休止期) 동안 헤트들은 정신으로 직접 조종할 수 있는 생물 장치만을 이용하겠다고 결심했어. 노예들에게 강탈당해서 역이용당할 수 있는 기계는 두 번 다시 쓰지 않겠다고 말야. 그리고 테스에 사는 생물들이 마침내 지성을 발달시켰어." 클릭스는 자기 얘기에 완전히 몰두하고 있는 탓에 더 이상 행성의 이름을 바꿔 말하거나 하지는 않았다. "헤트들은 이 생물들도 노예화하려고 했어. 예의 살아있는 우주선을 타고 테스로 돌아가서 현지 생물들과 끔찍한 전쟁을 벌였던 거야. 그리고 이 전쟁은 지금까지도 계속되고 있어."

클릭스는 머리에서 발끝까지 부들부들 떨고 있었다. 마치 아드레날린 과잉 상태에 빠져 고양한 사내처럼 보인다. "맙소사 브랜디. 난 뭔가를──죽이고 싶은 기분이야. 뭐든 좋으니 죽이고 싶어. **모든 걸** 죽이고 싶어. 헤트들에게 이 충동은 거부할 수 없을 정도로 강렬하고, 너무나도 원초적인 거야. 그건 마치──" 그는 후다닥 방 안을 가로질러가서 작업대 위에 놓여있던 빨간 공구상자를 집어들더니 힘껏 내던졌다. 공구 상자는 만곡한 격벽에 격돌했다. 펜치와 나사돌리개와 렌치 따위가 바닥에 떨어지며 쨍그랑거렸다. 클릭스는 눈을 감고 심호흡을 했다.

"마일즈?"

나를 바라보는 클릭스의 얼굴은 조금씩 침착해지고 있었다. "아아, 정말 좋은 기분이었어." 그는 잠시 입을 다물었다. "이제는 괜찮다고 생각해. 부탁이니 더 이상 헤트에 관해서 질문하지 말아줘. 생명을 증오하는 놈들의 기억에 접촉하는 것만으로도 자네를 두들겨패고 싶은 충동에 사로잡히거든."

"걱정하지 마. 난──"

타임머신 밖에서 흘러들어오는 외부의 광량(光量)이 좀 이상하다——

나는 뒤를 돌아보았고——

쾅!

〈스턴버거〉는 엄청난 충격을 받고 마구 흔들렸다. 선체가 마구 진동하고, 바닥 밑에 설치된 물탱크 안에 남아 있는 물이 거대한 파도처럼 넘실거리며 타임머신의 한쪽 면에 철썩 부딪쳤다. 나는 비틀거리며 몸의 균형을 잡으려고 했다. 무선 콘솔 위쪽의 강화유리 창문 너머로 뭔가 거무튀튀한 물체가 보였다. 하늘을 나는 벽처럼 점점 멀어져가는가 싶더니 그 위로 파란 하늘이 조금 보였고, 갈색 진흙 평원이 그 아래로 조금 드러났고, 거무튀튀한 벽은 점점 더 뒤로 물러나며……

꼬리다. 저것은 공룡의 꼬리다. 타임머신을 강타한 부분은 성인 남자 키의 두 배에 달하는 높이를 갖고 있었다. 꼬리 전체는 납작하며 뒤로 갈수록 가늘어지고, 주름진 잿빛 가죽으로 뒤덮여 있었다. 지금도 여전히 후퇴를 계속하고 있다. 나는 조금 뒤에야 마침내 공룡의 전신을 볼 수 있었다.

용각류(龍脚類)다. 예의 거대한 4족보행 공룡 그룹에 속해 있으며, 일반인들은 지금도 여전히 브론토사우루스라고 부르는 초식 공룡이다. 용각류는 진흙 평원 위에서 크레이터 벽에 대해 90도 각도를 유지하며 서 있었다. 뒤로 갈수록 가늘어지는 꼬리가 달려 있고, 꼬리와 비슷한 모양을 한 긴 목을 하늘 높이 쳐들어 균형을 잡고 있다. 목 끝에는 뭉뚝하고 조그만 머리가 달려 있었다. 목과 꼬리 사이에는 엄청나게 큰, 굿이어사(社)의 비행선 같은 몸통이 자리잡고 있으며, 네 개의 기둥처럼 육중한 다리가 이 몸통을 떠받치고 있다.

용각류는 백악기 말기에는 보기 드문 존재였고, 앨버타에서는 단 한 마리의 화석도 발견된 적이 없다. 너무 습도가 높아서 서식하기 힘들었다는 의견도 있다. 그러나 이 시대의 뉴 멕시코 주에는 여전히 알모사우루스가 서식하고, 아르헨티나에는 안타륵토사우루스, 아르기로사우루스, 라플라타사우루스, 누켄사우루스, 티타노사우루스가 있으며, 중국, 헝가리, 인도 등지에도 소수 존재한다. 헤트들이 살아있는 크레인을 필요로 했다면 현존하는 용각류를 공수해 오는 것은 별 문제가 아니었는지도 모르겠다. 용각류는 '뇌룡(雷龍)'이라는 별명을 가지고 있기는 하지만 발바닥에는 매우 두터운 육지(肉趾)가 달려 있다. 그리고 저기 보이는 저 뇌룡이 엄청난 몸집에도 불구하고 별 어려움 없이 몰래 타임머신으로 다가올 수 있었다는 사실에는 의심의 여지가 없었다.

꼬리는 뒤로 물러나는 일을 그만두고 이제는 반대편을 향해 움직이고 있었다. 우리를 향해 공기를 가르고 날아온 꼬리는 창문을 꽉 채울 정도로 점점 더 커졌고——

최초의 충격이 단지 준비운동에 불과했다는 사실은 명백했다. 꼬리가 타임머신을 전력으로 강타했을 때 클릭스와 나는 공중을 날았다. 클릭스는 자기 완충의자 옆에 쾅 떨어졌다. 나는 화장실 문에 격돌했다. 나는 일어서서 클릭스 쪽을 보았다. 그는 무선 콘솔 가장자리를 에워싼 나뭇결 무늬의 플라스틱 커버를 움켜잡고 몸을 지탱하고 있었다. 눈을 감고 또다시 내부의 목소리에 귀를 기울이고 있다.

"놈들은 무슨 수를 써서라도 우리 타임머신을 빼앗을 작정이야." 클릭스가 말했다.

카운트다운

0

한 시대에서 다른 시대로…

—마셜 맥루언(1911-1980) · 캐나다의 미디어 철학자

공룡 꼬리가 세 번째로 〈스턴버거〉를 강타했을 때의 충격으로 클릭스와 나는 바닥에 쓰러졌다. 우리 몸 상태가 어떻든 간에 도저히 견딜 수 있는 충격이 아니었다. 얼굴에 손을 갖다대자 축축했다. 또 코피가 난다. 거대한 꼬리가 두 번 더 부딪치자 〈스턴버거〉는 크레이터 벽 꼭대기에서 완전히 떨어졌다. 지프를 타고 아래로 내려가는 일도 쉽지 않지만, 그래도 그때는 안전벨트를 메고 차에는 완충 장치도 갖춰져 있었기 때문에 이 정도까지는 아니었다. 타임머신이 부슬부슬한 사면을 미끄러져 내려가자, 고정되지 않은 온갖 장비들이 좁은 선실 안에서 마구 날아다녔다. 클릭스와 나

는 세탁 건조기 안에 집어넣은 봉제 인형처럼 여기저기에 부딪치며 팔꿈치와 무릎에 타박상을 입고, 사지가 뒤틀리는 꼴을 당했다. 〈스턴버거〉는 한참 뒤에야 겨우 진흙 평원 위에서 조금 기울어진 각도로 정지했다. 우리는 비틀거리며 창가로 갔다.

공룡들이 사방팔방에서 몰려오고 있었다. 짙은 붉은색의 젊은 티라노사우루스 십여 마리가 호수 기슭을 따라 접근해 오고 있었다. 새를 닮은 발로 진흙 위에서도 미끄러지지 않고 척척 걸어온다. 청색과 주황색의 요란한 미채 무늬를 두른 트리케라톱스 탱크 일곱 마리가 쿵쿵거리며 남서쪽에서 포위망을 좁혀오고 있다. 머리를 낮추고 있는 탓에 눈 바로 위에서 자라난 거대한 뿔이 이쪽을 향하고 있다. 그들 바로 옆에 선 잿빛의 거대한 용각류 공룡은 마천루처럼 높고 긴 목에 영원히 계속되는 듯한 꼬리를 가지고 있었다. 30여 마리의 트로오돈들은 좌우로 펄쩍펄쩍 무게 중심을 옮기며 떼지어 몰려다니고 있다. 곧게 뻗은 꼬리가 지휘봉처럼 위아래로 오르락내리락한다. 서쪽에서 군대처럼 행진해 오는 다섯 마리의 거대한 공룡들은 다 자란 티라노사우루스 렉스 암컷들이다.

다른 공룡들 배후에서 오리주둥이 공룡 한 마리가 뒷다리로 일어섰다. 파라사우롤로푸스였다. 왕립 온타리오 박물관에 전시된 화석으로 유명한 이 공룡의 뒤통수에는 뒤로 1미터나 뻗어나가는 관(管) 모양의 벼슬이 달려 있다. 처음에는 소처럼 얌전한 이 초식 공룡이 여기서 도대체 무엇을 하고 있는지 상상이 안 됐다. 헤트가 오리주둥이 공룡의 무리를 키우는 것은 단지 전투용 공룡들의 먹이로 삼기 위해서라고 생각하고 있었기 때문이다. 그러나 파라사우롤로푸스가 공명실(共鳴室) 역할을 하는 뒤통수의 관을 이용해서 엄청나게 큰 울음소리를 잇달아 발하자 의문은 풀렸다. 티라노사우루스들이 산개하는 광경을 보고, 나는 오리주둥이 공룡을 조종하는 헤트의 장군이 명령을 내렸다고 판단했다. 파라사우롤로푸스의 천둥을 연상시키는 울음소리는 몇 킬로미터나 떨어진 곳에서도 들린다.

나는 크레이터 벽의 서쪽 밑동 근처에 세워둔 지프 쪽을 바라보았다. 지금 이 각도에서 볼 수 있는 타이어 두 개는 완전히 바람이 빠져 있었다──아마 트리케라톱스의 뿔에 찔린 듯했다.

트로오돈 한 마리가 나와 클릭스가 내다보고 있는 창문으로 다가왔다. 우리를 보기 위해 몸을 뻗고 발끝으로 서자 뾰족한 주둥이가 강화유리 창문의 창턱에 닿았다. 공룡은 우리를 잠시 쳐다보며 교대로 눈을 깜박이는 예의 괴상한 행동을 보이더니, 대뜸 입을 열었다. 쉰 목소리가 타임머신의 천장 주위를 두른 환기창을 통해 들려왔다.

"이제 밖으로 나와. 타임머신을 우리에게 넘겨. 안 그러면 죽일 거야."

여기서 농성할 수 있는 시간은 최대 22시간이고, 그 뒤에 〈스턴버거〉는 어떤 일이 일어나든 원래 시대로 되돌아가게 된다. 식량과 식수는 충분하므로 그 정도는 충분히 견딜 수 있다. 그러나 황효과가 반전하기 전까지 헤트들이 밖에서 그냥 기다리고 있을 리가 만무했다. 놈들은 멸종에서 살아남기 위해 귀환시에는 타임머신에 타고 있을 작정인 것이다.

클릭스는 달려가서 엘리펀트건을 가지고 왔지만 그중 한 자루를 내게 건네며 고개를 설레설레 흔들었다. "저 용각류 상대로는 갖고 있는 탄환을 쏴서 모두 맞춘다 해도 기별도 안 갈 게 뻔해."

밖에서 트로오돈이 귀에 거슬리는 소리로 외쳤다. "마지막 경고야. 당장 밖으로 나와."

클릭스는 조금 전에 내동댕이친 빨간 공구상자를 가져다 놓고 그 위로 올라갔다. 타임머신의 만곡한 외벽 꼭대기를 빙 두르고 있는 환기창 하나에 개머리판을 쑤셔넣고 방충망을 걷어낸 다음 총구를 환기창에 밀어넣는다. 그러나 아무리 목을 길게 뻗어도 환기창을 통해 목표물을 조준할 수는 없었다.

"메인 해치를 열고 쏠 수 있어."

내가 이렇게 말한 순간 바깥문의 걸쇠를 들어올리는 소리가 들렸다. 나는 1번문 밖으로 튀어나가서 바깥문으로 통하는 경사로를 미끄러져 내려갔다. 문을 잠글 작정이었지만 내가 그곳에 도달하기 전에 밖에서 걷어채인 해치는 안을 향해 쾅 열렸다. 트로오돈 한 마리가 춤추는 듯한 동작으로 뛰어들어왔다. 낫처럼 생긴 날카로운 발톱이 금속제 경사로에 닿으며 짤깍거린다. 나는 개머리판을 어깨에 대고 공룡의 가슴을 향해 총탄을 발사했다. 그 충격으로 공룡은 해치 밖으로 날려갔지만, 다음 순간 두 마리째의 트로오돈이 동료를 대신해서 달겨들었다. 나는 또 다시 발포해서 공룡에게 상처를 입혔다. 그러나 내가 가진 총탄보다 헤트의 공룡 수가 많은 것은 확실했다.

다시 탄약을 장전하는 사이에 두 번째 트로오돈이 손가락이 세 개 달린 손으로 상처 부위를 누르고 만드릴의 입 색깔을 한 메인 해치를 통해 다시 안으로 들어왔다. 클릭스는 트로오돈 곁을 빠져나가 쏜살같이 경사로를 뛰어내려가서 메인 해치를 닫으려고 했지만 세 마리째의 트로오돈의 팔이 쑥 들어오더니 문 주위를 더듬기 시작했다. 내가 서둘러 재장전을 마쳤을 때 상처를 입고도 타임머신 내부로 침입하는 데 성공한 두 마리 째의 트로오돈이 후다닥 경사로를 뛰어올라 거주 구획으로 들어왔다. 공룡은 두 개의 완충 의자 주위를 돌아 내게 달겨들려고 했다. 나는 그 몸통에 대고 두 발을 한꺼번에 발사했다. 뒤로 날아간 공룡은 비품 로커에 등을 쾅 부딪치더니 바닥에 쓰러졌다. 매캐한 화약 냄새가 코를 찔렀다.

뒤를 돌아보았다. 클릭스는 메인 해치를 거의 닫는 데 성공했지만, 트로오돈의 한쪽 팔이 여전히 가장자리에 끼어 있었다. 클릭스가 두터운 어깨로 해치를 밀어붙이자 뼈가 부러지는 소리가 났지만, 공룡은 여전히 팔을 빼지 않고 버텼다. 서로 마주보고 있는 발톱들을 쥐었다가 폈다가 한다.

죽은 트로오돈 옆의 비품 로커로 달려가서 내 예비 해부 키트가 들어있는 금속 상자를 꺼냈다. 서둘러 경사로를 내려가서 좁은 통로에서 문을 막고 있는 클릭스와 합류했다. 그가 트로오돈의 팔이 낀 문을 무지막지하게 밀어붙이고 있는 동안 나는 뼈톱을 써서 공룡의 팔을 잘라냈다. 사방으로 피가 솟구쳤다. 마침내 팔이 바닥으로 떨어져 꿈틀거렸다. 클릭스와 나는 힘을 합쳐 메인 해치를 억지로 닫았다. 그런 다음 나는 경사로를 뛰어올라가서 거주 구획에 있는 상자나 장비를 닥치는대로 클릭스에게 건넸다. 클릭스는 이것들을 해치 앞에 바리케이드 삼아 쌓아놓았다. 그러나 그리 오래 버티지는 못할 것이다.

메인 해치는 우리가 트로오돈을 향해 발포할 수 있는 유일한 개구부였다. 잠깐——그게 아니다! 계기 돔에서도 총을 쏠 수가 있다. 나는 황급히 사닥다리를 올라 좁은 공간으로 올라갔다. 수직 틈새는 여전히 열려 있었다. 투명한 돔 전체를 회전시켜 틈새가 서쪽을 향하도록 한 다음에 엘리펀트건의 총신을 틈새에 쑤셔넣고 최대한 빨리 총탄을 장전하며 여덟 발을 쏘았다. 강화유리 반구 안에서 귀청이 찢어질 듯한 총소리가 울려퍼진다. 세 발은 완전히 빗나갔다. 세 발은 목표물에 명중했고, 가장 가까이에 있던 트로오돈 한 마리를 죽였다. 나머지 두 발은 춤추듯이 움직이는 트로오돈 두 마리에게 상처를 입혔다. 한 놈은 오른발, 다른 놈은 왼쪽 어깨에. 두 마리 모두 지면에 쓰러졌다.

파라사우롤로푸스는 목청이 터져라 명령을 내리고 있었다. 뒤통수의 볏 속을 트롬본처럼 지나가는 두 개의 독립된 공명관(共鳴管)이 각기 다른 음조의 울음소리를 발하며 자체적으로 화음을 만들어내고 있었다. 이 명령에 반응한 트리케라톱스 한 마리가 몸통을 위아래로 흔들며 〈스턴버거〉를 향해 돌진해 왔다. 타임머신이 충돌의 충격으로 마구 흔들렸고, 나도 자칫 균형을 잃고 쓰러질 뻔했다. 각룡을 죽이려고 총을 쏘았지만 목에 달린 골질의 주름 장식에서 조그만 파편이 몇 개 튀었을 뿐이었다. 그러나 쌍방이 일종의 교착 상태에 빠진 것은 사실이었다. 접근하는 트로오돈은 모두 내 총을 맞고 쓰러지기 때문이다.

파라사우롤로푸스가 또다시 포효했다. 몇 초 뒤에 하늘이 어두워지더니 거대한 그림자가 내 머리 위를 지나갔다. 청록색의 거대한 익룡이 털로 뒤덮인, 폭이 10미터가 넘는 거대한 날개를 펴덕이며 계기 돔 쪽으로 날아오고 있었다. 뱀을 연상시키는 만곡한 목과 몸집으로 판단하건데 이것은 퀘찰코아틀루스 내지는 그에 가까운 친척일 것이다. 이 시대에는 앨버타와 텍사스 주에 걸쳐 분포하고 있는 익룡이다. 나는 황급히 총에 장전하려다가 탄약이 든 상자를 바닥에 떨어뜨렸고, 탄약의 반을 사다리가 통과하는 구멍 속으로 흘려 버렸다. 발사 준비를 마쳤을 때는 공중을 나는 이 용은 내 시야를 가득 메우고 있었다. 내가 쏜 총탄들이 청록색 날개에 구멍을 뚫었지만, 익룡은 개의치 않고 그대로 강하했다. 착륙할 발판을 찾는 익룡의 발톱이 〈스턴버거〉의 매끄러운 금속 외각을 긁으면서 백묵으로 칠판을 끼익 하고 긁는 듯한 소리가 났다.

익룡은 길고 뾰족한 부리가 달린 머리를 계기 돔의 관측용 틈새에 쑤셔넣었고, 3미터나 되는 뱀처럼 긴 목을 움직이며 나를 쪼려고 했다. 나는 뒤로 물러나서 돔의 반대편 벽에 등을 바싹 갖다댔다. 한쪽 손으로는 아플 정도로 뜨겁게 달아오른 쌍련 총신을 잡고, 다른 손으로는 목제 개머리판을 움켜잡고 익룡의 공격을 받아넘기려고 했다. 물론 불가능했다. 익룡의 부리가 눈에도 보이지 않을 정도로 빠르게 움직이며 내 총을 물었고, 목을 홱 비틀어 내 손에서 총을 빼앗아갔다. 내가 무슨 일이 일어났는지를 깨닫기도 전에 익룡은 소총을 입에 문 채로 하늘로 날아오르고 있었다. 거대한 청록색 날개가 만들어내는 돌풍이 아래를 향해 불어오며 내 머리카락을 흐트러뜨렸다.

이 이상 계기 돔에 머물러 있어도 의미가 없다. 나는 관측용 틈새를 닫고 사다리를 타고 아래로 내려왔다. 클릭스는 음식이 든 냉장고를 밀고 외부 해치로 이어지는 경사로를 내려가는 중이었다. 바리케이드를 강화할 작정인 듯했다.

심장이 철렁했다. "하느님 맙소사——"

"왜 그래?" 클릭스가 고개를 들며 말했다.

"자네 다리를 봐."

그레이프프루트 크기의 인광을 발하는 파란 젤리가 클릭스의 카키색 바지의 정강이 부분에 붙어 맥동하고 있었다. 내가 아까 죽인 트로오돈에서 스며나온 놈이 틀림없었다. 트로오돈의 시체는 냉장고가 있던 공간 옆에 있는 비품 로커 옆에 쓰러져 있었다. 클릭스는 황급히 허리띠를 풀고 바지를 벗은 다음 통로 너머로 내던졌다. 바지는 철퍽 하는 소리를 내며 벽에 달라붙었다. 그러나 헤트는 면포 따위는 쉽게 통과해 버리기 때문에 젤리 일부는 여전히 클릭스의 피부에 들러붙어 있었다. 클릭스는 공황 상태에 빠지기 직전이었다. 나는 해부 키트에서 메스를 끄집어내서 날이 서지 않은 쪽으로 그의 정강이를 훑으며 화성인의 조각들을 긁어 모았다. 한 번 긁어낼 때마다 메스를 세게 흔들어 해부 키트가 든 상자 안으로 미세한 파란 젤리 조각들을 날려보냈다. 1분 뒤에 나는 고개를 들고 말했다. "다 떼어낸 것 같아."

"전부?" 클릭스의 목소리에는 절망감이 서려 있었다.

"어…… 대부분은 떼어냈다고 생각해. 자네의 몸 안에 남아있는 〈해방〉이, 침입한 바이러스가 세포와 상호작용하는 걸 막아주기를 기도하자고."

"저건 어떻게 할까?" 클릭스는 자기 바지를 가리키며 말했다.

나는 곡괭이로 벽에 달라붙은 바지를 떼어내서 정체 박스에 집어넣었고, 해부 키트도 함께 넣은 다음 은빛 뚜껑을 닫았다. 우리는 경사로를 올라가서 다시 거주 구획으로 돌아왔다.

갑자기 타임머신이 요동치더니 트리케라톱스의 하얀 뿔 두 개가 선체 측면을 뚫고 들어왔다. 헤트들은 우리와의 짧은 정신 융합을 통해서 〈스턴버거〉가 요요나 마찬가지라는 사실을 알아냈음이 틀림없다. 수학적인 요요줄로 6천5백만 년의 미래에 있는 황 효과 발생기에 연결되어 있다는 사실을 말이다. 타임머신은 설령 선체 일부가 파괴된 상태에서도 시코르스키 스카이 크레인 헬리콥터와 지면 사이의 공중에 있는 출발점으로 얌전하게 귀환하게 된다. 타임머신 전체가 멀쩡할 필요는 없지만, 탑승자는 반드시 그 내부에 있어야 한다.

타임머신은 또다시 흔들렸고, 두 번째의 트리케라톱스가 머리로 받은 부분이 우그러졌다. 몇 초 뒤에 또다시 충격이 왔고, 또 다른 한 쌍의 뿔이 이번에는 내 머리에서 50센티미터도 떨어지지 않은 지점을 관통했다.

파라사우롤로푸스의 포효가 또다시 공중에 울려퍼졌다. 창밖에서 화물열차 크기의 핏덩이처럼 보이는 거대한 티라노사우루스들이 화답하듯이 포효했다.

"뭔가 대책을 강구해야 해." 내가 말했다.

"훌륭한 생각이로군 천재 나리." 클릭스가 말했다. "그럼 **뭘** 해야 할까?"

"모르겠어. 하지만 절대로 놈들이 미래로 가도록 놓아둘 수는 없어. 그런다면 지구는 통채로 놈들에게 먹혀 버릴 거야." 또 다른 트리케라톱스의 박치기를 받은 타임머신이 또 흔들렸다. "얼어죽을!" 나는 주먹으로 벽을 쳤다. "뭐든 좋으니 무기가 있었다면 좋았을 텐데. 아니면…… 빌어먹을, 나도 모르겠어. 혹시 저 중력 억제 위성들을 정지시킬 수단은 없는 걸까."

"이진법으로 코딩된 신호를 보내면 돼." 내 말을 듣자마자 클릭스가 말했다. "1010011010. 이걸 세 번 되풀이하면 돼."

"하느님 맙소사, 어떻게 그걸 알고 있어?"

클릭스는 옆머리를 툭툭 쳤다. "내 몸 안의 화성인은 죽었을지도 모르지만, 기억은 여전히 남아 있거든."

나는 두 걸음으로 앰펙스제 무전기가 있는 곳으로 가서 검정색과 은색 콘솔에 달린 주(主) 스위치를 켰다. "중력 위성까지 신호를 보낼 수 있을 거라고 생각해?" 나는 물었다.

클릭스는 가늘게 뜬 눈으로 무전기의 제어반을 보았다. "위성들이 여전히 멀쩡하게 작동하고 있는 건 확실해. 그리고 헤트들은 우리와 거의 똑같은 방식으로 무선 신호를 이용해."

"지평선 아래에 있는 위성들은 어떻게 되지?"

"작동 정지 신호는 그걸 수신한 위성들에 의해 다른 위성들로 중계될 거야. 그러니까 하나하고만 교신하면 돼. 생각해 보면 당연한 일이로군. 그러지 않는다면 지상 기지 한 곳에서 모든 인공위성을 제어할 수가 없으니까 말야."

"인공위성의 컴퓨터에 접속하려면 암호가 필요하지 않아?" 나는 콘솔을 훑어보며 각 스위치의 용도를 머리에 떠올리려고 노력했다.

"자네 입으로 말했잖나 브랜디. 헤트들은 집단의식이라고 말야. 따라서 '암호'라는 개념은 놈들에겐 무의미 해."

나는 눈금이 매겨진 커다란 다이얼로 손을 뻗쳤다. "어떤 주파수로 신호를 보내야 할까?"

클릭스는 눈을 감고 고개를 조금 기울인 자세로 무엇인가에 열심히 귀를 기울였다. "어디 보자…… 3의 13제곱 사이클……"

"1초당 사이클을 얘기하는 거야?"

"아냐. 빌어먹을! 화성인의 시간 단위를 기본으로 한 사이클이야."

"그 시간 단위는 얼마나 긴데?"

"그건…… 어, 그러니까, 별로 길지 않아."

"멋지군." 〈스턴버거〉가 또 다른 충격으로 요동쳤다. 트리케라톱스들은 머리의 뿔을 써서 타임머신 한쪽에 잇달아 구멍을 뚫고 있는 듯했다. 화가 날 정도로 효율적으로 그러고 있다.

"흠, 일정 범위 안의 주파수를 모두 시험해 보도록 무전기를 프로그래밍할 수는 없어?" 클릭스가 물었다.

나는 무선 콘솔을 쳐다보았다. "직접 그럴 수는 없어. 하지만 무전기와 내 팜탑을 연결하면 가능할지도 모르겠군." 무선 콘솔 한쪽에 데이터 접속용의 작은 버스가 수직으로 부착되어 있다. "하지만 여기에 맞는 변환 케이블이 필요해."

클릭스는 디지털 카메라를 집어올렸다. "이걸 쓰면 어때?" 그는 내가 카메라를 팜탑에 연결할 때 쓴 광섬유 시리얼 케이블을 뽑으며 말했다.

"흐음, 케이블 종류는 맞지만 접속면의 암수가 맞지 않아. 무전기에는 암커넥터를 꽂아야 하지만 그건 양쪽 모두 수커넥터잖아."

"내가 분광기를 설치했을 때 암수 변환 어댑터를 썼던 것 같아." 클릭스는 이렇게 말하고는 조그만 실험대로 가서 여기저기를 뒤지기 시작했다. "여기 있군." 클릭스는 나에게 조그만 부품을 건넸다. 우리는 이것을 써서 무전기와 내 팜탑 컴퓨터를 접속했다. "이제 신호를 보낼 수 있어?"

"응. 하지만 한 번에 한 주파수로밖에는 그러지 못하고 ── 빌어먹을. 놈들이 쓸 가능성이 있는 주파수대 샘플을 좁게 잡아서 그 이진법 신호를 보낸다고 해도 오후가 훌쩍 지나가 버릴 거야." 나는 낙담하며 고개를 저었다. 처음에는 정말 좋은 아이디어라고 생각했는데. "게다가 그 이진법 펄스의 길이를 얼마나 잡으면 되는지도 모르잖아."

"펄스 길이는 화성 시간으로 1단위야." 클릭스는 대뜸 이렇게 말하고는 입을 다물었다. 자기가 지금 무슨 말을 했는지를 깨달은 것이다. "바꿔 말해서, 정확한 주파수만 안다면 자동적으로 올바른 펄스 길이를 알아낼 수 있다는 얘기가 돼." 그는 다시 한 번 입을 다물고 머릿속의 목소리에 다시 귀를 기울이려고 노력했다. "비트 스트림을 반송파(搬送波)에 맞도록 일일이 변조할 필요까지는 없어. 통신에 끼어들어서 전송 영점을 정해주는 식으로 직접 송신하면 돼."

"알았어." 부러진 코가 이렇게 아프지만 않으면 좋을 텐데. "그 시간 단위의 수치를 바꿔가면서 송신할 수 있도록 작은 프로그램을 하나 짜 볼게." 케이블이 짧아서 내 완충의자까지 닿지 않았기 때문에 나는 팜탑을 무전기를 감싼 나무결 무늬 플라스틱 위에 올려놓고 선 채로 타이핑을 해야 했다. "어떤 수치부터 시작해야 할까?"

클릭스는 눈을 감았다. "4초에서…… 5초 정도부터 시작해 봐. 정확히 말할 수는 없지만, **대충** 그 정도는 되는 것 같아."

무전기는 표준적인 통신 처리 언어인 CURB로 쓴 명령만을 받아들인다. 이런 언어로 프로그램을 짠 것은 정말 오래 전의 일이다. 제대로 기억해 낼 수 있기를 기도하는 수밖에 없었다. 온라인 매뉴얼을 일일이 확인할 시간 따위는 없기 때문이다. 재빨리 키를 눌러서 조그만 계산기를 화면에 불러냈다. 클릭스가 가르쳐 준 1화성시간 단위당 사이클의 수치에 해당하는 3의 13제곱이 얼마인지를 계산한 다음 그 결과를 타이프했다.

Set Frequency = 1594323. Frequency = Frequency +……

또다시 각룡의 머리가 타임머신의 선체와 격돌했다. 이번에는 완전히 관통해 버린 듯했다. 발치 아래의 물탱크에서 물이 콸콸 쏟아져나가는 소리가 들렸기 때문이다. 공룡들도 깜짝 놀랐을 것이다.

클릭스가 추측한 것보다 조금 더 작은 수치부터 시작하기로 했다.

Set Time-unit = 3.000s. Goto Send……

트리케라톱스의 머리가 부딪치며 또 타임머신이 흔들렸다. "더 빨리 할 수는 없어 브랜디?"

"그럼 네가 할래 멍청아?"

"미안해." 클릭스는 뒤로 물러섰다.

외벽은 각룡의 뿔에 여러 번 관통당한 탓에 한 부분이 뭉텅 떨어져나가기 직전이었다. 강화유리 창문을 통해 쿵쿵거리며 떨어져나가는 트리케라톱스의 모습이 보였다.

나는 프로그램 소스의 마지막 행을 타이프한 다음 컴파일 명령을 실행했다. 그러자 하나, 둘, 셋, 합계 세 개의 오류 메시지가 해당 행 번호와 함께 화면에서 튀어나왔다. 〈불 연산식 빠짐〉, 〈형식

불일치〉, 〈예약어를 사용할 수 없음〉. **빌어먹을.**

"뭐가 문제야?" 클릭스가 물었다.

"오류 메시지가 떴어. 어딘가를 잘못 찍은 것 같아."

"아까는 나더러──"

"부탁이니 입 닥치고 방해하지 말아 줘." 나는 프로그램 에디터로 다시 돌아가서 키를 누르고 첫 번째 오류로 점프했다. 아, 불 연산식 문제는 간단하다. and를 adn이라고 잘못 찍었을 뿐이다. 나는 잘못된 철자를 수정했다.

쾨직!

나는 주위를 흘끗 둘러보았다. 단단한 머리뼈를 가진 파키케팔로사우루스가 선체에 난 구멍에 박치기를 하고 있었다. 나는 내가 해부한 파키케팔로사우루스의 몸 안에 있던 헤트가 무슨 꿍꿍이 속으로 그 안에 들어가 있었는지를 뼈저리게 실감했다. 뼈로 보호된 머리를 가진 이 공룡의 살아있는 공성퇴로서의 잠재력을 평가하고 있었던 것이다. 그런데 이토록 빨리 그것을 실제로 쓸 수 있는 상황이 오더니 놈들은 정말 운이 좋다. "조금 있으면 뚫릴 거야." 클릭스가 외쳤다.

나는 명령키를 눌러 두 번째 오류 행으로 점프했다. 〈형식 불일치〉라니 이 맥락에서는 도대체 어떤 의미인 것일까? 아, 알았다. 텍스트 변수로 수식 계산을 하려고 했던 것이다. 멍청한 실수다.

파라사우롤로푸스의 트롬본 같은 볏에서 흘러나오는 화음이 대기를 갈랐다. 뼈대가리 공룡에게 돌격을 명하는 소리임이 틀림없다.

커서가 세 번째 오류 행으로 점프했다. 〈예약어를 사용할 수 없음〉? 그렇다면 내가 변수를 나타내기 위해 쓴 FREQUENCY라는 단어는 프로그램 내에서 사용할 수 없다는 얘기다. 뭔가 다른 기능을 수행하기 위해 할당된 단어라는 뜻이다. 좋아. 그럼 다른 이름을 붙이기로 하자. SAVE_ASS라고 찍어 보면 어떨까. 나는 조그만 팜탑의 케이스가 깨질 위험이 있을 정도로 키를 세게 눌러 컴파일 명령을 다시 실행했다.

숨을 멈추고 기다리고 있자 팜탑의 액정 화면에 메시지가 떠올랐다.

컴파일 완료. 오류 없음.

"됐어!"

"좋아!" 클릭스가 쉰 목소리로 외쳤다. "송신을 시작해."

나는 프로그램의 파일명에 커서를 가져간 다음 엔터키 위로 손가락을 가져갔다.

"그 빌어먹을 키를 빨리 눌러!" 클릭스가 말했다.

"하지만⋯⋯"

"뭐가 문제야?"

"누르면 무슨 일이 일어나는지 알잖아. 난 그럴 자신이⋯⋯"

"자네가 못 누르겠다면 내가 누르지."

나는 클릭스의 눈을 똑바로 쳐다보았다. "아냐. 행동하지 못한다는 건 그 자체로서도 하나의 결단이야." 나는 엔터키를 눌렀다. 프로그램이 돌아가면서 무전기가 송신을 시작했다.

쾅! 파키케팔로사우루스의 노랗고 파란 디스플레이 무늬가 있는 머리통이 금이 가서 헐거워진 외벽 일부를 선내로 세차게 밀어넣었다. 직경이 1미터 반쯤 되는 둥그런 금속 조각이 귀청이 찢어질 듯한 굉음을 내며 바닥에 떨어졌다. 우리가 미처 반응하기도 전에 뼈대가리 공룡은 모습을 감췄고, 그 대신에 트리케라톱스의 얼굴이 새로 생긴 구멍을 통해 타임머신 내부를 들여다보고 있었다. 클릭스는 엘리펀트건의 공이를 뒤로 젖혔다. 눈 앞의 각룡은 뿔이 하나밖에 없었다. 아마 우리 타임머신을 공격할 때 다른 하나를 부러뜨린 듯했다. 클릭스는 흐르는 듯한 동작으로 바닥에 엎드리면서 공룡의 목 아래의 부드러운 조직을 향해 발포했다. 공룡은 한순간 비틀거리더니 뒤로 쓰러지며 죽었다. 운이 좋았다. 총탄이 공룡의 척수를 끊어놓은 것이 틀림없다.

선체에 뚫린 들쭉날쭉한 구멍을 통해 두 마리의 각룡이 방금 죽은 동료의 시체를 어깨로 밀어 옆으로 밀쳐놓는 광경이 보였다. 클릭스는 발포를 계속했지만 공룡들은 같은 실수를 저지를 생각이 없는 듯했다. 그들은 고개를 아래로 숙여서 골질의 목 주름 장식으로 총탄을 막았다. 앞을 가로막고 있던 공룡 시체는 곧 사라졌고, 그 공간으로 1개소대는 되어 보이는 트로오돈이 춤추는 듯한 동작으로 달려왔다. 그들은 클릭스가 탄약을 장전하기 위해 총신을 아래로 내릴 때까지 기다렸다가 돌진을 개시했다. 이빨과 날카로운 발톱을 갖춘, 비늘로 뒤덮인 초록색 파도가 쇄도하면서 ──

클릭스는 일어서려고 하다가 바닥에 쿵 쓰러졌다. 나는 뱃속의 위장이 아래로 철렁 떨어지는 듯한 느낌을 받았다. 가장 가까운 곳까지 접근했던 트로오돈이 엎어졌고, 다른 두 마리는 〈스턴버거〉의 선체에 뚫린 들쭉날쭉한 구멍 가장자리에 그대로 꽂혀 버렸고,

남은 트로오돈 대다수는 뒤로 고꾸라지며 진흙 평원 위에 쓰러졌다. 나는 체중이 100만 킬로그램이나 된 느낌을 받으며 즉석 출입문의 가장자리를 향해 슬로모션으로 달려갔고, 두 마리의 트로오돈 시체 너머로 상체를 내밀었다. 머리 위에서 커다란 원을 그리며 선회하던 거대한 쿼찰코아틀루스가 종이 장난감처럼 찌부러지더니 지상을 향해 일직선으로 추락했다. 근처에서 용각류 공룡의 12미터나 되는 긴 목이 천둥 같은 굉음을 내며 지면에 격돌했다. 티라노사우루스들은 몇초쯤 비틀거리나 했더니 결국 한 마리씩 무릎을 꿇기 시작했다. 엄청난 체중을 견디지 못한 다리뼈들이 부러졌기 때문이다. 중력이 급격하게 1G로 되돌아오면서 지면이 진동하고, 흔들렸다. 갑자기 진흙 평원이 타코마 내로우스 현수교처럼 출렁이기 시작했다. 갈색 먼지로 이루어진 거대한 뭉개구름이 급격히 어두워지는 하늘을 향해 피어올랐다.

나는 비틀거리며 벽에 뚫린 구멍에서 떨어져나왔고, 클릭스 근처에서 배를 깔고 누웠다. 지진은 계속되었고, 나는 굉음으로 귀가 멍멍해졌고, 대지가 끊임없이 흔들리는 탓에 위가 뒤집히는 듯한 느낌에 시달렸다. 〈스턴버거〉의 선체에 뚫린 구멍을 통해서 강풍이 불어왔다. 번개가 번득이며 강화유리 창문을 잇달아 꿰뚫었지만, 천둥소리조차도 다른 소음들이 워낙 큰 탓에 거의 들을 수가 없었다. 소음 중에는 동물들의 비명으로 이루어진 불협화음도 포함되어 있었다.

끊임없이 땅이 진동하고, 요동치면서……

지표면 전체에 금이 가고 갈라지면서 이리듐과 비소와 안티몬을 풍부하게 함유한 마그마를 뿜어내고 있을 것이다. 용암은 무수히 많은 화재를 일으키고, 바닷물까지 끓어오르게 만들 것이다. 여기저기서 독성이 있는 가스가 뭉게뭉게 솟아오르고, 엄청난 해일이 해안 지대를 직격하면서 민물이 흐르는 여울에 바닷물을 유입시켜 해안 생태계를 파괴할 것이다. 그리고 지구가 새로운 몸무게에 눌려 조금 수축함에 따라 석영 입자가 충격을 받고 마이크로 다이아몬드가 생성된다── 그리고 이리듐과 마이크로다이아몬드는 운석 충돌설의 신봉자들이 즐겨 예로 드는 두 가지 증거였다.

머릿속이 쾅쾅거렸다. 고개를 들어 선체에 난 구멍을 올려다보니, 하늘 색깔은 초록색을 띤 섬뜩한 잿빛으로 바뀌었고, 구름은 육안으로 알 수 있을 정도로 빠르게 휙휙 흘러가고 있었다. 〈스턴버거〉는 프라이팬 위에서 뒤집히는 달걀처럼 튀고 있었다. 선체가 다시 지면으로 떨어질 때마다 바닥에 부딪치며 가슴에 타박상을 입었고, 웃옷의 금속 부분이 살로 파고들었다. 이가 덜덜덜 떨리는 통에 입을 열 수도 없었다. 그랬다가는 충격을 받고 갑자기 딱 닫혀서 혀를 깨물어버릴 수 있으니까 말이다. 코피는 끊임없이 흘러나왔다.

이윽고 밖에서 들려오는 비명은 멈췄지만, 타임머신은 쉴새없이 위아래로 튀었고, 지면도 이에 질새라 계속 요동쳤다. 하늘에서 억수같은 비가 쏟아지기 시작했다. 마치 구름 속에 있는 물양동이를 한꺼번에 뒤집기라도 한 듯이.

한 시간이 흘렀고, 두 시간이 흘렀지만 지진은 전혀 멈출 기색이 없었다. 클릭스는 한동안 완전히 정신을 잃고 마구 요동치는 타임머신의 강철 바닥에 머리를 쾅쾅 부딪치고 있었다.

지구의 중력이 증대하면서 루나도 궤도상에서 마구 흔들리고 있을 것이 뻔했다. 다시 궤도가 안정되었을 무렵에는 지구에 대해 인류가 익숙한 면을 보이게 될 것이다. 그러나 조그만 트릭은 지구에 근접한 궤도에서 안정을 찾는 일이 다시는 없으며, 언젠가는 산산조각날 운명에 처해 있다.

마침내 지진이 멈췄다. 여진이 우려되었으므로 우리는 〈스턴버거〉 안에 머물렀다. 여진은 20분 뒤에 왔고, 우리가 중생대에 머물러 있는 동안은 끊임없이 되풀이되었다. 아마 앞으로도 오랫동안 되풀이될 것이다.

잠시 여진이 멎은 틈을 타서 큰맘먹고 밖으로 나가 보았다. 하늘에 가득 찼던 먼지도 이제는 상당히 가라앉아 있었기 때문에 피처럼 새빨간 석양을 볼 수 있었다.

완전히 다른 세상이 되어 있었다. 몸집이 큰 동물 중 여전히 걸어다닐 수 있는 것은 클릭스와 나뿐이었다. 사방팔방이 엎드린 채로 죽은 공룡 투성이였다. 아직도 숨이 남아 있는 것들도 있었다. 죽은 공룡들의 심장은 두 배로 늘어난 중력하에서 몇 시간이나 괴로워하다가 이미 움직임을 멈춘 뒤였다. 가까스로 살아남은 공룡들도 돌아다니면서 먹이를 찾는 것이 불가능하므로 결국은 굶어죽을 운명이다. 헤트들도 있었다. 죽거나 죽어가고 있는 공룡들의 육체 안에서 밖으로 스며나왔지만 파란 팬케익처럼 납작하게 짜부러진 탓에 거의 움직이지 못했다. 지성을 유지할 수 있을 정도로 큰 덩어리로 뭉치는 일에 어려움을 겪고 있는 듯했다. 서너 개씩 모여 있으면서도 합체하지 못하는 젤리 덩어리들을 여기저기서 목격했다. 클릭스는 그런 것들을 보이는대로 태워죽였다.

조그만 동물들, 이를테면 작은 새나 거북이, 뾰족뒤쥐를 닮은 포유류들은 1G의 중력하에서도 그럭저럭 멀쩡하게 살아 돌아다니고 있는 듯했지만, 이것들을 제외한 동물들은 골절이나 내장 파열, 심장 마비 따위로 모두 죽거나 죽기 직전인 것처럼 보였다.

죽음은 모든 곳에 있었다. 나는 가능한 한 많은 공룡들을 둘러보았지만, 곧 뼛속까지 사무치는 피로를 못 견디고 양치류 사이의 지면에 주저앉았다. 곁에 쓰러져 있는 불쌍한 오리주둥이 공룡은 죽음이 임박한 듯 낮고 구슬픈 울음소리를 내고 있었다. 공룡 뒤통수에 달린 복잡한 볏이 박살난 것은 중력이 밀려왔을 때 머리를 바위에 강타했기 때문이리라. 공룡이 마지막 숨을 내쉬면서 박살난 공명관을 통해 휘파람을 부는 듯한 소리가 띄엄띄엄 흘러나왔다. 공룡은 지성이 없는, 두려움으로 가득한 눈으로 나를 응시했다.

한 시대가 종말을 맞이했다.

나는 공룡의 우툴두툴한 옆구리를 쓰다듬으며 하염없이 눈물을 쏟았다.

에필로그
수렴

웰슬리 병원의 암병동은 언제 가든 결코 즐거운 장소라고 하기는 힘들지만, 이번만은 왠지 답답한 기분을 별로 느끼지 않았다. 감옥 같은 인상도 예전에 비하면 많이 줄어들었다. 내가 볼 때도, 아버지가 볼 때도.

나는 아버지 침대 곁에 가져다 놓은 불편한 비닐 의자에 앉아 있었다. 서로 말을 나누는 일은 별로 중요하지 않다. 어차피 할 얘기도 거의 없다. 이따금 아버지가 기력을 불러일으켜 말을 걸어올 때면 나는 마치 그의 이야기를 경청하려는 듯이 그를 마주보고 귀를 기울였다. 그러나 나의 마음은 몇천 킬로미터 떨어지고 몇천만 년이나 과거로 돌아간 곳에 가 있었다.

황 효과가 반전되었을 때 과거로 간 〈스턴버거〉를 현재와 이어주는 수학적인 줄이 되감겼다. 타임머신이 시간선을 따라 현재로 되돌아왔을 때, 과거 6천5백만 년 전의 역사 모두가 다시 쓰여졌다. 그야말로 역행(逆行) 조작이다 ── 미래가 응당 존재했어야 할 과거를 만들어낸 것이다.

나는 공룡들을 멸종시켰고, 포유류들을 위해 길을 열어주었다.

그리고 다른 브랜디는? 다른 시간선은 어떻게 되었을까?"

사라졌다. 이제 남은 것은 단 하나의 시간선뿐이다. 단 하나의 현실만이 존재한다.

아마 슬퍼할 이유는 없는지도 모르겠다. 사실 나야말로 바로 그가 아닌가. 테스와 내가 아직도 함께 산다는 것을 알게 되었다면 그도 아마 자기 시간선을 내게 기꺼이 넘겼을지도 모르겠다. 게다가 그가 처음부터 아예 존재하지 않았다고 주장할 수도 없다. 그 기묘한 일기 교환 덕에 지금 나는 그의 기억 일부를 가지고 있기 때문이다. 양자적인 파문의 결과인지 아니면 고의적인 계획에 의한 것인지는 알 수 없지만, 나는 그런 기억을 가질 수 있다는 사실이 기뻤다. 다른 방향으로 흘러갔을지도 모르는 나의 인생을 잠시나마 엿볼 수 있었기 때문이다. 시간 여행자 브랜디의 일기를 읽으면 내 이웃 프레드의 얼룩 고양이 생각이 난다. 죽은 뒤에도 조지아 만에 있는 그의 별장에 나타났다는 그 고양이 말이다. 때로는 우주도 우리에게 신경을 써 주는지도 모르겠다…… 아주 조금은.

그리고 그 우주는 내게 또 다른 것을 하나 주었다. 인류, 또는 앞으로 인류가 변화해서 될 존재에게 틀림없이 미래가 존재한다는 사실을 말이다. 왜냐하면 바로 그 미래가 어떤 식으로든 칭-메이에게 지식을 전달함으로써 적절한 과거를 만들어냈기 때문이다. 목적이 수단을 **창조**했다고나 할까.

그러나 헤트들에게 무슨 일이 일어났는지에 관해서는 여전히 궁금증을 느꼈다. 흐릿한 과거에 출몰했다가 사라져 버린 그 기괴한 외계 정복자들 말이다. 벨트 행성의 원주민들과의 끝없는 전쟁은 시간여행자 클릭스가 시사했듯이 파멸적인 최종 결전으로까지 확대되었고, 결국은 제5행성을 완전히 파괴하고 화성을 황폐화시킨 것인지도 모른다.

시간 여행자 브랜디는 실제로는 헤트들에 관해서 윤리적인 결단을 내릴 필요가 없었다. 그가 그들의 정체를 깨달은 뒤에는 단 하나의 선택밖에는 없었기 때문이다. 어떤 의미에서는 적절한 일이었다고도 할 수 있다. 왜냐하면 헤트들 자신이 전혀 융통성이 없는 화학적 기계였고, 타고난 성질에 의해 끝없는 폭력과 정복을 추구할 수밖에 없는 존재였기 때문이다. 바이러스인 헤트에게 선택의 여지가 없었던 것처럼, 다른 한 명의 브랜디에게도 아예 선택의 여지가 없었다고나 할까.

그러나 바로 지금 이곳에 와 있는 나는 선택할 수가 있다. 우리 모두가 그렇다. 나는 몇년 동안이나 결단을 내리는 일을 피해왔다. 그러나 결단을 내린다는 행위야말로 우리를 인간답게 만드는 요소이며, 생물과 단지 생물을 흉내낼 뿐인 헤트같은 존재들을 구별하는 관건이다. 아버지의 증세는 지금 어느 정도 완화된 상태이지만, 그가 다시 나의 도움을 요청한다면 어떤 대답을 할지 이미 마음을 정했다.

중력이 부활한 뒤에 지구상에 남은 헤트들이 어떻게 되었는지 궁금했다. 지능을 유지할 수 있을 정도로 큰 덩어리로 뭉치는 능력을 상실했다는 점은 명백했다. 하지만 실제로는 살아 있지도 않은 바이러스를 죽일 수는 없는 법이다. 그렇다면 그들은 지구 생태계의 일부가 되어 어떻게든 살아남은 것일까? 6천5백만 년이나 지난 지금, 그들의 존재나 영향을 인식하는 일이 애당초 가능하기는 한 것일까?

그러자 해답이 떠올랐다. 헤트들은 개별적인 구성요소로 용해해서 끈질기게 지구상에 머물렀다. 지능은 완전히 사라져 버렸고 그들이 건설한 문명은 RNA에 화학적으로 저장된 기억으로만 남아 있을 뿐이다. 유일하게 살아남은 것이 있다면 진정한 생물을 향한 그들의 증오이다. 기본적인 생물학적 명령의 지배를 여전히 받고 있는 것이다.

인플루엔자. 감기. 소아마비. 그리고 물론, 우리 아버지를 죽이려고 하는 암. 헤트들은 여전히 우리들 사이에 남아 있다.

　로버트 J. 소여의 걸작 하드 SF 『공룡과 춤을』(1994)을 한국 독자들에게 선보인다. 소여는 '캐나다 최고의 SF작가,' '엔터테인먼트 SF의 제1인자,' 'SF만으로 먹고 사는 유일한 캐나다 작가,' '캐나다의 아이작 아시모프' 등의 표현에서 유추할 수 있듯이 명실공히 21세기 캐나다 SF계의 젊은 거장인 동시에 동시에, SF에 익숙하지 않은 일반 독자층도 쉽게 즐길 수 있는 대중적인 SF의 대표주자이기도 하다. 소여의 평이한 문체와 대중 친화적인 자세를 지적하며 2008년에 작고한 베스트셀러 작가 마이클 크라이튼에 비교하는 평자조차도 있을 정도이지만, SF의 거죽을 쓰고 SF적인 가제트를 다용하면서도 SF 특유의 '세계를 뒤집는' 경이감sense of wonder이 결여되어 있다는 이유로 SF팬들에게 외면을 받곤 하는 크라이튼과는 달리, 소여는 어디까지나 SF 내부인의 입장에서 SF팬을 의식한 베스트셀러를 써 왔다. 이런 맥락에서 보자면, 『노인의 전쟁』(2005)의 작가인 존 스칼지로 대표되는 60년대생 팬덤 출신 작가들의 선구로 보는 편이 더 적절하다고 할 수 있다. 특히 소여의 과학소설은 SF에서만 가능한 과학적이면서도 자유분방한—때로는 황당무계하기까지 한—아이디어를 중심에 두고 인간과 우주에 대한 치열한 반성적 인식을 전개하고 있다는 점에서 베르나

르 베르베르 류의 공상과학소설과는 뚜렷하게 구분된다.

　그리고 우열을 가리기 힘들 정도로 역작이 많은 소여의 장편들 중에서도 이 '반성적 인식'을 가장 첨예하게 반영한 작품이야말로 본서 『공룡과 춤을』이라고 해도 과언이 아니다. 초반부에서는 '21세기 초 캐나다의 두 고생물학자가 6500만 년 전의 백악기 말기에 일어난 공룡 멸종의 원인을 조사하기 위해서 햄버거형 저예산 타임머신을 타고 과거로 간다' 라는, SF팬이라면 슬며시 웃음을 떠올릴 수밖에 없는 B급 영화 같은 상황이 전개되지만, 두 주인공이 일단 백악기에 무사히 도착한 뒤에는 자연재해에 의한 대규모 멸종이라는 국지적 사상(事象)을 뛰어넘는 경천동지할 비밀이 밝혀지며, 인간과 생명의 양태에 대한 근원적인 질문이 잇달아 제기되면서 태양계 외행성과 양자역학 이론을 넘나드는 지적, 육체적 모험이 만화경처럼 펼쳐진다. 그리고 끝에서는 SF사에 길이 남을 스펙터클이 독자들을 기다리고 있다.

　『공룡과 춤을』의 주요 소재이자 어떤 의미에서는 진정한 주인공이기도 한 백악기 말기의 공룡들에 대한 작가의 정감어린 묘사에는 어린 시절 SF 드라마에 열중하며 고생물학자가 되기를 꿈꾸던 작가의 동경이 집약되어 있다. 한편, 공룡 멸종에 관한 이론적 대립항의 한 축을 이루는 운석 충돌설에 대해서 소여는 주인공 브랜디의 입을 빌려 상당히 집요하게 반박을 시도하고 있다. 본서에 포함된 달이나 외행성에 관한 고찰은 소재상으로는 에드워드 해밀턴의 『시간의 로스트월드(*The Lost World of Time*)』(1941)나 하드 SF작가 J. P. 호건의 『별의 계승자』(1977)의 소재와 맞닿아있는 일종의 천체물리학적 사고실험으로 치부할 수도 있을 것이다. 그러나 고생물학과 지질학의 교차점에서 지금도 쟁점으로 부각되곤 하는 공룡 멸종 문제에 관해서는 하드 SF작가를 자처하는 소여답게 이론적 균형과 엄밀함에 천착하고 있다. 본문에 등장하는 기존의 여러 학설 및 학자들은 모두 실제로 존재하며, 한국어판의 텍스트로 삼은 2001년 개정판 원서를 보아도 고생물학의 최신 성과를 상당 부분 반영하는 형태로 첨삭이 이루어졌다는 점을 확인할 수 있었다. 유카탄 반도의 치크슈르브 운석공에 관한 다소 장황하지만 흥미로운 구판의 설명이 삭제된 것은 개인적으로는 조금 아쉽지만, 재독 삼독에 기획에 번역까지 해도 필자가 20여 년 전에 처음으로 이 소설을 읽었을 때의 흥분과 즐거움은 여전히 빛이 바래지 않았다.

로버트 제임스 소여는 1960년에 캐나다 수도 오타와에서 태어났고 토론토 라이어슨 대학의 라디오와 TV 예술학과(RTA)에서 대본과 프로덕션 기술 등을 전공했다. 1980년대에는 미국과 캐나다의 여러 잡지에 컴퓨터, 천문학, 재무 관련의 잡다한 기사를 송고하거나 기업용 보고서를 작성하는 프리랜서로 활약하면서 간간이 SF를 썼고, 1986년에는 CBC 라디오에서 방송된 SF 다큐멘터리의 제작을 맡기도 했다. SF 데뷔작은 아직 학생 시절인 1981년에 『빌리지 보이스』지에 게재된 유머러스한 엽편 「*If I'm Here, Imagine Where They Sent My Luggage*」이다. 1988년 『어메이징』지 9월호에 발표한 중편 「황금 양모(*Golden Fleece*)」가 호평을 얻자 소여는 이 중편의 장편화에 착수했고, 1990년에 같은 이름의 장편을 페이퍼백으로 출간함으로써 전업 SF 작가로서 첫 걸음을 내디뎠다. 완벽하게 고립된 램제트 우주선 〈아르고〉호 내부를 통제하는 인공지능이 범한 살인의 결말을 다룬 이 작품은 신화와 하드SF와 밀실살인과 감정을 가진 컴퓨터라는 요소를 교묘하게 결합한 걸작이라는 찬사를 받았고, 캐나다 SF & 판타지 협회가 수여하는 호머상 최우수 장편상을 수상했다.

데뷔 장편의 성공에 힘을 얻은 소여는 지성을 가진 티라노사우루스(!) 종족이 중세를 방불케 하는 이세계(異世界)에서 과학 탐사에 나선다는 줄거리의 〈퀸타글리오〉 3부작 및 『공룡과 춤을』을 잇달아 발표함으로써 독자와 평단 양쪽에서 절찬에 가까운 반응을 얻었고, 본국인 캐나다뿐만 아니라 미국에서도 폭넓은 팬층을 획득했다. 네뷸러상 수상작인 『최종 실험(The Termainal Experiment)』은 메디컬 스릴러의 틀 안에서 죽음과 영혼의 문제를 직시한 하드 SF이며, 제1작이 휴고상을 수상한 〈네안데르탈 패럴랙스〉 3부작은 네안데르탈인이 멸종하지 않고 살아남은 평행세계를 무대로 한 대체역사 SF이다. 2005년에 출간된 캠벨 기념상 수상작 『마인드스캔(Mindscan)』에서는 현대 SF의 대표적인 화두라고 할 수 있는 인간 정신의 디지털화를 다뤘으며, 최근작인 〈WWW〉 3부작은 전자의 연장선상에서 웹에 기반을 둔 '자아'와 인간의 진화를 탐구한 역작이다. 현재 소여는 온타리오 주 미시소거에 거주하면서 차기작의 출간을 준비중이다.

소여는 창작뿐만 아니라 각종 미디어를 자유자재로 넘나드는 사회 활동으로 명망이 높으며, 1992년에 미국SF 및 판타지 협회 (SFWA)의 캐나다 지부가 설립되었을 때도 결정적인 역할을 수행했다. 90년대 이래 소여는 보수적인 캐나다 SF계의 개혁에 진력하는 한편 북미 팬덤 내부에서 캐나다 SF의 정치적 입지를 강화해 나갔으며, 지금도 방대한 작가 사이트(http://www.sfwriter.com)을 통해 인터넷상에서 활발하게 팬들과 교류하고 있다.

김상훈 (SF 평론가, 행복한책읽기 SF총서 기획자)

로버트 J. 소여 저작 목록

1. *Golden Fleece* (1990)

2. *Far-Seer* (1992)—퀸타글리오 3부작 # 1

3. *Fossil Hunter* (1993)—퀸타글리오 3부작 # 2

4. *Foreigner* (1994)—퀸타글리오 3부작 # 3

5. *End of an Era* (1994, 2001)—**본서**

6. *The Terminal Experiment* (1995)—**네뷸러상 수상**

7. *Starplex* (1996)

8. *Frameshift* (1997)

9. *Illegal Alien* (1997)

10. *Factoring Humanity* (1998)

11. *Flashforward* (1999)

12. *Calculating God* (2000)

13. *Iterations* (2002)—단편집

14. *Hominids* (2003)—네안데르탈 패럴랙스 3부작 # 1. **휴고상 수상**

15. *Humans* (2003)—네안데르탈 패럴랙스 3부작 # 2

16. *Hybrids* (2003)—네안데르탈 패럴랙스 3부작 # 3

17. *Relativity* (2004)—단편집

18. *Mindscan* (2005)—**존 W. 캠벨 기념상 수상**

19. *Rollback* (2007)

20. *Identity Theft and Other Stories* (2008)—단편집

21. *Wake* (2009)—WWW 3부작 # 1

22. *Watch* (2010)—WWW 3부작 # 2

23. *Wonder* (2011)—WWW 3부작 # 3

24. *Triggers* (2012)

25. *Red Planet Blues* (2013)

26. *Quantum Night* (2016)

＊위의 글은 2009년에 오멜라스에서 『멸종』이라는 제목으로 출간되었던 『공룡과 춤을』의 해설을 가필 수정한 것입니다.—행복한책읽기 편집부

| 역자 **김상훈** |

필명 강수백. SF 및 판타지 평론가이자 번역가, 기획자. 시공사의 '그리폰북스'와 열린책들의 '경계 소설', 행복한책읽기의 'SF총서', 현대문학 폴라북스의 '필립 K. 딕 걸작선'과 '미래의 문학' 시리즈, 은행나무의 『조지 R. R. 마틴 걸작선: 꿈의 노래』를 기획하고 번역했다. 주요 번역 작품으로는 로저 젤라즈니의 『신들의 사회』, 『전도서에 바치는 장미』, 『드림 마스터』, 로버트 A. 하인라인의 『스타십 트루퍼스』, 조 홀드먼의 『영원한 전쟁』, 『헤밍웨이 위조 사건』, 로버트 홀드스톡의 『미사고의 숲』, 크리스토퍼 프리스트의 『매혹』, 이언 뱅크스의 『말벌공장』, 버너 빈지의 『심연 위의 불길』, 필립 K. 딕의 『유빅』, 『화성의 타임슬립』, 『작년을 기다리며』, 스타니스와프 렘의 『솔라리스』, 그렉 이건의 『쿼런틴』, 새뮤얼 R. 딜레이니의 『바벨-17』, 콜린 윌슨의 『정신기생체』, 테드 창의 『당신 인생의 이야기』, 『소프트웨어 객체의 생애 주기』, 데이비드 웨버의 『바실리스크 스테이션』, 『여왕 폐하의 해군』, 카를로스 카스타네다의 『돈 후앙의 가르침』 3부작 등이 있다.